中國語言文字研究輯刊

初 編

許 錟 輝 主編

第 5 冊

殷墟YH127坑甲骨卜辭研究（上）

魏 慈 德 著

花木蘭文化出版社

國家圖書館出版品預行編目資料

殷墟 YH127 坑甲骨卜辭研究（上）／魏慈德 著 — 初版 —
新北市：花木蘭文化出版社，2011〔民 100〕
目 4+256 面；21×29.7 公分
（中國語言文字研究輯刊　初編：第 5 冊）
ISBN：978-986-254-701-4（精裝）
1. 甲骨文
802.08　　　　　　　　　　　　　　　　100016358

ISBN-978-986-254-701-4

9 789862 547014

中國語言文字研究輯刊
初　編　第　五　冊　　　　　　ISBN：978-986-254-701-4

殷墟 YH127 坑甲骨卜辭研究（上）

作　　者　魏慈德
主　　編　許錟輝
總 編 輯　杜潔祥
出　　版　花木蘭文化出版社
發 行 所　花木蘭文化出版社
發 行 人　高小娟
聯絡地址　新北市永和區中正路五九五號七樓之三
　　　　　電話：02-2923-1455／傳眞：02-2923-1452
網　　址　http://www.huamulan.tw 信箱 sut81518@gmail.com
印　　刷　普羅文化出版廣告事業
初　　版　2011 年 9 月
定　　價　初編 20 冊（精裝）新台幣 45,000 元

殷墟YH127坑甲骨卜辭研究（上）

魏慈德　著

作者簡介

魏慈德，1969 年生，國立政治大學中文系博士（2001 年），曾任中央研究院歷史語言研究所臨時計畫助理、博士後研究，及國立東華大學中文系助理教授、副教授。學術專長為古文字學，著有《中國古代風神崇拜》、《殷墟花園莊東地甲骨卜辭研究》，及學術論文卅餘篇。

提　要

　　中央研究院歷史語言研究所於 1936 年在河南安陽小屯所進行的第十三次發掘中，出土一坑甲骨，為目前同坑出土甲骨數量最多者，由於是出於一個編號為 127 的坑中，故名之為 127 坑甲骨。本書針對 127 坑甲骨的發掘過程，甲骨的編號、綴合與流散過程加以說明，並對此坑甲骨的分類及排譜作了詳盡的分析與研究，文末還附錄《甲骨文合集》對此坑甲骨的綴合號碼及此坑甲骨到目前為止的相關綴合等。

目

次

緒　論

第一節　研究的回顧與方向

一、研究的回顧

　　本世紀甲骨學的誕生，正起於中國上古史重建的契機，自從王國維發表二重證據法以甲骨上的商王世系和《史記・殷本紀》比較，而確認〈殷本紀〉的記載大致可信後，中國上古史研究的新方法便因此而生，連帶的也使中國考古學發展出和古史研究緊密結合的特色。而甲骨學正是在這種觀念下蘊育而生，成爲一個處於歷史學、考古學及古文字學之間的學科。

　　王國維證以〈殷本紀〉的〈殷卜辭所見先公先王考〉、〈續考〉發表以後，最主要的意義在於揭示了商代的存在是可信的，而且告訴我們《史記》所記載的商王世系基本上是正確的，打破了當時「東周以上無史」的迷思。而更進一步的意義便是今後對於文獻不足徵的商代史，必須利用出土的甲骨文來研究它。因之本論文便嘗試著從歷史的角度來看甲骨，希望透過對卜辭中所載片段事件的整理來對商代某一時期某一方面的歷史，特別是在年代學方面的問題上，能有一些新的認識。然而甲骨學的基礎根植於考古學和古文字學中，所以舉凡考古學的地層和類型理論，古文字學的文字釋讀、語法分析就都成了透過甲骨解開商代史的鑰匙。

　　要把出土的甲骨變成歷史，其實是很困難的，最大的問題在於出土甲骨的

殘缺不全，這個殘缺包括了甲骨本身的殘缺和卜辭記事的殘缺。甲骨本身的殘缺來自於考古發掘的破壞，而卜辭記事的殘缺則包括我們對卜辭了解的限制以及卜辭記事的片面性。考古發掘時的每一鋤都必然會對地下的材料造成破壞，所以當實物出土後，如何復原出其在地下時的原貌，便是第一步的工作。其次，面對復原後實物所透露出的訊息，該如何去解讀它，這便是第二步的工作。就甲骨學來說，這第一步的工作首先是要將斷離的甲骨給拼合起來。甲骨出土後罕有仍呈現整龜整骨的原貌，大半是殘破且沾滿汙泥。其破碎的原因除了發掘的破壞外，還有丟入坑中時的撞擊以及原先未入土前就已破碎等等。而若不能將破碎的甲骨拼接起來的話，在處理卜辭時所能利用的線索就會相對的減少。其次還要知道甲骨出土時的地層狀況，藉以判斷甲骨的時代，所謂甲骨的時代當然是配合人的歷史活動所區分出的時段。更進一步說，即是要知道卜辭上所記的事件是相應於那一個商王在位時所發生的事件。因為如果不能將卜辭內容依王世來作分期，那麼甲骨對於人類歷史重建的助益就會大大的降低。而透過甲骨出土地層，藉以判斷甲骨時代的考慮原則，就是早期地層不會出土晚期甲骨，而晚期地層除了出土晚期甲骨外，還可能會出土早期甲骨的定律。

第二步的工作可分為分類和釋讀。分類的方式有許多種，可以透過鑽鑿、貞人、卜用龜或用骨的習慣來分類，也可透過字體來分類，包括字的大小、行款不同，圓轉或尖折特性，或是用詞習慣等，更可藉由聯繫不同版上的人名來作分類，然分類的最後目的仍不外乎要知道甲骨卜辭刻寫的時代。釋讀則是正確了解卜辭的前提，這一方面除了要具備相當的古文字學知識外，還要對甲骨卜辭本身的刻款方向、辭例、用語，有相當的了解才行。作好以上二個工作，才能夠正確的釋讀和完善的分類，也才能進一步的利用甲骨來研究商代歷史。

因此要如何利用今日出土數萬片的甲骨來作商代史的研究，首先必須作好上面所說的兩項工作，包括了對甲骨材料的綴合、分類，卜辭的釋讀、分期、分組等等，有了以上的這些基礎後，接著便是依時間的先後將卜辭所記載的事件排序，而更進一步要將這些事件放入每一個商王的在位年中，而這種工作對甲骨學而言，可稱之為「排譜」。今日最適合來作排譜的一批甲骨材料，便是中央研究院歷史語言研究所於 1936 年在安陽小屯所發掘到的一批甲骨，這一批甲骨由於是出於一個編號為一二七的坑中，故名之為一二七坑甲骨。

　　對於這一坑甲骨的研究，早期重在著錄和綴合，從《殷虛文字乙編》（以下簡稱《乙編》）到《殷虛文字綴合》（以下簡稱《殷合》）、《殷虛文字丙編》（以下簡稱《丙編》），以及後來的《甲骨文合集》（以下簡稱《合集》），基本上已近乎把當初挖到的三百多版整龜大致給復原出來了。雖然到目前為止，還是有相當多的殘片有待綴合，但整體來看，要從這一大批甲骨特有的同坑現象和豐富的同版、同事類關係去對卜辭內容作歸類和排比已經是足夠了。加上近期學者們不斷的再對這一坑甲骨作綴合，對於要利用多量同時、同組、同事類甲骨材料才能做的排譜工作而言，正是相當有利的。因此有學者主張這一批甲骨材料目前最需要去作的工作便是將之按事類和時間來排譜。

　　雖然有不少學者作過甲骨排譜的工作，但主要都是針對黃組卜辭中的周祭或田獵卜辭，因為在該類卜辭上通常附記有干支和月份，不僅內容完整而且有順序可譜。但是對於賓組卜辭作過大規模排譜的學者卻很少見，最主要的原因是賓組卜辭上並無關於五種祭祀的記錄，因此缺乏係聯的線索，是故縱使能將這類卜辭加以係聯，其所得結果也多半是片斷的事件。正如今日我們可以說曾對一二七坑這批材料作過排譜工作的，嚴格說來只有彭裕商先生和劉學順先生，但兩者的排譜，望之卻令人無方法可尋。主要原因是因為他們僅就同事類同版卜辭來歸類，把相近干支及同一月份的事類大量的放在一起，所以常讓人僅知其然而不知所以然。而現在來作一二七坑甲骨卜辭的排譜，比起前兩者來，有很多有利的地方，包括：一、材料上的優勢。彭裕商先生是利用《合集》的材料來排譜，然《合集》中漏收了許多《乙編》的甲骨，所以其所見材料是受限於《合集》的，劉學順先生雖是以整個一二七坑材料為主，但其不及見後來張秉權先生新綴的百版綴合（關於張綴，本書以史語所甲骨典藏號「R 號」來表示），以及學者們對這一坑甲骨的新綴合。因此今天所能利用的同版關係絕對超過前者。二、方法上的優勢。排譜除了依卜辭上所載的月份加以排列外，對於不同版相同或不同月份事件常常無法判定其時間先後，而後來夏含夷先生「微細斷代法」的提出，對於這一問題提供了不少判斷的根據。三、年代學上的優勢。二千年來大陸公布的夏商周斷代工程成果，替我們找到了武丁始年及五次賓組月食的可信時間，可以進一步讓我們排譜的結果，從只能得出相對時間到可以有一個絕對的商王年時間。

二、研究的方向

　　一二七坑甲骨這批材料並非單純是同一個組類的甲骨，若從字體和貞人上來分的話，還可分出賓組卜辭、子組卜辭、午組卜辭、子組附屬卜辭，甚至可能還有少量的自組卜辭。這些組類的卜辭並不是都能夠拿來作排譜的，除了其材料不多外，少記月份和缺少可係聯的事件，也是其不易排譜的原因。加上這些比較罕見的組類有時要依字形將之區分開來就已是一件難事，因之如何正確的歸類就顯得重要。然也惟有能將它們做正確的歸類才有可能進一步去研究它們。雖然說《合集》已經作了初步的分類工作，但仍有少數歸錯組類的地方，所以本論文一方面以如何將這一坑的甲骨卜辭作時間上的排列，作為論文的寫作方向外，對於像子組附屬類這種較罕見的組類，更重在如何將之作正確的歸類。

　　甲骨分類可說是排譜的前題，利用同類的甲骨來排譜才能得正確的事件序列。而這一工作目前甲骨學者已經作的非常完備了，從陳夢家《殷虛卜辭綜述》到李學勤、彭裕商先生合著的《殷墟甲骨分期研究》、黃天樹先生的《殷墟王卜辭的分類與斷代》等，已近乎把目前可見的甲骨材料能分類的都分類了，因之對於排譜前的甲骨分類工作就顯得順手，所以本論文在分類方面就依上述學者對各類組甲骨所立的定義來將這一批甲骨作進一步的歸併。

　　排譜工作的前題是要有一個連續且完整的殷曆框架，如此才能將卜辭中係聯出的事件放入商代的年代或王世紀年框架中。而一個連續完整的殷曆若能配合一個確切的時間定點，就容易將某王在世的年月依序排列出來。本論文在這方面採用張培瑜先生的《中國先秦史曆表》為一個基本的殷曆框架。而將夏商周斷代工程的武丁元年為西元前 1250 年及賓組卜辭中的「甲午夕月食」為西元前 1198 年當作兩個主要的定點。

　　排譜除了利用同版卜辭中既有的干支和月份外，對於如何將異版且無相同事類的卜辭聯係起來就令人感到棘手。後來夏含夷先生發表了微細斷代法，藉由推算出一個具有月份的干支，其所在年份的正月一日的範圍，當作一個基準，再比較兩條干支月份的正月一日參數量是否相容，如此就能確定異版的兩個干支是否能發生於同一年間。這個方法的理論基礎是假設商人具有規律和整齊的月份和天數的曆法下而成立的。但我們至今仍無法完全掌握商曆在月數和天數中的規律，故其也存在著不少的缺點，譬如如何確定當年是否置閏，如何肯定該月到正月之間無連大月或連小月的現象等。但這種方法無異是目前比較科學

的方法，而且當所要計算的年月時間愈短時愈可信，因之本論文在排譜一年之
內的事件時大量的採用。

　　而當實際排譜後，就會發現這種工作其實有很多的限制，除了我們時至今
日，仍無法真正了解商人的曆日外，對於同版的事類若其並不載有干支，要如
何將之與其它事類排序？又同版上載有干支的兩件事要如何來排定先後，這都
是在實際排譜中會令人困惑不前的事，因之在這些細部上都必須加上自己的判
斷，然而這些判斷也非全然沒有根據，除了考慮到事類的先後可能外，兆序的
先後，龜甲刻辭的部位，甚而是原《丙編》釋文的先後，都是排譜時參考的依
據。而也只能說排譜這一種工作，受限於材料和今日我們對商曆的認知，因之
僅能作到這裏，若將來有更多的甲骨材料被發現時，一定能彌補這樣的缺憾。

　　根據本書排譜後的結果可帶給我們兩個層次的訊息，一是武丁的某年發生
了商王和某方國的戰爭，某年又發生了某婦娩妞等事；另一層是由於透過事件
的排序，使我們知道某些人物可能是同時的，或某些地方在某一時間裏特別為
商王所重視。第一層我們可以稱之為排譜的「絕對年代」，第二層我們則可稱之
為「相對年代」。「絕對年代」的訊息由於受限於今日我們對商曆的認知，和在
推測干支上必然產生的誤差，有些結論是建構在一個假設的前提下。而「相對
年代」的訊息，由於是透過大規模事類的排比，反而較不偏離實際。故雖然排
譜所得的結論可能仍存在著些許不確定性，但我們仍可從另一個角度來看，正
是因為排譜的結果，使我們可以掌握在卜辭中所出現的人物那些是同時的，那
些又是在時間上不重合的。

三、各章內容大要

　　以下針對本書每一章的內容，簡單地論述各章寫作大要。

　　第一章一二七坑的發現。主要記述當年一二七坑甲骨發現的過程，並詳論
其發掘到編號之間的始末以及該坑與他坑之間的地層關係。旁及史語所對安陽
小屯殷墟所進行的十五次發掘過程，以及相關的人物事件等。

　　第二章一二七坑甲骨的綴合問題。著重記載從早期到晚期的綴合著錄，此
外又探討這一坑甲骨可以和非同坑出土甲骨綴合的特殊現象，而對這種現象提
出一個可能的懷疑。

　　第三章專論自組卜辭，在這一章中主要講述自組卜辭的定義、時代及分類。

由於這一類卜辭是目前發現最早的卜辭，為其他各類卜辭的源頭，故雖然一二七坑中此類卜辭的片數並不多，但仍然列為一章來討論，並在此將目前甲骨學分類的過程及今日已分出的各種組類作簡單的敘述。其中並對一版甲午月食的卜辭作討論，論定其不可能是屬於武丁之前的甲骨。

第四章、第五章、第六章分別討論一二七坑中子組卜辭、午組卜辭和子組附屬卜辭，著重每一類卜辭本身的內在聯係，並對其重要記事作排譜。在子組卜辭方面強調其特殊的用語和當中所出現的人物。在午組卜辭方面藉由卜辭內所記載的大量祭祀卜辭，復原出該卜辭家族成員中祖父子輩間的親疏貴賤，並點出其占卜行為裏的特殊現象。在子組附屬卜辭方面則重在其材料的歸併，對《合集》放錯組類的卜辭加以討論，並討論在一二七坑卜辭中是否可劃出一類亞卜辭來。

第七章以後則是嘗試對一二七坑中的賓組卜辭作排譜，大量利用卜辭間同文異版、同版異文、同事異日、同日異事、面背相承的現象，輔以微細斷代法，對賓組卜辭內容作時間上的排序，擬構了賓組卜辭中早期人物雀和子商的排譜以及中期出現的𡧊正化及婦好的排譜。

第八章除了繼續針對可以排譜的人物作排譜外，還對一些比較特殊的卜辭排譜，如削成橢圓形的改製背甲，以及對一類專門卜雨，字體特殊的卜辭作歸類。還討論到以字體來分期的可行性，及這一批甲骨上的異體、省體字及誤刻字例的情形等。最後則對這一坑的賓組卜辭在武丁年間可能歷時多久提出可能的推測。

第二節　論文的研究方法

一、選題緣起

本書是在我的博士論文《殷墟 YH127 坑甲骨卜辭研究》（政治大學中國文學系博士學位論文，2001 年 6 月）的基礎上增補修訂而成的，1999 年 7 月，當時我作為論文導師蔡哲茂先生的計畫助理，協助其整理史語所於河南安陽小屯發掘的 YH127 坑甲骨，之後便以這一坑甲骨卜辭的研究作為我的博士論文題目。

蔡哲茂先生主持的「殷墟安陽小屯 YH127 坑出土甲骨研究」計劃本來有二個主要的目標，一是整理張秉權先生於《殷虛文字丙編》出版後，陸續所作的新綴合，計有 168 版。具體的工作內容包括覆核原骨，查對編號，作摹本，撰

寫釋文等等。二是要對所有 YH127 坑甲骨的綴合，作一個清查，主要是針對《合集》以及於《合集》出版後，諸家所作過的綴合（關於這個計劃所完成的項目，請參蔡哲茂：〈YH127 坑的發現對甲骨學研究的意義〉，收錄於宋鎮豪、唐茂松主編：《紀念殷墟 YH127 甲骨坑南京室內發掘 70 周年論文集》）。

　　在計劃進行的當中，有許多甲骨文著錄的大部頭書籍出版了，包括 1999年 7 月語文出版社出版的《甲骨文合集補編》（以下簡稱《合補》）和 1999 年 8月中國社會科學出版社出版的《甲骨文合集材料來源表》（以下簡稱《材料來源表》），都大大的方便了我們工作的進行，尤其是在查對《合集》的那一版是一二七坑甲骨所綴合的，以及當發現一二七坑甲骨和其它書籍著錄的甲骨可以綴合，要查對其來源的時候。

　　而當決定以「殷墟 YH127 坑甲骨卜辭研究」作爲論文題目的同時，也在思索著如何著手來寫這一本論文。猶記「舉凡新發現，莫不基於新材料和新方法」的道理，因之就想到要藉著整理這一坑甲骨之際，善加利用那些新綴合，以及利用能親睹甲骨實物之幸，對目前已發表的綴合或甲骨的釋讀作校正等。

　　在新材料方面，除了前面說到的張秉權先生的新綴合外，還有蔡哲茂先生，以及後來加入我的工作行列的林宏明兄所作的新綴合，這兩項綴合加起來就有350 版之多（大半是已發表過甲骨的加綴），大大的豐富了我論文的內容。舉例來說，對於《合集》有些綴合錯誤的例子，如果不是他們作出正確的綴合，這些誤綴可能就會被學者誤引誤用一段很長的時間（關於《合集》誤綴一二七坑甲骨的例子，蔡先生曾發表〈論甲骨文合集的誤綴〉一文，並在《甲骨綴合續集》中有「《甲骨文合集》誤綴號碼表」可參見）。還有嚴一萍《殷虛第十三次發掘所得卜甲綴合集》和《合集》所作的不同綴合，大半也由於能覆核甲骨而判斷對錯。而對我論文更多幫助的是，有大部分綴合後的卜辭，已引用到我各章節中的卜辭排譜內，讓零散的事件和人物增加了許多同版的線索，讓我在進行排譜工作時，可以係聯出更多同時代的卜辭。如排「雀戔（翦）🩹」卜辭及「韋（敦）沚」卜辭時所引用到的《丙編》新綴。

　　我所說的新材料除了新拼合的甲骨外，當然還有新出版的專著。這一方面除上面說到的《合補》和《材料來源表》這二部大型工具書外，當年大陸學界通過答辯的二本博士論文也對我的研究有助益，其爲 1998 年大陸社科院歷史所劉學

順先生的《YH127 坑賓組卜辭研究》和同年吉林大學白于藍先生的《《殷墟甲骨刻辭摹釋總集》校訂》。前書針對一二七坑中的賓組卜辭部分作研究，也旁及一二七坑的發掘、著錄和綴合。其論文主要的排譜部分，則是我經常翻閱的，雖然全書正文僅六十多頁，但可參考的地方不少。後者雖名為《《殷墟甲骨刻辭摹釋總集》校訂》但實際上只對《合集》前六冊的釋文作校訂，而其中大半又是對《丙編》和《乙編》的釋文作校訂，這對我論文後的附表〈一二七坑賓組卜辭同版事類表〉提供了不少校正的參考。而在單篇論文方面，由於曾毅公遺作〈論甲骨綴合〉一文的發表，讓我們對於一二七坑甲骨可和其它書中甲骨綴合的現象，找到了一些共通性。而我的論文完成後的這十年間，兩岸甲骨學的研究又開始蓬勃發展起來，這段期間有不少學位論文涉及或討論到一二七坑這批甲骨，因此後來讓我得有重新補正的機會，其中包括蔣玉斌（2006 博論）、宋雅萍（2008 碩論）、崎川隆（2009 博論）、黃庭頎（2010 碩論）、張惟捷（2011 博論）等等。

而在新方法方面，除了近年黃天樹先生和彭裕商先生的甲骨分類學說之外，夏含夷先生發表的「微細斷代法」，更是我常用以判斷兩個干支月份的卜辭是否存在於同一年的方法。而 2000 年年底正式發表的夏商周斷代工程成果，把殷武丁年訂在西元前 1250 年，把一二七坑賓組卜辭二次月食訂在西元前 1201 和 1198 年，都是我排譜商王年時的重要依據，如果不是這些成果及時公布，我論文的內容可能要減少很多。

二、各章寫作方法

下面，將論文中一些寫作的原則和方法加以概述。

第一章部分，討論到每一次發掘時，所舉證的甲骨片，都儘量選擇可以和舊著錄書中的著錄甲綴合的例子，如在第一次發掘中，舉到了《甲編》的一版「用侯屯」卜辭，其可和庫方和英國所藏甲骨綴合，第三次發掘甲骨舉《殷虛文字甲編》（以下簡稱《甲編》）可和懷特氏所藏骨綴合的例子等，而十五次發掘後日人對安陽小屯甲骨的盜掘部分，則是檢索了一些日文期刊論文所得的一點線索。在這章的第二部分，我要強調的則是一二七坑甲骨編號過程的曲折，目的在對是否能從甲骨編號來推測其在坑中的位置，而藉以為綴合的作法，提出我的看法。

第二章則著重在判別《殷合》、《合集》、《殷虛第十三次發掘所得卜甲綴合集》對一二七坑甲骨所作綴合的異同，以及《乙編》著錄上的一些錯誤。而最

主要的部分則是整理出目前所可知的，可以和一二七坑甲骨綴合的非發掘甲骨，並提出可能的解釋。

第三章以後，我討論了自組、子組、午組、子組附屬類，然後是賓組卜辭。之所以這樣排列的原因，乃是因自組卜辭是時代較早的卜辭，故將之列於最前，而更主要的原因是爲了想在這一章中，把目前甲骨分類、分期的成果一一略述，尤其是針對目前許多繁複的分類組名。而其後續之以子、午、子附屬類非王卜辭的理由，則是因爲它們的數量較少，且在一二七坑中的年代較早，還有其可以和賓組卜辭的界線劃的很清楚。更重要的是先把這一類卜辭給區分出來，然後再去討論剩下的賓組卜辭，這樣對我論文寫作的進行會比較順利。

但是在決定要把一二七坑中所有不同組類的甲骨分清楚後，第一步工作便是想到要如何來將這八千多號的一二七坑甲骨作初步的分類。這樣的分類其實很早就有人作過了，如中研院史語所出版的《丁編·遺址的發現與發掘》「甲骨坑層之二－十三次至十五次出土甲骨」一書，裏面把每一版《乙編》甲骨的出土深度、發掘月日及「董、張、嚴、陳」四人的分期都寫的很詳細，但是卻很少有人知道這本書，甚至未發現有人利用這本書來作分類。這四個人的分期看法當然已是四五十年前的研究成果，但是只要我們知道董作賓、嚴一萍的四期卜辭大半是今天我們認爲第一期的自、子、午組卜辭，其實也就很容易區分了。

能區分出每一版甲骨屬於何期後，當然不能就這樣當作材料來探討，因爲很多《乙編》甲骨都被拼起來了，所以還要查《丙編》和《合集》，以及許多綴合的文章，看看哪些《乙編》甲骨可以拼合。查對的結果會發現有很多較小片的甲骨，《合集》並沒有收錄，因我當初是用一張張的卡片把《乙編》中非賓組卜辭的甲骨內容一號抄錄一張下來，後來再把可以綴合的卡片放在一起，如此就可以看出漏了那些，而這些又是那一組的卜辭。當然，這個工作是在尙未看到《材料來源表》前的作法，有了這本書後，這樣的工作幾乎完全可以省略了。而在《合集》漏收一二七坑甲骨的部分，也曾發現有把一版大龜甲漏收的情形，如《乙編》的4810，這就有點令人匪夷所思。

分好類後就正式寫入各章。但由於一二七坑卜辭中幾乎沒有自組卜辭，因此本章就由曾經懷疑一二七坑甲骨有武丁之前卜辭這一點切入，既然時代最早的自組卜辭都不曾見有武丁以前卜辭，當然一二七坑也不會有武丁之前卜辭。

所以在這章之前藉由一版曾被誤爲武丁前卜辭的「甲午月食」卜辭開始，來討論自組卜辭，而自組卜辭的具體內容，我則列在第六章的後面。

第四、五、六章所採用的方法大致相同，都是先求把某一組的卜辭，在一二七坑中完全找出來，故一開始時重在分類的工作，這個工作又以綴合爲首要，所以又先列出了到目前爲止，該組卜辭最新的綴合成果。之後再依干支的順序加以排列，附記層位資料。因爲這些組類的卜辭在一二七坑中數量極少，因此它們在地層中是比較集中的，故想藉此了解其在地層中分布的位置。而之所以依干支排列的原因，是因爲把干支相近的卜辭排在一起容易發現它們是否是針對同事占問的卜辭，然因同干支可能發生在不同的月份，甚至不同的年份，因之對於有附月的干支，都用微細斷代法算出其是否有同年的可能，再加以歸類。最後對於每一類的卜辭都加以分析其時代及用字用詞的特性等。

在賓組卜辭方面，因爲決定要以排譜爲主要討論方向，因此一方面試著找出一二七坑賓組卜辭中時代最早的卜辭，一方面則利用同版、同文、同事類的線索把許多卜辭聯係起來。在時代最早的卜辭，我選定了可以和「雀」這個人聯係的卜辭，之所以認定雀是較早的，當然是參考了許多甲骨分類學者的文章，而且從自組、子組、午組卜辭都有「雀」出現這一點，也可以讓我們作這樣的推論。

但是實際排譜時，又面臨到許多困難。較大的困難是對於同版上不附干支的卜辭，到底要附於那一個干支之後，通常我就依《丙編》張秉權先生釋文的順序來排，因爲他大抵從刻辭的位置來考慮，有其可信性。而異版同文卻干支不同的卜辭，我就將之依最小的時距來排放，這是權宜的作法，任誰可能都無法百分百確定這些卜辭內容的時間先後。所以關於這些不附干支的卜辭，在我所排的譜內，或許很多都可以在同版干支的上下游移的。

而排雀的相關卜辭時，經分析材料後，認爲可以區分爲三類，但是這三類用微細斷代法計算的結果，並不能排入同一年之內，所以暫認定這三件事是連續幾年內所發生的事情，接著查閱《中國先秦史曆表》，在「𢦏𢆠」卜辭的時間定了之後，往上下找其它兩類事的一月參數量能所能符合年份。

而排雀卜辭後，發現子商出現的次數很多，接著便排子商的譜。由於子商卜辭的資料較少，因之沒有辦法排的像雀卜辭一樣完整。後面接著我便排爭正化和婦好譜，爭正化的卜辭歷時短，事類多，很多事類都有紀月，是最佳的排譜

材料，因之我就找了四個月份的定點，然後把相關卜辭補入。再來就是婦好的排譜，婦好卜辭中最明顯的就是娩𡚾卜辭，我先找出了婦好的三次娩𡚾卜辭，並認爲其是時間連續的三次娩𡚾記錄，又考慮到每一次娩𡚾的時間，而將這些卜辭都排在三年內。這種方法後來也用在排婦[illegible]卜辭時。

而在論文的最後一章，則討論我在整理賓組卜辭同版事類表時所發現的一些問題。這些問題包括黃天樹、彭裕商先生所倡的字體分期法的可行性，和何以在這一時期的卜辭中不見有周祭卜辭。對於前一個問題，一般初學者因爲所見卜辭不夠全面不夠多，所以一發現卜辭中有某些規律出現時，總視爲必然。而用字體來分期的辦法，對一個初學者而言，只要能掌握幾十個字的異構就可用判定難懂的甲骨分期，無疑使他們趨之若鶩，但當大量去整理後發現，並非黃、彭二先生所舉的例子全部都可以用來分期，有些字甚是例外多於規律。而第二個問題則是我之所以去討論集合廟主的原因，目的是想籍以了解當時殷人如何來將先祖分組群，以及當時是否已有直系和非直系祖先的概念。其次，否定句式的整理也是基於想利用卜辭正反對貞的特性，希望能藉此了解一些罕見詞的意義。文末簡單地敘述了《丙編》的誤刻和張秉權先生《丙編》釋文的一些小錯誤，當然這些錯誤主要是指加綴後才發現的誤補字。

以上所言，大概就是本論文寫作的主要方法，而要特別說明的是，如果在不同的時間內，商王對同一個方國征伐，而且兩次都在相近的月份，在我的排譜中，其實是很有可能被誤爲同一年內發生，而被係聯在一起的。但我想這是很不容易避免的事，因爲一則甲骨上沒有紀年，二則今日所見甲骨材料就僅這麼多，所以我想這個譜不會完全就是商人眞正的活動記錄。而且大半的事類排序是站在把事件壓縮到最短的時間內來看的，因此有些數據或許還可以再延長，如推斷這一坑的賓組卜辭記事歷時多久等問題。最後仍要再次重申，這只是依目前我所能利用到的所有資料所得出的結果，將來有更多新材料被發現，有更多新方法被提出時，一定能對我所作的排譜，予以大量的修正。

三、凡　例

以下將本論文行文時的體例說明如下。

1. 在考古發掘的代號中，早期以「B」指探方，後來以「T」指探方，如十三次發掘的 B119 探方和屯南的 T53 探方。「F」指房基址，「H」指灰坑。

2. 引用甲骨書時以簡稱代替全稱，如《乙編》指《殷虛文字乙編》，《丙編》指《殷墟文字丙編》，《合集》指《甲骨文合集》，《合補》指《甲骨文合集補編》等，其中除了罕見的甲骨書外，如《虛》（《殷虛卜辭》）、《攟》（或作《捃》，《甲骨文攟》），皆不注明全名。

3. 在引用卜辭時出現「□」表缺一字，「☑」表不知缺多字。在字外加方框表示其爲補字。

4. 對於所引卜辭若出現在各節的正文中才加以句逗，而在附表的框格中一律不加句逗。且在附表框格中爲保留甲文的原貌，除易識字外，儘量錄以原形，又外加括號以表明其隸定後爲何字。

5. 對於武丁早中、晚、期的界定，分別以廿年爲一個區隔，即所說武丁中期約指武丁廿到四十年間，晚期則指武丁四十年到五十九年間。

7. 在各章末的附圖，註明《合集》、《乙編》及其它著錄號，而《合集》號碼前省略「合」字，只書數字。在選圖原則上，則以對《合集》甲骨有所加綴的拓片影本爲主，以及最近最新的綴合成果。

8. 「（5/04）」和「5:35-04」這兩類數字爲微細斷代法的特殊標號，前者表一個屬五月，而干支爲六十干支中第四個的日子。後者表五月第一天的可能範圍在第卅五個干支到第四個干支之間。而微細斷代法的內容及算法，受制於本文寫作章節安排的原因，將之列於第七章，請讀者先行參閱第七章。

9. 爲行文方便，內文中一律略去「先生」、「老師」等稱號，請各位學者專家見諒。

常用甲骨書籍簡稱表

殷虛文字甲編	甲	甲骨文合集	合
殷虛文字甲編考釋	甲釋	甲骨文合集補編	合補
殷虛文字乙編	乙	甲骨文合集材料來源表	材料來源表
殷虛文字乙編補遺	乙補	英國所藏甲骨集	英
殷虛文字丙編	丙	殷虛文字綴合	殷合
殷契佚存	佚	小屯南地甲骨	屯南
懷特氏等收藏甲骨文字	懷	殷虛卜辭後編	明後

第一章　一二七坑的發現

第一節　殷墟發掘的經過

中央研究院歷史語言研究所（以下簡稱中研院史語所）開始計劃挖掘安陽殷墟甲骨始於民國十七年，十七年四月史語所成立籌備處於廣州中山大學，同年七月當時的代理所長傅斯年指派通信員董作賓至安陽小屯村調查甲骨出土的情形，八月董作賓便赴安陽小屯調查甲骨。十月史語所在廣州東山柏園正式成立，[註1] 旋即改聘董作賓爲編輯員，當月並由董氏主持在安陽小屯進行試掘，此爲第一次的殷墟發掘。當時的實施組織名稱爲「中央研究院掘地層委員會」。[註2] 關於發掘殷墟的構想，傅斯年在〈本所發掘安陽殷墟之經過〉中曾說到是

〔註1〕史語所初成立時下設八組，分別爲史學、敦煌材料、文籍考訂、漢語、文字、民間文藝、考古學、人類學。到民國十八年六月史語所遷入北海靜心齋時才決議將八組合併爲史學、語言學、考古及人類學三個組。見李光謨：〈李濟先生學行紀略〉，《學術集林》卷十（上海：上海遠東出版社，1997 年），頁 40。

〔註2〕編輯員相當於副研究員，民國十八年二月時，史語所的研究人員有：特約研究員蔡元培、胡適、俞大維、林語堂、容庚、朱希祖、馮友蘭等15人；兼任研究員有陳垣等 2 人；專任研究員有傅斯年、顧頡剛、陳寅恪、羅常培、李濟等 6 人；專任編輯員董作賓、余永梁二人，特約編輯員商承祚、容肇祖、黃仲琴 3 人。見徐亮工：〈徐中舒先生生平編年〉，《徐中舒先生百年誕辰紀念文集》（成都：巴蜀書

因為安陽殷墟自出土甲骨文以來，經羅氏收購及私自挖掘所得之龜甲，皆查無下落，而且「夫殷人卜辭藏地下者，寧有幾許？經一度之非科學搜羅，即減損一部之儲積，且因搜求字骨，毀棄他器，紊亂地下情形，學術之損失尤大。而吾國之官廳及學人竟孰視若無睹……近代的考古學更有其他重大之問題，不專注於文字彝器之端。就殷墟論，吾等已確知其年代，同時並知其地銅器石器兼出，年來國內發掘古代方地每不能確定年代……如將此年代確知之墟中所出器物，為之審定，則其他陶片雜器，可以比較而得其先後，是殷墟知識不啻為其他古墟知識作度量也。又如商周生活狀態，須先知其居室；商民族之人類學的意義，須先量其骨骼。獸骨何種，葬式何類。陶片與其它古代文化區有何關係，此皆前人所忽略，而為近代歐洲治史學古學者之重要問題。故吾人雖知河南省內棄置三十年從不過問之殷墟已有更無遺留之號，仍頗思一察其實在情形。」
〔註3〕從上可知當初傅斯年發掘殷墟的目的，消極方面在於顧慮到非科學的發掘將會紊亂地層，造成學術研究的損失；積極方面在於想要以殷墟出土的器物來作為其它古墟出土器物的時代量尺，更從出土的器物推測出當時人生活的模式。

這種注意地層與共生陶器的關係，而用之以為斷代的依據，就是近代考古學的方法。考古學的基本理論和方法為地層學和類型學，而類型分析正是建立

社，1998 年），頁 319。

〔註3〕 傅斯年：〈本所發掘安陽殷墟之經過〉，收錄於《安陽發掘報告》第二期，國立中央研究院歷史語言研究所專刊之一（民國十九年十二月）。又其抽印本標題作〈本所發掘殷墟之經過〉，與此稍異，為中華民國十九年北平北海公園內本所刊行。傅氏之所以作此文乃是源於民國十八年十一月傅斯年到河南省城開封，為殷墟發掘一事折衝釋疑，並於十九年發表宣言，說明史語所考古發掘的緣起及其學術意義。故文中及言「不意去年十月在安陽工作突遭驅逐，經政府主持，河南人士之同情，始於十二月二十九日取得河南省政府方面解決之約。吾等於河南省政府之解決此事，自當感佩……不意近日何日章君傳單於事實敘述頗失實在。同人等絕不以與人爭論為事，惟亦不便謬居不義之名。故敢敘往事，以申明吾人之立點……」其文先由董作賓擬，後由傅斯年修改。文中說到的折衝釋疑之事即是對於所掘出土龜骨器物的存置問題一事而言，因當時兩方協議將來所出龜骨器物需放置於當地博物館，然因適逢軍興且考慮到儀器設備的問題，發掘的史語所人員先將出土文物移至北平史語所內編號整理，而導致河南圖書館館長兼民族博物院院長何日章不滿，以為其欲將古物潛運出境，故上函河南省政府，並得到同意允許其自行挖掘之事。

在地層學的基礎之上。因每一件出土器物都有一定的地層關係，所以籍由標準器的排比，再加上類型的分析，就可大致得出器物發展的走向。譬如在銅器的分期研究中，由於地層的關係，故可以利用共生的其它器物與銅器作比較研究，而經常與銅器共生的陶器無疑就是最好的比較對象。陶器數量多，形製變化快，更重要的是與銅器有著密切的關係，所以李濟和郭寶鈞都曾用這種方式來對銅器分期。﹝註4﹞這種方法同樣可運用到甲骨學的分類上來，共生陶器的出土在甲骨學上的價值可經由器形、紋飾、胎質等屬性的排比，將其分為若干類型，而再根據這些類型，可以把與陶器共存的甲骨，作時代上的橫向聯繫，如果再配合可作為甲骨斷代的依據，如稱謂、貞人等，就可以對甲骨作分類和斷代的工作。而今日的甲骨學者主張用字體來作為甲骨分類的標準，這從某種角度上來看，也是一種運用考古學對器物排比概念而來的一種型式學分析。

1. 殷墟第一次發掘

　　下面我們先來看中國首次透過科學挖掘所得的一批甲骨。而在這之前，其實已有大量的甲骨經由非科學的方式被人取得且販售，其後來著錄並出版的就有劉鶚的《鐵雲藏龜》（1903）、羅振玉的《殷虛書契前編》（1913）、《殷虛書契菁華》（1914）、《鐵雲藏龜之餘》（1915）、《殷虛書契後編》（1916）、明義士的《殷虛卜辭》（摹本，1917）、﹝註5﹞姬佛陀覺彌的《戩壽堂所藏殷虛文字》（1917）、林泰輔的《龜甲獸骨文字》（1917）、葉玉森的《鐵雲藏龜拾遺》（1925）及王襄的《簠室殷契徵文》（1925）。

　　民國十七年八月史語所派遣通信員董作賓前往殷墟調查，其在訪談了當地人士後，得到以下的結論，「吾人由此次調查而知者，為甲骨挖掘之確猶未盡。殷墟甲骨自清光緒廿五年出土，至宣統二年羅雪堂派人大舉搜求之後，數年之間，出土者數萬。自羅氏觀之，蓋已寶藏一空矣。然民國以來，如肆佔所說，

﹝註4﹞　楊平：〈對西周銅器分期方法的幾點認識〉，《文博》1996 年 5 期。

﹝註5﹞　明義士在序中說到「往者予得此物，即按物圖形。或上或下，多不準則。速寫之間，或有不免於增減者。其後經驗稍深，始覺以前多有未妥。乃將所有之物，從新討究，改正錯誤，搜求材料，凡三次于茲，始成今本，得以貢獻於世。」明義士不識墨拓之法，乃從所藏五萬餘片中，遴選二千三百六十九片，摹繪形狀，自謂不差黍粟，稿凡三易而傳世。參商承祚：《甲骨文字研究》（天津：天津古籍出版社，2008 年），頁 43。

則挖掘而大獲者已不止一次。張君十四年調查，亦云農田之內，到處多有。而吾人於村中親見之品，又皆新近出土者。凡此，皆殷墟甲骨挖掘未盡之證。」其後他更擬了發掘的計劃，包括實際發掘時分區、平起、遞填的方法及所需工人、時日、款項、器具，接著函致當時在上海的傅斯年所長，而傅斯年以急須發掘爲然，擬由中研院史語所任其責，即匯款千元，囑其籌備發掘事宜。爾後董作賓親自赴滬與傅斯年商談並購置器材，接著再由南京赴河南開始殷墟的發掘工作。當時的工作成員包括董作賓、李春昱、趙芝庭、王湘、參加人員有張錫晉、郭寶鈞六人，此即爲史語所發掘殷墟之始。〔註6〕關於傅斯年何以指派董作賓的原因，李濟曾說「傅所長派董赴安陽進行初步調查有兩個簡單原因：董系河南人，這在許多方面將有利于他的工作；再者他雖不是傳統意識中古物學家，但他理智靈活」。〔註7〕當然董作賓「甲骨挖掘之確猶未盡」的調查結果和主張國家學術機構以科學方法發掘之的建議，也是當時的院長蔡元培和史語所所長傅斯年之所以會特派他主持殷墟發掘事宜的原因。當年十月七日董作賓等人抵達安陽，在數天的籌劃後，於十月十三日正式開始發掘殷墟，並由河南省政府教育廳派員協助工作，在小屯村東北洹河之濱及村北和村中試挖。自十三日起至三十日止得字甲 555 片、字骨 229 片，計 784 片，古器物十餘種，是爲安陽發掘之第一次。〔註8〕爾後從本次發掘所得的七百多片甲骨中選出 381 片，

〔註6〕 董作賓至河南當地訪問了彰德十一中校長張尚德及尊古齋肆主王嘉瑞和花園莊私塾教師閻金聲，見董作賓：〈中華民國十七年十月試掘安陽小屯報告書〉，《安陽發掘報告》第一冊（北平，1929 年）。及胡厚宣：《殷墟發掘》（上海：學習生活出版社，1995 年），頁 46。第一至七次的工作人員及參加人員見李濟：〈《安陽發掘報告》編後語〉，《李濟文集》卷五（上海：上海人民出版社，2006 年），頁 120。

〔註7〕 李濟：《安陽》（中譯本）（北京：中國社會科學出版社，1990 年），頁 41。

〔註8〕 關於第一次發掘所得甲骨版數在董作賓、胡厚宣合編的《甲骨年表正續合編》廿一葉言「得甲骨文字七百七十四版」，中央研究院歷史語言研究所單刊乙種（民國廿六年四月初版，民國六十五年八月再版）。此根據董作賓的《殷虛文字甲編・自序》所言「得甲骨 784 片」。何以相差 10 片的原因，石璋如：《丁編・遺址的發現與發掘》第二章言「774 爲田野約計數字，有些小片與獸骨混爲一處，未加清洗尚未發現其上有字，因未加以整理。784 爲編號數字，是經過整理的確數，並把編號數字逐一寫在甲骨上」。《中國考古報告集之二》（台北：中研院史語所，1985 年）。

摹寫後石印出版，是為《新獲卜辭寫本》（並附後記一冊）。〔註9〕關於這一次發掘所得甲骨的重要性，在使董作賓提出了他的「存儲」說。如第9坑及其西部的16、17、18坑出土字甲172片，字骨107片，〔註10〕董作賓便以為這些甲骨和第三次的大連坑所出甲骨，都是出於殷人的「存儲」，因其中包涵了一、二、五期的甲骨，故推測「無疑的是在武丁時已用它存儲甲骨卜辭了，到了祖庚、祖甲時繼續使用，以後各王或者不在此坑存儲，可是到了帝乙帝辛時，又把卜辭存入了」。〔註11〕此外，這次發掘的第36坑為自組小字類和自歷間類卜辭的混合，其中出土的甲264可和《粹編》425綴合（綴合後即合20098），據此董作賓提出了36坑甲骨和著錄於《粹編》、《後編》、《龜卜》的部分甲骨是同一來源的說法。又E9坑出土的甲297可以和庫1661（合41704）加金382（合41723、英2503）綴合；甲346（合36959）可以和庫1569（英2536）及前2.17.7（合36808）綴合，甲433（合34113）可和庫1053、庫1119、庫1121、庫1134（即合32189），以及英1771（合40867）、合32188綴合（《合補》10481＝合32188＋合32189＋英1771，參圖1），〔註12〕證明E9坑是個翻掘多次的熟坑，並且1904年之後經庫壽齡、方法斂之手而賣到英國博物院和金璋氏的甲骨，及庫方二氏和羅振玉所收藏的甲骨都有這一坑的出土品。〔註13〕

〔註9〕《安陽發掘報告》第一冊，中研院史語所專刊之一（北平，1929年12月）。

〔註10〕據石璋如《丁編·遺址的發現與發掘》第二章「第一次發掘」（11頁）所言「在第9坑的西部16、17、18等坑出土的甲骨，那是從前所挖的大坑，被挖碎的甲骨混入土中，而平復於坑中者，所以坑層已亂而且都是小碎塊。因此把16、17、18等坑出土的甲骨也附入9坑中」。

〔註11〕見董作賓：《殷虛文字甲編·自序》（台北：中研院史語所，1976年11年再版），頁8。

〔註12〕英2503＋甲297、合補11283（合36959＋合36808）＋英2536為董作賓綴合；合32189＋合40867（英1771）＋合34113（甲433）為李棪所綴合，見屈萬里：〈跋李棪齋先生綴合的兩版「用侯屯」牛骨卜辭〉《大陸雜誌》31卷第3期。後來白玉崢又加綴了合32188（燕37）。今合補10481即合32188＋合32189＋合40867，尚未綴上甲433（合34113）。關於「用侯屯」的解釋，蔡哲茂以為是「用侯帶來的屯，並非有個叫侯屯的人」。見氏著：〈殷卜辭「用侯屯辨」〉，台灣大學中文系先秦文本及思想之形成、發展與轉化計畫研討會，2009年12月19日。

〔註13〕曾毅公：〈論甲骨綴合〉，《華學》第四輯（北京：紫禁城出版社，2000年），頁31。又關於方法斂、庫壽齡和金璋等歐美學者從接觸到研究甲骨文的經過可參閱汪

　　而這一次發掘的甲骨可以和其它次發掘甲骨綴合的有：甲 310，可加上第三次發掘的甲 2242（3.2.0004）；甲 387 可加上第二次發掘的甲 709（2.2.02）。

2. 殷墟第二次發掘

　　第二次發掘在民國十八年三月七日起至五月十日止，計六十五天。工作人員有李濟、董作賓、董光忠、王慶昌、王湘，參加人員有裴文中。在小屯村中、村南、村北三處試挖。出土字甲 54 片，字骨 630 片，計 684 塊。由於十七年十二月，歷史語言研究所成立考古組，又適逢李濟取得哈佛大學人類學博士學位由美歸國，旋即受聘爲史語所專任研究員兼考古組主任，〔註 14〕故第二次以後的殷墟發掘事宜主要由李濟主持，實施組織也改名爲「中央研究院考古組發掘團」。其曾與發掘同仁約定「一切古物歸公，私人不收藏古物」，後來這一約定便成爲中國考古學界的傳統。〔註 15〕而在往後的數次發掘中，董作賓只任第一、

濟：〈甲骨學在歐美：1900～1950〉，《甲骨文發現一百周年學術研討會論文集》（台北：中研院史語所，1998 年），頁 145。

〔註 14〕關於聘李濟爲考古組主任的過程，李光謨曾說到，當初決定由誰負責有兩個候選人，一個是金石學家馬衡，當時是北京大學研究所國學門考古研究室主任，一個是剛從美國哈佛大學得到博士學位回國的李濟，結果蔡元培和傅斯年選了李濟。見俞偉超：《考古學是什麼》（北京：中國社會科學出版社，1996 年），頁 224。又第一次安陽發掘後，李濟給傅斯年的信中曾說到「北大馬叔平曾間接表示欲參與此事」，探尋傅斯年的可否，過了快一年，馬衡同時寫信給傅斯年、李濟、董作賓，正式提出參加考古組的要求，傅斯年立刻拒絕。見杜正勝：〈無中生有的志業—傅斯年與史語所的創立〉，《新學術之路》（台北：中研院史語所，1998 年），頁 34。

〔註 15〕見李光謨：〈李濟先生學行紀略〉，頁 42。關於此點李濟的學生李亦園也回憶說到，「李濟之先生是一位很嚴肅的學者，學生們甚至史語所的同事們都很畏懼他，但是大家也很尊敬他，一方面他的學術貢獻很大，是現代考古學、人類學發展的奠基者，他不只是西陰村夏代遺址及安陽殷墟發掘的主持人，對古代史有特殊貢獻，同時也是若干學術傳統的創建者，他的實地田野工作精神，影響了幾代考古學與人類學工作者的研究傳統；他身爲古物發掘者，卻提倡不留任何古董或標本在家中，建立文物研究者與古董搜集者分流的傳統，成爲寶貴的學術工作倫理，最爲後人所欽仰。」見潘光哲訪問，林志宏紀錄：《思與言》口述歷史訪談之二：李亦園先生訪問紀錄〉，《思與言》第 41 卷第 3 期，頁 210。又對於李濟在體質人類學方面的成就及其博士論文的評騭可參見王道還：〈史語所的體質人類學家〉，《新學術之路》，頁 164。

五、九三次發掘的主持人及第二、三、四、六、七次發掘的參加者。

　　這一次出土的甲 712（合 33313）可以和明後 3104 綴合，可證明義士在 1923 年所得的一批肩胛骨，乃出自張學獻家塋地，因為第二次發掘所獲肩胛骨也大多是在村中張學獻家東牆外場院和南邊田中所得。

3. 殷墟第三次發掘

　　第三次發掘分兩階段，分別在民國十八年十月七日至廿一日，及十一月十五日至十二月十二日，工作人員有李濟、董作賓、董光忠、張蔚然、王湘，發掘地點在小屯村北的高地和村西北的霸台。李濟曾將其過程寫在〈民國十八年秋季發掘殷墟之經過及其重要發現〉。〔註 16〕此次發掘所開皆整齊的橫坑和縱坑，並用連坑以串連縱坑和橫坑，共開 142 坑，其中出甲骨的有 42 坑，共計出土字甲 2050 片，字骨 964 片，其中以橫十三戊西頭和大連坑東兩坑出土甲骨最多。出土兩個獸頭刻辭，一個牛頭刻辭和一個鹿頭刻辭。著名的大龜四版即出於此次大連坑南段的長方坑中，董作賓在對這四塊龜版作深入的研究後，發表〈大龜四版考釋〉一文，其中首次提出了他的「貞人說」。〔註 17〕

〔註16〕　李濟：〈民國十八年秋季發掘殷墟之經過及其重要發現〉，《李濟文集》卷二，頁 225（原載於《安陽發掘報告》第 2 期，1930 年）。又關於這次和第二次發掘之間的一些過程，松本信廣說到「翌十八年春 The Freer Gallery of Art ,Smithsonian Institute の出資を得て李濟を筆頭に董作賓、董光忠その他歷史語言研究所考古部員總出で發掘を爲したが，殘念乍ら軍事の爲停頓し，秋に至つて再始し，河南省政府の干涉壓迫の爲斷續したが二回發掘を行ひ，村の北に縱溝四，長約四百米，支溝若干及び橫溝七，長約五百米，村の西北に試掘溝三を發掘し，下の點數の遺物を出土した。」《江南踏查》（東京都：三田史學會，昭和十六年），頁 17。關於殷墟發掘的經費，第一次由史語所出資，第二、三次由美國福利爾美術陳列館出資，第四次，史語所出資，第五、六、次則由美方主導的中華教育文化基金董事會出資。李濟：〈《安陽發掘報告》編後語〉，《李濟文集》卷五，頁 121。

〔註17〕　大龜四版的考釋可見董作賓：〈大龜四版考釋〉一文，見《安陽發掘報告》，中央研究院歷史語言研究所專刊之一（北平，1931 年 6 月）。關於大龜四版又見著錄於《卜辭通纂》一事，李濟在〈南陽董作賓先生與近代考古學〉及〈大龜四版的故事〉中都曾說到當時郭沫若正流落在日本寫他的《卜辭通纂》，聽到了大龜四版出土的消息後，便向史語所寫了封很客氣的信，要求能看拓片，並希望能贈送他一全份，後來在董作賓的同意下，郭沫若得到了拓片。然郭沫若卻將之收入他的《卜辭通纂》中，等到付印了才告訴史語所他的這一計劃。《董作賓先生逝世三周年紀

關於第二次和第三次的發掘方法，李濟採用了以下幾種：（一）不連貫及縱橫連斜支的發掘法、（二）兩者兼施的發掘法、（三）縱橫連支線的發掘法、（四）簡化縱橫線的發掘而改爲 A、B、C 等區。第一種方法可爲不連貫的發掘法和縱橫連斜支的發掘法兩種，前者即是在一條線上，開許多小坑，而坑不是完全連接的，也許有三坑相接，或五坑相接，中間有一大段不開坑即不相接，這個方法通常是沿著道路發掘的；後者中「縱」是指南北坑，「橫」是指東西坑，「斜」是指不正的坑，「連」是指接連兩坑間的坑，「支」是各種坑所開的附坑。因爲

念集》（台北：藝文印書館，1966 年）。董作賓之所以寄交拓片給郭沫若，是因爲兩者一直以來有學術交流，此點可由董作賓在中央研究院第一屆院士選舉前寫信給胡適（1948 年 2 月 20 日），並表示自己願意放棄膺選爲考古學領域院士的機會，希望胡適能投梁思永及郭沫若一票。而郭沫若在《卜辭通纂》出版後（1933 年）即致函東京文求堂主人田中慶太郎，要求寄贈董作賓三部；董作賓亦函告郭沫若，曰彼友亦欲購之。見潘光哲：《何妨是書生：一個現代學術社群的故事》（桂林：廣西師範大學出版社，2010 年），頁 28。而郭沫若流寓日本時，與文求堂主人田中慶太郎交往甚密，從 1932 到 1937 年間經由文求堂所出版的著作即有《兩周金文辭大系》、《金文叢考》、《金文餘釋之餘》、《卜辭通纂》、《古代銘刻匯考四種》、《古代銘刻滙考續編》、《兩周金文辭大系圖錄》、《兩周金文辭大系考釋》、《殷契粹編》九部。若參《郭沫若致文求堂書簡》（北京：文物出版社，1997 年），來往信函內容與董作賓及大龜四版有關者有「三千年前大龜四片已從北平寄到。請來一游，將奉以龜之佳餚也」（譯文，1931 年 12 月 31 日）、「《通纂考釋》1 到 75 爲第一冊，76 至 149 爲第二冊，其餘索引爲第三冊。《卜辭通纂》寄贈姓氏……上海曹家渡小萬柳堂董作賓氏三部（包括贈中央研究院者）」（1933 年 3 月）、「惠函拜讀。上海曹家渡小萬柳堂中央研究院歷史語言研究所董作賓先生函云，彼友欲購《通纂》，盼寄三、四部，並謂一切由彼負責，包括郵費。此事當無礙也。」（譯文，1933 年 5 月 27 日）、「此外，《古代銘刻彙考》已出版否？請寄董作賓先生一部（上海徐家滙小萬柳堂歷史語言研究所）。倘若亦能寄我處二、三部則甚幸。」（1933 年 12 月 14 日）、「《續編》（古代銘刻彙考續編）寄贈……董作賓北平北海靜心齋轉……」（1934 年 5 至 6 月間）、「大札奉悉。《粹編》二部妥收。劉氏（劉體智）住所爲上海新開路 1321 號也。此次對劉氏贈書過多，深感歉疚，對他人贈閱擬暫緩。如有餘書，中村不折、河井仙郎、張丹翁、董作賓諸氏可否各贈一部？」（譯文，1937 年 6 月 2 日）。「對董作賓氏贈閱書亦暫緩。擬贈金君（金祖同）一部。版權券由和夫蓋印，我亦未加注意。」（1937 年 6 月 10 日）。郭沫若與田中慶太郎的來往，可參成家徹郎：〈郭沫若と文求堂田中慶太郎—交流の軌跡〉，《人文科學》第十五號，2010 年。

要探視地下的情形需要開坑，又爲了記載的方便，以便能窺探範圍較廣的地下現象，所以用各種不同角度的坑來探掘，因此有東縱、南橫、西斜、連連等爲人所不易了解的許多名詞。

第二種是混合兼用 XYZ 縱橫斜座標法和不連貫的發掘法。第三種則是發掘中首次採用的，即除了仍沿用縱橫斜連支等名稱外，又把坑連接在一起而爲線的發掘，仍把南北向的叫縱溝，東西向的叫橫溝，連接兩橫的叫連溝。不論縱溝或橫溝，再以長 3 公尺、寬 1 公尺爲一小單位，叫甲、乙、丙等。此外，第三次發掘以後用 A、B、C、D 等區取代原先縱、橫、斜、連等名稱，即上文所言及的第（四）種方法。〔註18〕

小屯發掘的各區（引自董作賓《甲骨學六十年》）

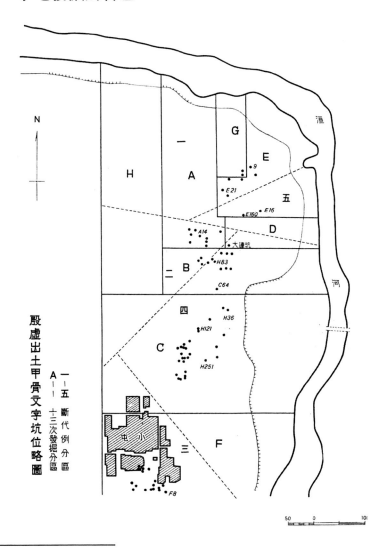

〔註18〕石璋如：〈李濟先生與中國考古學〉，《新學術之路》，頁148。

　　而在第三次發掘的同時，即民國十八年到十九年這一段期間內，當時的河南省博物館也在小屯村進行了發掘，共獲得 3656 片有字甲骨，後來著錄於《河南通志文物志》單行本的《甲骨文錄》（930 版，孫海波編）和關百益的《殷虛文字存眞》（拓本，共八集，八百張）中，〔註19〕這批甲骨在 1949 年後被運到台灣，今寄存於台北歷史博物館，後來由河南省運臺古物監護委員會出版《河南省運臺古物甲骨文專集》，對收錄於《殷虛文字存眞》外的甲骨加以著錄。〔註20〕

　　對於這批甲骨的內容，李學勤曾說「這批甲骨中包括了大量的祖甲卜辭，它們很可能是集中出土的，但遺憾的是發掘時沒有留下坑位和層次記錄。這是現已發現的惟一整批的祖甲卜辭。此外劉體智舊藏甲骨中的一些祖甲卜辭，與此是相聯係的」。〔註21〕

　　第三次發掘的甲骨有些可以和它書上的拓本拼合，如出於大連坑的甲 2282，便可與《佚存》256 綴合（即佚 986、合 32385）。〔註22〕對於這種現象

〔註19〕河南博物館在這段期間內共計發掘了兩次，一次是在十八年 10 月到 12 月，一次是在十九年 2 月 20 日至 3 月 9 日及 4 月 12 日到 4 月底。兩次發掘計得字甲 2673 片，字骨 983 片，共計 3656 片，後由關百益選拓爲《殷虛文字存眞》，河南博物館拓本集八冊，一冊一百號。第一集於 1931 年 6 月出版，二至八集則於 1935 年出版，見 1935 年 6 月《考古社刊》第二集所載。又許敬參：《殷虛文字存眞第二三集考釋》亦於此年出版，其所著《殷虛文字存眞第一集考釋》則在 1933 年 6 月出版。以上參見《甲骨年表正續合編》，中研院史語所單刊乙種，1976 年 8 月。又關百益爲河南開封人，原名葆謙，字百益，其所編《殷虛文字存眞》署名關葆謙，《百年甲骨學論著目》以爲是二人，分列於 569、570 兩處及人名索引的 1018 頁。

〔註20〕負責整理的董玉京說到，「在河南運台古物中，以甲骨爲最多，計有三千六百四十六件。其中雖然多爲殘片，因有文字可考，對我國歷史文字等考古工作，仍將大有貢獻。河南省博物館前已整理編輯八冊，每冊編入 100 片。本次摹寫完竣後，應爲 2673 片，而於摹集後竟缺 357 片。」河南省運臺古物監護委員會：《河南省運臺古物甲骨文專集》（台北：河南運臺古物會，2001 年），頁 8。

〔註21〕李學勤：《殷代地理簡論》（北京：科學出版社，1959 年），頁 67。又收錄於《李學勤早期文集》（石家莊：河北教育出版社，2007 年），頁 238。劉體智的舊藏今多藏於北京國家圖書館，計有 28450 片。見賈雙喜：〈劉體智和他的甲骨舊藏〉，《文獻季刊》2005 年第 4 期。

〔註22〕佚 986 即合 32385，爲董作賓所綴合。該版又可加綴合 35277，見裘錫圭：〈甲骨綴合拾遺〉，《古文字論集》（北京：中華書局，1992 年），頁 236。

董作賓曾解釋說，當第三次發掘時，中央研究院和河南民族博物館，因爭掘甲骨而發生糾紛，在 B 區大連坑和 E 區附近，河南博物館有一批甲骨被盜（是裝在一只綠布小箱裏），後流落到北京琉璃廠古玩店，而被美國人施密士購得，即著錄在《殷契佚存》中的部分拓本。〔註 23〕而本次出土甲骨的拓本和照片也同樣被盜，據曾毅公所言，于省吾就曾用高昂的價錢購到本次發掘的甲骨拓本數大冊。而後來經陳夢家的介紹，把全部雙劍誃藏甲骨拓本，讓與前燕京大學，現正藏於北大圖書館。而這次殷墟發掘時的甲骨照片大部分也在北京解放後，爲歷史博物館資料室所收購，照片原甲骨上都有出土時的編號。〔註 24〕

　　上面說到的當第三次發掘時，中央研究院和河南民族博物館因爭掘甲骨發生糾紛一事，即是指當時的河南省圖書館館長兼河南民族博物院院長何日章促使河南省政府發函給中央研究院要求停止繼續發掘之事，其原因主要是針對「將發掘器物潛運出省」一事，後來何日章便在河南省政府的同意之下自行挖掘。〔註 25〕

　　有鑒於地方與中央爭奪發掘古物之權利而引起之事端，當時的國民政府於十九年六月七日頒布《古物保存法》，對「古物」一詞有廣泛的界說，其包括考古學、歷史學、古生物學及其他文化有關之一切古物而言，其範圍及種類由中央古物保管委員會訂之（第 1 條）。還規定「埋藏地下及由地下暴露地面之古物，概歸國有」（第 7 條）；「古物之流通以國內爲限。但中央或地方政府直轄之學術機構，因研究之必要，須派員携往國外研究時，應呈經中央古物保管委員會核准，轉請教育、內政兩部會同轉發給出境護照。」（第 13 條）。〔註 26〕

　　在饒宗頤的《歐美亞所見甲骨錄存》的附錄二「李棪所藏甲骨簡介」中也說到李棪贈予史語所的甲骨中有一片（18、18a）可與第三次出土的甲 3656 綴

〔註 23〕見《殷契佚存》董序，金陵大學中國文化研究所叢刊甲種，1933 年 7 月。

〔註 24〕曾毅公：〈論甲骨綴合〉，《華學》第四輯，頁 33。

〔註 25〕關於這一事件的記載可參見李宗焜：〈殷墟發掘的甲骨〉，《古今論衡》第 4 輯（台北：中研院史語所，2000 年）。而傅斯年後來和河南省政府達成協議，河南省政府要派人招待發掘團，河南省教育廳要派人參加安陽發掘，河南大學也要派學生實習。見石璋如：《石璋如先生訪問紀錄》（台北：中研院近代史研究所，2002 年），頁 55。

〔註 26〕李濟：〈《古物保存法》頒布後所引起的第一個問題－考古瑣談之一〉，《李濟文集》卷五，頁 58。

合。（圖2）這一片甲骨的來源依李棪自己所說是於 1952 年他到英國執教後，用商代的青銅器向葉慈教授所換得的 38 片甲骨之一，其來源正和美國哥倫比亞施密士舊藏同源。〔註27〕其次，石璋如亦曾言及大連坑甲骨和著錄於《鐵雲藏龜》、《鐵雲藏龜之餘》、《戩壽堂所藏殷虛文字》、《鐵雲藏龜拾遺》部分甲骨是同一個來源。〔註28〕

這坑甲骨的重要性，李學勤曾在〈甲骨學的七個課題〉中說到「在村中、南系卜辭中，特別值得做綴合、排譜整理的，是近年大家討論很多的歷組卜骨。如所周知，這種內容十分豐富的卜辭多見于《庫方》與《金璋》（《英藏》）、《甲編》（三次）、《寧滬》（清華）、《明後》（《明續》）、《懷特》、《京都》等著錄，前幾年出版的《小屯南地甲骨》所收尤多，其年代集中於武丁晚世到祖庚。只要著手，重要成果不難取得。」〔註29〕所以第三次發掘中的歷組卜辭是研究武丁晚期到祖庚時期的重要材料之一，因之此次發掘所得甲骨的重要性將會日益被突顯出來。

本坑出土甲骨可以和它書所著錄甲骨綴合的除了上述的甲 2282+佚 256 外，還有（1）甲 2442+佚 278（即合 31406）；（2）甲 2738+明後（擴 500）；〔註30〕（3）甲 2799+佚 257+佚 266（即合 27456）；（4）甲 2803+佚 255（即合 26975）等。

4. 殷墟第四次發掘

第四次發掘始於二十年的春天，從三月二十一日，至五月十二日，計五十二天。〔註31〕主要發掘人員有李濟、董作賓、梁思永、郭寶鈞、吳金鼎、劉嶼

〔註27〕饒宗頤：《歐美亞所見甲骨泵存》（香港，1970 年），頁 42。及李學勤：《四海尋珍》，頁 4。今李棪 18 加甲 3659 已收爲合補 2406 號，而這版綴合許進雄又加綴了懷 B961，見《懷特氏等收藏甲骨文集》釋文，頁 49。

〔註28〕石璋如：《丁編·遺址的發現與發掘》自序。

〔註29〕李學勤：〈甲骨學的七個課題〉，《歷史研究》1999 年 5 期。

〔註30〕此條引自曾毅公〈論甲骨綴合〉。《擴》一書依曾文文末李學勤的跋知爲《甲骨文擴（揖）》的簡稱，此書並未出版，乃是由曾毅公和李學勤所共同編纂的甲骨拓本集。

〔註31〕這次發掘的結束時間，李濟在〈安陽最近發掘報告及六次工作之總估計〉中並無載及，僅言及其「收工的時間在五月半」（頁 563），後據胡厚宣《殷墟發掘》57 頁中所言，知是五月十二日。

霞、李光宇、王湘、周英學，參加人員有河南博物館的關百益、許敬參，河南大學的石璋如、劉燿，以及谷重輪、馮進賢、馬元材。〔註 32〕這次發掘的工作地點在小屯村北，以及后岡和四盤磨，仍將小屯村北遺址分 A、B、C、D、E五區。計出土字甲 751 塊，字骨 31 塊，及鹿頭刻辭一件。

　　此次發掘比較重要的是 E16 坑，此坑出土以𠂤、勺、𢀛爲主的𠂤組卜辭。董作賓早期依地層關係將之判定爲早期灰坑，後來又改變初衷，認爲其屬後期坑。其曾言在「第四次發掘的 E16 坑，這是一個圓井，應該叫作竇的。井中只有一、二期的卜辭，深十公尺，下及水面；因爲兩丈以下，全是沙土，第二期祖甲時，此竇塌陷，也就廢而不用了。」〔註 33〕而在《乙編・序》「揭穿了文武丁時代卜辭的謎」一節裏則提出𠂤組卜辭是文武丁時代卜辭的說法，把 E16 坑的卜辭時代從第一期降到了到四期，透露出其坑位說和斷代說的不一致。〔註 34〕對於董作賓這種試圖以坑位來作爲斷代依據的方法，陳夢家曾批評說「四十年前殷墟發掘，有大連坑、橫溝、縱溝、斜溝及甲乙丙丁、ABCD，又有北支、南斜等等，這些坑位是發掘時人爲的坑位，而決不是古人建築時所作的圓井、窟穴、陶復等等原坑位，並且也說不出坑位界線，所以一個大連坑同是在 B 出的文物，可能不是一個坑，我們又如何區別甲骨是一時期的呢。」〔註 35〕

　　此次出土的甲骨可以和它書著錄甲骨綴合的有：曾毅公綴合的甲 3004+吉 282（吉卜生編《上海亞洲文會博物館藏甲骨卜辭》）；〔註 36〕及郭若愚綴合的甲 3020+甲 3014（即合 21903）+吉 283。又本次發掘的 E16 坑中出土一類貞人衍

〔註 32〕李濟：〈安陽最近發掘報告及六次工作之總估計〉，《安陽發掘報告》第四期（上海：曹家渡小萬柳堂，1933 年），頁 568。石璋如：《石璋如先生訪問紀錄》，頁 57。

〔註 33〕見李濟：〈跋彥堂自序〉，《殷虛文字甲編》，頁 14。

〔註 34〕劉一曼等在〈考古發掘與卜辭斷代〉上說「在《乙編》序中，他將𠂤、扶、勺等十七貞人，從一期降到文武丁時代，如此，E16 坑所出的卜辭也應該晚到文武丁時代。這樣與他的坑位說就發生了矛盾。因爲依其坑位說，村北是不出第四期卜辭的，E16 坑位於村北五區，所出卜辭爲一、二期，正相符合。若將 E16 所出卜辭改爲文武丁卜辭，他所提出的村北不出第四期卜辭的結論也就不能成立了。」〈考古發掘與卜辭斷代〉，《考古》1986 年第 6 期。

〔註 35〕見曾毅公：〈論甲骨綴合〉，《華學》第四輯，頁 35。

〔註 36〕甲 3004 可綴甲 3081，見屈萬里：《殷虛文字甲編考釋》，圖版部分壹肆捌號（台北：中研院史語所，1992 年）圖版部分，頁肆壹。

（「$\mathcal{M}$」）卜辭，[註37] 爲自賓間組卜辭，是自組過渡到賓組的重要類體。

5. 殷墟第五、六、七、八、九次發掘

第五次到第九次的發掘因所重不在殷墟，所以在此簡單地依石璋如《丁編·遺址的發現與發掘》和胡厚宣的《殷墟發掘》合併敘述如下：

第五次發掘在二十年十一月七日至十二月十九日，計四十三天。工作人員有董作賓、梁思永、郭寶鈞、劉嶼霞、王湘，參加人員有張善、石璋如、李英百、劉燿，工作地在小屯村北和村內及后岡，且在村中增闢 F 區。出土字甲 275 片，出土字骨 206 片。

第六次發掘始於二十一年四月一日至五月三十一日，計六十一天。工作人員有李濟、董作賓、吳金鼎、劉嶼霞、李光宇、王湘、石璋如、周英學，工作地點在小屯村北的 B、E 兩區，及侯家莊和小屯西南的王裕口與霍家小莊之間試掘。計只出土一塊字甲，編號爲 6.2.0001。

第七次發掘自民國二十一年十月十九日至十二月十五日，計五十八天。工作人員有李濟、董作賓、李光宇、石璋如，地點在小屯村北，集中在 A、B、C、E 四區，出字甲 23 塊，字骨 6 塊。

第八次發掘始於民國二十二年十月二十日至十二月廿五日，計六十七天。工作人員有郭寶鈞、李景聃、李光宇、石璋如、劉燿、尹煥章，[註38] 參加人員有馬元材。工作地點在小屯村北 D 區，共得字甲 256 塊，字骨 1 塊。

[註37] 關於這個貞人，有人以爲其和子組卜辭的貞人「彳」（衍）是同一人，然兩字的字體截然不同，似不當看作是同一人。李學勤：〈關於自組卜辭的一些問題〉，《古文字研究》第三輯。

[註38] 尹煥章於河南大學預科畢業後，經董作賓之介，在史語所參與明清內閣大庫檔案的整理工作，後來被派往河南參加第八次殷墟發掘。抗戰軍興後，殷墟發掘暫停，復被派任負責中央博物館的籌備工作。南京博物館成立，任保管部主任，曾經手明義士《商代文化－殷墟甲骨》中的甲骨 2390 片入藏南京博物院。關於其死，羅宗眞說到，1968 年 10 月 21 日「省市文藝界毛澤東思想學習班」成立，集中了南京的省市文化、文藝系統的職工在孝陵衛南京農學院進行「清理階級隊伍」。進駐南農以後，南博歸南京市鉛鋅錳礦毛澤東思想工人宣傳隊管理，所有參加學習的人員都要加以審查，尹煥章等舊中博的留用人員，當然也是審查對象，其在學習班上一直被追問有關的歷史問題，後來被逼自殺身亡。見《考古生涯五十年》（南京：鳳凰出版社，2007 年），頁 130。

　　第九次發掘從二十三年三月九日起，至四月一日止，計二十四天。工作人員有董作賓、石璋如、劉燿、李景聃、祁延霈、李光宇、尹煥章，參加人員有馮進賢、顧立雅（H.G.Creel），工作地點在小屯村北，集中在 D、G 兩區。計出土字甲 439 塊，字骨 3 塊，出土大龜七版。

　　以上九次發掘所得甲骨共計甲 4412 片，骨 1980 片。〔註39〕後選錄其中的甲 2513 片，骨 1425 片，合計 3938 片，依出土順序排列編爲《殷虛文字甲編》，於民國三十七年四月出版。書中內容還包括獸頭刻辭三件（牛頭刻辭一件，3939 號；鹿頭刻辭二件 3940 號、3941 號）及鹿角器銘文一件（3942 號）。所收的骨中還括了人頭骨刻辭（3739 號）和象肋骨刻辭（3629 號）。全書共計著錄 3942 號。其中第一次發掘著錄了 447 片，第二次發掘著錄了 481 片，第三次著錄了 2012 片，第四次著錄了 422 片，第五次著錄了 296 片，第六次 1 片，第七次 31 片，第八次 93 片，第九次 155 片。〔註40〕

　　當初本來是打算以《甲編》和《甲編考釋》同時出版，考釋部分由胡厚宣擔任，但他在寫完釋文後，於 1939 年便受顧頡剛之聘，離開史語所至齊魯大學任國學研究所主任，〔註41〕使得考釋的工作延宕下來，後來就先出版了《甲編》的圖版，於民國三十七年四月刊行。〔註42〕

〔註39〕據石璋如《丁編‧遺址的發現與發掘》第十一章「結語」，頁 206。

〔註40〕詳細內容可見《殷虛文字甲編‧序》頁 3，「九次發掘殷墟所得甲骨文字出土時期數量地點與甲編版拓本對照表」。又王蘊智在〈抓緊甲骨文的基礎整理工作〉言「前中央研究院歷史語言研究一至九次殷墟發掘的有字甲骨共收入《殷虛文字甲編》3942 號（片），扣除正反片和綴合片的疊號，實收 3866 片」是比較粗略的算法。《殷都學刊》2000 年第 2 期。

〔註41〕就胡厚宣自己所言，乃是爲了看齊魯大學所藏明義士甲骨而受聘。其言「明義士所藏甲骨，在 1917 年出版《殷虛卜辭》一書時，就說已有五萬多片。其後 1924 年、1926 年又購得小屯村中出土的大片很多。我爲了想看這批材料，1940 年後半年在史語所甲骨材料編號拼合告一段落，研究所將由昆明遷到四川南溪李莊的時候，我乃應顧頡剛先生之聘，由昆明遷往成都齊魯大學。不料齊魯大學在成都乃是復校，甲骨留在濟南，並未帶出」。同時受聘的還有錢穆，見氏著：〈深切懷念容希白先生〉，《容庚先生百年誕辰紀念文集》（廣州：廣東人民出版社，1998 年），頁 26。

〔註42〕關於《殷虛文字甲編》一書的印行歷經三次，第一次在民國廿六年由上海商務印書館印了八十葉樣張，因抗戰軍興無法出版。第二次是在民國廿九年秋天《甲編圖版》由商務印書館在香港出版，後當因書價加郵費太貴，未寄至在昆明的史語

　　之後李孝定、張秉權都曾校對過釋文，然考釋部分一直要到《甲編》第二次出版時（民國五十年六月）才由屈萬里完成。屈萬里在作考釋的同時也對甲編的碎甲加以拼綴，計綴合了 223 版，後來出版的《殷虛文字甲編考釋》中就著錄了其新綴的 211 版甲骨。

　　關於《甲編考釋》的撰者，曾有一段往事。胡厚宣於 1987 年 11 月 10 日受邀訪問日本時，與當時東京大學的松丸道雄教授作了一次名爲「甲骨學的現在」的對談，其間他說到了一二七坑甲骨運回南京的時候，他正好在編集《殷虛文字甲編》，那時殷墟已作了第十五次的發掘，他正根據第一次到第九次所發掘的甲骨撰寫釋文。事隔一段時間後，卻聽到《殷虛文字甲編考釋》成了屈萬里先生的代表作之一，在台灣出版了。因此他認爲《甲編考釋》一書當是根據他過去的研究成果寫成的。胡厚宣說他將原稿全部彙整完成後，卻不見了。那時的代理所長爲夏鼐先生，他以爲是夏鼐先生終於要替他出版了，〔註43〕然而之後卻又完全沒有聽到任何有關出版的消息。原來是屈萬里把原稿全部帶到台灣去了，又加入了後來新的研究成果並加以補充，在台灣出版。而且胡厚宣認爲雖然《殷虛文字甲編》的原稿是他寫的，但是在該書中應該也僅僅只是輕描淡寫的說「胡厚宣也曾參與過工作，但沒有釋文，也沒有考釋」，這樣子的吧。〔註44〕

　　所，然香港的商務印書館，不久後卻毀於第二次大戰的劫運中。第三次是史語所從李莊復員南京，在三十七年四月所出版，這雖是第三次的印本，但實際上卻是世人得見的初版。董作賓：《殷虛文字甲編》序。而《甲編》剛出版時，書價在四、五百萬元一部，夏鼐致傅斯年信中曾說到《殷虛文字甲編》出版，所中同仁都想要一部，因爲可以作資產看待，抵得過一個月薪給。見李東華：〈從往來書信看傅斯年與夏鼐的關係：兩代學術領袖相知與傳承〉，《古今論衡》21 期，2010 年。

〔註43〕夏鼐於 1947 年 6 月傅斯年赴美療病時代理史語所所長一職，至 1948 年 8 月傅斯年返國。關於夏鼐何以被欽點爲所長代理人，可參李東華：〈從往來書信看傅斯年與夏鼐的關係：兩代學術領袖相知與傳承〉。

〔註44〕他說到「またそのころ、私は南京で『殷虛文字甲編』の編集もしていました。殷墟はそのときまでにすでに十五次の發掘がされていましたが、私は第一次から第九次までの發掘によって發見された甲骨文の釋文作成の仕事をやったのです。あとで台灣から、屈萬里先生を代表とするグループが『殷虛文字甲編考釋』という本を出しましたが、この本は私の研究の成果をふまえてできたものといってもよろしいと思います。」又説「私は原稿を全部まとめましたが、結局、本にはなりませんでした。そのときの研究所の代理所長は夏鼐先生で、先生は

今天我們在《殷虛文字甲編考釋》的〈序言〉上可見屈萬里說：

當初的計劃，本打算著《甲編》和《甲編考釋》同時出版。後來因
爲胡厚宣君只作了《甲編》的釋文，沒作考證，不久他就離職高就。
考釋的工作既沒有完成，所以先印了《甲編》的圖版。而且《甲編》
出版之後不到半年，戰禍又熾，中原鼎沸。經過多次播遷而喘息甫
定的史語所，又遷到台灣。所裏的全部圖書和標本都堆積在楊梅鎮
中一個倉庫裏。箱篋充棟，沒有隙地，自然無法開箱工作。民國四
十三年冬天，史語所又遷到南港，才漸能開箱工作。而研究工作的
全面展開則是在四十四年秋天李濟之先生接任所長之後。

還說到：

在釋文方面，本編是參考著胡厚宣君的底稿而重作的。因爲胡君的
釋文是作成在廿年前，那時所不能釋的字，所不能了解的文義，現
在已有許多可以認識，可以瞭解了。況且本編拼合了二百多版，又
有補遺的十版，再加上背面有刻辭而原來被忽略的，背面有書寫之
辭而原來有注意到的種種情形，所以原來的釋文已不適用。

《殷虛文字甲編考釋》作成於民國五十年（1961 年），這個誤會可能是因
胡厚宣在赴日前尚未看到屈萬里的序言而產生，《殷虛文字甲編考釋》一書實凝
聚了胡、屈二人先後的研究心血。〔註45〕

私のこの本を出版してくれるつもりでしたが，當時の事情から出版にはいたり
ませんでした。屈先生がその原稿をすべて台灣に持って行き，その後の研究の
成果を加え，手を加えて，台灣で出版したのです。」又説到「（『殷虛文字甲編
考釋』）初めの原稿は私が書いたものです。このことについては，その本の中に
もただひと言，『胡厚宣がこの仕事をやっていたが，釋文しかなく，考釋はない』
と書いてあったと思います。」見《中國古文字と殷周文化》（日本東方書店，1989
年）。又關於《殷虛文字甲編考釋》的書評，可參見賈平：〈讀《殷虛文字甲編考
釋》〉，《古文字研究》第三輯（北京：中華書書局，1980 年）。

〔註45〕關於屈萬里作《甲編考釋》乃在胡厚宣的基礎上而成，這一點屈萬里的夫人屈費
海謹在〈屈萬里先生的治學與史語所〉（《新學術之路》，頁 902）中關於《殷虛文
字甲編考釋》的完成，曾以「編按」附注的形式再次重申。然後來山東省圖書館、
魚臺縣政協編著的《屈萬里書信集·紀念文集》（濟南：齊魯書社，2002 年）引錄
此文時，將「編按」部分刪去，又造成了誤會。見胡振宇：〈風景依稀似去年—胡

6. 殷墟第十、十一、十二次發掘

第十次發掘從二十三年十月三日起，至二十四年一月一日止，計九十一天。工作人員有梁思永、劉燿、祁延霈、胡厚宣、尹煥章、石璋如，參加人員有馬元材。發掘地點為侯家莊西北岡，該地為殷代王室陵墓，不出土甲骨。發現了1001、1002、1003、1004 四座大墓，四墓皆為帶四條墓道的大墓，而 1004 大墓的東墓道打破 1001 大墓的北墓道，它的南墓道則被 1002 大墓的北墓道打破，這種打破關係表明 1004 的建造比 1001 晚，而早於 1002。〔註46〕1001 大墓出土一鹿角器，上面有「亞雀」銘文，「亞雀」又見於午組卜辭和子組卜辭中，推測其時代在武丁中期。其次，李學勤也曾提出婦好墓的時代與 1001 大墓時代接近的說法。〔註47〕

第十一次發掘從民國二十四年三月十五日起至六月十五日止，計八十三天。工作人員有梁思永、劉燿、祁延霈、胡厚宣、石璋如、李光宇、王湘、尹煥章，參加人員有馬元材和夏鼐，當時夏鼐以清華大學實習生的身份參加，而伯希和也曾來參觀此次發掘。〔註48〕發掘地點仍為侯家莊西北岡，繼續發掘

厚宣先生與殷墟一二七坑甲骨〉，收錄於宋鎮豪、唐茂松主編：《紀念殷墟 YH127 甲骨坑南京室內發掘 70 周年論文集》（北京：文物出版社，2008 年），頁 123。

〔註46〕李濟：《安陽》，收錄於《李濟文集》卷二，頁 370

〔註47〕李學勤：〈論婦好的年代及有關問題〉，《考古》1977 年 11 期。又自 1934 年以來對侯家莊西北岡王陵區發掘的大墓中，較多的學者們認為 M1001 規模最大且時間最早，墓主為商王武丁，其他大墓則皆屬殷墟二期以後的遺存。張光直甚至提出其大致是屬於盤庚的。〈試論殷墟文化的年代分期〉，《考古》2000 年第 4 期。

〔註48〕夏鼐畢業於清華大學歷史系（1934 年），同年考取清華大學考古組獎學金（布克爾基金會）。將赴歐美研習考古。並由清華大學指定李濟及傅斯年二人為導師，由於其畢業於歷史系，考上考古組純屬偶然，而依考古組獎金之規定，在出國前必須有田野發掘經驗，故在李濟的安排下，趕著參與李濟、梁思永所主持的第十一次安陽發掘。後來李濟還替夏鼐向他認識的倫敦大學藝術所的葉慈（Yetts）寫介紹信，故夏鼐遂入葉慈之所。參李東華：〈從往來書信看傅斯年與夏鼐的關係：兩代學術領袖相知與傳承〉，頁 5。然而李濟來台後，卻對夏鼐有諸多不滿，見李濟致張光直書信，其中 1956 年 12 月 6 日信中說到「勞延煊寫信說你有夏鼐在巴黎會議發言的抄本，還說你可能樂意寄我一份。我懷疑它是否真的值得你打印一份給我。」（頁 16）1957 年 2 月 19 日的信中也說到「我收到你一月的信已經有一段時間了。我不太理解你對夏鼐文章的評論！我不懂你這樣的話：『夏是當代的聖人』

1001、1002、1003、1004 四座大墓，其中牛鼎、鹿鼎即出土於此次的 1004 大墓中。1003 號大墓西墓道出土的石簋，上有「小臣𫞗（系）」之名（可參見《殷墟發掘》圖二八），同名之器又見於 1994 年河南三門峽上村嶺虢國墓地「小臣𫞗」玉瑗，李學勤因此提出「小臣系」是帝乙左右臣屬之一，而此瑗爲武王克商時轉入周人之手，後來更傳至虢君，並以之殉葬。〔註49〕

根據民國十九年六月廿四公布的「古物保管法」，中央古物保管委員會擬訂了「採掘古物法規則」，並於廿四年三月十六日由當時國民政府的行政院公布施行。而根據這個法令，第一個申請發掘執照的是中央研究院的蔡元培院長，頒發時間是民國廿四年的四月九日，田野工作的領隊爲梁思永，採掘古物地點爲河南省安陽縣城西北小屯村侯家莊附近一帶及洹河南北兩岸。這是中華民國所頒發的第一號採取古物執照，而這個執照實屬於安陽考古發掘的第十一次。〔註50〕

因爲「古物採掘法」規定凡是發掘機關或團體必須向中央古物保管委員會申請採掘執照，並由該會核准派員監察。而董作賓當時兼任中央古物保管委員會委員，即到安陽負起這次發掘工作的監察之責。〔註51〕

（原文是「Hsia is Quite a Sage of Time Being」），我很難找到任何一段話、一句話的內容或這篇科學報告的風格和作者人格的絲毫關聯。就寫作而言，一位聖人也可能會寫得和罪犯一樣壞，或者一樣好。我希望你能在下一封信裏花點時間把上面那句話解釋清楚。」（頁 17）李卉、陳星燦編：《傳薪有斯人：李濟、凌純聲、高去尋、夏鼐與張光直通信集》（北京：生活・讀書・新知・三聯書局，2005 年）。

〔註49〕關於 1004 大墓的發掘可以參見石璋如：〈胡厚宣先生與侯家莊 1004 大墓發掘〉，《胡厚宣先生紀念文集》（北京：科學出版社，1998 年）。李學勤：〈談小臣系玉瑗〉，《故宮博物院院刊》1998 年 3 期。連劭名亦有考釋，見〈虢國墓地所出商代小臣系玉瑗〉，《中原文物》2000 年 4 期。

〔註50〕李濟：〈中華民國所頒發的第一號採取古物執照〉，《李濟文集》卷五，頁 105。

〔註51〕這次由於董作賓代表中央古物保管委員會承司監察發掘工作之責，所以不必親自下田野。不料，已經離婚的他，正在追求一位女學生，所以他前往彰德的考古組工作站時，竟將這位女學生帶到彰德去，並且事前也未和史語所所長傅斯年與考古組主任李濟說明，就住在史語所辦事處裏。後來也在現場的徐中舒從彰德返回北平後，告訴傅斯年這件事，傅斯年勃然大怒，向當時中研院的總幹事丁文江發出自請革罰的電報。傅斯年所以如此盛怒，因丁文江在就任中央研究院總幹事不久的 1934 年夏天，曾致函史語所，禁止史語所成員外出調查工作時攜眷，當時還引起趙元任、李方桂的強力反彈，並以辭職要挾，後來在傅斯年的調停及自己的

第一張採取古物執照（引自李濟《李濟文集》卷五）

第十二次發掘從二十四年九月五日起至十二月十六日止，計九十九天。工作人員有梁思永、石璋如、劉燿、李景聃、祁延霈、李光宇、高去尋、尹煥章、潘愨，參加人員有李春岩，地點仍在侯家莊的西北岡殷代墓地。

以上第十、十一、十二次發掘不出甲骨。關於其發掘的詳細過程可以參見梁思永遺稿，高去尋輯補的《中國考古報告集三》，「侯家莊」第一、二、三、四、五本，一〇〇一至一〇〇四號大墓。

7. 殷墟第十三、十四、十五次發掘

第十三次發掘從二十五年三月十八日起至六月二十四日止，計九十九天。工作地點在小屯村北，集中在 B、C 兩區，在 C 區的 113 探方下 1.2 公尺處挖到 YH127 坑，〔註52〕共計出土 17096 片。其中完整的龜版近三百版，連同其它

誠意溝通後才解決，而董作賓此舉無異又犯了丁文江的大諱。潘光哲：《何妨是書生：一個現代學術社群的故事》，頁 72、132。

〔註52〕所謂「探方」，根據嚴文明的說法，就是把遺址劃分為若干正方形塊塊，以便按照這些塊塊進行發掘。而根據中國絕大多數遺址的情況和多年的實踐經驗，以 5 米見方和

坑出土的零碎甲骨，此次發掘計出土字甲 17756 片，字骨 48 片，共計出土甲骨 17804 片，是發掘以來出土最多甲骨的一次。

而一二七坑當時所出龜甲較詳細的數目，據胡厚宣所言則是「全坑共有甲骨 17096 片，大龜或接近整龜共 320 版，半龜或接近半龜 544 版，整龜或接近整龜及半龜或接近半龜共 864 版，還有改造成長圓形的背甲 12 版。」〔註53〕

第十四次發掘從二十五年九月二十日起至十二月三十一日止，共一〇三天。工作人員有梁思永、石璋如、王湘、高去尋、尹煥章、潘愨，參加人員有王思睿，發掘小屯村和大司空村。出土兩片字甲，分別出於 YH228 與 C128 坑，分別編號為 14.0.1、14.0.2，著錄於《乙編》的 8689 與 8690。

第十五次發掘從二十六年三月十六日起，至六月十九日止，計九十六天。工作人員有石璋如、王湘、高去尋、尹煥章、潘愨，參加人員有張光毅，工作地點在小屯村北。這時期因距蘆溝橋七七事變只差半個月，故殷墟發掘事業因此停止，轉入抗戰時期。此次發掘的地點主要是在小屯村北的 C 區，共挖掘 24 坑，計出土字甲 550 片，字骨 51 片。著錄於《乙編》的主要有出於 YH251 坑的甲 327 片；YH253 坑的甲 47 片；YH330 坑的甲 77 片；YH344 坑的甲 36 片。總計著錄於《乙編》的龜甲有 549 號，牛骨有 50 號。而對於其中主要出土於 YH251 及 330 坑的這一類卜辭，李學勤曾將之命名為「婦女卜辭」，後來在與彭裕商合著的《殷墟甲骨斷代》中又更名為「非王無名組卜辭」。

YH251 坑出土的乙 8710 與思泊藏契拓本中的一片可以綴合，李學勤曾發表於〈帝乙時代的非王卜辭〉中，證明這一坑出土的甲骨也曾外流。而 251 和 330 兩坑多有可綴合及同文的現象，關於這兩坑卜辭的研究可參見常耀華〈YH251、330 卜辭研究〉及石璋如〈殷墟地上建築復原第八例兼論乙十一後期及其有關基址與 YH251、330 的卜辭〉。〔註54〕

---

10 米見方較為適宜，太大了不宜控制地層，太小了會把可能遇到的建築遺跡分割的過分破碎。見氏著：《走向廿一世紀的考古學》（西安：三秦出版社，1997 年），頁 22。

〔註53〕 胡厚宣：〈黃季剛先生與甲骨文字〉，《傳統文化與現代化》1994 年第 2 期。而關於改制背甲的數量其在〈紀念殷墟甲骨文發現 90 周年，想到 127 坑〉（《文物天地》1989 年 6 期）中以為是 14 版，當為 12 版。

〔註54〕 常耀華：〈YH251、330 卜辭研究〉，《中國文字》新廿三期。石璋如：〈殷墟地上建築復原第八例兼論乙十一後期及其有關基墟與 YH251、330 的卜辭〉，《歷史語言研

從民國十七年十月起到民國廿六年六月止，中研院史語所共發掘安陽殷墟十五次，發掘的地區包括了小屯、後岡、四盤磨、王裕口、霍家小莊、侯家莊高井台子、侯家莊南地、武官南霸台、四面碑、大司空村、侯家莊西北岡、同樂寨、范家莊等十二處遺址。其中出土甲骨者只有小屯、後岡、侯家莊南地三處。其間發掘的詳細過程可參見石璋如《丁編－遺址的發現與發掘》與《丁編－甲骨坑層》。

其次在民國廿九年前後，在安陽也有一坑甲骨被盜掘。胡厚宣《戰後寧滬新獲甲骨集・序言》說到「曾聞一九四零年前後，安陽出土甲骨一大坑，為上海禹貢古玩行葉叔重購去，片大字多，盛兩網籃」。具體的出土情形、時地無可考。而胡厚宣編的《戰後寧滬新獲甲骨集・卷一》所收錄的拓片即這坑甲骨。這批甲骨今主要收藏於北京的清華大學，內容以歷組和無名組卜辭為主。〔註55〕而這一坑甲骨有些可以和後來屯南發掘的甲骨綴合，推測其出土地點在小屯村南地。〔註56〕

而在中日戰爭的期間，日人不僅接收當時位於南京的中研院史語所，也曾至安陽小屯當地調查挖掘甲骨。昭和十三年初夏（1938 年），就有慶應大學史學科所組成的支那學術調查團，曾至安陽作考古挖掘。

這一調查團分為三班，分別是大山柏所率領的北支考古學調查班以及由柴田常惠和松本信廣所率領的中支考古學調查柴田班、中支考古學調查松本班。這三班分別於昭和十三年五月九日和五月十一日從東京分兩批出發，北支考古學調查班從五月九日出發以來，於廿四日抵達安陽後即著手進行挖掘，曾對安陽郊外後岡及高樓莊兩遺跡進行發掘，而於六月十一日發掘完畢。〔註57〕

中支考古學調查柴田班主要於南京、上海、濟南、大連等地進行調查，松本班則主要接收南京的中研院史語所、陶瓷試驗所、故宮古物保存所的考古學標本。〔註58〕

究所集刊》第七十本第四分，1999 年 12 月。

〔註55〕任會斌：〈清華大學藏安陽小屯所出一坑甲骨概述〉，《清華史苑》第一輯，2007 年。

〔註56〕周忠兵：《卡內基博物館所藏甲骨的整理與研究》，吉林大學博士學位論文（2009 年），頁 302。

〔註57〕大山柏等：〈支那學術調查團考古學班報告〉，《史學》第十七卷第二號。

〔註58〕松本信廣：《江南踏查》（東京都：三田史學會，昭和 16 年）。

關於大山柏北支考古學調查班所作的安陽殷墟發掘，據大給尹〈河南省安陽郊外後岡・高樓莊兩遺跡發掘調查豫報〉中所載，其於五月廿四日夜到達安陽，廿六日起即進行對後岡的挖掘，廿九日傍晚發現高樓莊遺跡，在高樓莊北側周圍的戰車壕壁上發現了十五個豎穴，其中位於北壁的第 A7 號豎穴中發現極多的獸骨，包括有占卜用的龜甲十三餘個及卜骨十片。〔註59〕

而松本班在接收南京中央研究院歷史語言研究所時，當時以新城新藏爲先導的調查人員亦曾在史語所二樓東邊的二間考古學研究室中，收集到殷墟發掘的遺物，包括土器片、甲骨片、骨鏃等等。〔註60〕

而今日慶應大學所藏甲骨，包括考古研究室的廿四片（含無字甲一），及圖書館的一片。〔註61〕這其中的藏品，早期保阪三郎曾發表於〈慶應義塾圖書館藏甲骨文字〉中，當時發表了十八片拓片，據云是田中一貞的藏品及中村三之助所寄贈，而當時支那學術調查團於中國挖掘所得的甲骨，今則不知在何處。〔註62〕

在這之後，日人水野清一和原田淑人等到都曾至安陽小屯蒐集或調查殷墟出土器物，水野清一於昭和十四年十月廿七日至小屯調查，主要查訪侯家莊一帶。〔註63〕原田淑人等則於昭和廿九、三十年來華調查殷墟，據云曾轉贈北京大學三角式及三翼式鋼鏃等出土品數十件。〔註64〕

〔註59〕 大給尹：〈河南安陽郊外後岡・高樓莊兩遺跡發掘調查豫報〉中說到「A7 號豎穴は獸骨類は極めて多く，占卜用の龜甲十三箇餘，卜骨十片を發掘した事は特記すべき事であるが孰れにも文字は認められない。」又「A7 の卜龜甲の背面に穿たれた穴の如きは，金屬器に依つて作られたものゝ如く。」《史學》第十七卷第四號。

〔註60〕 「第二階の東の二室も考古學の研究室74であり，中には安陽殷墟發見の遺物、土器片、甲骨片、骨鏃、骨器、子安貝、貝器、裝飾石片、青銅屑の類が包藏されてゐた。たゞ殷墟發見の精華と言はれる銅器、玉石器、文字ある龜版獸骨類は所員が全部持ち去れる如く。」《江南踏查》，頁29。

〔註61〕 松丸道雄：〈散見於日本各地的甲骨文字〉，《古文字研究》第三輯（北京：中華書局，1980年），頁220。

〔註62〕 保阪三郎：〈慶應義塾圖書館藏甲骨文字〉，《史學》第廿卷第一號。

〔註63〕 調查記要見水野清一：〈殷墟侯家莊記〉，《史林》第廿五卷第二號，1940年。

〔註64〕 見宿白：〈八年來日人在華北諸省所作考古工作記略〉，《天津大公報》民國三十六年一月十一日（上），一月十八日（續）。又據胡厚宣所言，原田淑人所編之《周漢遺寶》（1932年）中有二片甲骨。見氏著：《五十年甲骨文發現的總結》（上海：

又依松丸道雄〈散見於日本各地的甲骨文字〉一文所言，日人於安陽小屯所獲得的甲骨，還有國學院大學文學院考古資料室中的樋口清之氏藏品、明治大學文學院考古教研室中岩井大慧藏品及京都大學文學院考古研究室部分藏品。

第二節　一二七坑甲骨的發現過程及其內容

一、第十三次發掘的過程

1936 年春季，中研院史語所考古組進行殷墟第十三次發掘，發掘工作由郭寶鈞主持，工作人員有石璋如、李景聃、祁延霈、王湘、高去尋、尹煥章、潘愨等，參加人員有河南省政府派來的孫文青，共 9 人。而李濟和董作賓則是研究所領導並視察工作的進行。

工作地點在小屯村北地，這次發掘集中在 B、C 兩區，以一千六百平方公尺為一大工作單位，即十六個探方。在大工作單位中又以一百平方公尺為一小工作單位，即一個探方，實行全面平翻。共用長工 10 名，短工 120 名，從 1936 年 3 月 18 日至 6 月 24 止，發掘 99 天，共開坑 52 個，掘地面積 4700 平方米，占地面積 10000 平方米。〔註65〕

其中 B 區的位置在小屯北地最高的地方，就是黃土台子所在地。C 區的位置在 B 區之南，兩區中間相隔約 40 公尺。此次在 B 區發掘 2000 平方公尺，即 20 個探方，在八個探方及七個穴窖中出有甲骨。分別是 B119、B122、B123、B125、B126、B128、B130、B136 探方及 YH005、YH006、YH038、YH044、YH076、YH085、YH096 坑。

在 C 區中發掘約 2700 平方公尺，即 27 個探方，僅在一個探方及五個穴窖中出有甲骨。即 C75 探方及 YH017、YH036、YH090、YH126、YH127 出土甲骨。下依石璋如《丁編‧甲骨坑層之二－十三次至十五次出土甲骨》整理如下。

　B 區各坑所出有字甲骨統計表

商務印書館，1951 年），頁 56。中日戰爭結束後，李濟曾赴日調查戰爭期間日本劫去中國的書畫古器物，其間過程可參李濟：〈赴日小記〉、〈抗戰後在日所見中國古物報告書〉，《李濟文集》卷五，頁 171、173。

〔註65〕胡厚宣：〈紀念殷墟甲骨文發現 90 周年，想到 127 坑〉，《文物天地》1989 年 6 期。

| 坑　名 | 深　度 | 字　甲 | | 字　骨 | | 總數 |
		出　土	著　錄	出　土	著　錄	出/拓
B119	0.5m-0.8m	304	242	5	6	309/248
B112	0.65m-1.25m	164	61	1	1	165/62
B123	0.45m	2	1	0	0	2/1
B123	0.3m-2.6m	4	4	17	11	21/15
B125	0.6m-2.9m	18	14	1	1	19/15
B126	0.6m-3.6m	7	5	0	0	7/5
B128	0.8m-1.2m	0	0	1	1	1/1
B130	1.9m	2	1	0	0	2/1
B136	0.9m	1	0	0	0	1/0
YH005	0.8m-1.1m	2	1	3	2	5/3
YH006	0.95m-1.6m	193	163	4	2	195/167
YH006	1.3m-3.5m	11	8	2	1	12/10
YH006	4.8m-8.5m	3	1	1	1	4/2
YH038	1.1m-3.35m	5	1	0	0	5/1
YH044	3m-6.15m	45	33	0	0	45/33
YH076	1.2m	1	1	0	0	1/1
YH085	4.45m	1	1	0	0	1/1
YH096	0.85m-4.3m	5	1	0	0	5/1
合　計		765	541	32	29	797/570

其中 B136 探方所出甲骨未印，總計出土 797 片字甲，其中有 570 片著錄於《乙編》中。

C 區各坑所出有字甲骨統計表

| 坑　名 | 深　度 | 字　甲 | | 字　骨 | | 總數 |
		出　土	著　錄	出　土	著　錄	出/拓
C75	1.2m-2.8m	0	0	2	2	2/2
YH017	0.65m-1.75m	7	6	0	0	7/6
YH036	2m-6.2m	0	0	7	9	9/7
YH036	1.4m-5.2m	1	1	0	0	1/1
YH090	1.6m	1	1	0	0	1/1
YH126	5.1m-8.5m	1	1	0	0	1/1
合計		10	9	9	11	19/20
YH127	1.4m-1.7m	653	268	0	0	653/268
YH127	1.7m-2.2m	4380	1981	8	11	4388/1992
YH127	南京第一層	4449	1594	0	0	4449/1594
YH127	南京第二層	1415	713	0	0	1415/713
YH127	南京第三層	323	231	0	0	323/231
YH127	南京第四層	1479	982	0	0	1479/982

YH127	南京第五層	738	424	0	0	738/424
YH127	3m-4.5m	3544	1783	0	0	3544/1783
合計		16981	7976	8	11	16989/7987

　　C 區只有 C75 探方出土甲骨，此探方中有 5 個坑，其中以一二七坑出土甲骨最多，計 16981 片。

　　以下將十三次發掘所得甲骨詳細分列如下。

十三次發掘所得龜版

區　　位	坑名	編　　號	著錄號	深　度	著錄片數
B119	B119	13.0.1-13.0.295	1-237	0.5m-0.8m	237
B112	B112	13.0.296-13.0.362	238-270	0.65m	34
B123	B123	13.0.363-13.0.367	271-276	0.45m-2.6m	6
B125	B125	13.0.368-13.0.382	277-289	0.7m-2.95m	13
B126	B126	13.0.383-13.0.387	290-296	1.1m-3.6m	7
B130	B130	13.0.388-13.0.389	297	1.9m	1
B136	B136	13.0.390	無	0.9m	0
B123、B127、B131、B136、B137、B138	YH005	13.0.391-13.0.392	298	1.1m	1
B119、B123、B135	YH006	13.0.393-13.0.596	299-467	0.95m-8.5m	169
C76	YH017	13.0.597-13.0.603	468-473	0.65-0.75	6
C75、C76、C77	YH036	13.0.604	474	4.2	1
B125、B126	YH038	13.0.605-13.0.605	475	2.4	1
B126	YH085	13.0.606	476	4.45	1
B127	YH044	13.0.607-13.0.615	477-482	4.2-6.15	6
B125	YH076	13.0.616	483	1.2	1
B125、B126	YH038	13.0.617-13.0.620			0
C119	YH090	13.0.621	484	1.6	1
B136	YH096	13.0.622-13.0.626	485	4.3	1
C113	YH126	13.0.627	486	5.1-8.5	1
C113	YH127	13.0.628-13.0.17608	487-8467	1.4-4.5	7981
B122	B122	13.0.17609-13.0.17705	8468-8495	0.65	28
B119	B119	13.0.17706-13.0.17714	8496-8500	0.76	5
B125	B125	13.0.17715-13.0.17717	8501	0.6-1.3	1
B119、B13	YH006	13.0.17718-13.0.17720	8502-8504	0.95-2.1	3
B127	YH044	13.0.17721-13.0.17756	8505-8531	4.2-5.4	27
C113	YH127		8532-8637		106
總計					8638

十三次發掘所得牛骨

區　位	坑　名	編　號	著錄號	深　度	數量
B119	B119	13.2.1-13.2.3	8638-8639	0.76	2
B123	B123	13.2.4-13.2.14	8640-8645	1.3-2.3	5
B125	B125	13.2.15	8646	1.15	1
B128	B128	13.2.16	8647	0.8	1
C75	C75	13.2.17	8648	1.2	1
B137、B138	YH005	13.2.18-13.2.20	8649-8650	0.9	2
B119、B123	YH006	13.2.21-13.2.23	8651-8656	1.05-3.2	6
C75、C76	YH036	13.2.24-13.2.26	8657-8660	2.0-3.5	4
B119	B119	13.2.27	8661-8661	0.76	2
C113	YH127	13.2.28-13.2.35	8663-8673	1.7-2.2	
B119	B119	13.2.36	8674-8675	0.8	2
B123	B123	13.2.37-13.2.42	8676-8680	1.7-2.6	5
B122	B122	13.2.43	8681	1.25	1
C75	C75	13.2.24	8682	2.8	1
C75、C76	YH036	13.2.45-13.2.48	8683-8687	2-4.2	5
B123	YH006	13.2.49	8688	4.8	1
總計					48

二、一二七坑甲骨的發現

（一）室外發掘部分

關於一二七坑的地層位置和發掘過程以石璋如《丁編－甲骨坑層之二》所言最爲詳盡，以下主要參考石書並綜述之。

一二七坑的位置在 C113 探方的中部，1936 年的 6 月 12 日，繼續發掘 YH117 坑，在深度 1.70 公尺到底後，發現 YH127 坑的上口，它是 YH117 的穴底竇，口徑約 1.8－2 公尺，上口距地面 1.7 公尺，其上有三層堆積，分別是 YH156、YH117 和 YH121。YH156 深度爲從地面起至 0.9 公尺處，YH117 坑爲地下 0.9 至 1.7 公尺處，YH121 坑爲地下 0.9 至 2.2 公尺處。而 YH127 坑正好接在 YH117 坑下，爲 YH117 坑的穴底竇。

一二七坑，坑爲圓形，直徑 1.8 米，上口距地面 1.2 米，地面下 6 米到底，坑內堆積共分三層，上層灰土 0.5 米，下層綠灰土 2.7 米，中間一層 1.6 米，即裝滿甲骨。甲骨自地面下 1.7 米圓坑中的 0.5 米灰土層下面始見，至地面 3.3 米完，再下面便是 2.7 米的綠灰土層，上層甲骨，北高南低呈斜坡狀，故疑甲骨是廢棄後由北面傾入坑內。甲骨裏面靠坑的北壁，有人骨一具，頭向北，蜷身

側置，大半已被埋在甲骨之中，僅頭部及上軀還露出在甲骨以外。據胡厚宣的推測，其可能為管理甲骨者，後同甲骨一道被推入坑內，以身殉職。〔註66〕

一二七坑內的堆積可以區分為三層，從坑口算起 0 到 0.5 公尺（即從地面算起 1.7 公尺到 2.2 公尺）為灰土層，0.5 到 2.8 公尺為灰土與甲骨層，2.7 公尺到 4.3 公尺為綠灰土層。

以下兩圖引自《丁編－甲骨坑層之二》72 頁

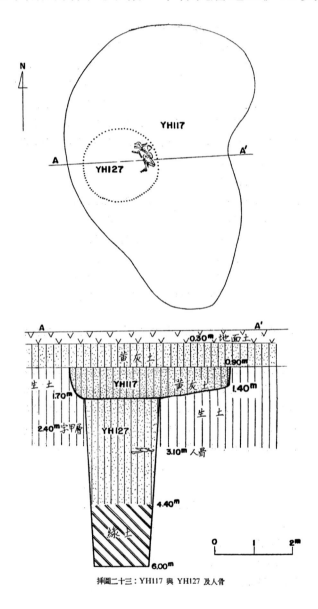

插圖二十三：YH117 與 YH127 及人骨

一二七坑的發現在 1936 年 6 月 12 日這季工作即將結束之時，發現者為王

〔註66〕胡厚宣：〈紀念殷墟甲骨文發現 90 周年，想到 127 坑〉，《文物天地》1989 年 6 期。

湘。下午四時發現，到六時收工，共起出甲骨幾千片。13 日王湘盡一日之力，只能起出一層。因甲骨數量太多，在野外剔剝洗刷，費時甚久，且易破損，又不安全，經過工作人員相與商議，就地訂做一個木箱，扣在甲骨上邊，連泥土一塊取出。木箱的所涵蓋的坑層範圍爲從地面算起高 3.4 公尺到 4.5 公尺，木箱長寬各 1.8 公尺，其中包含著滿藏甲骨的圓形灰土柱。而當一二七坑變成灰土柱裝入箱中後下部並未到坑底，於是二十日又加以清理，向下挖了 1 公尺後到坑底，內中僅出土碎陶片少許，無其它物。總計一二七坑上口深 1.7 公尺，底距上口 4.3 公尺，即距地面深 6 公尺，而灰土柱的高度以地面標準即是 3.4 到 4.5 公尺之間的部分。其後以工人 60 名，費時了二日，由小屯村北工作地運至火車站。7 月 4 日搭上火車，12 日始到南京，到達歷史語言研究所，放置在圖書館樓下大廳中。並請當時爲西北岡出土的石虎、貓頭鷹作複製標本的雕石專家把甲骨坑東南隅堆積的情形也作了一個模型，並把院長、所長主任及參加殷墟十三次發掘與室內工作的人員的姓名刻在模型的斷面上，從此一二七坑轉爲室內發掘。工作主持者董作賓、胡厚宣，具體發掘工作爲技工關德儒和魏善臣等人。關於該模型上所刻人名，近來見有爭議，如劉學順便言「據該銘刻，參加室內工作的有董作賓、梁思永、胡福林、李光宇、楊廷賓、關德儒、李連春。這一記載不完全準確，七人之中，實際從事室內發掘的恐怕只有胡福林、關德儒，而魏善臣雖與其事，不知何故未能列入。」〔註67〕下面將原碑文列出。

中華民國二十五年六月十二日國立中央研究院歷史語言研究所考古組安陽殷墟發掘團第十三次工作在小屯村北地Ｃ區灰土坑一二七發現之龜版堆積層距地面三・五至四・○三公尺東南隅約四分之一倒置模型

院長蔡元培所長傅斯年組主任李濟田野工作者郭寶鈞石璋如李景聃王湘高去尋尹煥章潘愨書隸魏善臣室內工作者董作賓摹篆梁思永胡福林李光宇楊廷賓關德儒李連春石工劉化梅河北曲陽日新石工廠雕工起八月十日訖九日九日完成

甲骨移入南京歷史語言研究所是在七月十二日，始刻是在八月十日，所以

〔註67〕劉學順：《YH 一二七坑賓組卜辭研究》，中國社會科學院歷史研究所博士學位論文（1998 年），頁 3。

當時所記的參與工作者或與後來實際從事工作的人員會有差異，更何況「室內工作」的範圍也不局限在剝離甲骨一事。再者，胡厚宣也明確的說「工作主持者董作賓、胡厚宣，具體發掘工作爲技工關德儒和魏善臣等人」，因此爭議似乎不大。〔註68〕

這種以木箱將整坑甲骨套入，運回作室內發掘的方法後來也運用在發掘花園莊東地的甲骨中，這不能不說是來自於一二七坑發掘的經驗。〔註69〕

關於一二七坑灰土柱的運送經過和當時仿雕的大理石模型的流向，彭澤周提及董作賓在京都大學人文科學研究所演講「殷墟的發掘」時說到：

> 十三次發掘安陽殷墟時，當時龜片與泥土是結在一塊的，重約數噸。
> 當時我們就將這塊笨重的東西原封不動地運往南京。在南京就其發
> 掘出來的原狀塑了一個模型。不久七七事變爆發了，我們即將所塑

〔註68〕見〈紀念殷墟甲骨文發現 90 周年，想到 127 坑〉。而 1987 年 11 月 10 日胡厚宣在日本和東京大學松丸道雄教授的對談中說到「1936 年に重大な發見がありました。小屯は ABC……といくつかの發掘區に區切られていましたが，その C 區のひとつの坑から甲骨が一萬七千片以上も發見され，私はその發掘に當たりました。その坑の發掘の際は，甲骨をひとつひとつ掘り出さず，周圍の土も含めてその坑全體を掘り出して，そのまま南京に運び，私は室內で分類作業を四人の作業員とともにいたしました」。見《中國古文字と殷周文化》（日本東方書店，1989 年）。這其中說到和他一起從事室內發掘的有四人，裏面當包含關德儒、魏善臣二人。

〔註69〕劉一曼在〈殷墟花園莊東地甲骨坑的發現及主要收穫〉上敘述花園莊東地的發掘過程時說到「這是中國社會科學院考古研究所安陽工作隊爲配合安陽市的築路工程於 1991 年秋在該地進行鑽探時發現的。10 月 18 日，我們對甲骨坑進行發掘，10 月 21 日發現了甲骨堆積層，其中絕大多數是龜卜甲。由於甲骨埋藏年代久遠，出土時一塊完整的卜甲往往斷裂成數十片或一兩百片，給清理工作帶來很大的困難，又由於修路工程工期緊迫，在發掘現場難於進行長時間的、細緻的清理工作。因此，我們決定中止工地的發掘，做了一個特製的木箱，將整個甲骨坑套進木箱內，運回考古所安陽工作站的院子裏。從 1991 年 10 月 31 日至 11 月 26 日，1992 年 5 月至 6 月初，前後花了兩個多月的時間，才將坑中的甲骨全部取出。1992 年秋至今，我們又對這些進行修復、加固、粘對、綴合、拓片等工作，全部技術性工作將於今年上半年完成。並準備在今年夏天開始對它們進行全面整理，預計三、四年內能完成任務。」《甲骨文發現一百周年學術研討會論文集》（台北：中研院史語所，1998 年），頁 203。

的模型埋在南京，而發掘出來的原物卻隨著中央研究院運往後方，途經南昌、重慶而至昆明，然後再由昆明運往四川南溪李莊的板栗坳，由於沿途上下的搬運及汽車的顛動，龜片多已破碎不堪，在四川時，我們的時間多花在把這些碎龜片湊起來的工作上。戰爭以後，我們由四川回到南京，把那塊所埋下的模型掘出來看看時，但不知它的去向，據說這模型現存日本。〔註70〕

關於其間過程，石璋如在同書中的〈董彥堂先生在昆明〉一文也說到：

民國廿五年春季，殷虛第十三次發掘的時候，掘得了甲骨藏量空前豐富的 YH127 坑，因為藏量太多，一時發掘不完，甲骨經過熾熱的太陽曝曬，即行炸烈，不得已遂將灰土坑作成灰土柱裝在箱中運回南京。一公尺六多高的四方大箱，單獨的裝了一節火車，把田野工作，搬到室內去發掘。因為要依照甲骨出土的情形，雕一個大理石的模型，等著模型雕好了才一層一層的揭開，揭一層繪一圖，每層每版均給一個號碼，並各單裝一盒以便鬥合，當時甲骨雖然破了，尚多保存著原來的形式。到了二十六年的春天，這個發掘工作才算完竣。發掘工作完了，接著是把號碼寫在甲骨上，正在編號的時候，蘆溝橋抗戰事起，倉卒裝箱西運，經南昌而重慶而昆明，到了旁龍頭村才有開箱編號的機會，在董先生的督導下把應在田野作的工作，三年後才在所謂西南邊疆的地方完成，而這批珍貴的資料，本身上有了坑位及深度的紀錄，不致與其它甲骨相混了。〔註71〕

而董作賓所推測大理石模型遺失一事，後來經石璋如的調查並不屬實，且並無流落到日本一事。其在《丁編》中說到「因為這個模型很重，二十六年對日抗戰與石虎等複製品均留在南京。石虎等模型存於山西路某宅。甲骨模型運至水門路一家銀行倉庫，並埋在宅的後院地下，三十四年十月勝利返都，到各該處去看，石虎及其它標本均不存在，而埋此模型處蓋了一棟房子，他們均不知此事，殊為可惜」。後來聽聞在北京歷史博物館出現此模型標本，在石氏透過多人查證，確定所陳列者為原件。後知其發現過程為居民在南京水西門附近蓋

〔註70〕見彭澤周：〈董彥堂先生在日本〉，《董作賓先生逝世三周年紀念論文集》，頁40。
〔註71〕同上頁74。

房挖基礎時所挖出，後被放置在中國歷史文物陳列廳展出。1958 年時調往北京中國歷史博物館陳列，其間並沒有作過複製品。〔註72〕

一二七坑出土的甲骨灰土柱複製品（現藏中國歷史博物館）

（二）室內發掘及編號過程

一二七坑甲骨共計分八層，在殷墟出土的甲骨分別為 1.4－1.7 米及 1.7－2.2 米兩層，兩層分別的依據除坑層高度外還有日期，前一層為六月十二日挖，後一層為六月十三日挖。而在南京室內發掘的甲骨共分為六層，分別是南京第一層、南京第二層、南京第三層、南京第四層、南京第五層和 3－4.5 米處。

一二七坑甲骨的編號經過二個階段，第一階段是在南京時期，於從事室內發掘時，每揭一層繪一圖，每層每版給一個號碼，寫在紙條上放入盒中。而這些寫在紙條上的編號由於室內發掘完畢後即進行《殷虛文字甲編》的工作而停頓以及因抗戰時間的遷徙，等到三年後欲改放新箱之際，才發現紙盒腐爛，甲骨混成一堆，號條也都腐爛無用，不但不能分層，且連分坑也感困難。因之才又開始重新編號，將號碼寫在甲骨上。所以今日我們所見的編號是後來在昆明時期編的，與原先保有地層、深度及發掘時相關位置資料的原室內發掘編號已有不同，殊為可惜。石璋如在〈殷墟地上建築復原第八例兼乙十一後期及其有

〔註72〕 石璋如：《丁編・遺址的發現與發掘・甲骨坑層之二一十三次至十五次出土甲骨》，
頁 89。

關基址與 YH251、330 的卜辭〉中對當時編號的過程詳述說：[註73]

　　我們的編號有二種：一種是田野號，在田野編的，當時寫在器物上，不分類別，只有次別、號碼、坑名、深度。如 13:153，YH006:0.95。另一種是分類號，是回到室內編的，只有次別、類別、數據，沒有坑名及深度。甲骨的類號，0 代表字甲，1 代表卜甲，2 代表字骨，3 代表骨。如 13.0.22 即第十三次的字甲第 22 片。

　　十三次至十五次的編號，是在昆明編的。因為民國廿五年六月十三日，是擬定的收工日期。十二日發現 YH127 甲骨坑，工作有點忙迫，所以把灰土坑變成灰土柱裝箱，運到南京。在田野出土的甲骨，在六月十日以前各坑出土的甲骨編號都已寫在甲骨片上，只有 YH127 的甲骨仍是田野的包紮，把出土的號條，包在甲骨包中，在包外的包紙上寫上號碼，沒有來得及清洗未把號碼寫在甲骨片上，即裝箱隨同甲骨運京了。擬待室內發掘完畢，清洗後再行編號。南京室內發掘非常仔細。每發掘一層，即在其上蒙一張透明繪圖紙，把甲骨分布的情形以及崩裂的狀況畫下來，並在其上編號。以一版為一個單位，然後按序把它發掘下來。一版放入一個紙盒中，並寫上第幾層、第幾版的號條放入紙盒中，放在書架上暫存。待全部發掘完畢，清洗編號後，再行收藏。同時又忙著趕辦殷虛文字甲編的出版工作。甲骨尚未清洗，二十六年七七抗日戰爭爆發，即把紙盒疊起，包紮裝箱向後方撤運，經長沙、重慶、昆明，都是堆存倉庫中。

　　廿九年因滇緬路吃緊，由昆明遷往四川的前夕，因箱子破舊，不再行運輸，值此改換新箱之際，連夜趕工，由胡厚宣、高去尋兩位甲骨文專家負責編號，其它人員協助。夜以繼日的來趕，晚十時半以後並有夜餐慰勞，十一時休息，緊張的情形，尤甚於田野工作。由於三年多以來，堆存受潮，運輸震盪，開箱之後，但見紙盒爛腐，甲骨混成一堆。號條也都腐爛無用。不但不能分層，連與 YH127

[註73] 石璋如：〈殷墟地上建築復原第八例兼論乙十一後期及其有關基墟與 YH251、330 的卜辭〉，《中研院史語所集刊》第七十本第四分（1999 年 12 月），頁790。

坑以外的甲骨分坑也感困難。由於十五次出土許多大龜版，只其上寫了一個號，經過震動一半脫落，脫落的一半其上無號，墜入其它有坑號的紙盒中。當時沒有時間去綴合，便誤編入其它坑中，譬如8997為8806的下半段，而分別編入 YH251 及 344 兩坑中，是一個最顯明的例子。所以分類編號，多有失誤。此外還有一個可注意之點，只有 YH127 的甲骨片上僅有類號及數據，而沒有坑名、深度及田野號，因為它沒有經過那一階段，而直接作室內工作。

其次，由於甲骨柱入木箱後，是將箱底翻上，然後釘底運回南京，所以原先在坑層底的甲骨反而在室內掘時先被清洗出來並編上號碼。因之一二七坑這批甲骨材料的編號與它所在的地層位置關係並不密切，故對於欲從甲骨編號的遠近來推知甲骨在地層中的位置而據以為綴合的想法，其可行性就相對的降低。然由於其室內發掘時是一層層的編號，所以在某些程度上仍可經由甲骨的編號反映出其彼此的地層關係。

關於一二七坑甲骨的總數，依石璋如的計算和原先董作賓在《乙編・序》上所言的 17096 片不同，其在《丁編・甲骨坑層之二》頁 132 的表中就以為是16989（字甲 16981、字骨 8）片。〔註74〕

一二七坑出土的 16989 片甲骨中被著錄於《乙編》的拓片數量，據《乙編》序上所說是自 486（13.0.627）－8500（13.0.17714）。今又據《丁編・遺址的發現與發掘》所言 486（13.0.627）為 YH126 坑所出。〔註75〕 487－8500 號中 5379（13.0.11977）為第三次出土，由甲 1880 脫落而誤入 YH127。8468（13.0.1769）－8495（13.0.17705）乃出自 B122 探方，誤入 YH127。8496（13.0.17706）－8500（13.0.17714）乃出自 B119 探方誤入 B122 探方之說，認為《乙編》中所錄的一

〔註74〕劉學順在《YH127 坑賓組卜辭研究》中說「石璋如先生認為《乙編》中有些龜版原來被視為出於 YH127，實際上有誤，如《乙編》5379、8468-8495 等 28 片就是誤入 YH127 的例子，因此石先生認為 YH127 坑所出甲骨的總數是 16986片。在這些統計數字中，石璋如先生的統計可能曾是正確的，因為，17096 也許是昆明編號後當時統計的正確數量，去掉混入的 28 片坑外龜甲，應該是 16986。」頁 4。

〔註75〕石璋如：《丁編・遺址的發現與發掘・甲骨坑層之二－十三次至十五次出土甲骨》，頁 16。

二七坑龜甲拓片當從 487－8467（13.0.17608），而牛骨編號計從 8663－8673。

三、一二七坑甲骨卜辭內容及今後研究的方向

對這一坑甲骨的內容特點及今後研究發展的走向，在下面引胡厚宣及李學勤二家的說法爲代表。

胡厚宣在〈殷墟一二七坑甲骨文的發現和特點〉中歸納此坑甲骨的特點爲一、整坑甲骨之豐富。二、大龜甲骨的解決。三、刻劃卜兆的習慣。四、書寫卜辭例子。五、卜辭刻文的塗飾。六、刮削重刻的卜辭。七、卜序之有條不紊。八、一事多卜之同。九、自上而下的文例。十、卜辭之正反銜接。十一、甲橋刻辭之發現。十二、貞卜人員之簽名。十三、改造背甲之特點及早期卜辭的推想。〔註76〕而今天我們來看這一整坑的甲骨內容，可判定其時代大抵爲武丁時的賓組卜辭，及少量的子組、午組和子組附屬類卜辭。早期董作賓曾誤以爲自、子、午組卜辭是文武丁時期卜辭，又因該類卜辭在占卜的人物和事類方面，和賓組卜辭都有重覆的現象，而提出「文武丁復古」的說法。但今天我們從很多方面已經可以證明自、子、午組都是武丁期的卜辭。主要原因是在許多坑層中自組、子組和賓組卜辭都同坑並出，正反映出它們之間的時代共存關係。〔註77〕

〔註76〕 胡厚宣：〈殷墟一二七坑甲骨文的發現和特點〉，《中國歷史博物館刊》1989 年 13、14 期。而董作賓在《殷虛文字乙編·自序》上也說到這一坑甲骨可注意的特點有「1.坑位和出土的情形。2.包涵的時代。3.刻劃卜兆的龜版。4.毛筆書寫的字跡。5.硃與墨。6.改製的背甲。7.武丁大龜。8.甲橋刻辭。」蔡哲茂在〈YH127 坑的發現對甲骨學研究的意義〉中也指出此坑甲骨在甲骨學研究上的意義有：一、材料的完整，二、坑位的明晰，三、內容的多樣。而「內容的多樣」一項更舉出了學者利用此坑甲骨所作的 10 項研究貢獻，包括：1.卜辭下乙即祖乙的提出，2.殷代焚田說的提出，3.甲骨文四方風名考證，4.成套卜辭的提出，5.咸爲大乙另一名稱的提出，6.對商王世系的研究，提供了一些新證據，7.羌甲、南庚在武丁時的祭祀系統特別受重視，8.卜辭中的「它」是「其它」，「它示」是其它的神主，9.肩凡有疾的正確解釋，10.排譜的繼續整理。收錄於宋鎮豪、唐茂松主編：《紀念殷墟 YH127 甲骨坑南京室內發掘 70 周年論文集》，頁 22。

〔註77〕 可參見陳夢家《殷虛卜辭綜述》「斷代」章。鄒衡：〈試論殷虛文化分期〉，《夏商周考古論文集》（北京：文物出版社，1980 年）。李學勤：〈小屯南地甲骨與甲骨分期〉，《文物》1981 年 5 期。彭裕商：《殷墟甲骨分期研究》（上海：上海古籍出版社，1996 年）。

這也表示了這同出於一坑的甲骨，因為貞卜的時間較為接近，所以貞卜的事類相關，故 YH127 坑甲骨比起其他來源不一的甲骨著錄書所著錄的甲骨片，不論在數量上或是內容相關性上，都具有優越性。因之它還具有卜辭所記時代的整體性這一特點，而這一特點也正是下面將會說到的排譜工作的基本條件。

李學勤在「甲骨學的當前課題」中揭示出這一坑甲骨今後研究的走向為：

> 殷墟甲骨最豐富的發現，應推 YH127 一坑龜甲。這批卜甲在地下本
> 來完整，而且顯然是同時的，現在已經綴合了不少，但用排譜的方
> 法進行整理，還沒有人著手嘗試。我相信，如果花費幾年時間，把
> 這一工作做好，必能對甲骨學及商代史的研究有較大的貢獻。〔註78〕

王蘊智在〈抓緊甲骨文的基礎整理工作〉也說到「在當前和今後的一個時期，專業學者所面臨的主要任務就是要充分把握時機，爭取時間，深入從甲骨資料千頭萬緒的內在關係入手，全方位地展開各種基礎性的整理工作」而其中所提出的第三項工作便是「集中對甲骨刻辭的內容進行系列的排譜整理，多角度、多側面的揭示其所反映出來的歷史文化內涵」。〔註79〕

因之利用此坑卜辭豐富的內容來作排譜的工作，而作為甲骨學及商代史研究的一小部分，這可以說是今後對此坑甲骨研究的走向，也是本書嘗試努力的方向。

小 結

一二七這坑甲骨的發現可說是自甲骨發掘以來史上出土最多甲骨的一坑，而由於當時未能及時編號和不斷遷移以致甲骨震盪碎裂的關係，使得原本出土的整版龜甲，今已不復見其舊。而原先保留較多地層位置資料的編號號條，也因受潮腐爛及甲骨移動而亂序，以致後來又得重新編號。這對此坑甲骨來說不能不算是一種厄運，以致這批甲骨出土至今已七十多年，而學者們仍需不斷地從事綴合的復原工作，倘若不曾經過這樣的災厄或許在綴合工作上就可以更容易些。然而可喜的是，經過學者們的不斷努力奉獻，已復原超過三百版的整版甲骨，這對研究甲骨的學者來說不能不算是令人振奮的，而今日也由於這一豐富的甲骨材料帶給我們在研究古代文字、占卜方法、商代歷史方面都提供了無

〔註78〕李學勤：《失落的文明》（上海：文藝出版社，1997 年），頁 36。

〔註79〕王蘊智：〈抓緊甲骨文的基礎整理工作〉，《殷都學刊》2000 年第 2 期。

數的資料，相信隨著學術的不斷進步，甲骨的不斷被復原，我們對殷商史的研究一定會更深入。

　　而今後對此坑甲骨的研究方向，排譜可說是一個可嘗試的走向。排譜的前題在於綴合，當能儘量地復原出整版甲骨後，就可大量利用同版及同事類的關係對卜辭內容作排序。而今天這種時機已成熟，一方面是除了《丙編》的三百多版綴合已出版外，對一二七坑甲骨進行整理的工作也正在進行中，而這坑甲骨的新綴合，也由學者們陸續發表中。這使得可據以為研究線索的材料又大大地增加，因之本文即嘗試以排譜為主要的研究方向，旁及其它事類、文字及甲骨本身的問題，如綴合、著錄等的探討，希望能藉由卜辭的內容來填補史料的不足，更是殷切期望學者們一起來從事這方面的工作，而使今後在商代史的研究中可以大大的減少殷禮不足之嘆。

第一次發掘可與庫方氏收藏甲骨綴合的「用侯屯」卜辭

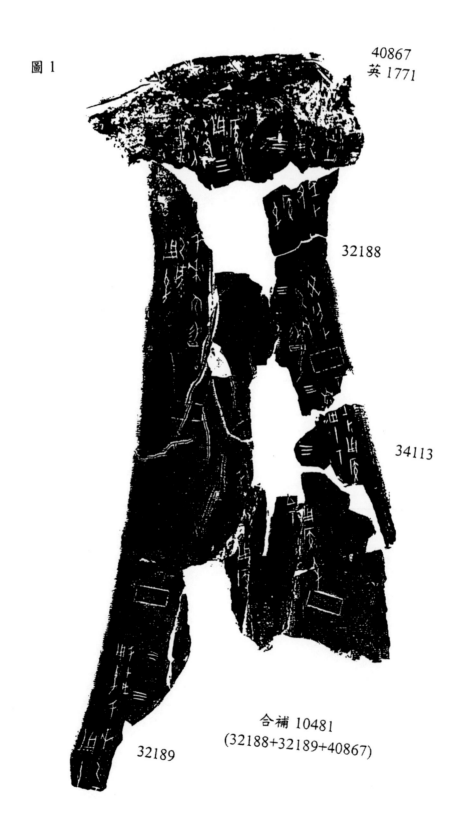

圖 1

40867
英 1771

32188

34113

合補 10481
(32188+32189+40867)

32189

第三次發掘可和懷特氏所藏甲骨綴合者

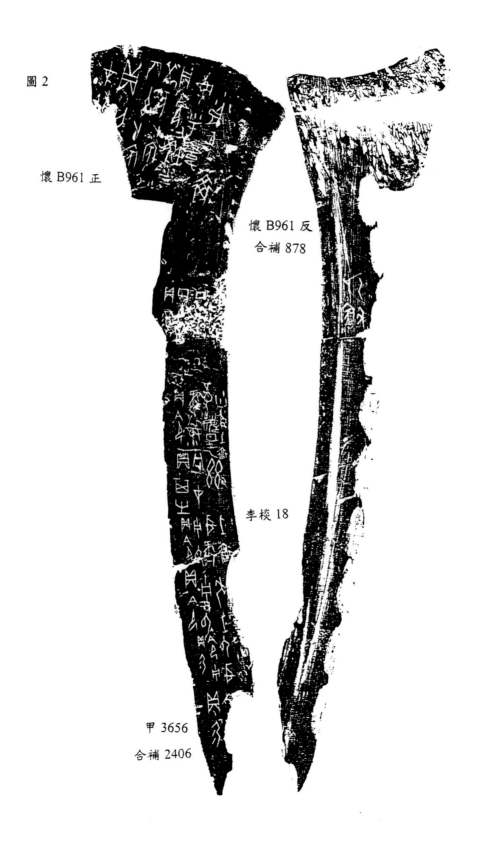

圖 2

懷 B961 正

懷 B961 反
合補 878

李棪 18

甲 3656
合補 2406

第二章　一二七坑甲骨的綴合及著錄

第一節　一二七坑甲骨的著錄

　　中研院史語所第十三次發掘所得一二七坑甲骨幾乎全部著錄於今天所見的《殷虛文字乙編》和《殷虛文字乙編補遺》（以下簡稱《乙編補遺》）中。《乙編》編者在出版前就已經對所發掘甲骨作過綴合，並將之著錄於書中。而《乙編補遺》全書則以收錄未見錄於《乙編》的小片有字甲為主。《乙編》的出版前後歷時六年，上輯於 1948 年 10 月出版，中輯於 1949 年 3 月出版，下輯則到 1953 年 2 月才出版。1994 年的 6 月，這上、中、下三輯又重新再版，而《乙編補遺》則要到 1995 年的 5 月才出版。總計到目前為止，對一二七坑甲骨作過綴合的專書主要有《殷虛文字綴合》、《殷虛文字丙編》、《甲骨文合集》及《殷虛第十三次發掘所得卜甲綴合集》，以下分別述之。

一、關於一二七坑甲骨的綴合與著錄

　　下面擇要對《殷虛文字綴合》、《殷虛文字丙編》、《甲骨文合集》、《殷虛第十三次發掘所得卜甲綴合集》作介紹，間參酌學者所發表的書評。

1.《殷虛文字綴合》

　　《殷虛文字綴合》所收為郭若愚、曾毅公、李學勤三人的綴合。中國社會科學院考古研究所專刊乙種第一號，科學出版社，1955 年 4 月出版。

　　《殷合》一書所收《乙編》綴合共 370 版，這些綴合大半爲後來的《合集》所收錄，對研究甲骨的學者帶來不少貢獻。然嚴一萍在《甲骨綴合新編・序》上卻提出不同的看法，以爲「民國四十四年，《殷虛文字綴合》出版，爲一集體著作，專以《殷虛文字甲編》及《乙編》中、下輯之材料爲對象，計綴合《甲編》一百一十二版，《乙編》三百七十版，然不明甲骨部位，間有錯誤。余輯《中國書譜殷商編》時曾加指正，而此書自小屯《丙編》及《甲編考釋》問世，殆成廢物，已不再可用矣。」此說後來遭劉學順駁斥，其理由有《殷合》所援以爲綴的甲骨不限於《甲》、《乙》編，且《殷合》作者並未據《乙編》下輯的拓本作過綴合。下輯於 1956 年 3 月才在大陸出版，故學者不及見之。〔註1〕其次《殷合》有相當多的綴合並不見於《丙編》，且爲《丙編》作者所參考，如張秉權在《丙編・序》上便說到「去年冬天董彥堂師在香港替本所購得一部《殷虛文字綴合編》，那是根據拓本而綴合的。我曾經把它和我的底稿校核一遍，除了其中有一小部分實物不合者而外，大部分都跟我所復合的相同。不過它所復原的程度，比較起來，不如本編來得完整，綴合的圖版也沒有本編那麼多。譬如本輯的圖版，大部分是《綴合編》所沒有的，那是因爲它對於《乙編》的綴合，限於上、中兩輯的緣故。但是也有一小部分，是我從前所未拼合的，所以它對本編的編著，還是有所裨益的」。〔註2〕

　　下面將《合集》所未收或補綴的《殷合》綴合（一二七坑甲骨）表列如下：

　　《殷合》中所收《乙編》甲骨綴合未見載於《合集》者（「＋」表直接綴合，「-」爲遙綴）

《殷合》組號	《合集》號	備　註
（113）乙 832+乙 1107	合 21889=乙 832	合集分列
（120）乙 895+乙 1899	合 9871=乙 895	合集分列
（401）乙 620+乙 757		合集未錄
（412）乙 853+乙 1768	合 21989=乙 853	合集分列
（415）乙 946+乙 1607	合 21909=乙 946	合集分列

〔註1〕　《乙編》下輯在大陸出版，乃是科學出版社買到台灣出版的《乙編》下輯後，加以照相出版後的事。

〔註2〕　劉學順：《YH127 坑賓組卜辭研究》，中國社會科學院歷史研究所博士學位論文（1998 年），頁8。

（416）乙 975+乙 1470-乙 1062	合 22437=乙 1470	合集分列
（418）乙 1108+乙 1124	合 21948=乙 1108	合集分列
（425）乙 1176+乙 1763	合 21654=乙 1176	合集分列
（426）乙 1177+乙 1325+乙 1695	合 21965=乙 1177+乙 1325	合集分列
（427）乙 1249+乙 1551	合 21789=乙 1249	合集分列
（430）乙 1324+乙 1448+乙 1576	合 21876=乙 1324	合集分列
（456）乙 3517+乙 6272-乙 5906	合 6788=乙 3517 合 19529=乙 6272	合集分列
（460）乙 3987+乙 3991	合 17374=乙 3987	合集分列
（462）乙 4312+乙 4313	合 18106=乙 4312	合集分列
（469）乙 4855+乙 4907		合集未錄
（473）乙 5127+乙 5292		合集未錄
（477）乙 5773+乙 5774		合集未錄
（479）乙 5831+乙 5840		合集未錄
（480）乙 5891+乙 5957		合集未錄
（482）乙 6248+乙 6255		合集未錄

其中《殷合》416 組爲甲（乙 975）+丙（乙 1470）遙綴乙（乙 1062），然甲乙丙這三片可以直接綴合，《合集》反而將之分開（圖 1）。而《殷合》427 組，乙 1249+乙 1551 也是可綴合的，而《合集》反將之拆分。[註3] 此外，劉學順也統計了《殷合》所綴不見於《丙編》者 162 版，可以參見。[註4]

2. 《殷虛文字丙編》

《殷虛文字丙編》爲張秉權所作，內容完全是十三次發掘甲骨的綴合。共

[註3] 宋雅萍:《殷墟 YH127 坑背甲刻辭研究》，政治大學中文系碩士學位論文（2008 年），頁 34。

[註4] 劉學順:《YH127 坑賓組卜辭研究》，頁 8。分別是 93、95、97、99、104、106、107、110、113、114、120、121、123、124、125、127、129、130、131、132、134、138、142、144、158、159、167、169、170、175、180、181、188、192、224、228、231、232、237、238、239、240、243、246、250、252、253、254、256、258、262、263、265、266、269、270、274、285、288、289、290、292、293、294、295、296、297、298、306、307、310、311、314、317、409、410、411、412、413、414、415、416、417、418、431、432、433、434、435、436、438、442、443、445、447、449、450、451、453、454、456、458、459、460、461、462、463、464、466、467、468、469、470、471、473、474、475、477、478、479、480、482。

分上中下三輯六冊,「上輯一」於 1957 年出版,「上輯二」於 1959 年出版,「中輯一」於 1962 年出版,「中輯二」於 1965 年出版,「下輯一」於 1967 年出版,「下輯二」於 1972 年出版。實際綴合 322 版,拓片號計 632 號。

對於《丙編》名稱,白玉崢有些微言,其在〈近卅年之甲骨綴合〉中便說到「檢《乙編》所錄拓本,包括十三、十四、十五等三次發掘所得之甲與骨,而《丙編》所錄之各拓片,僅截取第十三次發掘 YH 一二七坑之部分腹甲,予以綴合還原。據此,似宜題為 YH 一二七坑卜甲綴合集,藉合名實相符之義。退一步,誇大點題稱為殷虛第十三次發掘所得卜甲綴合編,要亦不算違牾所錄。」〔註5〕然張秉權其實在《丙編·序》中的開頭便說到「《中國考古報告集之二·小屯·殷虛文字丙編》(以下簡稱《丙編》)是由乙編及其編餘的甲骨,拼兌,復原,重新傳拓,重新編輯,加以考釋而成。所以這一編,也可以說是一部《殷虛文字乙編甲骨復原選集》」。因為《乙編》中的甲骨以一二七坑為主,故會出現《丙編》所綴皆屬一二七坑甲骨的現象。〔註6〕

在《丙編》中張秉權是以甲骨實物來綴合,故所綴當較為可靠,故《丙編·序》上便言「《乙編》及其編餘的材料,是很豐富的,拼兌起來,也很費力,我們雖則儘可能地在求其復原,但是,遺漏的地方,恐怕還有不少,希望國內外學者,加以指教。不過,在《丙編》中,拼兌錯誤的拓本是決不會有的,因為它們是復原甲骨的重拓本,是百分之百的可靠與可信,這一點請讀者可以放心。」然百密一疏,裘錫圭便曾指出丙 36(合 9522)上的殘片當要拼在丙 35(合 9521)上才對。〔註7〕

〔註5〕 白玉崢:〈近卅年之甲骨綴合〉,《中國文字》新廿期(台北:藝文印書館,1995 年)。

〔註6〕 張秉權:《殷虛文字丙編·序》序(台北:中研院史語所,1957 年),頁 1。

〔註7〕 張秉權:《殷虛文字丙編·序》,頁 12。裘錫圭:〈釋殷卜辭中的辛和聿〉,《中原文物》1990 年 3 期,頁 3。及見蔡哲茂:〈論甲骨文合集的誤綴〉,第一屆古文字與出土文獻學術研討會論文,台北中研院史語所,2000 年。又丁驌與白玉崢亦曾懷疑丙 562(合 11499 正)一版的正確性,如其言該版左尾甲較右尾甲碩大,齒縫在「屮鼎」與「王亥」間與其左及下之碎甲非為同腹甲之折裂,左半甲「鳥」「大」間不能容納「星」字等,然經查對實物的結果,證實這一綴合無誤。見白玉崢:〈東薇堂讀契記(三)讀後〉,《中國文字》新十九期(台北:藝文印書館,1994 年)。

其次，《合集》有漏收《丙編》龜版者，如丙 576（13.0.17068）、丙 577（13.0.2517），《合集》皆未收。

3. 《甲骨文合集》

　　《合集》於 1978 年始出版，至 1982 年出齊十三冊。前十二冊收拓片及少量照片，第十三冊收摹本，共收甲骨 41956 片。此書胡厚宣的序說「已著錄甲骨，有彼此本爲一片之折，可以相互拼合者。這項工作，前人已經作了不少，王國維、郭沫若、董作賓諸前輩之外，近期中外學者還有很多。撰爲專書的，像《甲骨綴存》、《甲骨綴合編》、《殷虛文字綴合》、《殷虛文字丙編》、《甲骨綴合新編》、《甲骨綴合新編補》等，不一而足。我們在前人工作的基礎上，在這一方面，也作了相當多的細緻工作，總計拼合不下兩千餘版。單《殷虛文字》甲乙兩編就拼合了一千版以上」。〔註18〕

　　然依《甲骨文合集材料來源表》統計得《合集》對《乙編》共作了約五百多版的綴合，而針對一二七坑甲骨的綴合有 336 版（見後附表一「《合集》對《乙編》一二七坑甲骨所作綴合號碼表」）。然其中有五十多版的誤綴，可參書後附表一「《合集》對《乙編》一二七坑甲骨所作綴合號碼表」。

　　關於《合集》的編纂過程，李學勤在《甲骨文合集補編·序》上說到「由郭沫若先生主編，胡厚宣先生任總編輯的《甲骨文合集》的編纂，便是適應學術界這樣的要求的。中國社會科學院歷史研究所先秦史研究室多位學者於『特殊的年代裏，曠日持久，屢作屢輟，花了近二十年時間』，終於將全書完竣，在 1982 年出齊圖版十三大冊。」

　　而針對《合集》所作的書評，早期有嚴一萍的〈評「甲骨文合集」〉、〈再評「甲骨文合集」〉、〈三評「甲骨文合集」〉以及晁福林的〈評《甲骨文合集》〉。晚近則有白玉崢的〈簡論甲骨文合集〉、彭邦炯與馬季凡合著的〈《甲骨文合集》的反顧與《甲骨文合集補編》的編纂〉。〔註9〕嚴一萍的書評中關於一二七坑甲

〔註18〕郭沫若主編：《甲骨文合集》第一冊，胡厚宣序（北京：中華書局，1982 年），頁3。

〔註9〕嚴一萍：〈評「甲骨文合集」〉，《中國文字》新一期（台北：藝文印書館，1980 年）、〈再評「甲骨文合集」〉，《中國文字》新二期（台北：藝文印書館，1980 年）、〈三評「甲骨文合集」〉，《中國文字》新五期（台北：藝文印書館，1981 年）。晁福林：〈評《甲骨文合集》〉，《中國史研究》1985 年第 2 期。白玉崢：〈簡論甲骨文合集〉，《中國文字》新十四期（台北：藝文印書館，1991 年）。彭邦炯、馬季凡：〈《甲骨

骨比較重要的看法有，（1）指出合 1248（丙 392），其可再加乙 3367。（2）合 1166 乙（乙 8645）當綴在合 1166 甲（乙 8642）上面，又合 1166 甲當分成二塊，一塊是骨的上半，一塊是骨的下半。（3）指出合 13931（丙 190）上所加有一甲非著錄於《乙編》中（北圖 5241）。

〈《甲骨文合集》的反顧與《甲骨文合集補編》的編纂〉一文中則指出了《合集》中的漏收，如乙 3299、乙 4504、乙 4810、乙 8818。以及《合集》缺少反面的拓片，如合 3825 的反面乙 3775 和乙 7655 的反面。而這些均已補入《甲骨文合集補編》中，分別見合補 6822、合補 6925、合補 6829、合補 4579。

4. 《殷虛第十三次發掘所得卜甲綴合集》

《殷虛第十三次發掘所得卜甲綴合集》爲嚴一萍遺作，由白玉崢整理出版，台北藝文印書館，1989 年 6 月出版。

此書針對一二七坑所出土甲骨來作綴合，依白玉崢的後記所言爲「共得二二五綴合版（含背拓綴合三七版），綴合腹甲 146 版，背甲 79 版。」這其中的 225 版是把一版正反算爲兩號所得，所以實際綴合片數並非此數。劉學順就曾對此書評價說「（此書）與《殷合》相較，完全相重或部分相重的多達 147 版。此外，還有一些見於《合集》，如 008、016、023、067 等都已著錄於《合集》，未經發表的綴合充其量二三十片。特別是 078 一片，本已發表於《殷合》，在此書中，此片則錯誤拼合，顯然，此書雖有學術價值，但確實不像白玉崢所歌頌的那樣偉大。」〔註10〕

以下將嚴一萍所綴而不見於《合集》者列出：

文合集》的反顧與《甲骨文合集補編》的編纂〉，《歷史研究》1995 年第 5 期。

〔註10〕劉學順：《YH127 坑賓組卜辭研究》，頁 11。又劉學順並無列出其所說的「未經發表的綴合充其量二三十片」的細目，若查對《甲骨文合集材料來表》知嚴一萍所綴，而合集未收錄的有 11 版，分別是：（1）4055+4367；（19）1720+2349；（20）6308+8006；（29）4897+丙 255；（35）4498+4881；（66）955+1369；（82）2429+4101；（100）3110+7830；（121）5646+5934；（129）3004+3112；（178）1295+1310。而綴合與《合集》異者有 10 片，分別是：（6）2898+3992+4088+7079；（7）2614+3069；（83）1085+3454；（92）2268+7155；（103）3785+5859；（153）804+973+1428+1479+1623+1780+1855；（164）791+945+1013+1566；（166）43+47+53；（177）35+125+383；（202）12+163+303+478。

嚴一萍所綴不見錄於《合集》的一二七坑甲骨綴合

嚴組別號	綴合號（乙編）	合　　集	備　　註
1	乙 4055+乙 4367	乙 4055=合 9934 乙 4367=合 9955	正確，可加綴乙 4106、乙補 4609、乙補 5252。
19	乙 1720+乙 2349	未錄	
20	乙 6308+乙 8006	未錄	
29	乙 4897+丙 255	未錄	正確，可參 R044375。（圖 2）
35	乙 4498+乙 4881	未錄	正確。
66	乙 955+乙 1369	乙 1369=合 2295	
82	乙 2429+乙 4101	乙 2429=合 14199 乙 4101=合 16163	正確。（圖 3）
100	乙 3110+乙 7830	乙 3110=合 15849	正確。
121	乙 5646+乙 5934	乙 5646=合 21950 乙 5934=合 2903	
129	乙 3004+乙 3112	乙 3112=合 11853	正確。（圖 4）
178	乙 1295+乙 1310	乙 1310=合 21821	上下倒置。〔註 11〕

其次，再將嚴一萍綴合與《合集》綴合部分有異者列如下：

嚴書所綴的一二七坑甲骨與《合集》綴合有異者（加底線者爲綴合不同部分）

嚴組別號	綴　合　號	合　　集	備　　註
5	乙 2899+乙 2900+乙 2901+乙 2949+乙 3003	合 5770=乙 2898+乙 4088+乙 2901+乙 2899+乙 2949+乙 2900+乙 3003	《合集》正確，乙 2898 當綴於第 5 組。
6	乙 2898+乙 3992+乙 4088+乙 7079		
7	乙 2614+乙 3069	合 14032 乙=乙 2614+乙 5961 合 14034 正=乙 3069	《合集》正確。
83	乙 3454+乙 1085	合 12366=乙 3454+乙 6977 合 12447 乙=乙 1085	《合集》正確。
92	乙 2268+乙 7155	合 6650=乙 2268+乙 2031+乙 2503	合 6650 可加合 4181（乙 7155）。（圖 5）

〔註 11〕 關於嚴一萍的這一版綴合（乙 1295+乙 1310），其將乙 1295 置於乙 1310（合 21821）
　　　　之上，當更正爲乙 1310 在上，乙 1295 在下，可見蔡哲茂：《甲骨綴合集》（台北：
　　　　樂學書局，1999 年），第 265 組。

103	乙 3785+乙 5859	合 8005=乙 5859+乙 6220	《合集》誤，嚴綴正確。
153	乙 804+乙 973+乙 1428+乙 1479+乙 1623+乙 1780+乙 1855	合 22206 甲=乙 804+乙 1855+乙 973+乙 1780 合 22187=乙 1428	嚴綴正確，合 22206 甲可再加合 22187（乙 1428）。
164	乙 791+乙 945+乙 1013+乙 1566	合 22024=乙 1566+乙 1806 合 21959=乙 791	《合集》正確。

此外還有些學者也陸陸續續地對一二七坑甲骨作了不少的綴合，舉例來說有蔡哲茂、林宏明、黃天樹、彭裕商、鄭慧生、劉淵臨、宋雅萍、黃庭頎、謝博霖等等，其綴合可見蔡哲茂編著的《甲骨綴合集續》（簡稱《綴集續》）、林宏明的《醉古集》及趙鵬整理的〈先秦史研究室甲骨綴合表全〉，[註12] 在此不再重引。

1999 年北京語文出版社出版了《甲骨文合集補編》一書，其編纂的目的在於將《合集》所遺漏的，或是因當時的標準和條件所限而未予收錄的甲骨片，以及《合集》出版之後，海內外的零散資料及新的綴合成果集結出版。其中該書〈前言〉說到與《乙編》甲骨有關的有：「第一、查明和增補了《合集》擬選用而遺漏了的重點材料，如《殷虛文字乙編》中的 4810（入《補編》6925）、8818（入《補編》6829）……」、「第三、完善了《合集》中一些本有正、反、臼或本完整的甲骨拓本而缺其一部分的材料，如……《補編》的 4759，原《合集》只收了《乙》7655，它的反面《乙》7656 沒有收，上面還有『若下乙』三字。」[註13]

二、《乙編》、《乙編補遺》與《合集》、《合集補編》的幾點勘誤

關於《乙編》初版的一些錯誤，鍾柏生在《乙編》再版時的序中曾提及，錯誤的地方如：（1）乙 8532 至乙 8637 未附考古編號，今補。（2）舊《乙編》考古編號錯誤者，再版本予以更正。如乙 7301 考古編號當正為 13.0.15385 反、乙 7904 當正為 13.0.14884。（3）舊《乙編》拓本為反面拓片，未加註明，再版時加「反」字註明；若誤加「反」字者，則取消。如乙 7736，舊《乙編》無「反」字，今補；乙 1148 舊《乙編》有「反」字，今刪除。（4）舊《乙編》拓片倒置者，如乙 4783、乙 5913 今正。（5）舊《乙編》號碼後註明錯誤者，今正。如

[註12] 趙鵬：〈先秦史研究室甲骨綴合表全〉，中國社會科學院，先秦史研究室網站，2009年 7 月 25 日。

[註13] 彭邦炯、謝濟、馬季凡編著：《甲骨文合集補編》前言（北京：語文出版社，1999年），頁 10。

乙 701，舊《乙編》註有「朱書」，今正爲「褐書」。〔註 14〕然而今日《乙編》再版後，仍發現有錯誤者，茲略舉如下：

（一）乙 1642（發掘號 13.0.3480）

此版張秉權曾加以和他版綴合，爲《丙編》530 號中龜版甲橋上部的一片碎甲，然丙 530 爲龜甲反面，所以乙 1642 也當是反面，故發掘號當更正爲13.0.3480 反。

（二）乙 2726

乙 2726 的田野號發掘號爲 13.0.5627 13.0.5631，而今新版《乙編》（民國八十三年六月二版）誤爲「13.0.562 13.0.563」。

（三）乙 3341 及乙 7396

乙 3341 新版《乙編》漏列著錄號及發掘號，著錄號爲 3341，發掘號爲13.0.7095。《乙編》下冊第 7396 版漏列著錄號 7396，僅錄發掘號。

（四）乙 6587（13.0.13862 13.0.13872 13.0.13873 13.0.13882 13.0.13898）

此版拓片在著錄時不小心折疊，以致下半的拓片又出現在右上部（圖 6）。

（五）乙 8322（13.0.17349 13.0.17357）。

這一片後來和乙 7912、乙 8167、乙 8320、乙 8327 拼成了一塊大龜的上半部，爲丙 278。但其中乙 8322 的一部分（13.0.17357）卻被拆除，張秉權在該版考釋中說到「乙編 8322 原由 13.0.17349 和 13.0.17357 二片碎甲所綴合，現在發現那是誤合，所以又將 13.0.17357 拆除了。」但新版《乙編》出版時卻未能將拓片更正（圖 7）。

（六）《乙編補遺》的附表

《乙編補遺》附《《殷虛文字乙編》與《殷虛文字丙編》拓本編號對照表》中乙 3372 號在《丙編》中當是 233 號與 330 號，《乙編補遺》誤作 230 號，今正。又第 38 頁乙 8351 爲《丙編》555 與 556，其中第二個 8351 當作 8351 反。又同頁 8354 反誤作 8654 反。

（七）《合集》編號錯誤者

合 7407 爲乙 1710，合 7407 反爲乙 1711，而合 7407 反甲當是 7407 反乙之

〔註14〕鍾柏生：《殷虛文字乙編》，上輯「再版說明」，（台北：中研院史語所，1994 年）。

誤。

合 8219 爲二版遙綴，其中合 8219 甲爲乙 718，合 8219 乙爲乙 636，依卜兆的方向來看，應該把兩版左右對換。

合 8648 反爲乙 2361＋乙 2647＋乙 3181＋乙 3421＋乙 6706，其中《合集》將乙 6706 的拓片方向置反而誤合（圖 8）。

（八）《合集補編》編號錯誤者

乙 2711 和乙 2712 不是一甲的正反面，乙 2711 爲 13.0.5565 加上 13.0.5568 加上 13.0.5571 所綴成的甲片，乙 2712 爲 13.0.5577－13.0.5580 所綴合成的碎甲，而在《合集補編》中卻把乙 2711 列爲 5503 正，將乙 2712 列爲 5503 反，將沒有關係的兩版，列爲一甲的正反面。

此外劉學順亦曾對《乙編》提出批評，其中比較允當的有，指出《乙編》中的拓片擺放不當，以文字而不以卜甲本身爲準，如乙 4779、乙 4949、乙 5672。還有乙 4783、乙 5913 貼倒。此外，他也指出乙 6587 的拓片有問題，而據實際比對實物的結果，知這一號拓片的上半是因下半折疊向上所致，成了一張變相的拓片。〔註15〕

對於因《乙編》拓片擺放不當而造成的錯誤，李宗焜也曾舉《甲骨文編》分部錯誤的一個例子，如同樣是乙 4421 反上的「凵」（出）字，《文編》卻立了 5544 和 5642 兩個字號，兩字皆是一個倒寫的「凵」字，而《文編》錯立字頭的原因在於《乙編》拓片的倒置，今《合集》的 19320 已將之轉正。〔註16〕

第二節　一二七坑甲骨和其它著錄甲骨綴合的現象

一二七坑甲骨乃是經由科學的發掘，且是整坑出土，未經盜掘的生坑。所以其中的斷甲應當只能與同坑出土的甲骨綴合，正如嚴一萍在發現《甲編》的 959 號、962 號、963 號、964 號、2042 號五片碎甲居然可以和《乙編》的 5379 號甲綴合時（圖 9），〔註17〕感到詫異與不解。其後又在石璋如沒有詳查的情況

〔註15〕劉學順：《YH127 坑賓組卜辭研究》，頁 6。

〔註16〕李宗焜：〈《甲骨文字編芻議》，《甲骨文發現一百周年學術研討會論文集》，（台北：中研院史語所，1998 年）。

〔註17〕該版又可參見蔡哲茂：《甲骨綴合集》第 97 組。綴合號爲合 21332＋合 22400＋甲釋 48。

下，錯誤地推論出一二七坑封坑很晚，幾乎包含了一到五期甲骨的不實結論。
〔註18〕後來由於該版又可加綴甲 1880，使得石璋如才又再次去查證乙 5379，證實《乙編》的 5379 號甲乃是由甲 1880 脫落，應該是一片當初編錯號碼的字甲。
〔註19〕所以《乙編》龜甲和《甲編》龜甲可以相綴合的現象，是不可能的事。
從這個例子也說明了一二七坑的嚴整性，它只能與同坑的甲骨綴合。然而今日我們卻發現了《乙編》甲骨可以和非著錄於《乙編》甲骨綴合的例子，對於這種現象嚴一萍曾說：

> 說來話長，當安陽小屯第十三次發掘，發見 YH127 坑的甲骨，是整坑移到南京的史語所去整理的，照理這是完整的一個坑，所包含的甲骨是不應當分散的，但是四十多年來，在外面流傳的甲骨中，可與十三次發掘所得的甲骨綴合的已經不少，這證明十三次發掘甲骨有遺散，如何遺散，就不得而知了。〔註20〕

曾毅公也說到：

> 第十三次到第十五次的坑位，總算是公開出來了，我們也知道十三、十五次，大多是生坑，沒經過盜掘，地層多數是沒經過擾亂（如 YH127 坑的甲骨是整個一個幾頓重的甲骨塊），但也有一部分材料流出，這是少數，如董氏在《殷虛佚存》序言中所說當第三次殷虛發掘時，前中央研究院和河南民族博物館，因爭掘甲骨發生糾紛時，在 B 區大連坑和 E 區附近，河南博物館有一批甲骨被盜（是裝在一隻綠布小箱裡），流落到北京琉璃廠古玩店，被美國人施密士購得，即著錄在《殷契佚存》裡的部分拓本。這一部分拓本中，有的可以和『B』區『大連坑』的『橫十三溝』丙北支一坑所出綴合，證明

〔註18〕見嚴一萍：〈YH127 坑的使用時期〉，《中國文字》新三期（台北：藝文印書館，1981年），頁 277。

〔註19〕甲 959 加甲 963 爲《殷合》338 組。加綴乙 5379 爲劉淵臨所綴，其後蔡哲茂又加上了甲 1880，石璋如的說法見〈兩片迷途歸宗的字甲〉，《大陸雜誌》七十二卷六期。其在《丁編》序言中也說「乙 5379 係殷虛第三次發掘大連坑出土，由甲 1880 脫落而成無號，誤認爲 YH127 坑出土者。」

〔註20〕嚴一萍：〈再評「甲骨文合集」〉，《中國文字》新二期（台北：藝文印書館，1980年），頁 316。

它們原是一體。」〔註21〕

後來李學勤也提到「YH127 坑卜甲有與《乙編》以外碎片拼合的事例，如胡厚宣先生綴合的『四方風名』腹甲上半部，《殷虛文字綴合》中收錄的于省吾先生舊藏腹甲等。唐蘭先生舊藏的兩版刻兆整龜，很像此坑所出。20 世紀 50 年代初，由文化部撥交北京圖書館的一匣甲骨，也有可與 YH127 坑卜甲綴合的。這些材料的出現都較晚。」〔註22〕

以下將所見《乙編》甲骨和它書著錄的甲骨可綴合者及疑為出自一二七坑甲骨的它書著錄甲骨整理如下。

一、一二七坑甲骨和它書著錄甲骨已知可綴合者

最早指出一二七坑甲骨可以和它書所著錄甲骨綴合者是胡厚宣。其曾於民國三十六年起，在上海中央日報文物周刊上連載七期的〈戰後殷虛出土的新大龜七版〉，〔註23〕文中分別指出了京津 1（合 12628）、京津 899（合 15556）、京津 1266（合 6476＝丙 24＋京津 1266）、京津 648（合 10125）、雙下 32.1（合 5776 正＝乙 4473＋乙 4775＋雙下 32.1）、雙下 32.2（合 14019 正＝乙 4480＋乙 4630＋雙下 32.2）、續存下 224（合 3187）這七版龜甲的特點都和中央研究院十三次發掘所得的一坑甲骨，完全相同。爾後，嚴一萍發表〈關於「戰後殷虛出土的新大龜七版」〉指出這七版龜甲都應該是出自一二七坑之物，〔註24〕也就是說這七版龜甲除整甲外，都可和《乙編》的甲骨綴合，以下依《合集》號碼的順序，將目前所已知的可和一二七坑甲骨綴合的非《乙編》著錄甲分別敘述如下：（畫方框者表示非一二七坑甲骨）

（一）合 672 正（圖 10）

〔註21〕曾毅公：〈論甲骨綴合〉，《華學》第四輯（北京：紫禁城出版社，2000 年），頁 32。

〔註22〕李學勤：〈甲骨學的七個課題〉，《李學勤文集》（上海：上海辭書出版社，2005 年），頁 136。

〔註23〕分別是二月十九日的第廿二期，二月廿六日的第廿三期，三月五日的第廿四期，三月十二日的第廿五期，三月十六日的第廿七期，四月二日的第廿八期和四月九日的第廿九期。

〔註24〕嚴一萍：〈關於「戰後殷虛出土的新大龜七版」〉，《中國文字》50 期（台北：台灣大學中國文學系，1973 年），頁 9。

丙 117（乙 2452＋乙 2508＋乙 2631＋乙 3094＋乙 3357＋乙 3064＋乙 7258＋乙 8064＋乙 8479＋無號碎甲）＋ 北圖 5246 ＋ 北圖 5207

今可再加綴

乙 2862＋ 合 1403 （故宮博物院藏用新 74177）＋乙 713＋乙 2462

關於這一整版的綴合過程最早見於《殷虛文字綴合》一九五組，[註 25] 其將乙 2508 和乙 3094 綴合成一塊，後來張秉權在《丙編》中又綴上了乙 2452、乙 2631、乙 3064、乙 3357、乙 7258、乙 8064、乙 8479 七片，著錄號爲丙 117。之後桂瓊英又加上了乙 2862 和文物局舊藏甲。文物局舊藏甲後來撥交北京圖書館，編號爲 5246。[註 26]（今《合集》將丙 117 加北京圖書館 5246 列爲 672 號，尚未將乙 2862 綴入）又北京故宮博物院於琉璃廠文物商店購得一片甲骨，編號爲新 74177（合 1403）其也可與丙 117 版綴合，使得這版甲骨的拼合片累至十二片。而今《甲骨文合集材料來源表》在屬於本版的拼合號中又多了北圖 5207。

之後嚴一萍在〈經過三十年綴合的一版大龜甲〉中又綴上了乙 713 和乙 2462，[註 27] 使得這一片龜甲的綴合片數增至十四片。然在 1999 年出版的《甲骨文合集補編》中，此版被列爲 100 號，卻仍未將桂瓊英綴的乙 2826 和嚴一萍綴的乙 713 和乙 2462 補上。

[註25] 曾毅公、郭若愚、李學勤：《殷虛文字綴合》（北京：科學出版社，1955 年），頁 101。

[註26] 其綴合過程可見胡厚宣：〈記故宮博物院新收的兩片甲骨卜辭〉，《中華文史論叢》1981 年第 1 輯。關於文物局舊藏甲撥交北京圖書館的經過，賈雙喜說到：「劉體智所藏甲骨的收購是在 1953 年夏末，收購單位是當時的文物部文物管理局（以下簡稱「文物局」）。其清點工作是從 1953 年 9 月 14 日開始，至 10 月 10 日結束，歷時近一個月。清點經手人分別爲文化部社管局羅福頤、中國科學院考古研究所陳公柔和周永珍。劉體智的這批甲骨售歸國有以後，就被文物局借給中國科學院考古研究所進行整理和研究。1958 年 8 月 15 日，又由該局撥交給了北京圖書館，並由文物局丁燕貞、中國科學院考古所陳公柔、北圖曾毅公和索恩錕代表，三方會同點交接收。」賈雙喜：〈中國國家圖書館珍藏甲骨之往事〉，《中國歷史文物》2009 年 6 期，頁 28。

[註27] 嚴一萍：〈經過三十年綴合的一版大龜甲〉，《中國文字》新十一期（台北：藝文印書館，1986 年），頁 145。

（二）合 5776 正

乙 4473＋乙 4475＋乙補 4192＋ 雙下 32.1

今可再加綴

乙補 4143、乙補 4161、乙補 4180、乙補 4191、乙補 4232、乙補 4192

《雙》爲于省吾編的《雙劍誃古器物圖錄》，〔註28〕其中下卷收有商契龜二，此爲第一片。今藏於中國國家博物館，見《中國國家博物館館藏甲骨圖錄》045，館藏編號爲 C8.656B。〔註29〕此綴合最早見於胡厚宣發表於民國卅六年二月十六日上海中央日報文物周刊第廿七期上，爲〈戰後殷虛出土的新大龜七版〉中的第五版。此組亦見於《殷合》的二五三組，爲郭若愚所綴。以及嚴一萍《殷虛第十三次發掘所得卜甲綴合集》第十組。〔註30〕其後張秉權又加上了《乙編補遺》的 4143、4161、4180、4191、4232 五片，林宏明又加綴了乙補 4192。〔註31〕

關於本版和第（十一）組合 14019 正（乙 4630 加雙下 32.2）的綴合，曾毅公曾說到：

> 于省吾先生在華北淪陷時期，也從古玩店中購到三片比較完整的大半龜版和一片牛骨刻辭，三片龜甲收在他的著作《雙劍誃古器物圖錄》卷下 32、33 兩葉上，第一片是腹甲，存在右首甲、中甲和左右腹甲和左右玡甲的上端，第二片是腹甲的後甲、尾甲和玡甲下端一部分，也是刻兆，同於 YH127 所出。1954 年在考古研究所校補《殷虛文字綴合》稿時，發現郭若愚把《乙編》4473 一片右玡甲下端，和右後甲及右玡甲下部，4630 一片右玡甲下部，和這二半龜綴合，左右玡甲卜辭，正是對貞。北京解放後雙劍誃所藏甲骨，經陳夢家介紹，全部讓與清華大學。〔註32〕

〔註28〕于省吾編：《雙劍誃古器物圖錄》（台北：台聯國風出版社，1976 年）。

〔註29〕中國國家博物館編：《中國國家博物館館藏文物研究叢書・甲骨卷》（上海：上海古籍出版社，2007 年），頁 28、29、160。

〔註30〕嚴一萍：〈關於「戰後殷虛出土的新大龜七版」〉，《中國文字》50 期，頁 6。

〔註31〕林宏明：〈殷虛甲骨文字綴合四十則〉，第廿四組。國立政治大學八十九學年度研究生研究成果發表會，2001 年 5 月 26 日。

〔註32〕曾毅公：〈論甲骨綴合〉，《華學》第四輯，頁 33。關於于省吾所收藏的大龜三版，

據其言本組爲郭若愚所綴。而于省吾藏經陳夢家介紹讓與清華大學的甲骨有雙下 32.1、雙下 32.2 以及下面疑與一二七坑同一來源的合 10125（京津 648）。

（三）合 6476

丙 24（乙 5340+乙 5343+乙 5385）+京津 1266

此版爲胡厚宣〈戰後殷虛出土的新大龜七版〉中的第三版（民國三十六年三月五日上海《中央日報文物周刊》廿四期）。〔註33〕此版爲成套卜辭中的第一版，第五版則見乙 3797。〔註34〕曾毅公言「當北京圖書館采訪部移交胡售甲骨於金石組時，又發現一大半龜，珥甲上部，已缺其一，因破碎待修復。1954 年《戰後京津新獲甲骨集》（群聯版）收此版全拓於 1266（又見上海《文物周刊》《大龜七版》）。我以乙 5340、5343、5383 三殘片和京津 1266 綴成一整龜（《殷虛文字丙編》上輯，在 62（1962）年左右，北京圖書館從香港購到此書，知張秉權亦已綴合）。」〔註35〕京津 1266 今藏於北京國家圖書館。

（四）合 6945

丙 177（乙 4684+乙 6111）+北圖 5238（考文 39）

《殷合》二七二組爲郭若愚所拼合，乃將乙 4684 綴上乙 6111，其後張秉權將之收錄於丙 177。爾後曾毅公又在《殷合》二七二組的基礎上加綴了北圖5238，可見《合集》6945 版。

嚴一萍以爲從《甲骨六錄》的序中可推知于氏收藏這三片大龜，當早在民國廿六年以前。而針對雙下 32.2 一版，嚴一萍説「我曾説上面有許多『人爲的小孔』，現據胡氏釋文，知道是『刻字又復挖去之痕跡』，此點也應加以更正。而根據這一點，更可證明胡氏在戰前確已目睹這三版龜甲的實物，纔能得如此仔細。那麼稱之爲戰後殷虛出土，總覺有些不妥。」〈補述新大龜七版中的雙劍誃藏甲〉，《中國文字》51 期（台北：台灣大學中國文學系，1974 年），頁 2。又于省吾讓與清華大學的甲骨片總數，據陳夢家在《殷虛卜辭綜述》第二十章附錄中所言是 697 片，而胡厚宣在《五十年甲骨文發現的總結》中説是「一千片」，並云是陳夢家先生告。見氏著：《五十年甲骨文發現的總結》（上海：商務印書館，1951 年），頁 47。

〔註33〕 可見嚴一萍：〈關於戰後殷虛出土的新大龜七版〉，《中國文字》50 期。

〔註34〕 見裘錫圭：〈論歷組卜辭的時代〉，《古文字研究》第六輯（北京：中華書局，1981年），頁 290。

〔註35〕 曾毅公：〈論甲骨綴合〉，《華學》第四輯，頁 33。

（五）合 10171 正（圖 11）

丙 627（乙 7629+乙 7677+乙 7793+乙 7872+乙 7919）+北圖 5213（考文 14）+北圖 5214（考文 15）+北圖 5215（考文 16）+北圖 5221（考文 22）+北圖 5225（考文 26）+北圖 5227（考文 28）+北圖 5235（考文 36）+北圖 5239（考文 40）+北圖 5245（考文 46）+北圖 5248（考文 49）

丙 627 爲一大龜甲，缺尾甲部分，而《北圖》的 10 塊殘甲正是此龜的尾甲。《考文》爲中國社會科學院考古研究所精拓契文，《北圖》爲北京圖書館藏甲，考古所精拓契文的原骨後來歸於北圖，所以在此同時出現《考文》和《北圖》的編號。

（六）合 10951

乙 3208+乙 3214+乙 7680+北圖 5206（考文 7）+北圖 5211（考文 12）+北圖 5216（考文 17）+北圖 5217（考文 18）+北圖 5231（考文 32）

此版《北圖》的三片殘甲位於龜版左甲橋位置，然乙 3214 與乙 7680+乙 3208+北圖 5206+北圖 5211+北圖 5216+北圖 5217+北圖 5231 不能拼合，張秉權已將乙 3214 與無號碎甲拼合，拼合後成爲一龜版的上半甲。而這五片北圖殘甲的位置正與無號碎甲重疊，故此版（合 10951）實當分爲兩組，一組爲 3214+無號甲；一組爲乙 3208+乙 7680+北圖 5206+北圖 5211+北圖 5216+北圖 5217+北圖 5231。《合集》10951 爲誤綴。

（七）合 12623

甲〔乙 290+乙 460+乙 464+京 348（掇二 4）〕－乙（乙 461）－丙（乙 465）

合 12623 爲一版遙綴的龜甲，由甲、乙、丙三塊遙綴，其中甲部分的左上一甲（即乙 290）無法與右上甲（即乙 460）拼合，故知合 12623 的左上乙 290 部分爲誤綴。

（八）合 12973

乙 5278+乙 5987+乙 6001+乙 6014+京津 396

今可再加綴

台灣某收藏家藏品、乙 621、乙補 229、乙補 5318

5987 加乙 6001 加乙 6014 的綴合，除《合集》所綴外，又可見嚴一萍《殷虛十三次發掘所得卜甲綴合集》第 106 組。而《合集》更多綴了不屬於《乙編》的京津 396，之後鍾柏生在〈台灣地區所藏甲骨概況及合集 12973 之新綴合〉中又加綴了台灣某收藏家所藏的甲骨，〔註36〕據云該甲今已斷裂爲十五片（圖 12）。後來張秉權又加綴了乙 621、乙補 5318、乙補 229。

從此版的綴合可知這原是十三次發掘所得的一塊龜甲，後來有一塊著錄在《京津》中，而其中爲龜腹部位的一大塊今輾轉落到私人手中。

（九）合 13666 正

丙 473（乙 2071+乙 2591+乙 2678+乙補 6051+無號碎甲）+北圖 5219+北圖 5240+北圖 5247

曾毅公以爲乙 2678+乙 2071+乙 2591+乙 6344+乙 5839 可以綴上北圖 5219+北圖 5240+北圖 5247 三殘片，〔註37〕然乙 2071+乙 2678+乙 2591 已被張秉權綴入丙 473 中，且乙 6344 和乙 5839 無法與乙 2678+乙 2071+乙 2591 綴合，故這版龜甲的正確綴合爲丙 473+北圖 5219+北圖 5240+北圖 5247，即是合 13666 正。

（十）合 13931

丙 190（乙 4703+乙 4786+乙 5073+乙 5192）+北圖 5241

合 13931 是一塊龜腹甲，原是《丙編》的 190，丙 190 乃是由四塊碎甲拼合而成（乙 4703+乙 4786+乙 5073+乙 5192）但是缺少了右尾甲，而《合集》出版後，合 13931 中就已經拼上了右尾甲，這一片右尾甲來源不詳，〔註38〕後

〔註36〕鍾柏生：〈台灣地區所藏甲骨概況及合集 12973 版之新綴合〉，中國古文字研究會第九屆學術討論會論文，南京，1992 年。

〔註37〕曾毅公：〈論甲骨綴合〉，《華學》第四輯，頁 34。

〔註38〕嚴一萍曾說到「《甲骨文合集》的第五冊中，編號一三九三一的腹甲是完整無缺的，它原是《丙編》的一九○號。《丙編》是根據《乙編》的四片殘甲復原的，張秉權兄拼到最後，總是找不到首甲與一塊右尾甲，首甲所缺的字可補，右尾甲就不容易了。現在居然在《合集》中能夠拼完整，不能不感謝收藏這塊右尾甲的藏家，能公開出來，使成完璧，這是《合集》的最大貢獻，我想以後一定還有」。見氏著：〈再評甲骨文合集〉，《中國文字》新二期（台北：藝文印書館，1980 年），頁 316。

來《甲骨文材料來源表》出版後，始知其爲北圖 5241。

（十一）合 14019 正

乙 4480+乙 4630 加雙下 32.2

今可再加綴

正面：乙 4687（合 930）、乙 4351（合 15127 正）

反面：乙補 4460、乙 4352（合 15127 反）〔註 39〕

本組爲郭若愚所綴合，最早見胡厚宣在上海中央日報三十六年四月二日《文物周刊》第廿八期上所刊的〈戰後殷虛出土的新大龜七版〉，此爲第六版。後收入《殷合》二六九組。雙下 32.2 本爲于省吾舊藏，今藏於中國國家博物館，見《中國國家博物館館藏甲骨圖錄》060，館藏編號爲 C8.656A，照片中甲骨的反面上貼有「清大 2A」的標籤，說明此骨是由清華大學轉贈。〔註 40〕前文第（二）組（合 5776 正）是將雙下 32 葉龜甲的上半與乙 4473、乙 4475 綴合，此組則是將雙下 32 葉龜甲的下半與乙 4630 綴合。內容爲問「帚[illegible]娩㚤」之事。

以下兩圖引自《中國國家博物館館藏文物研究叢書・甲骨卷》38、39 頁

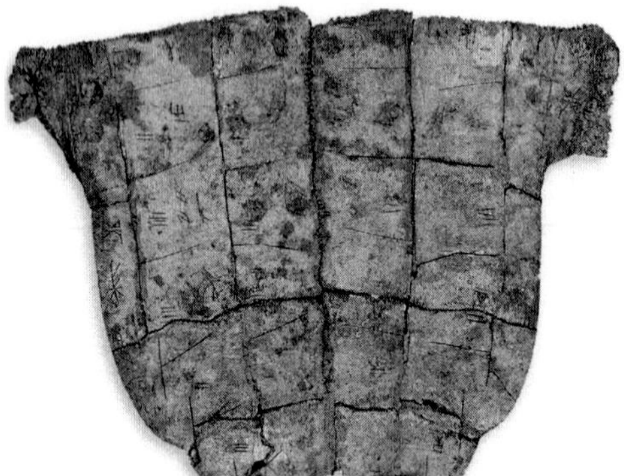

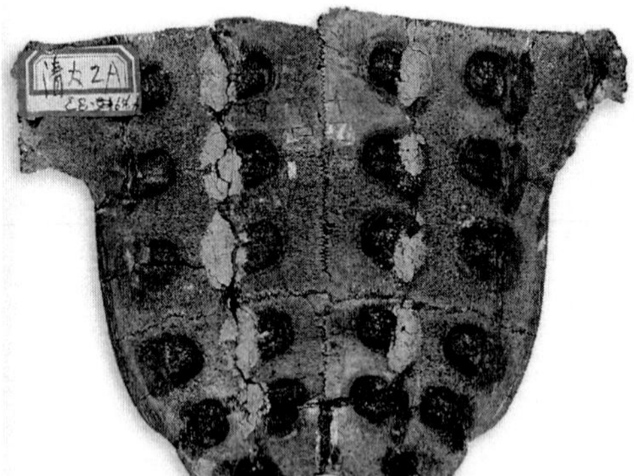

（十二）合 14295

丙 216（乙 4548+乙 4794+乙 4876+乙 4883+乙 5161+乙 6533）+乙 4872+乙 4924+京津 428（掇二 6）+北圖 5252（考文 53）

〔註 39〕林宏明：〈殷虛甲骨文字綴合四十則〉，第四十六組。

〔註 40〕中國國家博物館編：《中國國家博物館館藏文物研究叢書・甲骨卷》，頁 38、39、174。

今可再加綴

乙 4882、乙 4890、乙 5012、乙 5047。（圖 13）

《戰後京津新獲甲骨集》（簡稱《京津》）爲胡厚宣所編，乃是作者於 1945 年以後，在京津地區收購所得甲骨編次而成。關於京津 428 可與乙 4548 綴合一事，胡厚宣在《京津・序要》中說「四二八片適與《殷虛文字乙編》四五四八相接，係購自北京慶雲堂者」。而在其所著的《五十年甲骨文發現的總結》中更詳細的記載了這件事。〔註 41〕其後在《殷虛文字綴合》二六一組中，郭若愚又加拼了乙 5161、乙 4794 和乙 4876。〔註 42〕張秉權在《丙編》中又加上了乙 6553，

〔註41〕《五十年甲骨文發現的總結》（頁 48）上說「慶雲堂碑帖舖有一千多片甲骨，假的佔一半多，索價奇昂。我因其中有一片『人頭刻辭』，一片『牛肋骨刻辭』，相當重要。又有半塊骨版，記四方風名，和我所作〈甲骨文四方風名考證〉一文有關，思之再三，終不願把機會放過。請趙斐雲、謝剛主、陳濟川幾位先生同他商量多次，結果是出高價錢，許我選擇五百片。但因僞品和小片太多，只選四百片，就不再要了。回到成都知那半塊記著四方風名的大龜，和中央研究院十三次發掘所得的半塊，正相接合，非常高興。」

〔註42〕郭若愚在《殷契拾掇・二編》的自序上說到「甲骨文四方風名的發現，還是在一九三七年鼎堂先生在日本編輯《殷契粹編》的時候，是劉善齋先生所藏的一片牛胛骨（本編 158），當時因爲見到的是拓本，不能遽定眞僞，因此《粹編》沒有著錄，這種謹愼的態度是應該的。後來在前中央研究院第十三次發掘小屯所得的甲骨內，又發現了一片祭四方風的卜辭（《小屯乙編》4548），因此知道這版四方風名的刻辭，有它的來歷。現在北京圖書館所藏一片（本編 6），原在北京古玩店中發現，這片卜辭恰可和十三次發掘的一版拼合，兩片拼合的圖版，我已收在《殷契文字綴合》一書內，這裏要保存本來面目，不把它們印在一起了，現在把這組完整的卜辭記在下面，給研究者參考。」見氏著：《殷契拾掇》（上海：上海古籍出版社，2005 年），頁 112。而郭沫若不收錄四方風大骨於《粹編》的原因，近來賈雙喜提出新說，以爲金祖同赴日所帶的《書契叢編》，當中那一頁劉體智所藏的這片拓片是空白的，故郭沫若當時並無看到此版大骨。〈劉體智和他的甲骨舊藏〉，《文獻》2005 年 4 期，頁 50。據《郭沫若致文求堂書簡》，金祖同赴日見郭是在 1936 年 9 月，其有信簡內容如下「拜啓：如日前所奉聞，本星期（廿日）震二君忌辰將踵謁葉山尊府。今朝接金祖同君函，謂廿日來市川。若於貴店得見金君，乞轉告上情。可改爲廿一日下午。」（北京：文物出版社，1997 年），頁 314。關於金祖同的生平，楊寬說到，「當時文物保管委員會中有個職員叫金祖同，在跑馬廳大門外面的轉角上，開設一家飲食小店，在小店的運動中自殺而死去。他當時

〔註43〕後來在《合集》中又多綴了北圖 5252，使得全甲成爲一整片的龜版，今《合集》著錄爲 14295 號。其中京津 428 現藏於北京國家圖書館，而考文 53 原爲北圖 5252，來源爲 1958 年文化部文物局撥入北京圖書館之甲骨，這一小片的綴合者爲曾毅公。〔註44〕而今又可綴上乙 4882、乙 4890、乙 5012 和乙 5047，前三片爲林宏明所綴，後一片爲張秉權綴。〔註45〕

（十三）合 22491

北圖 5237（合 22491）〔註46〕＋乙 4810+北圖 5251+北圖 5232 綴合（圖 14）

乙 4810 爲一大龜版，《合集》漏收。此版後來收入《合集補編》第 6925 號，曾毅公的〈論甲骨綴合〉中曾將之與《北圖》5232、《北圖》5237、《北圖》5251 綴合，〔註47〕其中北圖 5237 已著錄於合 22491，其餘兩片未公布，綴合後多了「乙未」、「丁酉」、「戊戌」三個干支。

而近來蔣玉斌指出合 21681 可和乙 1778(合 21678 右)綴合。〔註48〕合 21681

還很年輕，曾從事考古調查和甲骨文研究。郭沫若在日本出版的《殷契粹篇》一書，就是根據他到日本送給郭沫若的劉體智所藏甲骨文拓本而編成的。他也編有《殷契遺珠》、《龜卜百二十五片》、《流沙遺珍考釋》等書。他原是上海著名舊書店中國書店店主的兒子，早年曾與衛聚賢從事考古調查。」《歷史激流中的動盪和曲折－楊寬自傳》（台北：時報文化出版社，1993 年），頁 167。

〔註43〕關於丙編 216 的綴合，白玉崢曾言「丙編者乙編之綴合復原；考其所綴合復原之諸腹甲，取資於民國四十四年四月出版之《殷虛文字綴合》者頗多。但丙編及丙編考釋之作者無論於圖版或圖版之説明，無論於考釋或考釋附注，或考釋插圖，均絕筆不書其所取資之處，甚且故作金人之緘口，如丙編 216 版之綴合，即騰錄殷綴 216 版」〈讀甲骨綴合新編暨補編略論甲骨綴合〉，《中國文字》新一期（台北：藝文印書館，1980 年）。

〔註44〕曾毅公：〈論甲骨綴合〉，《華學》第四輯，頁 33。

〔註45〕林宏明：〈殷虛甲骨文字綴合四十則〉，第四十組。

〔註46〕「北圖 5237」乃依曾毅公，〈論甲骨綴合〉頁 33 中所言，而此版綴合經蔡哲茂商請黃天樹至北京圖書館核對拓片後無誤，而《甲骨文合集補編》第七冊則誤作「北圖 5257」。

〔註47〕這一版綴合據李學勤先生面告，此乃其所綴。他說到當年在得到北圖這些甲骨拓片後，曾毅公曾要他和 127 坑甲骨拼拼看，後來他發現了這一版的綴合。不過，當時北圖這三塊是整個的一片甲，今卻已斷裂爲三片。

〔註48〕宋雅萍：《殷墟 YH127 坑背甲刻辭研究》，頁 55。

據《材料來源表》爲鄴二下 37.6 正，又重見於京津 2947、北大一號 24、北圖 3308，爲一版龜背甲。其所著錄的《京津》和北圖和上舉各片出處同。

對於《乙編》著錄甲骨可以和北京圖書館藏甲骨拓片綴合的情形，胡厚宣曾說到「北京圖書館藏甲骨文字拓本，六冊，5403 片。此乃北京圖書館自拓所藏除善齋以外的各種甲骨拓本。重要的有羅振玉、張仁蠡、孟定生、羅伯昭、郭若愚、何遂、胡厚宣等所舊藏，又有文物局撥交部分，有的可與《殷虛文字乙編》相拼合。」〔註49〕而今日參與整理北京圖書館甲骨館藏的胡輝平也提到「（國家圖書館）館藏甲骨大體是依原收藏家爲主線進行連續編號，自 1 號至 5403 號依次爲沐園（羅伯昭）、慶雲堂、孟定生、羅振玉、胡厚宣等各家小批量的舊藏甲骨，5403 號至 33853 號爲善齋舊藏甲骨。」〔註50〕

二、疑與一二七坑甲骨同一來源的它書著錄甲骨

（十四）合 1401（京津 674）

此爲一龜的殘甲，卜辭爲「貞大甲不㞢于咸」，和丙 39（合 1402 正）可能是成套的關係。

（十五）合 3187 正（《甲骨續存》下 224）

此版爲胡厚宣〈戰後殷虛出土的新大龜七版〉系列中的第七版。原甲今藏於中國國家博物館，見《中國國家博物館館藏甲骨圖錄》028，館藏編號爲 Y1954。合 3187 缺反面拓片，此書著錄反面照片，正可補足。〔註51〕卜辭內容爲「貞：祼于母庚𠂤」、「丁□卜，殼貞：勿御子𢦔☒」、「王固曰吉，𢦔」、「于妣己祼子𢦔𠂤」。

（十六）合 4264 正反（《甲骨續存》下 442、443、《殷虛卜辭綜述》圖版十九上）

合 4264 爲唐蘭舊藏的兩版刻兆整龜之一（見《殷虛卜辭綜述》圖版十九），

〔註49〕胡厚宣：《大陸現藏之甲骨文字》，《中研院史語所集刊》第六十七本四分（台北：中研院史語所，1996 年），頁 859。

〔註50〕胡輝平：《國家圖書館藏甲骨整理札記》，《文獻季刊》2005 年 10 月，第 4 期。

〔註51〕中國國家博物館編：《中國國家博物館館藏文物研究叢書・甲骨卷》，頁 16、17、145。

李學勤曾懷疑其可能是出自一二七坑。〔註52〕曾毅公論及此甲來源時，說到「北京解放前夕，筆者在工作之暇，訪唐蘭同志於米糧庫寓所，適書賈白某來，持整龜二版求售，索價甚低。時在圍城中，唐頗猶豫，余勸勉收之。白去後，余謂此二版兆經複刻，頗似《乙編》所錄，後唐以此二版，貢獻國家，並蒙以拓本見惠（《殷虛卜辭綜述》圖版十九，即喆厂藏拓），現藏於歷史博物館。」〔註53〕原甲今藏於中國國家博物館，見《中國國家博物館館藏甲骨圖錄》062，館藏編號爲Y1951。〔註54〕

（十七）合 3945 正反（《甲骨續存》下 388、389、《殷虛卜辭綜述》圖版十九下）

此版爲唐蘭舊藏刻兆整龜之另一版，曾著錄於《甲骨續存》下 388，爲某成套卜辭中的第二版。原骨今藏於中國國家博物館，見《中國國家博物館館藏甲骨圖錄》068，館藏編號爲 Y1952。〔註55〕成套卜辭的第三版爲丙 28（合 3946），第四版爲丙 30（合 3947）。〔註56〕卜辭爲「戊寅卜，殻貞：沚戛其來。戊寅卜，殻貞：雷鳳其來。」

（十八）合 10125（京津 648）

此版爲胡厚宣〈戰後殷虛出土的新大龜七版〉中的第四版（民國三十六年三月十二日上海《中央日報文物周刊》廿五期）。本爲于省吾藏甲（《雙下 33.2》），後讓與清華大學，今歸中國國家博物館。見《中國國家博物館館藏甲骨圖錄》025，館藏編號爲 Y1955。〔註57〕此版內容爲「庚子卜，殻貞：年虫壱。五月」、「貞：雀虫王史」、「貞：令雀西延ㄅ」、「己亥卜，方：虫于上甲五牛」。其卜辭同文例見乙 4747，內容爲「庚戌卜，方貞：來甲寅虫于上甲五牛」。

〔註52〕李學勤：〈甲骨學的七個課題〉，《歷史研究》1999 年第 5 期。

〔註53〕曾毅公：〈論甲骨綴合〉，《華學》第四輯，頁 33。

〔註54〕中國國家博物館編：《中國國家博物館館藏文物研究叢書‧甲骨卷》，頁 40、41、175、176、177。

〔註55〕中國國家博物館編：《中國國家博物館館藏文物研究叢書‧甲骨卷》，頁 44、45、181。

〔註56〕張秉權：《殷虛文字丙編》上（一）（台北：中研院史語所，1957 年），頁 56。

〔註57〕中國國家博物館編：《中國國家博物館館藏文物研究叢書‧甲骨卷》，頁 14、15、141。

（十九）合 21310

乙 8523 綴合外 224

外 224 爲《殷虛文字外編》（簡稱《外編》）的 224 號甲，《合集》收錄爲 20964 號，其可和乙 8523 綴合（合 21310），綴合後出現「𝍌」和「既」兩個字，〔註58〕《外編》拓片來源依其序言所說，乃「（史語所）發掘而外，公私購藏，時有所獲，則借拓彙集，成此一書，故曰外編」，其中外 224 爲出自陳鍾凡氏所藏。〔註59〕

（二十）合 12628（京津 1）

此版即胡厚宣〈戰後殷虛出土的新大龜七版〉中的第一版（民國三十六年二月十九日上海《中央日報文物周刊》廿二期）。對於此版的來源，曾毅公回憶道，「前師大歷史系教授李泰棻，著有《癡厂藏金》、《癡厂藏契》，《藏金》兩集已出版，大多出於殷墟，《藏契》未出版。勝利後，胡厚宣先生自川飛京，收購甲骨。《癡厂藏契》大部分爲胡所得，時筆者蒙胡先生不棄，以癡厂所藏二整龜見示（即《戰後京津新獲甲骨集》1、2 及 899，2 是反面，因用漿糊紙條黏著，不能施拓，故爲摹本），兆紋也經重刻，同於 13 次 YH127 坑所出」。〔註60〕

京津 1 的內容爲「丙午卜，韋貞：生十月雨其隹𝍌。丙午卜，韋貞：生十月不其隹𝍌雨」，復見錄於郭若愚《殷契拾掇二編》1，註明「北京圖書館藏」，該骨今仍藏於北京圖書館。而其上的「𝍌」字，李學勤以爲是「雨」的異體字，「𝍌（雨）雨」，前一字當動詞，動詞用的「𝍌（雨）」字特別用三點勾勒來表現，使其更像雨水。〔註61〕

〔註58〕此版爲黃天樹所綴，見〈甲骨新綴 11 例〉，《考古與文物》1996 年第 4 期。

〔註59〕關於陳鍾凡的甲骨收藏，胡厚宣在《殷虛發掘》中曾說到劉鶚所藏的甲骨，在其死後有一小部分歸於陳鍾凡，曾由董作賓編入《殷虛文字外編》。見氏著：《殷墟發掘》（上海：學習生活出版社，1955 年），頁 18。然此版外 224 當非劉鶚藏骨。今《殷虛文字外編》中所收陳氏甲骨從 197-201 及 228-418 號，共 178 版（台北：藝文印書館，1956 年）。

〔註60〕曾毅公：〈論甲骨綴合〉，《華學》第四輯，頁 33。

〔註61〕李學勤：〈甲骨文同辭同字異構例〉，《江漢考古》2000 年第 1 期。孫俊提出反對意見，以爲「李文讀『雨其隹雨』『不其隹雨雨』，雨作動詞。但是，甲骨文中大量貞問是否卜雨的卜辭都是只用一個『雨』，文獻中也沒有『雨雨』的說法，所以，

（廿一）合 15556（京津 899）

此版即胡厚宣〈戰後殷墟出土的新大龜七版〉中的第二版（民國三十六年二月廿六日上海《中央日報文物周刊》廿三期）。亦見錄於郭若愚《殷契拾掇二編》7，註明「北京圖書館藏」，〔註62〕該甲今仍藏於北京國家圖書館。京津 899 的卜辭為「癸未卜，方貞：今日燎」，其同文例可見合 1280（乙 3336），合 1280 還可加綴乙補 3183「貞：今日燎」，為林宏明所綴。

（廿二）合 9738（北圖 5220+北圖 5228+北圖 5230 北圖 5244）＋乙 7970

北圖四片殘甲綴合後的卜辭為「甲午卜，亘貞：南土受年？三四五　甲午☒」，今已收錄為合 9738（圖 15）。關於這一版的綴合，曾毅公以為北圖 5244+北圖 5228+北圖 5220+北圖 5230 可以加上乙編的乙 7970+乙 8327+乙 8322，〔註63〕然今乙 8327+乙 8322 已被張秉權與乙 7912+乙 8167+乙 8320 拼合，列於丙 278 組。

關於甲午這一天占卜四土受年者，我們在《乙編》可以找到三版，分別是：

甲午卜，征貞：東土受年。一二三四五六七　乙 3287（合 9735）

甲午卜，韋貞，西土受年。一二二四五六　丙 278（合 9743）〔註64〕（圖 16）

甲午卜，㞢貞：北土受年。二三四五六　乙 3925（合 9745）

此外，又有一版為：

甲午卜，𡕥貞：𠁣受年。　一二三四五　丙 10（合 9788）

此五版字體相同，當為同一書手所刻寫，而貞人征、韋、亘、㞢、𡕥五人可證明其為同時供職王所的貞人。這五版亦可視為不同貞人的一套同文卜辭。〔註65〕

將𨑩讀為雨是不太合理的。」其以為賓組卜辭中「𨑩」是電字，並非雨字異體。參氏著：《殷墟甲骨文賓組卜辭用字情形的初步考察》，北京大學碩士學位論文（2005 年），頁 23。

〔註62〕郭若愚：《殷契拾掇》，頁 120。

〔註63〕曾毅公：〈論甲骨綴合〉，《華學》第四輯，頁 34。

〔註64〕關於這二版的序數有二個「二」而缺少「三」，張秉權在考釋中以為「這一版的序數很特別，右邊的『二』與『四』之間，應該是『三』，但是那裏卻重了一個序數『二』，那可能是誤刻。」（《殷虛文字丙編考釋》「中一」），頁 346。

〔註65〕關於這幾版卜四土受年的卜辭，饒宗頤在《殷代貞卜人物通考》，頁 542 中說到「此

（廿三）北圖 5248+北圖 5215+北圖 5245+北圖 5221+北圖 5214+北圖 5239+北圖 5213+北圖 5225+北圖 5227

這九片北圖殘甲可以綴合成一個比較完整的尾甲，而這一片腹甲的尾甲，曾毅公以爲其和乙 2327+乙 7799 可能原是一個整甲。然乙 2327+乙 7799 已爲張秉權與乙 2323+乙 4590+乙補 407+乙補 763+乙補 1918+乙補 1901 綴合，列於丙 317 號，知曾說非。然北圖這九片殘甲上的卜辭和丙 317 上的卜辭可以看作是干支不同的同文卜辭。

其次，還有弄錯坑位以爲一二七坑出土甲骨可以與它坑所出相綴者，如：

（廿四）合 20414（乙 8498+乙 132+乙 394）

方述鑫在《殷虛卜辭斷代研究》中提到「我們已經指出 YH127 出的乙 8498 可以和乙五基址的 YH006 所出乙 394 和 B119 所出乙 132 綴合」。〔註 66〕然若查石璋如《遺址的發現與發掘・丁編》一書可以知道乙 8498 出於 B119 坑的 B119 位置，乙 394 出自 YH006 坑的 B119 位置，乙 132 出自 B119 坑的 B119 位置。所以就其所出位置來看是沒有問題的，而且乙 8498 也非出自 YH127 坑者。

又劉學順以爲《鐵雲藏龜》150.3（人 S331、合 6516）與丙 22「同爲乙卯日占卜是否率領望乘征伐下⿱，而且，它們的部位相同，應該也屬於同一成套卜甲」。〔註 67〕然由於合 6516 上並無兆序，充其量只能視爲同文例。

以上可與一二七坑甲骨綴合的它書著錄甲及疑與一二七坑甲骨同一來源的它書著錄甲，目前所見以收藏於中國國家博物館及北京圖書館者最多，見藏於中國國家博物館者，如第（二）、（十一）、（十五）、（十六）、（十七）、（十八）組，皆爲于省吾及唐蘭的舊藏，宋鎮豪在〈記國博所藏甲骨及其與 YH127 坑有

（乙 8167+乙 8320）與征卜東土受年，㞢卜北土受年，蓋同爲甲午日卜東西南北土受年，其東土（原文誤，當作南土）爲何人所卜，惜原片尚未覓到。又𠦪卜亞受年亦在甲午日；此四龜者，其貞人之時間同，字體同，直行分刻於甲心之款式亦同，左右分記『小告』字亦同，此實爲成套之龜版；其文字鍥刻應出同一人之手，乃由不同之卜官，分貞其事。」（香港：香港大學出版社，1959 年）。然𠦪卜之地名，實作「⿻」，或不當釋爲「亞」。

〔註 66〕方述鑫：《殷虛卜辭斷代研究》（台北：文津出版社，1992 年），頁 18。

〔註 67〕劉學順：《YH127 坑賓組卜辭研究》，頁 29。

關的大龜六版〉中有詳細的考述，可以參見。〔註68〕而見藏於北京圖書館者，
有第（一）、（四）、（五）、（六）、（九）、（十）、（十二）組，來源皆不明。北京
圖書館的藏甲根據胡厚宣在〈大陸現藏之甲骨文字〉中所言，計有 34512 片，
其來源爲：

> 北京圖書館所藏較多的一批爲原劉體智藏，共 28292 片。拓本題爲
> 《善齋所藏甲骨拓本》，共 28 本，1341 頁，其中缺號 2，無字甲骨
> 4，僞片 112，可以綴合者 51，拼合成 24 版，實際劉氏藏 28147 片。
> 所藏較早的一批原爲孟定生藏，有 400 片，已選 360 片著錄。所藏
> 較精的一批爲原羅振玉藏，共 32 盒 420 片，張仁蠡藏 292 片。抗戰
> 期間的一批爲原胡厚宣藏 2148 片，《京津》選 1900 片著錄。其他爲
> 原羅伯昭、張珩、徐炳昶、郭若愚、何遂、曾毅公、邵伯炯及慶雲
> 堂、通古齋、祥雅堂藏和文化部撥。所藏甲骨曾著錄於《京津》、《粹》、
> 《掇》。曾毅公告共藏 35651 片，除去僞片、無字甲等，實藏 34512
> 片。〔註69〕

而這一批甲骨中的北圖編號 5200-5272 這 73 片爲同一來源，其中多有可與
《乙編》著錄甲骨綴合者，如上面的第（四）合 6945、（五）合 10171 正、（六）
合 10951、（十二）合 14295、（十三）乙 4810，關於這一點曾毅公說：

> 1958 年北京圖書館，承文化部文物局撥來大批甲骨保管，其中包括
> 善齋（劉體智）、沐園（羅伯昭）、智厂（郭若愚）、天津孟氏（孟廣
> 慧）〔註70〕、南陽徐氏（炳昶）……等家舊藏。其中有布匣三函，

〔註68〕宋鎮豪：〈記國博所藏甲骨及其與 YH127 坑有關的大龜六版〉，收錄於中國國家博
物館編：《中國國家博物館館藏文物研究叢書·甲骨卷》，頁 282。又收錄於宋鎮豪、
唐茂松主編：《紀念殷墟 YH127 甲骨坑南京室內發掘 70 周年論文集》（北京：文物
出版社，2008 年）中。

〔註69〕胡厚宣：〈大陸現藏之甲骨文字〉，《中研院史語所集刊》第六十七本四分，1996 年
12 月，頁 827。

〔註70〕關於孟廣慧（定生）所藏甲骨前後計 431 片，其中最大一片牛胛骨爲僞品，後歸
王西銘。其中 430 片先歸楊富屯，後歸李鶴年。1952 年李鶴年將其中 400 片售給
文物局，現藏北京圖書館。而李鶴年留下的 30 片中的 28 片後又歸天津歷史博物
館，另 2 片下落不明。李先登：〈孟廣生舊藏甲骨選介〉，《古文字研究》第八輯（北

爲『獻字 13738-13740』，計 73 小殘片，北圖編號爲 5200-5272。其
中 5252 一殘片存『曰風』二字，是右上腹甲的一部分，並且尚有一
小段盾紋，再從字體比較，似與『四方風名』相同，試以北圖 5396
一片相較，正可補充『辛亥卜，内貞：帝于北方（曰）夷（風）曰
役，**奉年**』兩個殘文，它的盾文也正好銜接，反面的鑿、鑽、灼痕
跡，也若合符節，證明它們確係同版。

又言：

因受『曰風』殘片的啓示，再詳細審視這三匣 73 片甲面的紋理、色
澤，都是玉黄色，疑它們可能是一批一坑所出，也可能與 YH127
坑有關。」〔註71〕

所以北圖編號 5200-5272 這 73 片殘甲極可能是出自 127 坑，而何以流落在
外，其原因不詳。

《乙編》甲骨可以和它書著錄甲骨拼合例子，同樣發生在《甲編》上，董
作賓在《甲編》的序上曾經舉了三例子，一是第 9 坑出土甲 297 可以和《庫方》
的 1661 片拼合，董作賓以爲這是因爲「按第 9 坑附近，是光緒三十年及民國九
年地主朱坤曾大舉發掘，所得甲骨甚多，庫方兩氏所藏，與朱氏所得有關。這
個地區出土的甲骨且與羅振玉《前編》、《後編》、《續編》、《菁華》，林泰輔的《龜
甲獸骨文字》，金祖同的《龜卜》等都有關係，我們所得乃是殘餘。」

二是第一次發掘 36 坑中出土的甲 264，可與《粹編》425 綴合（今《合集》
己綴，即合 20098），董作賓以爲是「按宣統元年及民十二至十七年地主張學獻
及村人在村内及其菜園中挖掘也得到不少甲骨，36 坑上層被擾亂部分，就是他
們所挖的坑。《殷契粹編》所載大都爲村中的出土品，並且羅振玉《殷虛書契後
編》及金祖同《龜卜》上也有一部。」

三是第三次大連坑的甲 2282 可和《佚存》256 綴合（見合 32385），此版董
作賓沒有說明，而石璋如解釋說「按大連坑係在張學獻的十八畝地内，張氏的
姑丈劉連，自清宣統以來即在該地内挖掘，掘後並不填坑，張氏則於耕種時平
填，數十年來亦有所得，故《佚存》外，如劉鶚的《鐵雲藏龜》、羅振玉的《鐵

雲藏龜之餘》、姬佛陀的《戩壽堂所藏殷虛文字》、葉玉森的《鐵雲藏龜拾遺》
等，都與該處出土的甲骨有關。」〔註72〕

　　這三例都是因為所出土甲骨的坑層較淺，在科學發掘以前，坑層就已經被
盜掘，所以會有可與舊著錄甲綴合的例子。同樣情況，考古出土的甲骨可以和
傳世著錄甲骨相綴的例子還有何遂舊藏甲可與史語所十三次發掘的 B119、
YH006、YH044 坑出土甲骨相綴，〔註73〕因此三坑的坑口離地面皆近，考古出
土前已遭民間盜掘。而花東甲骨可和安陽民間私人藏甲綴合，其原因則在於埋
藏前已散佚。〔註74〕然而一二七坑位在地層下 1.7 到 6 公尺之間，其坑未經盜
掘，和《甲編》所出甲骨可以和舊書著錄甲骨綴合的情形可說是大不相同。

　　而何以一二七坑出土的甲骨可以和其它來源不明的甲骨綴合？這個問題同
樣也發生在 YH251 坑上，常耀華指出 251 坑中的乙 8710 可以和思泊藏契綴合，
乙 8713 可以和鄴三下 34.6 綴合，乙 8809 可以和北大 1 號第二片（合 21418）綴
合，而提出「我們推想，三千多年前，殷代埋卜時，把相同的一批材料至少分作
三次處理，其中的一部，分別埋在 YH251、330 兩坑中。埋卜之前龜甲就已破碎，
這批卜辭應是作為垃圾來處理的」。也就是說他認為可能是有些甲骨在埋入窖穴
之前就已經破裂，所以才有這種情形發生。之後石璋如又補充了出「那三片卜辭
可能是安陽民間盜掘的掘獲物，再由古董商轉賣給收藏者」的說法。〔註75〕

　　但是同樣的理由可不可以用來解釋一二七坑甲骨能與來源不明甲骨綴合的

〔註72〕董作賓：《殷虛文字甲編》序（台北：中研院史語所，1976 年）；石璋如：《遺址的
　　　　發現與發掘・丁編》序（台北：中研院史語所，1992 年）。

〔註73〕合 20814（《外》1115，現藏青島博物館）可與合 19942（乙 99，出自 B119）綴合；
　　　　合 20964（《外》224）可與合 21310（乙 8523，出自 YH044）綴合，蔣一斌以為《殷
　　　　虛文字外編》110-144、202-227 號所收為何敘甫（遂）舊藏甲骨，其中一些甲骨尤
　　　　其是背甲，與殷墟第十三次發掘之 B119、YH044、YH006 三單位出土的甲骨有關。
　　　　見氏著：〈《甲骨文合集》新綴十二組〉，《古文字研究》第廿八輯（北京：中華書
　　　　局，2010 年），頁 153。及〈殷墟 B119、YH006、YH044 三坑甲骨新綴〉，《中國
　　　　文字研究》2007 年第 1 輯。

〔註74〕莫伯峰將《花東》123 與《殷墟甲骨輯佚》561 綴合。該組綴合收錄於黃天樹：《甲
　　　　骨拼合集》（北京：學苑出版社，2010 年），第 194 則。

〔註75〕石璋如：〈殷虛地上建築復原第八例兼論乙十一後期及有關基址與 YH251、330 的
　　　　卜辭〉，《中研院史語所集刊》第七十本四分（台北：中研院史語所，1999 年）。

原因？一是將之解釋成一二七坑的甲骨在入土前就已破碎，且分別棄置於不同的坑穴，所以能和本坑綴合的甲骨可以是出自不同的坑穴；二是本坑的甲骨有部分被民間盜掘。然而我們認爲這二種說法都是說不通的。首先是一二七坑深達地面 1.7 公尺以下，遠深於 251 坑的 0.9 公尺，若說是民間來盜掘似乎不可能，而且石璋如在《丁編》中也說到一二七坑於 6 月 12 日發現，13 日起土，之後四天內裝箱完畢，其間有衛兵守備，不會有遺失的可能。再者是否同批的甲骨被棄於不同的坑穴中？對於這種假設我們只要從可以綴合的版數和所與之綴合的甲片大小與位置來看，也知其不可能，如第（一）組丙 117 與故宮藏甲綴合版，入土前斷不可能僅將千里路與右甲橋中的一小塊腹甲，特別棄置於他坑。

然而甲骨在入灰坑前就已斷裂卻是個事實，我們再以第一組爲例，第一組可綴合的骨片分別是乙 713、乙 2452、乙 2462、乙 2508、乙 2631、乙 2862、乙 3064、乙 3094、乙 3357、乙 7258、乙 8064，其中乙 713 爲 127 坑的 1.4－1.7 米間出土，乙 2452、乙 2462、乙 2508、乙 2631 出土於 1.7－2.2 米處，乙 2862、乙 3064、乙 3094、乙 3357 坑位爲南京第一層，乙 7258、乙 8064 出土於 3－4.5 米處，所以我們可說這整版可綴合的甲片大致分爲四組，即出土於 1.4－1.7 米處與 1.7－2.2 米處、南京第一層骨及 3－4.5 米處骨，〔註76〕故可以假設說原骨斷成四塊，後丟到坑中時又因碰撞而裂成了今日的十四塊。

我們若從以上所列甲骨的出處來看，和《乙編》甲骨綴合的甲片出處如《京津》、《雙劍誃古器物圖錄》、《殷虛文字外編》、《續存》、〈卜辭同文例〉都是在一二七坑發掘之後成書，故這些甲骨不太可能因坑淺而被盜掘，唯一的可能就是發掘到著錄的過程中間遺失了。然如何遺失，今日恐怕已無由得知了。〔註77〕

〔註76〕一二七坑甲骨乃依其出土位置加以編號，殷虛出土部分甲骨分爲 1.4－1.7 米及 1.7－2.2 米二層，室內發掘部分甲骨分爲南京一、二、三、四、五及 3－4.5 米六層。

〔註77〕相同的看法可見嚴一萍：〈關於戰後殷虛出土的新大龜七版〉，（《中國文字》五十期），其言「這坑甲骨所得的一大塊甲骨堆積，太堅硬，太大；當時無法在田野整理，因此是整塊運到南京史語所後纔整理的。《甲骨學六十年》的附圖廿四，便是這一堆甲骨運到後的形狀。這當然是戰前的事，所以胡氏題稱『戰後殷虛出土』就有些不符事實。我想應當改題爲『戰前殷虛十三次發掘 YH127 坑同坑出土的大龜十版』纔算合理」。而張秉權曾提出他的解釋，其在丙編考釋第一六八組的釋文中說到「我發現了胡氏（厚宣）的甲骨學商史論叢中有很多的材料其來源僅著「盧」、「善齋藏」、「甲」等字而未注明編號者，大多是史語所第十三次發掘所得的甲骨，那時《殷虛文字乙

小　結

　　對一二七坑甲骨作綴合的專書，早期有董作賓的《乙編》，後來有郭若愚、曾毅公、李學勤的《殷虛文字綴合》，到張秉權的《殷虛文字丙編》、胡厚宣主編的《甲骨文合集》，以及近年來出版的蔡哲茂《甲骨綴合集》、《甲骨綴合續集》、林宏明《醉古集》，基本上已將出土時的大版龜甲復原的差不多了，但今日來看仍還有相當多的碎片待綴。因這一工作是永遠作不完的，也唯有學者們不斷地投入這個替人作嫁裳的工作，才能使後來學者在引用甲骨資料時能得心應手。故甲骨綴合是一個極待被重視、被肯定的學科。

　　而在探討一二七坑可以和它書著錄的甲骨綴合時，不認同此坑甲骨在埋入前已破碎，因之可和其它著錄甲綴合的說法。〔註 78〕仍堅持這些可和《乙編》

編》還沒發表，所以胡氏用了種種的化名，來使用這批材料，十多年來國內外的學人，一被蒙在鼓裏呢。」（台北：中研院史語所，1957 年）。而甲骨不僅在著錄的過程中可能遺失，連存放在博物館中也會遭竊。許進雄回憶說「在整理甲骨的期間，有一天發現了一些舊照片，其中有館藏的甲骨。一查驗，發現其中有與某人所公佈的甲骨收藏是同樣的東西，照片上有博物館的舊編號，而一查訪客的紀錄，此人也曾經單獨在庫房中研究館藏的甲骨。很顯然，此人把博物館的東西據爲己有，我有責任把發現報告上級。那時部門的主任正好出國旅行中，我沒有想太多可能的後果，以爲事不宜遲，立刻報告職務代理人，職務代理人就報告館長。館長立刻搭機前往當事人所服務的機構，並會同警察前往當事人住家搜查，搜出超過百片的甲骨。當事人承認竊取館藏的甲骨，但請求原諒。這一批甲骨大都是精品，後來發表在《懷特氏等所藏甲骨文集》。」見許進雄回憶錄，國外篇（1968～1996）「209 甲骨被竊」，許進雄網站，2008 年 11 月。又董玉京在整理台灣史博館藏河南省博物館發掘的甲骨時說到「在河南運台古物中，以甲骨爲最多，計有三千六百四十六件。其中雖然多爲殘片，因有文字可考，對我國歷史文字等考古工作，仍將大有貢獻。河南省博物館前已整理編輯八冊，每冊編入 100 片。本次摹寫完竣後，應爲 2673 片，而於摹集後竟缺 357 片。」河南省運臺古物監護委員會：《河南省運臺古物甲骨文專集》（台北：河南運臺古物會，2001 年），頁 8。

〔註78〕如劉學順以爲「《殷合》的視野不是那麼狹窄。利用各種甲骨錄與《乙編》的拓本進行綴合，正是《殷合》一書在工作方法上較張秉權《丙編》更爲合理之處。」又言「YH127 坑儘管是完整的一坑甲骨，它並未囊括武丁 30 年的全部甲骨。因此YH127 坑的卜甲是可以同坑外龜甲綴合的。」又劉氏舉了七個賓組卜辭欠缺的事類來證明 127 坑中的賓組卜辭並非涵蓋武丁卅年所有的賓組卜辭，其爲 1.貞旬卜辭、2.卜夕卜辭、3.逐鹿卜辭、4.卜風卜辭、5.貞人兔卜辭、6.子漁卜辭、7.臭卜辭。

甲骨綴合的甲骨，其來源仍然是一二七坑，只不過是在發掘或著錄的過程遺失了，當然這種說法仍未有充分足夠的證據。不過，即便如此，就一個研究甲骨的學者來說，只要能把兩片不同的甲骨正確的綴合起來，相信這比去探討甲骨是否遭竊或是遭誰所竊，都還來的重要許多。

然一二七坑當然不可能囊括所有武丁期賓組卜辭的甲骨，而這一坑甲骨上所載的事類有所偏重也是極自然的事，故不能以缺少某些人物的記載，來證明此坑出土甲可和他坑出土甲綴合。《YH127坑賓組卜辭研究》，頁9及25。

22439　乙 1062

圖 1

乙 975

22437
乙 1470

圖 4

乙 3004
合補 5855

11853 正　乙 3112

2598
乙 4897

圖 2

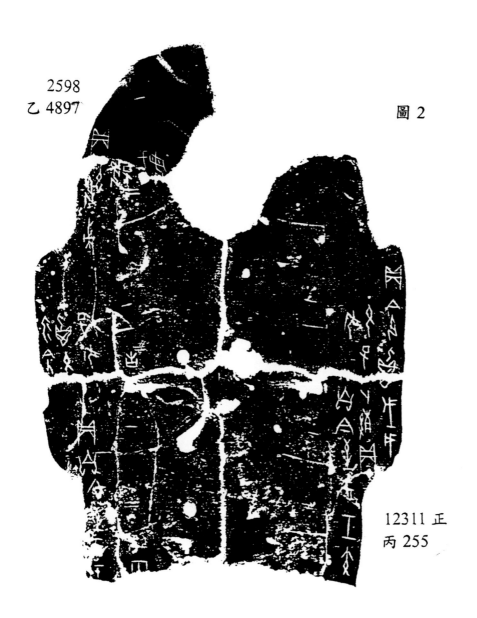

12311 正
丙 255

14199 正（中下一小片）
乙 2429

圖 3

16163
乙 4101

圖 5

6650

乙 2268

4181

乙 7155

圖 6

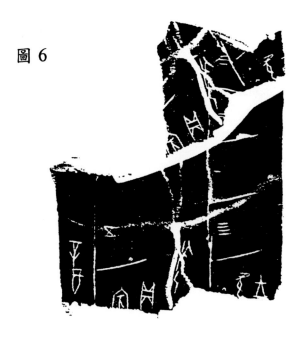

乙 6587　經折疊而造成的變相拓片

圖 7

8322　13 0 17349
　　　13 0 17357

乙 8322　乙篇中的誤綴例

圖 8

合 8648 反
中間部分貼反的拓片

縮影(reduce)82%

8648 反

圖 9

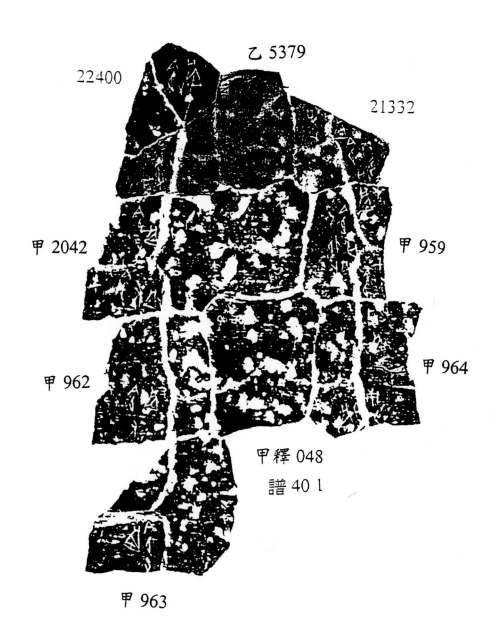

乙 5379　　乙篇中的錯誤編號甲

圖 10

縮影(reduce)80%

672 正

15453

1403

乙 2462

7176

合補 100 正（672 正加 1403）

合 672 正

丙 117+北圖 5246+北圖 5207

圖 11

合10171＝丙627＋北圖5213＋
北圖5214＋北圖5215＋北圖5221
＋北圖5225＋北圖5227＋北圖5235
＋北圖5239＋北圖5245＋北圖5248

圖 12

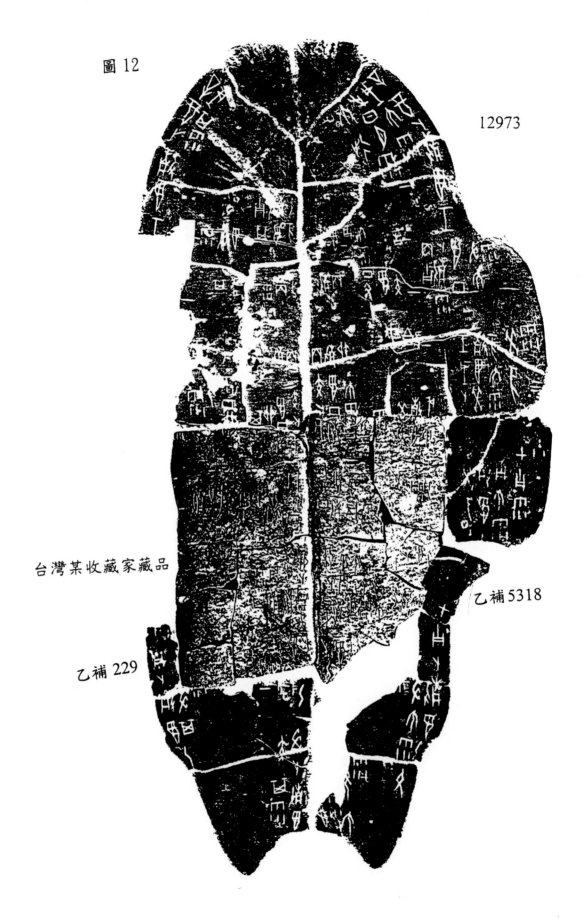

12973

台灣某收藏家藏品

乙補 5318

乙補 229

合 14295

圖 13

京津 428

乙 4882

乙 4890

乙 4872

乙 5047

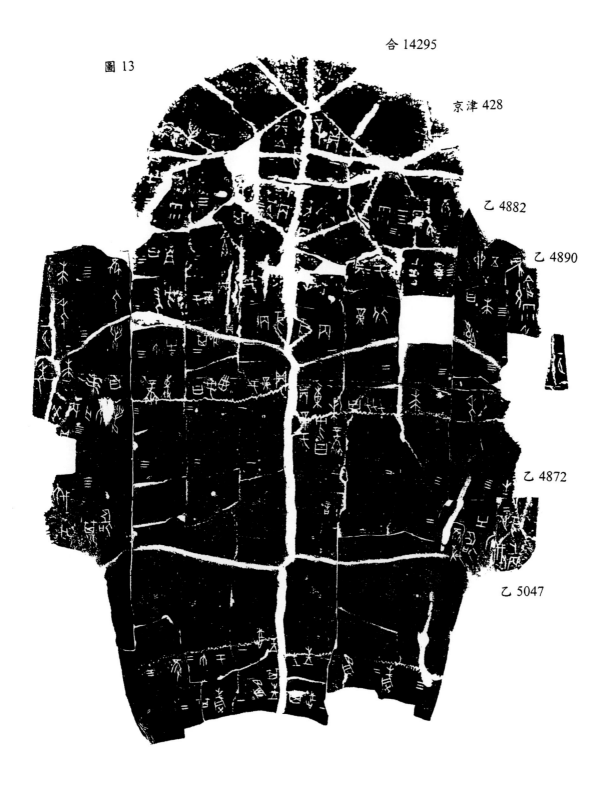

圖 14

乙 4810

合補 6925

北圖 5237

22491

北圖 5251

北圖 5232

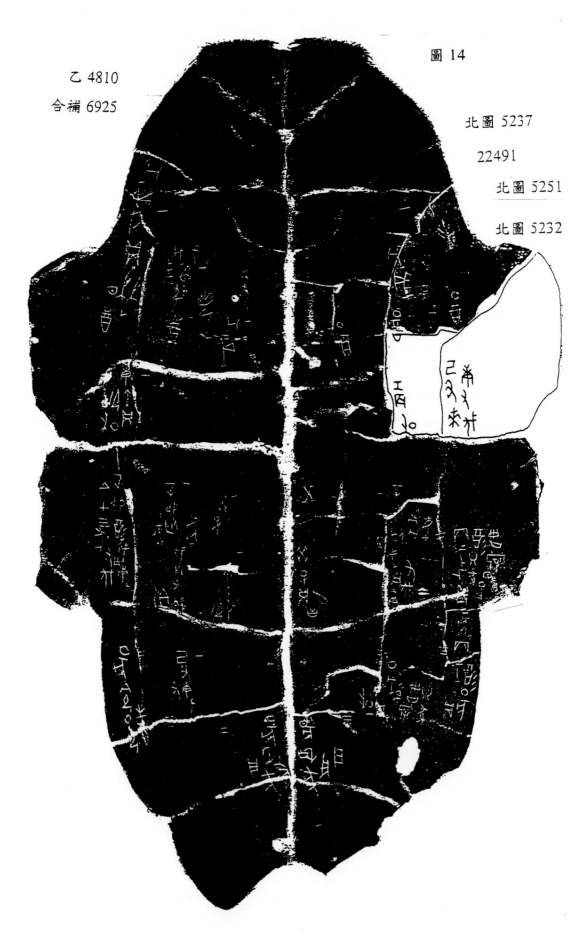

圖 15

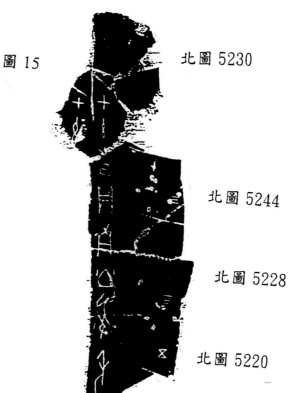

北圖 5230

北圖 5244

北圖 5228

北圖 5220

合 9738

圖 16

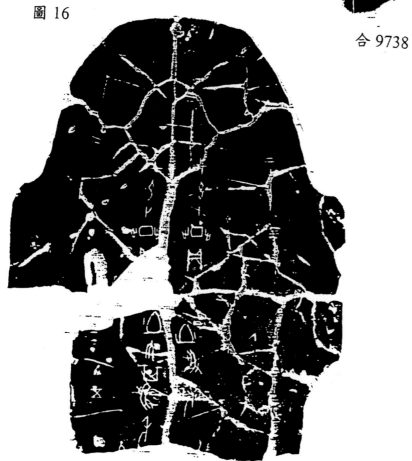

合 9743 正

第三章　一二七坑中的自組卜辭

第一節　武丁以前卜辭說

一、目前可知時代最早的卜辭

目前可知時代最早的一類卜辭是「自組卜辭」。這類卜辭早期曾被董作賓稱為「文武丁卜辭」，並斷定為第四期卜辭。但自從小屯南地發掘過程中在屬於早期地層的 T53（4A）中出土了該組卜辭後，現在大家都相信自組卜辭是目前所可見的卜辭中時代最早的，當然也就不會是文丁時的卜辭。關於自組卜辭的時代，李學勤在〈盤龍城與商朝的南土〉中首先提出「卜人扶的卜辭在殷墟甲骨中時代是最早的」，[註1] 而當時所謂的「最早」是認為這類卜辭有可能是武丁以前

〔註1〕　江鴻：〈盤龍城與商朝的南土〉，《文物》1976 年 2 期。又收錄於《新出青銅器研究》
（北京：文物出版社，1990 年）。關於「𠂤組卜辭」的「𠂤」字也可採寬式隸定作「師」。
「𠂤」字有主張讀「堆」及「師」者，然此宜讀「師」。李學勤以為「我們認為可
能原來有兩個『𠂤』字，一為古『堆』字，一為古『師』字，後來在文字演變中逐
漸混淆，許慎也未能分清。《說文》訓小阜的字，篆文與『阜』字近似，均屬象形，
故段注云『象小於阜，故阜三成，𠂤二成。』孫詒讓在《名原》中說明，這兩個字
是豎過來寫的『山』、『丘』兩字，是很對的。至於『追』、『師』、『官』等字所從，
則是古『師』字的這個字，字形和『阜』字以及豎過來的『山』、『丘』有所不同。」
又「《說文》混二者為一，和對『追』字的理解有關，許氏說『追』是形聲字，因

卜辭，其在〈小屯丙組基址與扶卜辭〉中就曾說到「（自組卜辭）近來多數學者同意它們應屬武丁時期。這是由於五十年代末以來，殷墟發掘的層位記錄逐次發表，同時新的發掘也證實了自組與賓組的卜辭間共存的關係……如果推測扶卜辭有一部分屬於武丁以前，似乎不是不可能的」。〔註2〕認為自組卜辭的時代有可能早到武丁以前的原因在於當時對自組卜辭材料全面的探討還不足，所以黃天樹、彭裕商後來就曾對李學勤的說法加以辨正，強調自組卜辭的時間上限為武丁早期。〔註3〕

自組卜辭時代尚未被確定前，對這類卜辭存在的時間，主要有三種不同的看法，一是武丁之前說，以胡厚宣為代表；一是武丁時說，由貝塚茂樹和伊藤道治

而認為其所從的即訓為小阜的字。」後來羅振玉首先提出追所從的𠂤為師，𠂤（師）行以追之也。楊樹達更以為追字是所從為師，義為人眾，逐所從為豕，推廣之為獸，故追字用於人，逐字用於獸。故知訓小阜的『𠂤』和『追』字本無關連，僅是偶爾音同。見氏著：〈論西周金文的六師、八師〉，《華夏考古》1987 年 2 期。裘錫圭也說到「『堆』和『師』的古音還算相近，『師』這個詞原來有可能確實就是用訓『小阜』的『𠂤』字表示的。那麼甲骨文把表示『師』的『𠂤』字寫作ℓ，便是有意跟『𠂤』字的其它用法相區別。也有可能師和堆本來是兩個字，後來才混而不分。」見氏著：〈釋殷墟卜辭中與建築有關的兩個詞—門塾與𠂤〉，《古文字論集》（北京：中華書局，1992 年），頁 192。

〔註2〕 李學勤：〈小屯丙組基址與扶卜辭〉，《甲骨探史錄》（香港：三聯書局，1982 年），頁 69。

〔註3〕 李學勤懷疑自組有早於武丁以前的理由，一是認為自組大字卜辭中有「兄戊」之稱（合 19908），也見有「父戊」之稱（合 19761），而推測自組卜辭可能跨了二兩個王世；二是認為丙十七基址下的 H344 最上面的乙 8997 為坑中最晚的卜辭，而該片為自組大字類卜辭，所以該坑可能有早於武丁時代的甲骨存在。黃天樹則提出：一、合 20017 版（自組大字類）上出現「父戊」、「兄戊」並存，表示兩者當是同一時代的兩個人；二、H344 坑層內甲骨堆積複雜，竟有黃組卜辭混在其中，所以無法以之來判定時代。見氏著：〈論殷墟卜辭中的自組肥筆類卜辭〉《文博》1997 年 2 期。彭裕商也針對李學勤說丙組基址下的大字扶卜辭沒有「父乙」的稱謂，所以該類卜辭可能早到武丁以前的說法提出不同的意見，其以為扶卜辭中常見「祖丁」之名，而其應該就是武丁之祖，小乙之父「祖丁」，這間接證明大字扶卜辭時代仍當在武丁時期。見氏著：〈自組卜辭分類及其它〉，《古文字研究》第十八輯（北京：中華書局，1992 年），頁 97。其中「兄戊」也見於賓組卜辭中，如丙 161 反、及合補 3992（乙 4626+合 13649）。

所倡；三是陳夢家的武丁晚期說。胡厚宣的說法見《戰後京津新獲甲骨集‧序要》，其以爲該書中有些「筆劃纖細」、「筆劃扁寬」、「筆劃挺拔」的字甲，其可能是武丁以前，或爲盤庚、小辛、小乙之物。而在《甲骨六錄》中更明舉《清暉》1、《束》1、《曾》1 爲例，以爲是武丁以前物。其後在〈中國奴隸社會的人殉和人祭〉中更據此說而統計出了「關於人祭的卜辭，盤庚、小辛、小乙時期計有四十片，卜辭七十條，祭用一百人，另有五十七條未記人」的說法。〔註4〕貝塚茂樹和伊藤道治的說法見《甲骨文研究法の再檢討》，〔註5〕其看到自組和賓組卜人有同版的現象，因此認爲兩者是同一時代的，且更進一步提出了「多子族」和「王族」的概念。陳夢家的說法見於《殷虛卜辭綜述》，因其發現賓組和自組不僅有同版的現象，且兩者有相同稱謂和類似的字體，故認爲自組卜辭大部分和賓組發生重疊的關係，小部分與下一代重疊，這種現象正說明其是武丁和祖庚卜辭的過渡，所以認定其時代爲武丁晚期。而其更對胡厚宣的武丁以前說提出批評，言「他（胡厚宣）也是根據了筆劃，這和王氏的誤補殘辭和董氏的由月食而推定武丁以前卜辭，都是沒有充分的證據的」。〔註6〕

　　以上三種說法都是以字體或稱謂爲基準作出的推論，「稱謂」可以作爲甲骨斷代的依據，但不能作爲分類的標準。缺少分類標準的配合，斷代就沒有辦法落實到某一王世。如「父丁」這一稱謂，可以出現在祖庚、祖甲、武乙甚至帝乙時，如果沒有分類的配合，把相關屬性的甲骨橫向聯繫起來，就無法確定屬於那一王世。而「字體」只能當作分類的標準，卻不能作斷代的依據，同一王世可以並見許多類型的卜辭，如武丁之世就同時存在自組、子組、賓組等卜辭。再者，「坑位」也可以看成斷代的依據，明確的出土層位通常可以判定出其所屬文化期的絕對年代或不同出土層位之間的相對早晚，所以「坑位」和「稱謂」的配合，就可以當作較爲全面的斷代依據。今日基於自組卜辭出土於早期層位，所以我們就可以把陳夢家認爲和賓組有相同稱謂及類似字體的自組卜辭提早到武丁早期，而更從自組卜辭沒有出現武丁以前整套成組的稱謂系統和對同樣纖

〔註4〕　胡厚宣：《甲骨六錄》（《甲骨學商史論叢》三集）（台北：台灣大通書局，1983 年）。
　　　　胡厚宣：〈中國奴隸社會的人殉和人祭〉，《文物》1974 年第 7、8 期。

〔註5〕　貝塚茂樹：〈甲骨文研究法の再檢討〉，《東方學報》（京都第二十三冊，1953 年），頁 1～78。

〔註6〕　陳夢家：《殷虛卜辭綜述》（北京：科學出版社，1956 年），頁 139。

細、扁寬、挺拔的字體進行分類橫向的聯繫，也可以進一步確定胡厚宣所懷疑的有盤庚、小辛、小乙時甲骨的說法，是沒有根據的。

台灣學者方面，早期除了董作賓外，主張自組是第四期卜辭的還有石璋如、嚴一萍、金祥恆和賴美香等，其中石璋如乃是就乙五基址的堆積層來發論。〔註7〕而主張自組為第一期武丁卜辭的則有屈萬里等，其在《甲編考釋》的自序中說其根據貝塚茂樹、伊藤道治、胡厚宣及陳夢家的說法把原本所謂第四期的卜辭，大部分都改入了第一期。〔註8〕

近來也有學者從考古學的地層關係和坑位入手，將比出土自組卜辭地層還早的地層所出的甲骨，及在地層關係上早於大司空村一期所出甲骨，視為可能是武丁以前的甲骨，其有屯南 2777、乙 9099、乙 9023、乙 9100 四片，〔註9〕因其數量少且仍缺乏文字、稱謂、世系等其它方面的證據，故在此先略而不談，將來有待更多的證據來證明。

即然肯定自組卜辭是目前所發現最早的卜辭，且不早於武丁時期，那麼一二七坑甲骨當然不可能會有武丁以前的甲骨，但董作賓就曾針對一塊一二七坑出土龜甲上的「甲午月食」紀錄，經由月食的推算而判定其為武丁以前卜甲。下面我們就先從這塊一度被認為是武丁以前的卜甲來討論。

二、一二七坑中的「甲午月食」卜辭

精確算出日月食發生的時間來作為殷王在位年代確立的定點，進而推算出

〔註7〕 分見石璋如：〈乙五基址與賓、𠂤層位〉，《中研院史語所集刊》第六十一本一分（1991年）。金祥恆：〈論貞人扶的分期問題〉，《董作賓先生逝世十四周年紀念刊》（台北：藝文印書館，1978年），復收入《金祥恆先生全集》（一）（台北：藝文印書館，1990年）。嚴一萍：《甲骨學》（台北：藝文印書館，1978年）。賴美香：《貞人𠂤及其相關卜辭之時代探索》，中國文化大學中國文學研究所碩士論文，1981年6月。關於乙五基址的問題，石璋如以為其三層堆積中，下層只有第一期卜辭，中層有第二期與賓組卜辭共存，而賓、𠂤共存則是從基址使用及稍早的基旁窖封閉時開始。劉一曼等則主張乙五基址應為祖庚、祖甲時期之遺存，基下灰坑時代的下限，不能晚於祖庚、祖甲，或更早一些。郭振彔、劉一曼、溫明榮：〈考古發掘與卜辭斷代〉，《考古》1986年6期。

〔註8〕 屈萬里：《殷虛文字甲編考釋》（台北：中研院史語所，1961年），頁3。

〔註9〕 劉一曼：〈考古學與甲骨文研究〉，《考古》1999年第10期。

商代後期從武丁到帝辛比較準確的年代，是大陸夏商周斷代工程中關於夏商年代學研究中的主要課題。〔註10〕李學勤曾表示「在8月底舉行的『關於甲骨文日月食』的專題研討會上，學者們認為賓組卜辭的五次月食可爲武丁在位年代確立定點，並提出歷組卜辭還可能有四或五次日食、一次月食。」〔註11〕

其中說到的賓組卜辭五次月食就是指「壬申夕月食」（合11482）、「癸未夕月食」（合11483）、「甲午夕月食」（合11484正）、「乙酉夕月食」（合11485）和「己未夕 𠀠（嚮）庚申月食」〔註12〕（合40610正反）。當中的「癸未夕月食」

〔註10〕 關於夏商周工程，依〈夏商周斷代工程 1996～2000 年階段成果概要〉，知其於 1996 年正式啓動，經過論證當時共設 9 個課題，下分 36 個專題。之後又增設了 8 個課題。其總目標是制定有科學根據的夏商周時期年代學年表。並確立以下的具體目標：1.西周共和以前各王，提出比較準確的年代；2.商代後期武丁以下各王，提出比較準確的年代；3.商代前期，提出比較詳細的年代框架；4.夏代，提出基本的年代框架。而各方面的成果有：一.西周考古學文化序列的研究與 14C 測年。二.西周年代學的研究。內容有 1.確定琉璃河 M1193 墓主人克爲成王所封第一代燕侯。2.H108 中發現一龜甲，其上刻有成周二字，其 AMS（加速器質譜）測年結果爲公元前 1053～954。3.天馬曲村遺址的晉侯墓地共分八組十七座，分別屬於武侯以下的八代晉侯及其夫人。4.曆法方面：西周曆法采朔或朏爲月首，朔始見於〈十月之交〉，其運用當更早於此。識朔以前以朏爲月首，西周曆法的建正多爲建子、建丑。一般採用年終置閏。改元的方法有兩種，即逾年改元與當年改元。5.年代支點有：吳虎鼎爲宣王十八年器、晉侯穌鐘爲厲王三十三年、古本《竹書紀年》所記「天在旦」爲懿王元年事、虎簋蓋曆日爲穆王卅年、鮮簋爲穆王卅四年、靜方鼎爲昭王十八年，成王元年在公元前 1042 年，康王元年在公元前 1020 年。三.武王克商年的研究。提出武王克商在公元前 1046 年。四.商代後期年代學的研究．內容有 1.賓組卜辭五次月食的時間依序定爲癸未（1201BC）、甲午（1198BC）、己未夕皿庚申（1192BC）、壬申（1189BC）、乙酉（1181BC）。2.定帝辛元年在 1075BC、帝乙元年在 1101BC、武丁元年爲 1250BC、盤庚遷殷約在 1300BC。五.商代前期年代學的研究。六.夏年代學研究。〈夏商周斷代工程 1996～2000 年階段成果概要〉，《文物》2000 年 12 期。

〔註11〕 李學勤：〈一九九七年夏商周斷代工程研究〉，《先秦、秦漢史》1998 年 3 期。

〔註12〕 「𠀠」釋「皿」讀爲「嚮」，參裘錫圭：〈釋殷墟卜辭中的𠀠、𡆪 等字〉，《第二屆國際中國古文字學研討會論文集》（香港：中文大學，1993 年）。關於「己未夕皿庚申月有食」的問題可參常玉芝：〈己未夕𠀠庚申月有食解〉，北京建城 3040 年暨燕文明國際研討會，及李學勤：〈《英藏》月食卜骨及干支日分界〉，《夏商周年代學札記》（瀋陽：遼寧大學出版社，1999 年），頁 31。

和「甲午夕月食」，都是一二七坑所出的字甲，前者著錄在《丙編》59 號，由《乙編》的六塊碎甲所拼成；後者《丙編》57 號，即合 11484 正。

「癸未夕月食」一版，董作賓在《殷曆譜・交食譜》中未列，而「甲午夕月食」在〈交食譜〉中則被訂為「小乙八年二月十六日乙未」的一次月偏食。〔註13〕對於確定這次月食的年代以及將甲 1289 上的「壬子月食」發生的時間定為「小辛十年八月十五日壬子」這二件事，董作賓曾自以為是斷代研究上的重大發現。然而這個「壬子月食」實際上說來應當更正為「乙酉夕月食」，因該版可再加綴甲 1114、甲 1156、甲 1747、甲 1801，見合 11485。綴合後卜辭為「癸未卜，爭貞：貞亡囚。三日乙酉夕月𢁉食，聞，八月」。

董作賓在推定出這兩次月食發生的時間後，曾將這種利用推算月食發生年代來斷代的方法喻為《甲骨文斷代研究例》十個標準之外的又一新標準。因他的第一期卜辭時間橫跨盤庚、小辛、小乙、武丁二世四王，〔註 14〕而他卻無法利用他斷代標準區分出武丁之前的卜辭，所以當他得到此法後，便以為是斷代研究上之重大發現。〔註15〕

丙 57（合 11484 正）（圖 1）甲上的「甲午夕月食」卜辭因殘掉了前辭和驗辭的天干日以及命辭的地支日，所以劉朝陽、董作賓都曾經試圖將所缺的干支補齊，而其所得的結果一致，今將干支補齊後的卜辭列於下：〔註16〕

(1) 己丑卜，方貞：翌乙未酚黍登于祖乙。王固曰𢁉（有）求（咎），不其雨。六日甲午夕月𢁉食。乙未酚。多工率𤕝（遭）𤔗（遭）。〔註17〕一一。

(2) 己丑卜，貞：勿酚登。

〔註13〕董作賓：《殷曆譜》下編卷三「交食譜」月食二（台北：中研院史語所，1992 年），廿五葉。

〔註14〕董作賓在《甲骨學五十年》中又對其所立的第一期卜辭的時代範圍加以修正，認為第一期該包括祖庚之世。

〔註15〕董作賓：《殷曆譜》下編卷三「交食譜」月食二，廿四葉。

〔註16〕劉朝陽：〈殷末周初日月食考〉，《中國文化研究匯刊》第 4 卷，第十冊，1944 年。董文可見《殷曆譜》下編卷三「交食譜」中論甲午月食部分。

〔註17〕「遭」字考釋，見陳劍：〈釋造〉，《甲骨金文考釋論集》（北京：線裝書局，2007 年），頁 147。

（下略）

劉氏和董氏補所缺干支的依據主要是從「乙未」來往上推算，然後以符合條件且最接近的干支日爲解。其後張秉權作《丙編》釋文時更從（1）（2）兩辭的對貞關係來強調董氏所補干支的正確。〔註18〕

董作賓的〈交食譜〉推算交食的方法是根據奧地利天文學家奧泊爾子（Oppolzer）所作的交食圖表，〔註19〕再借用美國天文學家牛考慕（Newcomb）的交食週期十八週五百二十一年的長期，上推殷代二百七十二年日月食而做成的〈殷代交食表〉。對於這個自製的表董作賓自己的信心是不足的，所以當他後來得到了德效騫（Homer H.Dubs）的「西元前十一至十四世紀安陽及中國所見月食考」後，又根據德表將甲午月食發生的時間改爲「盤庚二十六年二月十六日」。〔註20〕將月食定於此年的原因乃是根據德效騫表這個干支日的月食是離武丁之世最近的一次甲午月食。但是在德效騫表上這次月食在安陽地區卻是看不見的，所以董作賓又假設此次月食當是由方國所聞報，只是卜甲上漏刻了「聞」字。

這種遷就曆譜而改動月食時間的作法，很多學者就提出了質疑，更令人懷疑的是根據德效騫表，這次「甲午月食」在安陽地區是看不到的，所以陳夢家、趙卻民、張培瑜、溫少峰、袁庭棟、張光直都曾對「甲午月食」的時間重新作排定，〔註21〕但基本上還未去更改「甲午」這一干支。一直到嚴一萍看到了南

〔註18〕張秉權：《殷虛文字丙編》上集，第一冊，頁 90。

〔註19〕或譯爲奧波采爾。關於 Oppolzer 的這個譜影響當時學者甚巨，日本學者平山清次就根據此表將《詩經・十月之交》中的「十月之交，朔月辛卯，日有食之」的時間定在西元前 735 年，即平王卅六年。而對十月之交中的月食，日本的白川靜亦曾提出「十月之交」爲「七月之交」誤的說法，而認爲是幽王元年的七月間。李慶：〈日本近代的詩經研究—以十月之交爲中心〉，日本漢學會議，國立台灣大學，2001 年 3 月 16 日。

〔註20〕董作賓在〈殷代月食考〉，《中研院史語研所集刊》第廿二本（1950 年）。中說到〈交食譜〉在《殷曆譜》中是自己「始終不敢自信的部分」。

〔註21〕陳夢家：《殷虛卜辭綜述》，第七章。趙卻民：〈甲骨文中日月食〉，《南京大學學報》1963 年第 1 期；張培瑜：〈甲骨文日月食紀事的整理研究〉，《天文學報》第 16 卷 2 期；溫少峰、袁庭棟：《殷虛卜辭研究・科學技術篇》（成都：四川省社會科學院，1983 年）「技術篇，天文學」，頁 44；張光直：〈商史新料三則〉，《中研院史語所

京紫金山天文台劉寶林所發表的「公元前一五○○年至公元前一○○○年月食表」後，遂提出「甲午」這一干支是「壬子」的誤讀，並以爲「壬子月食」是發生在武丁十五年九月十五日壬子的月全食。〔註22〕嚴一萍認定「甲午」爲「壬子」的誤判之原因當然是先查閱了劉表，發現武丁十五年壬子的這次月食，可以解決「甲午月食」所帶來的問題，包括安陽地區看不見，及若將時間訂在武丁以前，則五次月食發生的時間將無法排入武丁五十九年內等問題。所以他由反對張秉權的對貞說爲出發，認爲丙 57（「甲午月食」龜版）上面的（1）（2）兩辭不一定要干支相同和辭句對貞。而這種說法後來又遭到張秉權的駁斥，其在〈甲骨文中的『甲午月食』問題〉中堅持認爲此次月食是「甲午月食」，也同樣的相信它是發生在盤庚廿六年二月十六日的一次月食。〔註23〕

常玉芝以爲「考訂殷商月食的絕對年代，除了要肯定由殷商至今的干支紀日從未間斷過之外，還要具備三個條件：一要有一個比較精確的月食表，二要正確釋讀卜辭的月食日期，三要正確掌握殷商的歷史年代和各王的在位年數。」〔註24〕關於第一點，今日推算月食的學者們都以劉寶林〈公元前一五○○年至公元前一○○○年月食表〉爲根據，〔註25〕因爲其乃專門爲研究中國古代月食問題所編製，表中詳細列出前一五○○年至前九九三年間發生的七八○次本影月食，是從他所計算的前一五○○至二五○○年間的九七三一次本影月食與半影月食中選錄的。〔註26〕而對於「正確掌握殷商的歷史年代和各王的在位年數」這點，殷商各王中武丁在位的年限最沒有異議。《尚書・無逸》、《竹書紀年》、《太平御覽》、《皇極經世》中都同樣記載著其在位五十九年。

武丁時期的五次月食中，「甲午月食」卜辭上有貞人方之名，「己未夕皿庚

集刊》第五十本四分（1979 年）。

〔註22〕嚴一萍：〈壬午月食考〉，《中國文字》新四期（台北：藝文印書館，1981 年）。

〔註23〕張秉權：〈甲骨文中的『甲午月食』問題〉，《中研院史語所集刊》第五十八本四分（1987 年）。

〔註24〕常玉芝：《殷商曆法研究》（長春：吉林文史出版社，1998 年），頁 52。

〔註25〕劉寶林：〈公元前一五○○年至公元前一○○○年月食表〉，《天文集刊》第一號，1978年。

〔註26〕范毓周：〈甲骨文月食紀事刻辭考辨〉，《甲骨文與殷商史》第二輯，（上海：上海古籍出版社，1986 年）。

申月食」同版上有「十二月」，〔註27〕「乙酉夕月食」為八月，這些都是推算月食實際發生時間的重要線索。早期學者對於武丁時期的五次月食發生的時間，單單從武丁在位上下限及月食發生的干支，盡力在〈月食表〉上找可能的線索，至 1988 年為止，對五次月食時間作過推算的就有 22 家，〔註28〕直到最近甲骨分類分期研究有了新的發展後，學者們推算「甲午月食」發生的時間不再是孤立的從月食表上去找符合「甲午」這一干支，且發生在武丁時期的月食，而是將武丁期間所發生的五次月食（癸未夕、甲午夕、己未夕皿庚申、壬申夕、乙酉夕）當作一個整體，先排定其先後次序，再從月食表中找出既符合卜辭干支又符合月食發生順序的五次月食組合。〔註29〕對這五次月食的字體分類，黃天樹以為癸未夕月食的字體為賓組一類，甲午夕月食、己未皿庚申月食和壬申月食的字體為賓組二類，而乙酉月食則屬賓組三類。〔註30〕

　　以下就依據李學勤、裘錫圭、彭裕商、黃天樹等學者對這五次賓組月食卜辭依字體、事類等所作的排序，及以劉寶林的〈月食表〉紀年，列出賓組五次

〔註27〕 常玉芝：《殷商曆法研究》，頁 41。

〔註28〕 張培瑜：〈甲骨文日月食與商王武丁的年代〉之附表一，《文物》1999 年 3 期。

〔註29〕 此外，也有以「己未夕皿庚申月食」為基點向上下推算的方法，見常玉芝：《殷商曆法研究》，頁 59。然仍不如先排定五次月食發生順序，再找出符合干支的算法為準。又因為常玉芝以為日與日的分界是在天明，而劉表所定日與日的分界是在夜半，所以認為「己未夕皿庚申月食」當發生在清晨時分，而把發生於西元前 1192 年 12 月 27 日，20:31～0:23 的這次月食給排除掉。而這個月食的時間正是李學勤、裘錫圭、黃天樹、彭裕商等學者認定「己未夕皿庚申月食」發生的時間，所以殷代的日界可能如黃天樹所言是在夜半。而和劉一曼一樣堅持日界在天明旦時的還有宋鎮豪，見〈試論殷代的紀時制度〉，《全國商史學術討論會論文集》（《殷都學刊增刊》，1984 年）。李學勤亦主張日界在夜半，其從有「皿」的卜辭，包括天雨、戰事、捕亡、生育、夢兆、疾病類來考察，認為這些事都在夜半發生，而「辛丑夕皿壬寅，王亦終夕囧」，更說明了終夕包含辛丑夕皿壬寅（《夏商周年代學札記》，頁 36）。後來彭裕商在〈殷代日界小議〉中又再次討論到日界的問題，其以合 6057 反和 6060 反的兩條同文例為證，說由「辛丑夕皿壬寅，王亦終夕囧」中可知壬寅日有一半是在天明之前的後半夜，進而推論殷代一日的開始可能是在夙時，即雞鳴之時。《殷都學刊》2000 年第 2 期。

〔註30〕 黃天樹：〈賓組月有食卜辭的分類及其時代位序〉，《古文字研究》第廿二輯（北京：中華書局，2000 年），頁 22。

月食發生的順序及時間。〔註31〕

1. 癸未夕月食　　　　　　　　西元前 1201 年 7 月 12 日（武丁 50 年）
2. 甲午夕月食　　　　　　　　西元前 1198 年 11 月 4 日（武丁 53 年）
3. 己未夕皿（嚮）庚申月食　西元前 1192 年 12 月 27 日
4. 壬申夕月食　　　　　　　　西元前 1189 年 10 月 25 日
5. 乙酉夕月食　　　　　　　　西元前 1181 年 11 月 25 日〔註32〕

　　從此表知癸未夕月食發生的時間，甚至要早於甲午月食，而這個被董作賓遺漏的癸未夕月食仍是發生於武丁時期，因之甲午月食發生的時間也不當會早於武丁以前。

　　由於武丁期間五次月食年代的確定，進而能確定武丁王世的年代範圍，這是大陸夏商周斷代工程的成果之一，也是甲骨學斷代研究上的新成果。〔註 33〕

────────────────

〔註31〕張培瑜：〈甲骨文日月食與商王武丁的年代〉，《文物》1999 年 3 期。

〔註32〕這五次月食根據黃天樹對其上卜辭字體的分類分別是：癸未月食（賓組一類）、甲午月食（賓組二類）、己未月食（典賓類）、壬申月食（典賓類）、乙酉月食（賓組三類）。又歷組卜辭也有五次日月食，分別是庚辰日食（1198BC）、壬寅月食（1173BC）、辛巳日食（1172BC）、癸酉日月頻食（1171BC）、乙巳日食（1161BC），其中庚辰日食的時間和甲午月食相當，而庚辰日食版上有父丁稱謂，知祖庚元年不晚於 1198BC。李學勤：《夏商周年代學札記》，頁 197。

〔註33〕關於夏商周斷代工程的預期成果，考古學家張忠培有不同的看法，其以為「這裏順便談談夏商周斷代工程的問題。組織人力，拿出錢來，制定計劃，搞三代紀年，無疑動機很好，熱情可嘉，但這是否是科學決策，則完全是另外一回事，這一決策的前題就錯了。例如，他們聲稱要走出疑古，其實早就走出疑古了。他們說要五年搞出來，依我看，不要說是五年，就是更長一些時間，例如再加二、三年，我看也未必搞得出來。為何作如此評話，且聽我在下面講的理由。第一，依靠文字材料搞三代紀年，能做到的，不說全都作了，我看也差不多了。三代能利用現代天文學成就測定年代的天文資料不多，同時，對比較成功地依據天文資料確定的古埃及和兩河流域古代國家的年代學，至今還存在著不同的認識。即使據三代天文資料測出一、二個紀年數據，也難以據此確立不無爭議的三代年代體系。第二，夏、商、周三代是不同的三類考古學文化建立的更替的王朝。即使我們科學地界定出夏、先商、先周文化的年代下限和商、周文化年代的上限，也不能依此確定商代夏及周代商的具體年代。其實原因有三：一是因為考古學文化演進是否與王朝更替同步？這問題至今在理論上和實踐上都沒有解決；二是即使同步，這問題也難解決。這是因為現今三代考古學文化分期的期別年代約為百年左右，

關於甲午月食所發生的年代，依李學勤以之與發生於西元前 1198 年的歷組庚辰日食比較的結果發現，因為字體屬於歷組二 B 類的庚辰日食上有「父丁」稱謂，所以其當發生在祖庚年間。而字體屬於賓組二類的甲午月食，屬於武丁時期卜辭，所以推測甲午月食發生的時間在武丁晚年，但也不排除祖庚初年的可能，而祖庚元年也可以進一步確定為不晚於西元前 1198 年。至此我們可以認定「甲午夕月食」絕非如董作賓所言發生於武丁以前，因此可確定 127 坑中未有武丁以前的卜辭出現。

第二節　自組卜辭的相關問題

一、自組卜辭的提出

陳夢家在《綜述》「斷代」章中曾對董作賓甲骨斷代的十個標準作檢討，而提出他的斷代三大標準，其分為是（一）「卜人」；（二）「字體、辭彙、文例」（三）「祀典、曆法、史實」，並且強調「卜人」才是最好的斷代標準。所以他不同於董作賓以王世來斷代，而主張用貞人來斷代，因而提出了「自組卜辭」、「賓組卜辭」、「子組卜辭」、「午組卜辭」、「出組卜辭」等名稱。因之「自組卜辭」一名最早便是陳夢家提出的。然「自組卜辭」在早期被認為是「文武丁卜辭」卜辭，所以陳夢家提出「自組卜辭」的概念可說是把董作賓所謂的「文武丁卜辭」站在貞人的角度上又作了進一步的分類。

陳夢家界定自組卜辭主要是從卜人、出土坑位和稱謂三方面來說的，他把主要出土於第一次發掘 A 區 26 坑、F 區 36 坑，第二次發掘村南的 36 坑及第三次發掘的 A、B、E 區和第四次發掘的 E16 坑，第五次發掘的 F1-4 坑，第八次發掘的 D 區和第十三次發掘的 B119、YH006、YH044 坑中所出甲骨其上有貞人自、扶、勺一類的卜辭叫作「自組卜辭」，而這一類卜辭的稱謂有同於賓組

從中難以得出禹傳啟、商代夏和周代商的絕對紀年；三是假如考古發現了禹傳啟、商代夏和周代商的始建或始用遺跡，也難以據此確定禹傳啟、商代夏和周代商的絕對年代。這是因為這個絕對年代需靠碳 14 測定，而要確定這三個絕對年代的測定標本實在是件極不容易的事。即使確定了，目前掌握的測年的科技手段也測不出其真實年代來。」見氏著：〈淺談考古學的局限性〉，《故宮博物館院院刊》1999 年第 2 期。又可參林澐：〈「商－周考古界標」平議〉，《林澐學術文集（二）》（北京：科學出版社，2009 年）。

的，如妣己、妣癸、父甲、父乙、父庚、父辛、母丙、母丁、母庚、母壬、兄丁、兄戊、子癸、子伐、魯甲、丁示、咸戊、伊尹；也有同於子組的，如妣己、父甲、父乙、父戊、父庚、兄丁、小王；更有同於午組的，如妣己、妣癸、父戊、父辛、母丁、兄己；以及其獨有的父癸、兄甲、子犀、子族、子咸。〔註34〕

在討論自組卜辭之前，我們先來看一下董作賓當初如何在整理一二七坑甲骨的過程中發現這一類特殊的甲骨組群。

董作賓在整理一二七坑甲骨時發現到其中有一部分特殊的卜辭不同於他所劃定的第一期卜辭，也無法歸於他所劃定的第四期卜辭，後來當他寫《殷曆譜》時，發現了殷王祀典有新舊派之分，於是悟出他的「文武丁時代卜辭」說。其所謂「文武丁時代卜辭」的內容主要是以今日我們所說的自組卜辭為主，另外還包括了子組和午組卜辭。他在《乙編·序》上說：

> 經過十八年的研究，現在才可以談文武丁時代的卜辭了，這不能不歸功於《乙編》中一坑卜辭的貢獻。這是十三次發掘的 B 區 119 坑，共出土了二百九十六片甲骨文字，登記號是 13.0.1 至 13.0.293 和 13.2.1 至 13.2.3。

> 話須從頭說起。十八年前，我寫《甲骨文斷代研究例》的時候曾把武乙、文武丁，列第四期，那時以小屯村中出土的甲骨為標準，我的意見是：

> 丙，不錄貞人時期。在前三期，也有許多卜辭是不錄貞人的，到了第四期，武乙、文武丁之世，便整個不錄貞人了。小屯村裏所出的卜辭，就屬於此期，無貞人是它的特點。

> 在當時很呆板的只認定貞字上的一字是人名，是貞人；沒有注意到那些在卜字之下記有貞人而省去貞字之例。又當時注意的只限於武乙時代的卜辭，所舉第四期之例，也只限於武乙之世。其實村中所出的，以前著錄的，都有文武丁時代之物，都被我們大部分送給武丁了。……

> 寫《殷曆譜》時，因為新舊派祀典的不同，我曾理清楚一件事，

〔註34〕陳夢家：《殷虛卜辭綜述》，頁 147。

就是在舊派中，武丁、祖庚時代，稱大乙爲唐，絕無例外，至祖甲時代，改革祀典，才把唐定名爲大乙，以後各王，便都稱大乙，不再稱唐。文武丁是主張復古的，從紀日法、月名、祀典各方面看，他都恢復了舊派的制度，只有一個唐的名稱沒復活，仍然叫大乙，是堅強的，惟一的證據。

「文武丁卜辭」是最早董作賓對這一類卜辭的命名，然其內容其實包括了三個組類的卜辭，也即後來陳夢家分的自組、子組和午組卜辭，對於文武丁卜辭的範圍，董作賓自己說是：

以前我們只看見父乙、母庚、兄丁，王字作大，就斷定是武丁時，現在注意的卻是大乙這個稱呼。由於稱唐爲大乙，可以斷定絕不是武丁時，反過來，這裏的父乙就是武乙，也可以斷定這是屬於文武丁時的卜辭，因而文武丁也可以有一個母庚，一個兄丁，而他把王字復了古體。從這個假定出發，請扶介紹他的同像，於是找到了扶的同版貞人勺，貞人自，和科頭的時王文武丁；自又介紹了医；王又介紹了余；余又介紹了我、子、㸚；因而又找到了㸚、車（13.0.10993）、史（13.0.1561）、萬（13.0.472）、㚔（13.0.52）、㣇（13.0.290）、卣（乙 124）等許多人。在乙編中有兩個坑幾乎完全是文武丁時的卜辭，一是 B119 坑……一是 YH006 坑。〔註35〕

以上董作賓所舉的人物中有些是貞人名有些則否，如扶、自、勺、㣇（征）是自組卜辭的貞人，余、我、子、㸚、㸚是子組卜辭的貞人。医爲自組卜辭中的人名，「車」字當是午組卜辭中「重」字的誤釋，「㚔」爲「䇂」字，「卣」字相當於賓組卜辭中的「㑥」，而「史」則爲子組卜辭中「又史」的「史」。董作賓提出的這些貞人名，陳夢家雖也將之列爲貞人，但他也承認「因片數稀少，是否爲眞正卜人，尚待考定」。〔註36〕

〔註35〕董作賓：《殷虛文字乙編》上冊，頁 14。

〔註36〕關於陳夢家在《殷虛卜辭綜述》中又援引董作賓的文武丁貞人名，來作爲自、子、午組及其附屬卜辭的貞人名一事，李學勤在《評陳夢家殷虛卜辭綜述》（頁 125）中言「上面提到的應移於文丁及其前後的卜人中，午、丁、取、㞢、豕五人應刪去，萬、車、卣三人已經貝塚茂樹指出是錯誤的，也應刪去。」《考古學報》1957 年 3

　　陳夢家的貢獻在於把甲骨的分類和斷代給區分開來，所以他不再依董作賓以商王世來劃分甲骨群的方法，而主張用貞人來把甲骨群作分組，故將用王世劃分的「文武丁卜辭」區分爲自組卜辭、子組卜辭和午組卜辭。但是他同董作賓一樣犯了一個觀念上的錯誤，即狹隘的認爲一個王世只能有一類型的卜辭，所以李學勤說「過去，人們都以爲在一個商王的時期只能有一個類型的王卜辭。董作賓是這樣想的，所以他總以爲自組應該是文武丁卜辭。《綜述》也是這樣想的，以致把自組插在賓組和祖庚祖甲時的出組中間，認爲是武丁晚期卜辭。」〔註37〕

　　建立把甲骨分類和甲骨斷代區別開來的觀念是甲骨學者能突破董作賓斷代研究五期分法的主要原因，而從此更延伸出了「一個王世可以有一組以上的卜辭，而一組卜辭也未必只限定存在於一個王世之中」的觀念，而這便是李學勤殷墟卜辭兩系說的前提，正因爲突破了一王世只能有一組卜辭的舊說，使得學者早期無法解釋的對於處於不相臨兩個時代的卜辭卻出現了類似的字體、稱謂、祀典、曆法甚至同版的現象，都得到合理的解決。如以婦好爲例，安陽殷墟五號墓發現後，學者們對於墓主婦好是倒底是第一期卜辭中的婦好還是第四期卜辭中的婦好有所爭辯，原因就在於當時學者們沿襲董作賓的舊說法，把今天我們所說歷組卜辭看成是第四期的卜辭。自從李學勤提出兩系說後，把歷組卜辭當成是與賓組卜辭時間相近的村南系甲骨群後，這個問題就得到了合理的解釋。

　　李學勤曾在〈關於自組卜辭的一些問題〉中說到自組卜辭值得注意的地方有：一、由固曰；二、衍卜辭；三、自上甲廿示（其當爲自歷間組卜辭）；四、語末助詞（「戾」、「執」）。〔註38〕綜合董作賓的文武丁卜辭和李學勤所舉的自組卜辭特點，我們可以對已出土的自組卜辭作如下的定義，即「經由科學發掘的主要出土於村北 E16、YH006、B113 與村南 F36、103-104D 和小屯南地 H91、T53（4A）坑以及非發經由發掘的甲骨，其貞人爲扶、自、勺、由、毌、徣（徝）、

期。只不過當時李學勤誤以爲子組、午組卜辭都是帝乙時代的卜辭。

〔註37〕李學勤：〈關於自組卜辭的一些問題〉，《古文字研究》第三輯（北京：中華書局，1980 年），頁 32。

〔註38〕李學勤：〈關於自組卜辭的一些問題〉，頁 33。

（再？）或王親卜，其稱謂統與武丁系卜辭同一套，有甲尾刻辭及有不出於王的占辭，如『由（占）曰』、『扶曰』和有語末助詞『殳』、『執』一類的卜辭。」

　　貞人扶，在甲文中多作「🔣」形，隸定作「扶」。而合 21050 及合 20140 上的貞人扶作「🔣」體，故有學者主張當改隸作「㧢」，並提出「🔣」為「🔣」省形的說法。〔註39〕人名的省形同樣可見「子🔣」一名，其在甲文又作「子🔣」（合 14036），故「🔣」也有可能是「🔣」的繁體。貞人「🔣」也可作「🔣」，「🔣」照理也可看成是繁體，然這個貞人名因常出現在其他貞人名之後，所以唐蘭就不認為其是貞人，而主張讀為「再」，「某再貞」也即「貞人某再一次貞卜」的意思。此外，彭裕商提出「🔣」可能是自組貞人，因為自組卜辭中有「🔣卜用」的句子出現，然因其從未在貞字前出現，故在此不列入。

二、自組卜辭的時代

　　陳夢家主張自組卜辭的時代屬於武丁晚期，他的理由是：

> 由於稱謂，可知自組和賓組很多相同的……由於字體，可知自組一方面遵守賓組的舊法，一方面已產生了新形式。自組的記時法和賓組也是大同而小異。自組某種卜辭形式，或同於賓組，或為自組所特有，或下接祖甲卜辭，與字體的情形一樣，足以表示自組當武丁之晚葉，開下代的新式。自組祭法見於賓組，而『凵』『又』通用亦顯示交替之跡。至其稱號中，或守武丁舊制，或開新例如大乙、上甲諸例。凡此可見自組大部分和賓組發生重疊的關係，小部分與下一代重疊，它正是武丁和祖庚卜辭的過渡。〔註40〕

　　關於「凵」、「又」在卜辭中通用的情形，裘錫圭曾提出其和「弓」、「弜」的變化是一致。卜辭中的「凵」在第一期（賓組）和第二期前期（出組）的卜辭中，祭名「侑」和有無的「有」通常寫作「凵」，左右的「右」，保佑的「佑」則作「又」。二期後期以後廢棄「凵」字，用「又」字來代替，而「侑」、「有」等義的「凵」和「又」在各期卜辭出現的情況正好跟「弓」、「弜」的演變是平

〔註39〕彭裕商：〈自組卜辭分類及其它〉，《古文字研究》第十八輯，頁 97。又在一二七坑中曾出現從弓的「🔣」這個人，其辭為「🔣凵王事」（丙 1），但不見有作「🔣」者出現，所以從弓的「🔣」是否就是「🔣」，還有待更多的證據。

〔註40〕陳夢家：《殷虛卜辭綜述》，頁 153。

行的。又在殷墟卜辭中有一批時代約當第一期而作風跟賓組卜辭有顯著區別的卜辭，在這批卜辭中，用作否定詞的「弓」和「弜」同時並存，表示「侑」「有」等義的「屮」和「又」也同時並存。兩方面的情況也是平行的。〔註41〕

在 1973 年小屯南地發掘時，有自組卜甲出土於殷墟一期的地層 T53（4A）中（相當於大司空村一期），〔註42〕該層共出有七片卜甲，其中一片（屯南 4517）的前辭中有貞人扶之名，可證自組卜辭屬於武丁時期。〔註43〕《小屯南地甲骨》前言中曾就坑位來判定 T53（4A）的時代，其言：

> T55 第 3 層以下均屬殷代文化層，根據層次和陶器的共存關係，又可分爲早、中、晚三期。即第 3 層屬晚期；第 4、5 兩層所出陶片接近，且與第 3 層有區別，屬中期；第 6 層、6A 層、6B 層所出陶片

〔註41〕 裘錫圭：〈說弜〉，《裘錫圭自選集》（鄭州：河南教育出版社，1994 年），頁 68。

〔註42〕 目前大陸考古工作者所採用的是四期分法，即分爲大司空村一、二、三、四期。小屯南地早期相當於大司空村一期，即武丁前後；小屯南地中期相當於大司空村三期，即廩丁、文乙、文丁時代；小屯南地晚期則相當於大司空村四期前半葉，已進入帝乙時代。其次，現在考古學界普遍使用的是殷墟文化分期法，其乃是以共生陶器來作爲分期的依據，計分爲四期，絕對年代如下：殷墟文化第一期約相當於盤庚、小辛、小乙時期及武丁早中期，殷墟文化第二期約相當於武丁晚期、祖庚、祖甲時期，殷墟文化第三期約相當於廩辛、康丁、武乙、文丁時期，殷墟文化第四期約相當於帝乙、帝辛時期。楊寶成：〈試論殷墟文化的年代分期〉，《考古》2000 年第 4 期。而在夏商周斷代工程的商代前期的年代學研究項中，將商前期遺址分爲五期，分別是：第一期以鄭州商城 C1H9、偃師商城宮城北部灰溝最底層爲代表；第二期以鄭州商城 C1H17、偃師商城 86J1D5H25 爲代表；第三期以鄭州商城 C1H1、C1H2 乙、偃師商城 85YS5T1H3 爲代表；第四期以鄭州白家莊第二層、小雙橋遺址的主體遺存爲代表；第五期以安陽洹北花園莊早段 97G4、98AHDH11、98AHDM10 和邢台東先賢遺址一期 98H15、H34 爲代表。〈夏商周斷代工程 1996～2000 年階段成果概要〉，《文物》2000 年 12 期。

〔註43〕 關於這種說法嚴一萍曾提出反論，以爲打破 T53（4A）的 H91 灰坑中所出的兩片卜甲能與 T53（4A）㠯組卜甲（T53（4A）：145）綴合，所以說「T53（4A）和 H91 這兩個不同層出土的龜甲可以綴合在一起，你能說 T53（4A）屬於武丁晚期，H91 屬於康丁、武乙、文丁嗎？這明明是同一個時期的龜甲是屬於文武丁時代的」。《甲骨學》下冊（台北：藝文印書館，1978 年）。而肖楠提出反駁以爲這是晚期灰坑打破了早期地層所致。劉一曼等：〈考古發掘與卜辭斷代〉，《考古》1986 年 6 期。

相而第 4、5 兩層不同，屬早期。

再以探方 T53 一組灰坑打破關係爲例。

H57→ H85→H99→H102→H110→T53（4A）。（H：灰坑；T：探方）

箭頭符號前面的灰坑打破箭頭後面的灰坑，如 H57 打破 H85。從這些灰坑所出陶片來看，H57 與 T55 第 3 層，H85、H99 與 T55 第 4、5 兩層，H102、H110、T53（4A）與 T55 第 6 層、6A 層、6B 層分別接近。因此小屯南地的早、中、晚三期，進一步從灰坑的打破關係上得到了證實。〔註44〕

　　這個發現把𠂤組卜辭的時代，就考古坑層方面證明了其屬武丁期，也對之前陳夢家在《綜述》中提出的因爲「𠂤組和賓組常常出於一坑，而同坑中很少武丁以後的卜辭，則𠂤組應該是武丁時代的卜辭」的說法提出了確證。

　　而關於屯南 4517 這片甲骨的字體，彭裕商把它斷爲「𠂤組小字類卜辭」，而且認爲其帶有𠂤歷間組卜辭的特色，最明顯的一點爲該版有日名在前的情況（「丁中」），而這正是𠂤歷間組卜辭的特點。其次同出於 T53（4A）的 4516，該版爲卜問「敦通」和「伐歸」之事，李學勤曾指出其和其它幾片屬於𠂤歷間組的卜辭是「己亥到癸卯五天之內的幾次占卜」，〔註45〕而𠂤歷間組卜辭的時代約在武丁中期，故可證明 T53（4A）這坑甲骨的年代也在武丁中期。

　　而對於同屬武丁時期的𠂤組和賓組卜辭孰先孰後的問題，早先肖楠在〈安陽小屯南地發現的「𠂤組卜甲」〉中就以𠂤組卜辭和第二期祖庚祖甲卜辭有一定聯繫爲由，將𠂤組卜辭定爲武丁晚期。〔註46〕後來林澐在〈小屯南地發掘與殷

〔註44〕中國社會科學院考古研究所編：《小屯南地甲骨》（北京：中華書局，1980 年），頁 12。所謂灰坑，嚴文明說「灰坑是指一切窖穴和雖由人工挖成但不知道其確切用途的坑穴。灰坑的形狀大體上有口小底大的袋形灰坑、圓形灰坑、口部略呈圓形或橢圓形四壁內收呈鍋底形的灰坑及長方形豎穴灰坑四種。不論灰坑的用途如何，做成以後，總要用一個時期，這時它周圍的地面是穩定的。大多數情況應當有路土。只有在灰坑廢棄後，它裏面才會逐步爲垃圾和其它文化土所填沒，因此被灰坑打破的地層同疊壓在它上面的地層會有一個比較清楚的界面」。見氏著：《走向廿一世紀的考古學》（西安：三秦出版社，1997 年），頁 39。

〔註45〕彭裕商：《殷墟甲骨斷代》（北京：中國社會科學出版社，1994 年），頁 69。

〔註46〕肖楠：〈安陽小屯南地發現的「𠂤組卜甲」〉，《考古》1976 年 4 期。其所舉的𠂤組和

墟甲骨斷代〉中提出自組大字→自組小字→自賓間組→典型賓組的演變模式，從鑽鑿型態、卜辭行款、前辭型式、兆側刻辭、「某入」之記事刻辭、王親卜六大項來證明自組卜辭的時代當早於賓組卜辭。至此可以肯定自組早於賓組卜辭。

而也有學者從自組卜辭所占問的事類來和賓組作比較，而推斷自組卜辭和賓組卜辭的時代。如林小安就提出自組卜辭中沒有出現伐舌方和與𢀛、𡥈有關的卜辭，而這只能說明自組卜辭和伐舌方及𢀛、𡥈不同時。因自組卜人是武丁早期卜官，因此他們不可能卜及武丁晚期的人和事。𢀛、𡥈和伐舌方不出現在自組卜辭中是必然的現象，而雀、弜出現在自組卜辭中也說明他們是與自組卜人同爲武丁早期臣屬的必然現象。〔註47〕

然自組卜辭的時代的下限爲何，對於這個問題由於今日對卜辭分類的精密，現在學者們都從自組賓組同版的現象和自組賓組有針對同一事件占問的例子來斷定自組卜辭的下限，一般來說，自組卜辭中時代比較晚的是筆劃纖細、字形較小的一類，統稱爲自組小字類，這類卜辭中出現和武丁晚期的賓組卜辭有相同的人物，且有卜問同一事項的情形，所以自組卜辭的下限應在武丁晚期。

三、自組卜辭的地層位置

從出土地層來探討自組卜辭的時代及與其它卜辭的關係，這種方法陳夢家已經提出，如其在《殷虛卜辭綜述》上言（頁158）：

> 我初步整理𠂤、子兩組卜辭時，曾據兩組卜辭本身定其爲武丁卜辭，後來乙編出版，我們更得到這樣現象：（1）B119 和 YH006 兩坑是𠂤組和子組的混合，且有少數的賓組；（2）E16 是𠂤組與賓組的混合，YH127 是子組與賓組的混合，（3）E16 和 B119 都有徝的卜辭，他是和𠂤組同時代的卜人。既然 YH127 坑大多數都是賓組卜辭，摻合在這坑之中的子組、午組和其它少數卜辭是否也屬於武丁時代的？我們認爲子組、𠂤組和賓組常常出於一坑，而同坑中很少武丁以後的

祖庚、祖甲卜辭有關的證據是 1.𠂤組卜甲中有用「又」字爲祭名者，這在賓組卜辭中是特例，而在祖甲卜辭中則是常見的形式；2.《庫》1248 上有𠂤組卜人扶和活動時間在第一期及第二期前半葉的卜人中同版現象，說明𠂤組卜辭上承武丁，下啓祖庚。

〔註47〕林小安：〈武丁晚期卜辭考證〉，《中原文物》1990 年 3 期。

卜辭，則子組、自組應該是武丁時代的，YH127 坑中的午組及其它

少數卜辭也是屬於這一時代的。〔註48〕

此外，陳夢家更大範圍的區分村北出土或村南出土的甲骨，作爲比較出土甲骨與時代的關係，如以爲「康丁卜辭主要出土在村中、村南，廩辛卜辭出於村北和侯家莊，未在村中、村南發現」。（《綜述》144 頁）這種方法後來啓發了李學勤而有殷墟卜辭兩系說的產生。

關於自組卜辭的出土坑位問題，彭裕商在〈自組卜辭分類研究其它〉中討論的最爲清楚，所以本節中就以彭文所言坑位爲主，而對於一二七坑中所出的自組卜辭則詳列著錄號碼。（彭裕商對於自組小字類卜辭的分類，有前後期的不同，前期在〈自組卜辭分類研究及其它〉中分自組小字類卜辭爲一、二Ａ、二Ｂ、三Ａ、三Ｂ五類，其中二Ａ、二Ｂ類即是貞作「鬥」形的卜辭，而後來在《殷墟甲骨分期研究》中則僅分小字一類、小字二類、其它小字類及小字類附屬。最後一類包括習稱的自歷間組卜辭、卜「敦通」、「伐歸」的卜辭和字體上接近自歷間組的卜辭。總的來說一類即後來的小字一類，二Ａ、二Ｂ類即小字二類，餘爲其它小字類及小字類附屬。而自賓間類則列入賓組卜辭之中。）

下表錄自彭文（〈自組卜辭分類研究及其它〉）。

	自組小字 2 類	自賓間類	自組小字 3 類	自歷間類
村北 E9	甲 62			
村北 E16	甲 2961、3045、3013+3019	合 117、1026、10514、甲 3072、3104	甲 3049+3089	
村北 B119	乙 1、30、42、126、135			
村北 YH006	乙 400、8519、398、456			
村北第四次	甲 3177	甲 3332		
村北第八次	甲 3746			
村北侯南第九次	甲 3827			

〔註48〕關於這段話中的「B119 和 YH006 兩坑是自組和子組的混合」語，裘錫圭提出批評說「但是他（陳夢家）在 149 頁舉出來的 B119 坑的子組卜辭，乙 131、139 和 YH006 坑的子卜辭乙 373、乙 393，實際上都不能歸入自組」〈評殷虛卜辭綜述〉，《文史叢稿》（上海：上海遠東出版社，1996 年），頁 227。

村北 A26		甲 169	
村北第三次		甲 936	
村中 F36		甲 219、236、224+227、198、238、240、276、280	甲 187+192、188、191、232、253、265、446
村中 F24		甲 387+709	
村中村北第五次		甲 3374	
村南 H91		屯 2659	
村南 H104		屯 2765、2766	
村南 M16		屯南 3568、3586、3604	
村南 T53（4A）		屯南 4513+4518、4514、4516、4517	
村中 F37			甲 433
村南 H24			屯南 940、1080
村南 H50			屯南 2173
村南 H54			屯南 2250
村南 H85			屯南 2628
村南 M9			屯南 2841
村南 T21（3A）			屯南 3911
村南 31（3）			屯南 4242
村南 T55（3）			屯南 4573

　　從以上彭表可知自組小字 2 類與自賓間組卜辭主要出土於村北，自組小字 3 類與自歷間組則主要出土於村中、村南。又非經科學發掘的舊著錄書中，彭裕商也提出《殷虛書契前編》、《殷虛書契續編》、《鐵雲藏龜》、《鐵雲藏龜拾遺》多著錄村北出土的甲骨。而《殷契粹編》則多著錄村南出土甲骨，故前者多收自小字 2 類及自賓間組卜辭，後者則多錄自組小字 3 類及自歷組卜辭。這種結論和董作賓在《甲編‧序》上說到的羅振玉和明義士所得的出於村北朱姓地的甲骨，著錄在《前》、《後》、《續》、《菁》、《庫》、《龜》、《卜》等為同一系統；劉鶚所得同樣出於村北的劉姓地甲骨，著錄於《鐵》、《戩》、《餘》、《拾》的為同一系統的結論相近。又此二系統的甲骨前者多一、二、五期，後者多一、二、四期；而劉體智、明義士所得出於村中張姓菜園著錄於《粹》、《卜》、《後》、《佚》

的則是另一個系統，董作賓以爲該處以出三、四期卜辭多。

關於𠂤組大字類卜辭的地層位置，李學勤言主要出自是丙組基址，以下依李學勤〈小屯丙組基墟與扶卜辭〉內容所記製表如下：

丙十	H427	乙 9096、乙 9097、乙 9098
丙十三	H423	乙 9095
	H359	乙 9090、乙 9092
丙十七	H347	乙 9080、乙 9081、乙 9082、乙 9083、乙 9084、乙 9085、乙 9086、乙 9087
丙十五	H364	乙 9091、乙 9093
丙十七	H344	乙 8997、乙 8998、乙 8999、乙 9000、乙 9001、乙 9002、乙 9003、乙 9004、乙 9005、乙 9006、乙 9007、乙 9008、乙 9009、乙 9010、乙 9011、乙 9012、乙 9013、乙 9014、乙 9015、乙 9016、乙 9017、乙 9018、乙 9019、乙 9020、乙 9021、乙 9022、乙 9066、乙 9067、乙 9068、乙 9069、乙 9070、乙 9071、乙 9072、乙 9073、乙 9074、乙 9075、乙 9076、乙 9077、乙 9078、乙 9079、乙 9193
	C334	乙 9056
	H393	乙 9033

所謂丙組基址就是在小屯村北部，宮殿區的東北部所發掘的宗廟基址之一。三十年代在小屯東北地共發現宮殿宗廟基址 53 座，由北向南排可分爲甲、乙、丙三組，甲組在北，乙組在甲組南，丙組在甲組西南。這些房基多樣有長方形、正方形、圓形及凹字凸字等形，大者上千平方米，而一般多在數百米，小者則數十平方米。這數十座房基有的成排排列，有的作四合院組合，其左右對稱都排列在同一中軸線上，組成一個蔚爲壯觀的宮殿宗廟建築群。發掘者石璋如據房屋的形狀結構及其所揭示的考古學現象推測甲組基址是居住用的，乙組爲宮殿宗廟建築，丙組基址爲祭壇。而時代方面，石璋如則以爲甲組最早，乙組次之，丙組最晚。〔註49〕胡厚宣也說「在小屯北地，靠著洹河的彎曲，五十三座建築基礎，從北向南，可分成甲、乙、丙三組。北面甲組基址十五座，是王家居住的地方。中間乙組基址廿一座，是王家的宮殿所在。南面丙組基址十七座，是殷王舉行祭祀的地方。」〔註50〕其中丙組基址共十七座，其範圍南北約 50 米，東西約 35 米，而著名的一二七坑就在乙十二基址附近。

〔註49〕石璋如：《小屯第一本・乙編・殷墟建築遺存》（台北：中研院史語所，1959 年）。

〔註50〕胡厚宣：〈中國奴隸社會的人牲和人殉（上）〉，《文物》1974 年 7 期。

由以上知自組大字類卜辭主要出土於丙組基址。自組小字類則分為主要出土於村北的小字 2 類和自賓間組和主要出土於村中、村南的小字 3 類和自歷間組。

四、自組卜辭的分類

說到自組卜辭的分類之前，我們先來看李學勤的兩系說。

李學勤首度提出殷墟王卜辭的發展應該分成兩系來看的觀念是在《西周甲骨探論》序中的一段話，其言：〔註51〕

> 如果從實物的考察出發，不難看出，殷墟甲骨可以分劃成兩大系統：
> 一個系統，用我們的分組說法，是由賓組發展到出組、何組、黃組；
> 另一個系統是由自組發到歷組、無名組。兩個系統間有一定的互相關
> 係，但又有清楚的區別，在出土地點、甲骨質料、修治方法、鑽鑿
> 形式、卜辭格式以至文字的風格上，都有差異。

其後他根據了林澐和彭裕商的說法，把兩系說修正為自組為兩系的共同起源，而黃組則為兩系的共同歸宿。〔註52〕

也就是其認為殷墟甲骨卜辭應該是這樣演變的：

賓組→出組→何組　　　　　（村北、村中系）

自組　→　　　　　　　　→黃組

歷組〔註53〕→無名組　　　　（村南系）

〔註51〕王宇信：《西周甲骨探論》（北京：中國社會科學出版社，1984 年）。關於兩系說想法的由來，乃起於婦好墓及小屯南地甲骨的發現，婦好墓的發現促使李學勤將歷組卜辭的時代提前，而小屯南地甲骨的發現使其進一步提出兩系說。

〔註52〕李學勤：〈殷墟甲骨分期兩系說〉，《古文字研究》十八輯，頁 26。

〔註53〕這個兩系說中比較有爭議的是關於歷組卜辭的時代，歷組卜辭肖楠認為是武乙、文丁時的卜辭，其除了強調地層上的根據外，還有歷組中的婦好、婦妌、𠂤與其在賓組中的地位不同，又是否能把𡉚方和召方能看成是同一方國等。而至今讓主張歷組卜辭是武丁時代學者，無法解釋的一個問題，就是關於「自上甲廿示」的內容。「自上甲廿示」見合 34120，其為自歷間組卜辭。過去一直把「至上甲廿示」當作是指上甲到武乙，這廿示的直系先王，但一旦把歷組卜辭提前了，這廿示就不能算到武乙了，所以主張歷組卜辭是武丁時卜辭的學者就有其它的解釋。如李學勤以為「（合 34120）辭中是說用一頭牛祭上甲以下廿個示，用羊祭其次的各示，至於哪些是廿示之中的，哪些是其次的，並未說明。殷墟卜辭中的合祭若干示，變化很多，如歷組卜辭中的自上甲十示又二、十示又三及十示又四、廿示又三等，

　　李學勤提到兩系甲骨的不同是多方面的，其中最基本的一點是一系兼用龜骨，另一系專用胛骨。兼用龜骨一系有賓組、出組、何組、黃組卜辭；專用胛骨的有𠂤組、歷組、無名組卜辭。而這個區別應該是卜法的不同。甲骨從刻辭內容看本來是在很多地方占卜的，但集中出于殷墟很小的地區，這當是卜人將甲骨帶回，放在固定地方貯存的緣故。待不同卜法的卜人將他們所卜的甲骨分別集中在他們居息之所，有的藏起來，有的傾倒在窖穴裏面，就造成兩系甲骨出土坑位的差異，〔註54〕如出土以龜甲爲主的一二七坑，共出一萬七千多片甲骨，其中胛骨

　　也無法肯定是否指直系先王而言，似乎不能由於有『自上甲廿示』就判定爲文武丁卜辭」；而裘錫圭也說「關於卜辭中的『示』有很多問題還沒有搞清楚。大示、小示究竟如何區分，就有很多不同的說法。又如同樣是『五示』，賓組卜辭說『翌乙酉业伐於五示，上甲、咸、大丁、大甲、祖乙』（丙41），出組卜辭說『己丑卜，大貞：於五示告，丁、祖乙、祖丁、羌甲、祖辛』（佚536），所指先王就不一樣，有一條歷𠂤間組卜辭說『☑六示三、五示二、十示又☑』（佚882）。『六示』應指『上甲六示』。與『六示』並提的『五示』，其內容顯然又與上引兩條卜辭的『五示』不同。如果我們對卜辭裏的『幾示』、『十又幾示』作帶有推測性的解釋，然後再據以定有關卜辭的時代，那是缺乏說服力的。」見李學勤：〈關於𠂤組卜辭的一些問題〉及裘錫圭：〈論歷組卜辭的時代〉。後來李學勤更將屯南4516載有「王伐歸」的卜辭和合34120的記事聯繫起來，以爲是指同一件事，更由屯南4516出於屯南T53（4A）層證明其「自上甲廿示」必爲武丁時卜辭。見〈小屯南地甲骨與甲骨分期〉。而問題的主要徵結在於堅持「自上甲廿示」無法排入武丁時者，乃是認爲以上甲爲首的這廿示，從卜辭上來看必爲直系先王，不可爲旁系。而近有提出可將自上甲廿示算到武丁者，皆是改變了大示即直系先王的原則。可參見蔡哲茂：《論卜辭中所見商代宗法》，東京大學東洋史博士論文，1991年。

〔註54〕對於李學勤的這種分組，郭振彔曾批評說「李學勤分組的標準和傳統分組標準是不相同的。早在1933年董作賓在《甲骨文斷代研究例》一文中，根據稱謂、世系和系聯關係，確定了貞人集團，並提出『其中的任何一個貞人，找出他的時代，其餘同時各人的時代，也可以連帶著知道了。』1956年陳夢家在《殷虛卜辭綜述》一書中，又稱爲『貞人組』。雖然李學勤也分組，而且從他所分的組名，如賓組、𠂤組、子組、出組、何組等等，大部分是與陳夢家在《殷虛卜辭綜述》一書中所劃分的組名大體上相同，但所代表的時代又各異，尤其李學勤的『歷組卜辭』，陳夢家既沒分成組，其時代確定爲武乙時期，跟李學勤歸屬武丁晚期至祖庚時代相距甚大。也正如李學勤所說陳氏分組指卜人系聯，與我們觀念有別。顯然，李學勤的分組標準與傳統的分組標準是不一樣的。可是迄今沒有見到李學勤談『分組』的依據是怎麼樣的。如果沒有理解錯的話，李學勤的『歷組卜辭』說支持者林澐，在〈小屯南地甲骨發掘

只有八片，同樣的鳳雛 H11 窖穴，共出甲骨一萬七千餘片，其中卜骨僅三百餘片。而出土以胛骨爲主的坑穴，如屯南 H24 出土 1315 片胛骨，無一龜甲。〔註55〕

　　然而以貞人來分類仍然嫌不足，主要是貞人活動的時間太長，其時代甚至可跨越二至三世，故學者們又提出用字體來分類。這種主張由林澐所提出，其在〈無名組卜辭中父丁稱謂研究〉中說的「無論是有卜人名的卜辭還是無卜人名的卜辭，科學分類的唯一標準是字體」，〔註56〕早期以貞人來分類，這是以貞人即書手爲前提，後來由於對甲骨刻辭認識的加深，使我們傾向於相信貞卜和契刻是兩個不同的步驟，其分別由貞人和書手來完成，所以同一字體的卜辭可能由不同的貞人所卜，若以字體爲標準就可以避免貞人供職時間太長及對於不署貞人名的卜辭無法斷代的困擾，所以甲骨分類的基礎正在於字體。又因爲甲骨斷代的基礎在於沒有一版甲骨刻著個兩個世代的卜辭，基於這一個觀念所以

與殷墟甲骨斷代〉一文中所說的『類』，似與李學勤的組是同一概念。因爲該文中常常使用『歷組一類』、『歷組二類』及其『𠂤組』、『𠂤歷間組』、『無名組』等相提並論。林澐在此文中的分組與傳統的分類標準也是不同的。林澐在該文中是根據文字的『型式學』分析來分組的。尤其是林氏所說『習慣上不署卜人名的一大批卜辭，堪稱分類第一標準的，只是字體而已』。這種『利用字體對現有的各種卜辭作更細緻的分類』，即是把『甲骨分類學』作爲『甲骨斷代學的基礎』。但這是本末倒置的。因爲甲骨刻辭本身，只是表達商代晚期各王思想的一種形式，是由各不同時代的商王所卜決定的。……按字體把十余萬片甲骨刻辭進行區分爲不同的時代，這又談何容易呢？林澐在該文中利用型式學分析，是借用考古學對文化遺物整理的方法，也即器物排隊而來。凡是從事田野考古工作的人都知道，遺物型式學的分析整理，是以地層學爲基礎爲其依據的，標準的地層學決定文化遺物的相對年代和器物型式演變的序列，而不是器物型式的演變序列決定地層的早晚，或者沒有地層關係的型式學。……迄目前爲止，還沒有一片歷組卜辭出土在安陽殷墟文化早期的地層和灰坑中，而是全部出在殷墟文化中、晚期的地層或灰坑中，由此可見，這種歷組卜辭只能作爲武乙、文丁時代的甲骨刻辭。」〈試論甲骨刻辭中的「卜」及其相關問題〉，《中國考古學論叢》（北京：科學出版社，1993 年）。

〔註55〕李學勤：《周易經傳溯源》（長春：長春出版社，1992 年），頁 133。

〔註56〕林澐：〈無名組卜辭中父丁稱謂研究〉，《古文字研究》十三輯（北京：中華書局，1986 年），頁 30。後來林澐的學生張世超還曾從筆蹟學的理論和方法來對𠂤組卜辭的分類作驗證，見氏著：《殷墟甲骨字蹟研究》（長春：東北師範大學出版社，2002 年）。

當同一版上有不同類組的卜辭出現時我們就可以據此當作兩個類組時代相同的
證據，從而把同一貞人的卜辭作更細的分期或是不署貞人名的卜辭給聯繫起
來，藉以知道不同書體卜辭之間的演變。

　　根據字體來對自組卜辭分類的作法，很早就有學者提出，如胡厚宣在《戰
後京津新獲甲骨集》序要中提出了《京津》所收有屬於武丁以前，或爲盤庚、
小辛、小乙之物的甲骨，接著將這些卜辭依字體分爲「筆劃纖細」、「筆劃扁寬」、
「筆劃挺拔」者三類。李學勤在〈盤龍城與商朝的南土〉中提出扶卜辭的字體
不只一種，有小有大，有柔弱，有的雄偉，而以筆劃較寬、字形較大的一類爲
最早。而至目前爲止對自組卜辭做過較全面分類的主要是黃天樹和彭裕商二
人，黃天樹將自組卜辭分爲 1.肥筆類；2.小字 A 類；3.小字 B 類；4.𠂤組。彭
裕商則分爲 1.大字類及大字類附屬；2.小字一類；3.小字二類。〔註57〕以下主要
依兩家所言整理如下：

（一）自組大字類

　　此類卜辭依黃天樹的統計約有 250 餘片，主要出土於村北，少量出土於村
中和村南，占卜材料以牛骨爲主，兼用龜甲，前辭作干支卜或干支卜某。〔註58〕
貞人只有扶，也有王親卜例，字形特色是字大而渾圓，多呈肥筆，對於這種字
體，林澐就以爲「王室卜用甲骨刻寫卜辭，以自組大字爲起點，因爲自組大字
書體很像毛筆字，應該是甲骨刻字的原始型態」。〔註59〕

　　這一類卜辭未見有兆辭，而且行款紊亂，有時須從左至右橫讀，有時則必
須折行而讀，甚而有須由下至上逆讀者。

　　對於這一類卜辭的時代上限，李學勤在〈盤龍城與商朝的南土〉中就提出
「卜人扶的卜辭在殷墟甲骨中時代是最早的」的說法，後來屯南 T53（4A）層
的出土自組卜甲，也證實了這個看法。而其下限黃天樹從一、肥筆類卜辭中出

〔註57〕此處乃依彭裕商在《殷墟甲骨分期研究》中的分類，而其早先在〈𠂤組卜辭分類研
　　　　究及其它〉（《古文字研究》十八輯）中將𠂤組卜辭分爲𠂤組大字卜辭、𠂤組小字 1 類、
　　　　𠂤組小字 2 類、𠂤組小字 3A 類、𠂤組小字 3B 類。

〔註58〕黃天樹：〈談殷墟卜辭中的𠂤組肥筆類卜辭〉，《文博》1997 年 2 期。

〔註59〕林澐：〈小屯南地發掘與殷墟甲骨斷代〉，《古文字研究》第九輯（北京：中華書局，
　　　　1984 年），頁 124。

現的人名不少和𠂤組小字類、賓組等卜辭相同；二、肥筆類卜辭中出現的方國名有些與𠂤組小字類、賓組相同；三、𠂤肥筆類的特異灼痕也見於賓組等龜甲；四、𠂤組肥筆類與𠂤組小字類字體同見於一版之上。四點來證明𠂤組肥筆類和𠂤組小字類、賓組的關係比較密切，故推測其下限在武丁中期。

李學勤以爲一二七坑中，只包括賓組卜辭、子卜辭和午組卜辭。僅有個別的殘片可能屬於𠂤組，至於我們這裏討論的字跡寬扁的扶卜辭，在一二七坑中全無蹤跡，這絕不是偶然的，一個合理的解釋是在一二七的時期，扶卜辭已經不復出現了，所以𠂤組大字扶卜辭在年代上是要早於一二七坑各類卜辭的。

（二）𠂤組大字 ♨ 體類

依黃天樹所言，其只出於村北，以甲爲主，前辭作干支卜，干支卜貞，書體風格是字形大且多曲筆，特徵字體是屮作尖銳犄角的「♨」，故以之爲名。其沒有貞人故無法通過貞人來系聯，而又常與𠂤組大字類同版，故可確定兩者必有一段時間重疊，而一二七坑中並無此類卜骨存在。

（三）𠂤組小字一類

彭裕商曾將𠂤組小字類分爲一、二 A、二 B、三 A、三 B 五類，其中二 A 類即是以貞作「閂」形爲條件的組類，而後來將這一類別出，其它的四類合併爲一類，所以這一類若彭裕商早期的分法可以分成四類。特色是前辭作干支卜、干支卜貞或干支卜某，多刻於背甲，貞字寫法多樣，開始出現驗辭和有兆辭「二告友」，內容多爲問氣象之辭，有相當多的一類「干支卜夕從斗」卜辭。〔註60〕

（四）𠂤組小字 閂 體類

這一類卜辭的貞人同上一類，與上一類除貞字法不同外，其、以、屮的寫法也有一些差異。卜辭內容所述及的人物方國基本上仍同於𠂤組小字一類。

早期李學勤就以爲𠂤組卜辭中存在不同的類別，首先提出𠂤組可再分類，其言「卜人扶的卜辭是𠂤組卜辭的一部分。所謂𠂤組卜辭，其內涵是相當複雜的，字體也有一定的差別。署有卜人扶之名的卜辭，字體不止一種，有小有大，

〔註60〕蔣玉斌提出𠂤組小字類常見的「夕從斗」爲一種特殊的卜夕辭，斗指斗星，南斗或北斗不明。見《𠂤組甲骨文獻的整理與研究》，東北師範大學碩士學位論文（2003年），頁43。方稚松則作「夕比斗」，並推測「比斗」可能是對「北斗」的祭祀。《殷墟卜辭中天象資料的整理與研究》，首都師範大學碩士學位論文（2004年），頁72。

有的柔弱，有的雄肆，看來應有早晚的區分。」〔註61〕

後來林澐進一步的將之分爲自組大字、自組小字、自賓間組、典型賓組。然這種分法黃天樹以爲仍有缺點，其言：

> 林先生所提出的「自組大字─自組小字─自賓間組─典型賓組」這樣一條演變序列，從解釋自歷間組、自賓間類如何演變而來等問題來看，是比較合理的。但是，我在對自組卜辭作綜合考察後發現，自組卜辭，尤其是自組小字類在人名、事類等方面，不僅跟時代較早的自組肥筆類、自賓間類關係密切，而且跟我們認爲屬武丁晚期以至祖庚時期的典賓類、賓出類的關係也比較密切，相比之下，被林先生看作是自組和賓組的連鎖的自賓間類和典賓類、賓出類的關係反而顯得疏遠。這種內容上的差異透露出自組小字類的下限一定晚於自賓間類。這種情形是林先生一系演變序列難以解釋的。〔註62〕

針對這個發現他提出了自組卜辭的演變途徑，先是自組大字類，其後自自組小字類開始一部分沿著自組小字類─自賓間類─典賓類─賓出類的途徑而逐漸演變下去；一部分自組小字類繼續存在，並一直延伸到武丁晚期，與自賓間類、典賓類、賓出類同時並存。

其次，自組和子組、午組卜辭除字體和貞人不同外，在貞卜事類上也有很大的不同，其最主要的差異在於自組卜辭是「王卜辭」而子組和午組卜辭則屬「非王卜辭」。「非王卜辭」的概念也是李學勤所提出來的，簡單的來說就是指「問疑者不是王的卜辭」，稱之爲「非王卜辭」。〔註63〕其後黃天樹將之修正爲卜辭的主人不是商王，然偶爾出現王卜且先王名號和親屬稱謂系統有些見於王卜辭，有些不見於王卜辭的卜辭。〔註64〕

在此討論一下自組卜辭字體和午組卜辭字體的關係。

肖楠曾提出乙1428（合22206）爲自組小字類和午組卜辭共版，乙6690（合

〔註61〕 李學勤：〈小屯丙組基址與扶卜辭〉，《甲骨探史錄》（香港：三聯書局，1982年），頁69。

〔註62〕 黃天樹：〈論自組小字類卜辭的時代〉，《陝西師範大學學報》1990年3期。

〔註63〕 李學勤：〈帝乙時代的非王卜辭〉，《考古學報》1958年2期。

〔註64〕 黃天樹：〈關於非王卜辭的一些問題〉，《陝西師大學報》1995年12月。

22094）爲自組大字類和午組字體共版的說法。然乙 1428 即合 22206 甲的一部分，合 22206 甲（乙 804+乙 973+乙 1780+乙 1855）遙綴合 22206 乙（乙 1623+乙 1479）加合 22187（乙 1428），其上的稱謂異於自組、賓組卜辭而全同於午組卜辭，故當屬於午組卜辭。而其貞字作「閂」形，爲自組小字類的特徵，所以這版的存在也可以證明午組卜辭字體曾受到自組小字類的影響。其次，肖楠所言的自組大類字體的乙 6690（合 22094），已列入本文午組卜辭的排譜中（詳見後文），其類似自組大字類字體的卜辭爲「壬寅卜：钘石于父戊」。雖然自組卜辭中也有「父戊」的稱謂，但由於有「石」和「父戊」的同時出現，故我們傾向於認爲其仍屬於午組卜辭，其也可以說是受到自組大字類字體的影響。

關於午組卜辭字體和自組卜辭接近的現象，范毓周曾說「歷自間組卜辭中一般將貞字兩耳寫作方形，這種寫法則是所謂『式四午組』（陳夢家語）卜辭中所常見的。在字體上午組卜辭同歷自間組卜辭的風格相近的例子是很多的。例如 YH127 坑所出乙 6690（合 22094）中的午組卜辭在字體上就非常接近於歷自間組卜辭。又如我們曾將乙 6390（合 22103）補綴於《綴合》258（合 22050），使之成爲一版完整的午組卜甲，其尾部乙 6390 的字體即接近於歷自間組卜辭常見的字體。再如，我們又曾將乙 8587 和《綴合》256 合綴在一起（即合 22093），其上的午組卜辭也和歷自間組卜辭的寫法和字體大體相近。」〔註65〕

五、一二七坑中的自組卜辭

方述鑫曾提出一二七坑中出土自組卜辭二十片左右，可以綴合的有乙 973+乙 1855（合 22206）、乙 8498+乙 132+乙 394（合 20414）。然對於二十片左右的自組卜辭片號並無明言，而所說到可以綴合的乙 8498 及乙 394 及乙 132 亦皆非出於一二七坑者，其全爲 B119 坑卜甲。其在《殷墟卜辭斷代研究》中說「我們已經指出 YH127 出的乙 8498 可以和乙五基址的 YH006 所出乙 394 和 B119 所出乙 132 綴合」，然若查石璋如《遺址的發現與發掘・丁編》一書可以知道乙 8498 出於 B119 坑的 B119 位置，乙 394 出自 YH006 坑的 B119 位置，乙 132 出自 B119 坑的 B119 位置。所以就其所出位置來看這三片都出土於 B119 位置，可以綴合是是沒有問題的，而其作出 YH127 坑甲骨可以和 YH006 及 B119 所

〔註65〕 范毓周：〈殷代武丁時期的戰爭〉，《甲骨文與殷商史》第三輯（上海：上海古籍出版社，1991 年），頁 182。

出甲骨綴合的結論，卻是他的失查。〔註66〕

　　對於一二七坑中的自組卜辭主要包括散見於《合集》第七冊甲類的卜辭和誤入丙二類中的卜辭，而關於自組卜辭的內容，將於亞組卜辭時討論，所以在此僅列出號碼，內容則參見後章。〔註67〕

　　　　乙 624、乙 1561（合 20933）、乙 3886（合補 6702）、乙 934（合 20853）、乙 1466、乙 1127（合 20784）、乙 4194（合 1633）、乙 1574（合 21975）、乙 618、乙 5656（合 20869）、乙 799（合 20955）、乙 1008（合 21265）、乙 1514、乙 1562、乙 1671＋乙 7401＋乙 8504（合 21207）、乙 1847（合 13267）、乙 2824（合 19312）、乙 7274（合 21463）。

小　結

　　本章主要討論自組卜辭，自組卜辭爲目前發現時代最早的卜辭，其時代依自組大字類和小字類的不同，最早在武丁中期，最晚則到武丁晚期甚至祖庚初期。其地層位置則大字類卜辭主要出土於丙組基址。小字類則依類別不同而分爲主要出土於村北的小字 2 類、自賓間組和主要出土於村中南的小字 3 類和自歷間組。目前所發現的甲骨中，並無法認定有武丁以前的卜辭存在，所以本節又針對曾被董作賓排在盤庚二十六年二月間發生一次月食提出論證，認爲該甲午月食仍是武丁時的天象記載，也就是說一二七坑卜甲中未見刻有武丁之前的卜辭出現。

　　而文末更對自組卜辭和午組卜辭字形上特點作比較，認爲自組小字𠂤類卜辭的「𠂤」字和午組慣用的貞字同，且午組卜辭中一些字體較大的字和自組大字卜辭寫法非常接近，故午組卜辭的時代可能接近自組大字和小字類卜辭的時代，因此字體深受其影響。

〔註66〕方述鑫：《殷虛卜辭斷代研究》（台北：文津出版社，1992 年），頁 18。

〔註67〕對於一二七坑中是否有𠂤組卜辭，蔣玉斌提出了不同的看法，其以爲「近年有學者使用了修正後的坑層資料，已不認爲 YH127 坑中有（1）（按即：受舊的甲骨坑層資料的限制）所述的𠂤組甲骨，但又指出坑中所出乙 624 等十數片爲𠂤組卜辭。但經我們核查，這些卜辭多數屬於圓體類、劣體類、乙種、丙種子卜辭或𠂤賓間類、賓組卜辭，沒有一片確切是𠂤組的。從字體上看，YH127 坑中可能爲𠂤組卜辭的，大概只有林澐師指出的乙 6164（即合 20570）一片而已。」《殷墟子卜辭的整理與研究》，吉林大學博士學位論文（2006 年），頁 71。

圖 1

縮影(reduce)82%

甲午夕月食卜辭

合 11484 正

第四章　一二七坑中的子組卜辭

第一節　子組卜辭概念的提出

一、子組卜辭的概念及其占卜主體的身份

陳夢家提出「子組卜辭」一名後，〔註 1〕李學勤曾對子組卜辭的內涵加以界

〔註 1〕對於「子組卜辭」一名，張世超以爲當正名爲「巳組卜辭」，其以爲這一類卜辭的貞人子的子字皆作「孑」形。而在𠂤組卜辭中名詞子作「孑」，干支巳作「孑」不相混，𠂤組大字附屬（扶類）和小字一類兩者皆作「孑」，𠂤組小字二類（冄體類）則同於𠂤組大字類，而到賓組卜辭中，因兩字形近，在使用上又不互相干擾，故混合同。〈𠂤組卜辭中幾個問題引發的思考〉，《古文字研究》第二十二輯（北京：中華書局，2000 年），頁 33。此說有二點可議，一是早於子卜辭的婦女卜辭（非王無名組）中「子」有孑（乙 8810）、孒（乙 8815）、孑（乙 8697）三體，而「巳」有孑（乙 8697）、孒（乙 8818）兩體，其中乙 8713 同辭出現巳、子兩字時分別以孑（巳）—孒（子）和孑（巳）—子（孑）作區別，知早期巳和子都作手上舉形，後來爲了區別，才出現子作「孑」形者，故子卜辭中子作孒或孑當可視爲子。借「巳」爲「子」當是通假，「巳」上古音爲邪紐之部；「子」爲精紐之部，兩者音近可通。再者子卜辭一名主要是針對該類卜辭的占卜主體是王室的成員，爲與王室有血緣關係的小宗族長。而這些族長，相對於商王即稱「子」，故名之爲「子卜辭」。又張秉權以爲「干支中的『巳』字，早期作『孑』形，像兩臂的一橫作斜直狀，晚期則作『孑』形，即兩臂分向左上和右上作作斜出舒張狀。但在武丁時代

定，以爲「子組卜辭」是指占卜主體非商王而是以和商王有血源關係的貴族爲主體來占卜的一類卜辭。這類卜辭和傳統以殷王爲占卜主體的卜辭不同，是屬於非王卜辭的一類。非王卜辭的概念最早是貝塚茂樹在討論殷代金文中的圖形文字「𤔔」時所提出的。他根據字體，從董作賓所謂的「文武丁卜辭」裏區分出一部分的「子卜貞卜辭」來，並以之爲非王卜辭。〔註2〕認爲殷卜辭中有不是替商王占問的卜辭的這種看法，陳夢家也曾提出過，在《綜述》的斷代章中說到「第十五次發掘出土的字體近子、自、午的，內容多述婦人之事，可能是嬪妃所作。這些卜人不一定皆是卜官，時王自卜，大卜以外可能有王室貴官參與卜事」。其認爲卜辭中可能有一些是貴族參與卜事的。其後李學勤在〈論帝乙時代的非王卜辭〉中更進一步指出：「殷代的甲骨占卜是一種決疑的巫術。問疑者有時親自行卜，有時由專職的卜人代卜。河南安陽小屯出土的殷代卜辭，多數是商王的卜辭，其問疑者是王，我們稱這種卜辭爲『王卜辭』。王卜辭的內容均與王有關，所記祀典內有商王先王先妣名號，有時以時王爲中心的一套親屬稱謂。問疑者不是王的卜辭，我們稱之爲『非王卜辭』。」〔註3〕他把殷卜辭依占卜主體的不同，分爲「王卜辭」與「非王卜辭」。更將非王卜辭的特徵歸爲四點，並且分出「婦女卜辭」、「子組卜辭」、「午組卜辭」、「子組附屬卜辭」、「刀亞卜辭」五種非王卜辭。其所言的非王卜辭特徵是：

（一）問疑者不是商王；

（二）沒有王卜，辭中也不提到王；

（三）沒有商先王名號，而有一套先祖名號；

（四）沒有符合於商王系的親屬稱謂系統，而有另一套親屬稱謂系統。

對於他自己所舉的五種非王卜辭，早期將其時代都定在帝乙時期，後來在〈小屯丙組基址與扶卜辭〉中又作了改正，把這五種非王卜辭的時代通通提前到武丁時期來。〔註4〕

的卜辭中，即丙編第一版上，這兩個形狀的『巳』字，都曾出現。」〈略論婦好卜辭〉，《漢學研究》第一卷第一期（1983 年）。

〔註2〕 可詳見方述鑫：《殷墟卜辭斷代研究》胡厚宣序（台北：文津出版社，1992 年）。

〔註3〕 李學勤：〈帝乙時代的非王卜辭〉，《考古學報》1958 年 2 期。復收入《李學勤早期文集》（石家莊：河北教育出版社，2008 年），頁 105～147。

〔註4〕 方述鑫：〈論非王卜辭〉，《古文字研究》第十八輯，頁 122。

　　之後黃天樹在〈關於非王卜辭的一些問題〉中又把李學勤對非王卜辭的特徵加以修正，比較重要的看法是認爲子卜辭中偶爾有王卜，而且有些先王名號和稱謂系統有時見於王卜辭。〔註5〕而對於非王卜辭中占卜主體的身份，早期李學勤僅說是領有封地及軍隊的貴族，甚而認爲有些可能是女性，如子組卜辭以及出於 YH251、330 坑中的婦女卜辭（關於「婦女卜辭」之名最早爲李學勤所提出，其後與彭裕商在《殷墟甲骨斷代》中另名爲「非王無名組卜辭」）。不久林澐在〈從武丁時代的幾種子卜辭論商代家族形態〉中主張所有非王卜辭的占卜主體都可以叫作做「子」。因爲他認爲這些非王卜辭的占卜主體都是和商王有血緣關係的親屬。而「子」一辭代表的含義就是「家族的首腦們通用的尊稱」，〔註6〕因商代的宗法制度中存在著「大宗」和「小宗」的區別，就商王而言，多子族的首領就是小宗，而就多子族自身繁衍的宗族而言，多子族族長相對於其同族的宗子又是大宗，所以林澐所說的首腦們指的也就是相對於商王而言是小宗的多子族族長。林澐和李學勤不同的地方在於他主張非王卜辭都可以稱作「子卜辭」，爲廣義的子卜辭概念；而李學勤則是主張狹義的子卜辭概念，是指非王卜辭中某類以子爲貞人及其相關字體所劃分出來的一類。對於以上兩家說法，我們主張用「子組卜辭」來指稱狹義的「子卜辭」，以和廣義的子卜辭區別開來。

　　然對於子卜辭占卜主體身份的界定，在 1991 年花園莊東地甲骨（以下簡稱花東）公佈後，李學勤再修改前說，以爲子的身份不限於多子族的首領，凡是王室達官、地位顯赫的貴族都可是非王卜辭的占卜主體，〔註7〕把占卜主體的身份給大大地擴充了，然如果這個占卜主體和商王沒有血緣關係的話，林澐以「子」這種身份爲名來統稱非王卜辭的定義就顯得不太適合，所以對於這類卜辭，今日仍以稱「非王卜辭」爲宜。今日從花東卜辭中可以看到非王卜辭中不僅有王

〔註5〕　黃天樹把子組卜辭的定義修正爲1.卜辭的主人不是商王而是子；2.偶爾有王卜，辭中很少提到王；3.先王名號和親屬稱謂系統有些見於王卜辭，有些不見於王卜辭。〈關於非王卜辭的一些問題〉，《陝西師大學報》1995 年 12 月。

〔註6〕　林澐：〈從武丁時代的幾種子卜辭試論商代家族型態〉，《古文字研究》第一輯（北京：中華書局，1979 年）。

〔註7〕　李學勤：〈花園莊東地卜辭的子〉，《河南博物院落成暨河南省博物館建館七十周年紀念論文集》（鄭州：中州古籍出版社，1998 年）。

的出現，也卜問與王有關的事，〔註8〕只是「商王」在花東卜辭以「丁」字來表示，李學勤以爲「丁」字乃「璧」的象形初文，當改隸爲「辟」，在卜辭中訓爲「君」。裘錫圭則以爲「丁」當讀爲「帝」。〔註9〕

而本章所要討論的是集中出土於一二七坑，以子、余、我、衍、觿爲貞人，及其相同字體所劃歸出來的一個組群。也就是上面所說的「子組卜辭」。

子組卜辭除了出土於一二七坑外，在 YH251 坑、E9 坑、A26 坑、YH371 坑中亦見出土。貞人有子、余、我、衍、觿五個。其中貞人「觿」字，裘錫圭主張讀作「彗」，並認爲其和「彗」是同一個字（因「又彗」又作「又觿」，如合 33717「□午卜，今夕又觿」）。〔註10〕關於子組卜辭占卜主體的確切身份，早期李學勤在〈帝乙時代的非王卜辭〉中說到「和同時的 YH251、330 坑卜辭相仿，主要卜問關於許多婦女的事情……這種卜辭的問疑者是與 YH251、330 坑卜辭的問疑者有同輩親屬關係的另一婦女。」後來在〈花園莊東地卜辭的子〉一文中比較了以下卜辭：

丁亥子卜貞，我⽥⿸⿸麤

乙丑子卜貞，余有呼出墉

己丑子卜貞，子商呼出墉

子商呼出墉　京 3241+前 8.10.1

□丑卜我⽥麤　英 1822（合 40888）

〔註8〕　花東甲骨出土後，黃天樹又對舊說有所修正，以爲「過去因爲非王卜辭中罕見『王』字，就誤以爲『辭中極少提到王』。新出花東卜辭記有『丁』即時王武丁的卜辭多達 210 條左右，舊的非王卜辭諸如子組等卜辭中頻頻出現的『丁』跟花東卜辭的『丁』一樣，也是指時王武丁的。這樣一來，舊以爲非王卜辭的特徵中的第二條『辭中極少提到王』的看法顯然是不正確的，應該修正爲『命辭中經常提到王』，反映出商王與大貴族之間的關係是非常密切的。」見氏著：〈重論關於非王卜辭的一些問題〉，甲骨學國際學術研討會，台中東海大學，2005 年。

〔註9〕　李學勤：〈關於花園莊東地卜辭所謂丁的一點看法〉，《故宮博物院院刊》2004 年第 5 期，頁 42。裘錫圭：〈「花東子卜辭」和「子組卜辭」中指稱武丁的「丁」可能應該讀爲「帝」〉，《黃盛璋先生八秩華誕紀念文集》（北京：中國教育文化出版社，2005 年），頁 6。

〔註10〕裘錫圭：〈殷墟甲骨文彗字補說〉，《華學》第二輯（廣州：中山大學出版社，1996 年）。

　　己丑子卜貞，小王◻田夫　　庫 1259

　　而重新提出這個「子」由於和「子商」與「小王」並稱，故可知其身份等
同於「小王」、「子商」，是一身份爲頗尊貴的貴族。

二、子組卜辭的分類

　　關於子組卜辭的分類一般都把以子、余、我、衍、**耒**爲貞人，字體纖細的
一類卜辭叫子組卜辭。這是一個主要根據貞人並配合字體所劃分出來的類組，
今《合集》把這類卜辭集中放置於第七冊的「乙一類」中。而還有一類被稱爲
子組卜辭的附屬卜辭，同樣出土於一二七坑中，貞字作「◻」形，被《合集》
收入「乙二類」。我們知道最早依貞字寫法的不同而替卜辭分類的是陳夢家。陳
夢家在《綜述》中歸納武丁卜辭的貞字爲十種形體，而提出子組卜辭的貞字只
作平腳的式二貞（◻），並把貞字作式三「◻」、式六「◻」的二類卜辭視爲子
組卜辭的附屬，理由是其「子丁」、「妣丁」的稱謂爲子組所特有，而在這三類
中皆見。〔註11〕

　　李學勤在〈帝乙時代的非王卜辭〉中也舉了三類與子組卜辭有關的非王卜
辭，其分別是一、刀卜辭、亞卜辭（乙 4677）。二、◻及◻體非王卜辭（乙 5268、
乙 1324、乙 5268、乙 1702、乙 4810、乙 1508、乙 1532、乙 5268）。三、字體
素弱專用甲的卜辭（乙 1318、乙 1469、乙 1546、乙 1594、乙 7712）。並以爲
第二類及第三類卜辭和子組卜辭的問疑主體都是同一個人，即子。

　　而林澐在〈從武丁時代的幾種「子卜辭」試論商代的家族型態〉中將非王卜
辭分爲甲、乙、丙三種，〔註12〕甲種就是出土於 YH251、YH553、YH330 的卜
辭，即李學勤所謂的婦女卜辭（非王無名組）；乙種是出於一二七坑的午組卜辭；
丙種則是同樣出於一二七坑的子組卜辭。但在子組卜辭部分又多了「丙種 a 屬」、
「丙種 b 屬」兩個附屬組，其分別是◻體卜辭和◻體卜辭，後者也就是李學勤說
的「字體素弱專用甲的卜辭」。而之所以將這兩類附屬於子組之內，是因爲其主
要的祭祀對象是妣庚、妣丁、妣己、和子丁，且其辭例同於子組卜辭及並出於一
二七坑，而更直接的證據就是粹 1207 其正面貞作「◻」，反面的貞作「◻」。

　　近來對子組卜辭作重新探討的是黃天樹、常耀華和蔣玉斌，黃天樹認爲「子

〔註11〕陳夢家：《殷虛卜辭綜述》，頁 166。

〔註12〕林澐：〈從武丁時代的幾種子卜辭試論商代家族型態〉，《古文字研究》第一輯。

卜辭約有 400 餘片，集中出於 YH127 坑。龜骨並用，其書體風格是字形細小而秀潤，筆劃纖細如髮，且多曲筆。字形特徵是『貞』字一律作尖耳有足的『🜹』，『子』字作『🜺』等，字體相當統一，自成一類。」〔註13〕常耀華則以為「以字體為標準，我們為子組卜辭下的定義是：字體細小而整飭，筆劃柔曲秀潤，具有一套獨特字形，卜人以子為代表的一批卜辭。」其更歸納了子組卜辭的十種特徵，分別是：（一）字型標準：字體細小而整飭，筆劃柔曲而秀潤。典型字例有帶腳的貞字，扁圓的頭，兩臂上舉的子字，直劃有點的午字，還有于、其、余等字都很有特點。（二）卜人：子、余、我、🜻、🜼。（三）前辭型式：（1）干支卜、（2）干支貞、（3）干支卜某、（4）干支卜某貞、（5）干支某卜、（6）干支某貞。其中（5）干支某卜，不見於其它卜辭，為子組所獨有。（四）出土地點：多是村北，鮮見村中和村南。（五）材料：兼用龜骨。（六）內容：多卜事、卜歸、卜禍、卜往來、卜祭祀和卜婦女之事。（七）習用語：又史、某歸、亡禍、宣、又子。（八）祀典：多女性，兼及伊尹等一些男性。（九）稱謂：別成一套。（十）祭法：常用㞢、彡、燎、伐、血等。〔註14〕

三、《合集》中的子組卜辭

關於子組卜辭的材料，根據常耀華的統計，在目前所出的甲骨片中共占了427片，其中《乙編》最多，《前編》、《庫方》次之，這些大都已收入《合集》第七冊和十三冊中。而《乙編》有 157 片，合集僅收 110 片，另有《懷特》4片、《東洋》2 片、《天理》2 片、《總集》2 片、《菁》2 片、《綴合》1 片、《林》2 片、《後》1 片、《前》1 片、《明後》9 片、《書博》1 片，計 427 片。〔註15〕而蔣玉斌則統計《乙編》著錄 141 片，《乙補》著錄 12 片。〔註16〕今《合集》把子組卜辭列於第七冊的「乙一」類中，其中出自《乙編》的子組卜辭中除了一二七坑中出土的以外還包括有十五次發掘的乙 9029（合 21537）、乙 8970（合

〔註13〕黃天樹：〈子組卜辭研究〉，《中國文字》新廿六期（台灣：藝文印書館，2000 年），頁 12。

〔註14〕常耀華：〈關於子組卜辭材料問題〉，《徐中舒先生百年誕辰紀念文集》（四川：巴蜀書社，1998 年），頁 86。

〔註15〕常耀華：〈關於子組卜辭材料問題〉，頁 88。

〔註16〕蔣玉斌：《殷墟子卜辭的整理與研究》，頁 96。

21552)、乙 8909（合 21569）、乙 9051（合 21571）、乙 8764+乙 8797（合 21578）、乙 9013（合 21776）、乙 8926（合 21867）、乙 8520（合 21868）。

以下先將《乙編》中的子組卜辭，綴合情形條列如下：

《丙編》綴合版有：

1. 丙 611（合 21586）〔可再加綴乙 5235（蔡哲茂綴）〕〔註17〕（圖 1）

2. 丙 612（合 21727）（圖 2）

《合集》綴合版的有：

1. 合 21541=乙 788+乙 1319

2. 合 21618=乙 4172+乙 3706

3. 合 21626=右（乙 1004+乙 1786）+左中（乙 1208+乙 1437+乙 1550+乙 1555）〔可再加綴合 21654+合 21706+合 21572（蔣玉斌綴）〕

4. 合 21628=乙 1457+乙 1653

5. 合 21629=乙 796+乙 803+乙 944

6. 合 21667=乙 1014+乙 1849〔可再加綴合 21666（蔡哲茂綴）〕

7. 合 21678=乙 1778+乙 1853

8. 合 21728=乙 1624+乙 1621+乙 1474〔可再加綴合 21823（蔣玉斌綴）〕

9. 合 21729=乙 1049+乙 1650

10. 合 21731=乙 941+乙 943+乙 1010+乙 1440

11. 合 21761=乙 1818+乙 1837

12. 合 21786=乙 617+乙 789

13. 合 21804=乙 4911+乙 5985〔可再加綴合 21653+乙 5725+乙補 4838+乙 5203（張秉權、魏慈德、蔡哲茂綴）〕

14. 合 21818=乙 1598+乙 1601

15. 合 21839=乙 1608+乙 1850

16. 合 21840 甲=乙 3689；21840 乙=乙 1948+3686

17. 合 21821=乙 1310〔可再加綴乙 1295+乙 757（宋雅萍綴）〕

其中合 21839 即乙 1608+乙 1850 當改入於 𠂤 體類。

〔註17〕蔡哲茂：〈甲骨研究二題〉，《中國文字研究》2008 年第一輯（鄭州：大象出版社，2008 年），頁 40。

比較重要的綴合有：

1. 合 21597（乙 1767）+合 21600（乙 1313）+乙補 901+乙 8581（圖 3）
〔常耀華、宋雅萍綴〕

2. 合 21619（乙 4180）+乙 4184〔常耀華綴〕〔註 18〕

3. 合 21804（乙 4911+乙 5985）+乙 5123（合 21653）+乙補 4838+乙 5725+
乙 5203〔註 19〕（圖 4）。

其餘綴合可參見本章末附表。

而《合集》未收錄的關於《乙編》中一二七坑的子組卜辭有以下：

乙 613、乙 620、乙 621、乙 622、乙 623、乙 757、乙 1104、乙 1295、
乙 1304、乙 1421、乙 1453、乙 1509、乙 1543、乙 1552、乙 1565、
乙 1808、乙 1821、乙 1829、乙 1838、乙 1843、乙 3840、乙 4177、
乙 4182、乙 4504、乙 5725、乙 7717。〔註 20〕

第二節　一二七坑子組卜辭的排譜

一、子組卜辭時間的排序

以下先將一二七坑中的子組卜辭中有干支者，依照六十干支的順序，排列
如下。註：每條卜辭前以英文字母編序，冠上同一英文字母的卜辭表示是對同一事類所作
的數次占問，同一事類除了指同一干支的同文例外，對於不同干支可能是同一事件占問的延
續的卜辭也包括在內，正反對貞時反面卜辭以「－」表示。

第一旬

（1）a¹甲子卜，我貞：重卲𣥄且若。－

〔註 18〕常耀華：〈子組卜辭新綴四例〉，《殷墟甲骨非王卜辭研究》（北京：線裝書局，2006
年），頁 153。

〔註 19〕該綴合中的乙 5725 爲張秉權綴上，乙 5203 爲蔡哲茂綴上，餘爲作者所綴。

〔註 20〕常耀華所列舉《乙編》中子卜辭的號碼有以下，可並見。613, 621-623, 1104, 1295,
1304, 1326, 1421, 1440, 1453, 1509, 1529, 1542, 1552, 1555, 1565, 1659, 1671, 1808,
1821, 1829, 1838, 1843, 1849, 2058, 3707, 3840, 4174, 4177, 4181, 4182, 4184, 4504,
5144, 5149, 5176, 5203, 5237, 5725, 7179, 7713, 7717, 7401, 8581, 8818, 9032。見氏
著：〈關於子組卜辭材料問題〉。

a² 甲子卜，我：又且若。　　　乙 788+乙 1319（合 21541）1.7-2.2M

（2）甲子卜，我貞：爯獲。　　　乙 1837+乙 1818（合 21761）1.7-2.2M

（3）a¹ 甲子卜，我貞：又史。一

a² 甲子卜，我貞：钔肜。我又史。二

b¹ 甲子卜，我貞：乎爯獲及。一

b² 爯及獲二

c¹ 丙寅卜，我貞：乎爯乎及取射子。

d¹ 己巳卜，我貞：史豕賈。

d² 賈。二

e 己巳卜，我貞：今夕亡囚。

c² 己巳卜，我貞：射取射子。一

c³ 射二

b³ 庚午卜，我貞：乎爯獲。一

b³·不獲

b⁴ 庚午卜，我貞：乎爯獲。一二

b⁴·不獲

b⁵ 庚午卜，我：爯獲。三

f¹ 乙未余卜：受今秋歸。

f² 乙未余卜貞：今秋麤歸。一

f²·不

f³ 今歸一

g 乙未余卜貞：今秋我入商。

h¹ 乙未余卜貞：史人隹

h² 乙未子卜貞：重丁史哉。一

h³ 乙未子卜貞：史人隹若。

j¹ 乙未余卜：于九月又史。

j² 于九月又史。一

j³ 乙未余卜：今八又史。

j⁴ 丙申余卜：又旨。

j⁵ 又旨

j⁶ 丁酉余卜：今八月又史。一

j⁷ 隹今八月又史。二

j⁸ 丁酉余卜：隹庚旨。

j⁹ 隹辛又旨一

j¹⁰ 丁酉余卜：壬又史。

j¹¹ 于癸又史

j¹² 丁酉余卜：𢦏我旨。

k 乙亡囚𤞤

l¹ 丁酉卜衍：帆兄丁。

l² 重大宰丁巳

m¹ 戊戌卜，衍貞：來隹若。一二

m² 己亥卜，衍貞：來隹史以。一二

m³ 己亥卜，衍：來若以。一

m⁴ 己亥卜，衍：來隹若。

n¹ 𣪊☒隹以

n¹˙ 不若以

l³ 己亥卜，衍：帆小己若。

l⁴ 己亥卜，衍：帆妣己。

m⁵ 庚子卜，衍貞：𤅂來隹𢀩以。一　　乙 4758+乙 4814+乙 4949+乙 5236+乙 5237=丙 611（合 21586）南二+南三

（4）a¹ 乙丑，子卜貞：今日又來。

a² 乙丑，子卜貞：翌日又來。

a³ 乙丑，子卜貞：庚又來。

a⁴ 乙丑，子卜貞：自今四日又來。

a⁵ 乙丑，子卜貞：自今四日來。

a⁶ 丙寅，子卜貞：庚又史。

b¹ 癸酉卜貞：至旬無囚。

b² 癸酉卜，衍貞：至旬無囚。一

b³ 旬二

c¹ 丙戌，子卜貞：我無乍口。二

c¹˙又二

d¹ 丙戌，子卜貞：丁不㽝我。二〔註21〕

d² 古㽝二

e¹ 壬辰，子卜貞：帚廓子曰戠。二

e² 帚妥子曰龠。二

f¹ 庚申，子卜貞：隹以豕若屮（直）。

f¹˙弗以二　　乙4856+乙5221+乙6092=丙612（合21727）南二+南三
+南四

（5）a¹ 丁卯卜，鬲貞：庚我又史。

a² 丁卯卜，鬲貞：我亦屮〔註22〕丁自庚。　　乙1787（合21677）
1.7-2.2M

（6）丁卯卜，衍貞：☒彶五月呼婦來歸。

丁卯卜☒惠☒帚

a¹ 戊辰卜，衍貞：酚盧豕至豕龍母。

a² 戊辰卜，衍貞：酚小牢至豕司癸。

b 癸未卜我　　乙4911+乙5985（合21804）+乙5123（合21653）+
乙5727+乙補4838+乙5203〔註23〕南二+南三+南四

（7）a¹ 辛未卜□貞：菁奠。

a² 隹㽝　　乙855（合21531）1.7-2.2M

（8）癸酉卜，鬲貞：至旬無回。一　　乙1811（合21726）1.7-2.2M

〔註21〕關於句中的「丁」，沈培以為是人名，有「父乙㽝王」（合2220）的文例參證，而
「我」是地名，因子組卜辭的21742、21743等皆有在我之辭。《殷墟甲骨卜辭語
序研究》（台灣：文津出版社，1992年），頁26。

〔註22〕關於「屮」字，《類纂》以為其和「屮」是同一個字，又以為「屮」字亦見合21722
（乙484）中，其作「丁丑卜乎屮于休」，然其字為「屮」的誤摹，與「屮」並非
同一字，頁77。

〔註23〕蔡哲茂：〈殷墟甲骨文字新綴五十一則〉第24組，《古籍整理研究學刊》，2003年
第4期。

第二旬

（9）甲戌☑亡囚。　　乙 1543　1.7-2.2M

（10）a¹ 丙子卜貞：今夕亡囚。　　乙 1648（合 21807）1.7-2.2M

　　　　a² ☑亡囚

（11）a¹ 貞：丁丑來㞢。

　　　　a² 丙又來。

　　　　b □□卜𤔲貞：今夕亡囚。　　乙 1176（合 21654）1.7-2.2M

（12）庚辰卜，我貞：今夕亡囚。二　　乙 1805（合 21809）1.7-2.2M

（13）a 庚辰卜□貞：𡥏☑二

　　　b 庚辰卜，𤔲貞：克女㞢☑毓☑㞢八□　　乙 617+乙 789（合 21786）

　　　1.4M-1.7M+1.7-2.2M

（14）a¹ 辛巳卜，我貞：今二月又孽☑

　　　　a² 辛巳卜，我貞：于三月我又孽。

　　　　b 己丑丁來于衛☑侃

　　　　c 癸巳　　乙 4577（合 4577）南二

第三旬

（15）甲申卜□貞　　乙 1104（1.7-2.2M）

（16）a 乙酉卜，𤔲貞：今丁丑來自丁。

　　　b 𠂤使　　乙 1175（合 21737）1.7-2.2M

（17）a 乙酉卜☑今夕亡☑

　　　　b¹ 辛我又史。

　　　　b² 乙酉□史　　乙 1778+乙 1853（合 21678）1.7-2.2M

（18）a¹ 辛卯卜貞：今四月又史。一

　　　　a¹⁻亡史

　　　　b¹ 乙未卜：夢姅丁咎。

　　　　b¹⁻不咎　　乙 1106（合 21666）1.7-2.2M

（19）丁亥貞一　　乙 1304（1.7-2.2M）

（20）a¹ ☑𤔲☑亡

　　　　a² □丑卜𤔲貞今夕亡囚

b¹ 丁亥□貞囚

b² 丁亥卜□貞

c¹ 戊子卜貞允亡囚

c² 己丑卜繇貞：彳不囚　　　乙 1295+乙 1310（合 21821）+乙 757

1.7-2.2M

（21）a¹ 戊子貞：帚來又子。

　　　a² 戊子卜貞：帚壹又子。

　　　a³ 戊子卜貞：帚似又子。　　　乙 4504（南二）

（22）庚寅卜，繇貞：辛我又史。二　　　乙 1317（合 21680）1.7-2.2M

（23）辛卯卜繇貞

（24）a¹ 壬辰卜，繇貞：我入邑。

　　　a¹˙弗入

　　　b 壬辰卜，繇貞：史盧兟。

　　　c 癸巳卜，繇貞：至旬亡□二

　　　d 癸巳卜，繇貞：令盧。

　　　e¹ 癸巳卜貞：今六□又史。二

　　　e² 于七月又史。二　　　乙 1621+乙 1474+乙 1624（合 21728）1.7-2.2M

（25）a¹ 癸巳卜，繇貞：今四月。

　　　a² 癸巳卜，繇貞：五月我又史。一

　　　b 癸巳卜，繇貞：□囚□兟。　　　乙 1014+乙 1849（合 21667）1.7-2.2M

（26）癸巳卜，繇貞：今夕亡囚。　　　乙 856（合 21812）1.7-2.2M

（27）癸巳卜，□貞：乍多亞。　　　乙 974（合 21705）1.7-2.2M

第四旬

（28）甲午卜，繇貞：今六月我又史。　　　乙 8206（合 21668）3-4.5M

（29）甲午卜，繇貞：丁兟。　　　乙 1515（合 21612）1.7-2.2M

（30）a 丙申卜，繇貞：今夕亡囚。二

　　　b¹ 癸卯卜，繇貞：乎豕逆又商。二

　　　b² 癸卯卜，繇貞：乎挭逆奠又商。二

　　　c¹ 癸卯卜，繇貞：今夕

　　　　c² 癸卯卜翌□

　　　　b³ 甲辰卜，㱿貞：我逆以若。

　　　　b⁴ ☑㱿☑逆□若

　　　　b⁵ ☑㱿不以☑月□亖

　　　　b⁶ 乎執逆又商亖

　　　　d¹ 甲辰卜，㱿貞：今夕亡田。

　　　　d² 甲辰卜，㱿：今夕亡□。

　　　　e 乙巳卜□今□又來。　　　乙 1004+乙 1208+乙 1437+乙 1550+乙

　　　1555+乙 1786（合 21626）1.7-2.2M

（31）己亥卜，㱿貞：今夕亡田。　　　乙 7843（合 21810）3-4.5M

（32）己亥卜，㱿：我亡史今來乙□四月卜。

　　　　庚☑貞☑在　　　乙 1537（合 21701）1.7-2.2M

（33）于來辛丑又史。　　　乙 1011（合 21687）1.7-2.2M

（34）a¹ 庚子子卜：叀小宰钔龍母。

　　　　a² 庚子子卜：叀小牢彳司。

　　　　a³ 辛丑子卜貞：用小宰龍母。

　　　　a⁴ 辛丑子卜貞：用小宰彳司。

　　　　a⁵ 辛丑子卜：其钔母司。

　　　　a⁶ 辛丑卜：中母己𤔲。

　　　　a⁷ 辛丑卜：其钔中母己。

　　　　a⁸ 壬寅子卜：钔母小牢。

　　　　a⁹ 癸卯卜：來□其酚于后癸。

　　　　a¹⁰ ☑豕用至彳司宰

　　　　a¹¹ 癸卯子卜：钔𤔲甲。　　　乙 4507（合 21805）南二

（35）壬寅貞☑亡　　　乙 1808（1.7-2.2M）

（36）a 癸卯卜貞：至旬亡田。

　　　　b¹ 癸卯卜☑亡𤔲丁七月。

　　　　b² 癸卯卜貞：丁獸今

　　　　c 癸卯卜：又兄丁。

b³ 甲辰☒：亡⚎丁。

d¹ 甲辰卜，繇貞：□又☒生月。

d² 甲辰卜，七月口　　　乙 1650+乙 1049（合 21729）1.7-2.2M

（37）a 辛丑☒貞：帚狂㘱。

b 不⚌　　　乙 1249（合 21789）1.7-2.2M

（38）壬寅卜，繇貞：今夕無国。　　　乙 831（合 21814）1.7-2.2M

第五旬

（39）甲辰卜，繇：今夕亡国。　　　乙 999（合 21815）1.7-2.2M

（40）a1 甲辰卜，繇貞：重□令豕。

a2 令☒

a3 乙卯卜，貞：呼豕獲。

b 甲寅貞：先帚妾又子。　　　乙 1457+乙 1653（合 21628）　1.7-2.2M

（41）乙巳貞：多亞以。　　　乙 1848（合 21706）1.7-2.2M

（42）乙巳衍卜：丁我☒　　　乙 4180（合 21619）+乙 4184　　南一

（43）乙巳卜，我貞：爭獲。二　　　乙 1525（合 21762）1.7-2.2M

（44）a 乙巳卜衍：丁來㗊（鼎）冬（終）。

b¹ 乙巳卜衍：戉缶。

b¹·乙巳卜衍：不缶。　　　乙 4172+乙 3706（合 21618）南一

（45）丙午衍卜：我入商。　　　乙 4171（合 21720）南一

（46）丁未繇貞：今夕亡国。　　　乙 1105（合 21820）1.7-2.2M

（47）丁未卜，繇貞：㗊人歸我又孽。　　　乙 1560（合 21610）1.7-2.2M

（48）a¹ 丁未卜，衍貞：令。

a² 戊申卜貞：佳庚令豕。

a³ 重己令豕。

a⁴ 重辛令豕。

b¹ 乙巳卜衍：又咎。二

b² 亡之

c¹ 乙巳卜，衍貞：今辛我又史。二

c² 乙巳卜，衍貞：今五月我又史。二

c^3 乙巳卜，衍貞：六月我又史。二　　　乙 3350（合 21635）南一

(49) a^1 丁未卜，隹今丁令。二

　　　a^2 丁未卜，䎃貞：今丁令。二

　　　a^2 弜令。

　　　a^3 庚戌卜：重癸令豕。

　　　a^4 重甲令豕。

　　　a^5 重丙□豕。二

　　　a^6 重□豕。　　　乙 803+乙 796+乙 944（合 21629）1.7-2.2M

(50) 戊申卜衍：自　　　乙 4177　　南一

(51) a^1 辛亥卜貞：今七月丁䖵。一

　　　a^2 辛亥卜貞：今七月丁茲。一

　　　a^3 辛亥卜我貞：丁茲今來乙□月。

　　　b^1 戊辰卜：重盧東。

　　　b^2 癸酉卜□史盧東𠬝。一　　　乙 830（合 21695）1.7-2.2M

(52) a^1 庚戌卜，我貞：□𠃝

　　　a^1 不隹

　　　b □𢆶□又□　　　乙 767（合 21599）1.7-2.2M

(53) a^1 庚戌卜，我貞：丁丑□奉𢆶。

　　　b^1 庚戌卜貞：令𠤳若。

　　　b^1 庚戌卜我：茲□若。

　　　c 甲寅卜貞：丁丑□今十二□

　　　d 丙□貞：今夕亡𡆥

　　　乙 1767（合 21597）+乙 1313（合 21600）+乙 8581+乙補 9011.7-2.2M

(54) 庚戌卜，我貞：帚𡛷𡥜（嘉）。二　　　乙 1424（合 21787）1.7-2.2M

(55) a^1 壬子卜䎃：羞𠬝。二

　　　a^1 不

　　　b 子　　　乙 1763（合 21611）1.7-2.2M

(56) a^1 壬子衍卜：雀不受又。

　　　a2 壬子衍卜：雀不受又。　　　乙 1948+乙 3689（合 21840）1.7-2.2M+

南一

（57）a 壬子卜貞：今夕亡田。二

　　　b¹ ▢▨丁▢月二

　　　b² 壬子▢貞：丁今七月。二

　　　b³ 壬子卜：今來乙▢丁又▨。二

　　　b⁴ 于來亥二

　　　b⁵ 壬子▢來乙丑又茲。　　乙1598＋乙1601（合21818）1.7-2.2M

（58）a¹ 癸丑貞：至旬亡田。二

　　　a² 癸丑貞：至旬亡田。三

　　　a³ 癸丑：丁自曰▢二

　　　a⁴ 癸丑：丁自

　　　a⁵ 癸丑：至

　　　b¹ 乙卯卜，我貞：▨來乙又來。

　　　b² 亡來

　　　b³ 乙卯貞：在歸。　　乙941＋乙943＋乙1010＋乙1440（合21731）

1.7-2.2M

第六旬

（59）a 甲寅▨▢示

　　　b ▨

　　　c 析　　乙1568（合21848）1.7-2.2M

（60）a¹ 乙卯卜貞：史入賈。

　　　a² 先帚（歸）

　　　b 杏　　乙1706（合21870）1.7-2.2M

（61）乙卯貞：歸在自人。　　乙1834（合21741）1.7-2.2M

（62）丙辰：乎▨▢帚母壬。　　乙1329（合21557）1.7-2.2M

（63）a¹ 丙辰

　　　a² 甲子

　　　b ▢酉：令析▨▨▨。

　　　c ▨河若　　乙1799（合21864）＋乙1531（合21947）1.7-2.2M

（64）a¹ 壬戌卜，我貞：乎☒

　　　a² ☒子卜，我☒受乎　　　乙 5514（合 21843）南四

無干支者

（65）乙 1001（合 21564）1.7-2.2M

　　　□酉卜，**㱿**貞：逆多子。

（66）□卯卜，**㱿**☒不☒往　　　乙 1600（合 21764）1.7-2.2M

（67）a 庚□卜，**㱿**貞：我☒在☒

　　　b ☒夕卜受禾　　　乙 1551（合 21613）1.7-2.2M

（68）賈至今六月　　　乙 1792（合 21866）1.7-2.2M

（69）a ☒又史

　　　b ☒巷　　　乙 1439（合 21688）1.7-2.2M

　　若將以上有干支的甲骨依出土坑層來看，可知一二七坑中的子組卜辭大概是集中在坑層 1.7-2.2 公尺的地方。

　　第一旬的丙 611 可視爲兩階段的占問，第一次是從甲子日占問到庚午日，第二次是從乙未日占問到庚子日，而第二次的占問實已入第四旬。其中第一次占問的貞人爲我，第二階段的貞人爲余和衍。又第二階段的占問裏有一個「八月」和當月干支「丁酉」，我們可以把這個干支用數字表成（8/34），「8」指八月，「34」指「丁酉」這個干支在六十干支中的次序，而若據夏含夷的微細斷代法來算的話，該干支的單月（九月）第一日所在參量爲（9:35-04），正月第一日所在參量爲（1:39-08），也就是說我們可以從這個干支推算出（8/34）這個干支的所在年爲一個正月一日在第卅九（壬寅）到第八個干支（辛未）之間的日子。這可以作爲我們推算子組卜辭其它的干支月份是否能相容於一年之內的依據（關於微細斷代法的原則及算法，請讀者先行參閱本論文第七章第二節部分）。丙 612 也可視爲歷經三旬的占問，乙丑到癸酉爲第一次占問，丙戌到壬辰爲第二次的占問，庚申則爲第三次的占問，貞人有子和衍。

　　下面我們試著將上列所有卜辭中有干支的月份列出，並算出它們的正月一日所在參量。

　　第一旬（06）辭的「丁卯卜，衍貞：☒㱿五月呼婦來歸」，中有一個「五月」和該月干支「丁卯」。「㱿五月」可指當月發生之事，如合 20348（甲 209）「弗

汲今三月有事。乙亥卜生四月妹又史。」「妹」為否定詞，通「蔑」。〔註24〕第二旬（14）乙4577有一個月份「二月」和當月干支「辛巳」；（18）乙1106有「四月」和「辛卯」；（24）合21728有「癸巳」和「六月」；（25）合21667有「四月」和「癸巳」；（28）合21668有「甲午」和「六月」；（32）乙1537有「四月」和「己亥」；（36）合21729有「癸卯」和「七月」；（48）乙3350有「乙巳」和「五月」；（51）乙830有「辛亥」和「七月」；（57）合21818有「壬子」及「七月」。以下依微細斷法，表列如下：

編　　　號	記日	單月第一日所在參量	正月一日所在參量	比較結果
1.（03）丙611	8/34	9:35-04	1:39-08	39-43
2.（06）乙5123	5/04	5:35-04	1:37-06	39-43
3.（14）乙4577	2/18	3:19-48	1:20-49	39-43
4.（18）乙1106	4/28	5:29-58	1:31-60	39-43
5.（24）合21728	6/30	7:31-60	1:34-03	39-43
6.（25）合21667	4/30	5:31-60	1:33-02	39-43
7.（28）合21668	6/31	7:32-01	1:35-04	39-43
8.（32）乙1537	4/36	5:37-06	1:39-08	39-43
9.（36）合21729	7/40	7:11-40	1:14-43	39-43
10.（48）乙3350	5/42	5:13-42	1:15-44	39-43
11.（51）乙830	7/48	7:19-48	1:22-51	39-43
12.（57）合21818	7/49	7:20-49	1:23-52	39-43

「比較結果」中的「39-43」表示以上的十二組月份干支都可以合於一個正月一日始於第卅九個干支（壬寅）到四十三個干支（丙申）之間的年裏。

李學勤在〈帝乙時代的非王卜辭〉中曾說到「子卜辭所記月分，除表中所列四至十月外，只有乙4577是二月的卜辭。我們推測子卜辭存在的時間或不超過一年」。從上表來看這些干支都可以合於一年之內，所以這種推測是非常合理的。而我們從本組卜辭的記月分布來看，知其主要集中占問於四月至八月間。

〔註24〕卜辭中的「妹」字，李宗焜以為其大部分都作否定詞，相當於古書中的否定詞「蔑」。李宗焜：〈論殷墟甲骨文的否定詞「妹」〉，《中研院史語所集刊》第六十六本四分（1995年）。復收入《甲骨文獻集成》第十八冊，頁506～510。

二、一二七坑子組卜辭的重要記事

以上子組卜辭的記事大致可以區分爲以下幾大類：

（一）「卻疾」事

關於這群卜辭中占問到「卻疾」的除了（01）外，還有（03）和（34）。

（01）有「甲子卜，我貞：重卻虹且，若」，（03）有「丁酉卜，衍：卻兄丁」、「己亥卜，衍：卻小己，若」、「己亥卜，衍：卻妣己」，（34）有「庚子，子卜：重小宰卻龍母」、「辛丑，子卜：其卻母司」、「辛丑卜：其卻中母己」、「壬寅子卜：卻母小牢」、「癸卯子卜：卻弓甲」。

從以上有卻的句式來看，可分爲三類，一是「卻＋某」；二是「重＋祭牲＋卻＋某」；三是「卻＋某＋祭牲」。對於卜辭中卻字的句型，依陳年福的分析，可分爲有加「于」式和沒加「于」式兩種。而在這兩類的所有卜辭中「只有『先人』可以與『于』構成介詞結構，可在『卻』的前面或者後面，以在後爲常見；當『卻』後帶有『時人 [2]、疾禍』成分時，在『卻』後的『于+先人』結構只能位於此成分之後，無一例外。」〔註25〕而上面的卻字式中因爲沒有「于」字作爲我們推論其爲先人或時人的依據，所以我們對於其是先人或時人就必須從其在卜辭中的出現的位置來考慮。

依陳年福的分析，沒有加「于」的卻字式有三，一爲「時人 [1]＋卻＋先人＋（時人 [2]）＋祭牲」一爲「先人＋時人＋卻」，另一爲「先人＋卻＋先人」。而上面的卻字式，其實都可看成是第一式，即「時人＋卻＋先人＋祭牲」，只不過省略了「時人」這個主語而已。

把御後的名詞當作是先人名，還有一個證據，就是上面很多例子中都是選在和廟號的干支同一天來祭祀，更可見這種說法是正確的。

〔註25〕「時人 2」指同一卜辭内出現的第二個時人的名字，如「呼子寃卻出母于父乙皿小宰毁三卆五宰」（合 924），中的「出母」即「時人 2」。陳年福：〈卜辭「卻」字句型試析〉，《古漢語研究》1996 年第 2 期。關於卻字式句型分析，還可參見沈培，《殷墟甲骨卜辭語序研究》討論「甲類祭祀動詞雙賓語語序」一節，其所舉的例子中卻字式有：V+O 因+O 神、V+O 因+于+O 神、V+于+O 神+O 因、V+（于）+O 神+O牲、V+O 牲+（于）+O 神、V+O 牲+（于）+O 神、V+O 因+（于）+O 神+O 牲、V+O 因 O+O 牲+于+O 神八種，可以參見。《殷墟甲骨卜辭語序研究》，頁 105。又其也提到在子組、午組或師組（較少）卜辭中，往往不在神名前加于字（頁 101）。

因此，這裏的「旣祖」、「兄丁」、「小己」、「妣己」、「龍母」、「母司」、「中母己」、「⚏甲」都要看成是先人名。「旣」字形近「旣」（肇）〔註26〕，這個「旣祖」可能要讀作「肇祖」，即始祖的意思。屬於自組卜辭的合21047有「旣」字，其辭為「☐旣☐疾印亡☐」或許也是卜問向「旣祖」卻疾之事。而「小己」若配合王卜辭的先王名來看，其可能是「小王孝己」，但從這條卜辭知其已死去，且成為受祭的對象。〔註27〕而其它的「兄丁」、「妣己」、「龍母」、「⚏司」、「母司」、「中母己」、「后癸」、「⚏甲」，當都是和子組占卜主體有血緣關係的先王或先妣們。

其中（07）亦有祭祀「龍母」和「后（司）癸」之事，及卜問用酻祭及「盧豕至豕」或「小牢至豕」的牲品，從「盧豕至豕」一語看來，「盧豕」當是比豕更上一級的牲品。而且「龍母」和「后癸」也當是地位相等的二位先妣。（62）有「丙辰乎⚏☐帚母壬」，「帚母壬」，（18）有「乙未卜夢妣丁咎」，「帚母壬」、「妣丁」當都是子組卜辭的先妣。

就干支來看（03）辭的干支為丁酉（34/60）－乙亥（36/60），（34）辭的干支為庚子（37/60）－辛丑（38/60）－壬寅（39/60）－癸卯（40/60），兩版干支相連，故（03）合21586和（34）合21806很可能是圍繞同一件事而用以占卜的兩片龜版。

（36）c「癸卯卜又兄丁」卜問是否向兄丁行侑祭，此處的「兄丁」當即（03）1^1中的「兄丁」，而（18）b^1有「乙未卜夢丁咎」，這個丁可能也是指「兄丁」。

（27）有「癸巳卜☐貞乍多亞」這個「亞」姚孝遂說是宗廟之名。〔註28〕黃天樹更進一步舉出卜辭中有向亞（宗廟）祭祀的記載，見合21631「甲申余

〔註26〕關於肇字的流變和本義，朱鳳瀚以為「肇字由啓、聿兩部分組成，啓獨立成字，殷虛甲骨刻辭中啓字較常見，作從戶從又會意，示以手開門，故有開啓之意。此字在西周金文中作『旣』，從攴是從又之訛變，甲骨文中從攵從又之字，西周金文多寫成攴……肇字從啓從聿會意，與依靠若干形符間相互位置及其聯繫而產生的會意字不同，大致應歸屬於靠兩種義符所代表的語義相會合、相聯繫形成的一種會意字」。〈論周代金文中肇字的字義〉，《北京師範大學學報》2000年2月。

〔註27〕黃天樹在〈子組卜辭研究〉中以為小王孝己在子組卜辭中尚未死去，但若從「己亥卜，衍：卻小己，若」辭來看，似乎其已死去。

〔註28〕于省吾：《甲骨文字詁林》（北京：中華書局，1979年），頁2905。

卜：子不商又𠂤多亞」（「子不商」即「子不、子商」）。其以「𠂤」爲「言」，並依于省吾說讀作「音」，通「歆」。也即《左傳·僖公卅一年》「不歆其祀」的「歆」，「歆」杜注作「猶饗也」。〔註 29〕如此這個「亞」可能是子組先祖之廟，而「多亞」大概是指放置有許多廟主的宗廟。然（41）「乙巳貞：多亞以」中的「多亞」則當視爲一種職官，卜辭中以亞爲職官名者多見，如亞雀、亞𢀛，這條卜辭當是說多亞帶來了什麼。

對於「兄丁」的身份爲何？彭裕商在〈非王卜辭研究〉中提出「多子族中以子組家族與王室的關係最爲密切，其首領可能是武丁的親弟兄，至少也是從父弟兄。其次是午組家族，其首領可能是武丁的父輩。至於非王無名組和子組附屬組，它們所代表的家族可能與王室關係稍遠而與子組家庭的關係較近。」〔註 30〕這種說法似乎可以作爲我們推測子組卜辭中「兄丁」身份的一種可能性。

（二）「乎亽獲㞋」事

關於「亽獲」卜問，可見（02）、（03）、（13）、（43）。

從干支來看（02）和（03）可能是對同一件事占問的卜辭，（13）及（43）則是另外兩件事，都是貞人我所卜貞之辭。而由（03）可知（02）所占問的亽是否能獲，所獲之物是指㞋，而在（03）中除了呼亽去獲㞋外，又占問取射子之事，及三次的正反對貞占問是否會亽獲㞋，表示對此事的重視，或可視爲子組卜辭主體對於㞋的需求甚殷。（13）及（43）辭的占問「乎亽獲㞋」事，也可以說明這種情況。又（13）a 可依同文例補足爲「庚辰卜，我貞：亽獲二」。

須要㞋的目的爲何？除了（03）b[1] 中說到的「取射子」外，或許子族還必須向商王貢㞋，因商王時以㞋爲犧牲向先祖御疾，如丙 251 有占問「貞：四㞋祖辛；貞：㞢于祖辛」。而（55）a[1]「壬子卜𦣞：差㞋」似乎也可看成子族同樣以㞋爲祭祀犧牲的證據。至於「取射子」的意思或許和必須向商王進貢射手有關，如賓組卜辭有「癸丑卜，爭貞：𠂤以射」（合 5761）、「貞：𤔲三百射呼☐」（合 5777）。

（53）a[1] 的「庚戌卜，我貞：丁丑☐𡴆」可能和獲㞋之事有關。

〔註 29〕黃天樹：〈子組卜辭研究〉，頁 14。

〔註 30〕彭裕商：〈非王卜辭研究〉《古文字研究》十三輯（北京：中華書局，1986 年），頁 65。

（三）卜問「又史」事

子組卜辭中常見卜問是否「又史」，關於「又史」一詞李學勤作「有事」，意同於問是否有災異之事。〔註31〕然「又史」若是「有災異之事」，則與占問「今夕亡囚」及「至旬亡囚」似乎有重覆之處。所以下面就針對子組卜辭的「又史」卜辭重新作考慮。

關於卜問「又史」的卜辭有（03）、（04）、（05）、（17）、（18）、（22）、（24）、（25）、（28）、（32）、（33）、（48）、（58）、（69）。

從以上這些貞問「又史」的卜辭中可以發現其和月份有很大的關連性，似乎「又史」發生的時間是以月為週期。而從以上的卜辭來看，其分別在四月、六月、八月占問是否有史。

以下可從幾方面來看「又史」卜辭的意義。

「又史」類卜辭特性有在卜問是否「又史」時常言「今某月又史」或問「于生月又史」，表示占卜主體對於未來何時「又史」的確切時間並不能確知，又問卜者通常以一個月為週期來占問「又史」之事。其次，並存於有史卜辭中，還有一類明確占問當天是否「又史」者，如（03）中的 j^8、j^9、j^{10}、j^{11} 中連續四天占問是否當天「又史」，這一類的占問，推測是占問於確定了某月會「又史」之後的下一階段占問，以（03）為例，之所以占問隹庚、隹辛或于壬或于癸「又史」乃是確定了在八月或九月「又史」之後。

這類卜辭中除了問「又史」外，也有問「我又史」者，如果將這類卜辭中問「又史」者和問「我又史」者列出，我們可以發現當貞人是「子」或是「余」時，只問「又史」（03），而當貞人是「我」、「𣱾」或「衍」時才問「我又史」（25、48）。我們知道在子組卜辭的五個貞人子、余、我、𣱾、衍中，子和余都是子組卜辭占卜主體的自稱，為單數第一人稱代詞，這種用法同樣見於賓組卜辭。〔註32〕而卜辭中的「我」若在出現在命辭中則是代表這占卜主體這個集體，

〔註31〕李學勤：〈帝乙時代的非王卜辭〉。又劉一曼在〈殷墟花園莊東地甲骨卜辭選釋與初步研究〉中提出子組卜辭的「又事」，並非如有些學者所說的是指有「祭祀」而言，其義當如屈萬里所說，「當如《周易》震卦爻辭，『無喪有事』之有事，謂意外之事也」。這種說法與李說近似。《考古學報》1999 年第 3 期，頁 267。

〔註32〕而李學勤還曾進一步推測「子」是這類卜辭問疑者的私名，而「余」則是「子」所用的代名詞的說法見李學勤：〈帝乙時代的非王卜辭〉，頁 49。關於這一點林

爲複數名詞，如乙 4577「辛巳卜，我貞：于三月我又孽」、合 21626「甲辰卜，祷貞：我逆以，若」。其亦可作領格，表「我們的」的意思，所以當貞者是子組占卜主體時，問曰「又史」，是因爲是問卜者即是貞者，而貞者非「子」、「余」時，則說「我又史」，表示是透過貞者之口替卜問者問是否「又史」，且當占卜結果是「又史」時，事後的行動完全由卜問者一人決定，所以問「又史」或「我又史」完全是針對貞者的角色不同而發。

在探討「又史」的內容爲何時，我們可以發現王卜辭從不問是否「（王）又史」，只問「某人是否屮王（朕）史」或是「弗其屮王史」，表示站在商王的立場而言，根本不會有不知道會不會發生的王事，因爲王事全部的決定權都在商王手裏，何時派誰去征戰祭祀或從事勞動，都是商王可以作決定的，因此並不需要卜問是否「又史」，而子組卜辭就不是這樣，子組卜辭這個群體和商王室是維持著某種臣屬的關係，子組占卜主體和商王有著親疏的血緣關係，彼此構成大宗和小宗的關係，彭裕商以爲「多子族中以子組家族與王室的關係最爲密切，其首領可能是武丁的親弟兄」。〔註33〕所以子這個群體肯定是要分擔「屮王史」的任務，所以子組卜辭的「又史」，當就是「有事」的意思，所謂的「有事」也就是去「屮王事」。「屮王史」一辭近來蔡哲茂主張要讀「贊王事」以「屮」爲箸箭的「贊」的象形字；〔註34〕而陳劍主張要讀成

濬提出了不同的看法，其以爲子並非某類非王卜辭的專名，所有非王卜辭的占卜主體都可叫做子。子就是和商王有血緣關係的親屬，更進一步說就是家族首腦們的通稱。〈從武丁時代的幾種子卜辭論商代的家族形態〉，《古文字研究》第一輯（北京：中華書局，1979 年）。而李學勤也認爲「余」這一稱謂可以指貞人，合 24132 上的一組卜辭說「辛巳卜，疑貞：多君弗言，余其出祝，庚勹，九月」、「辛巳卜，疑貞：重王祝，亡卷」，這裏的余與王對稱，余實際上是指自己（〈關於皀組卜辭的一些問題〉）。又以余指稱王的例子，還可見合 13750 反「貞且乙卷王」「王固曰：吉，勿余卷」。其次，首位指出卜辭中我和余有別，爲陳夢家，裘錫圭在〈評《殷虛卜辭綜述》〉中就說到「此章中還包含了不少很值得注意的意見。例如指出卜辭中的『我』跟『余』的區別在於『我』是集合名詞，就是『我們』，而且『我』可以用於領格，『余』則不能。」《文史》第卅五輯，頁 238。

〔註33〕彭裕商：〈非王卜辭研究〉，頁 65。

〔註34〕蔡哲茂：〈釋殷卜辭的屮（贊）字〉，《東華人文學報》第十期，2007 年。

「堪王事」，其把「甴」上所從的縱筆視為聲符「針」，而通讀為「堪」。〔註35〕而下面就把「又史」逕作「有事」。

而當占卜主體在得知「有事」後，便需派人入商，派人在子組卜辭中作「史人」（在賓組卜辭中亦作「史人」，如乙 7797「貞：□史人。貞：□不其史人」），而史人之時通常也會問入商的時機，如「乙未，余卜貞：今秋我入商」（3）、「壬辰卜，𦎫貞：我入邑」（24）。（3）合 21586 上一連串從占問何時「又史」到「史人」過程，正好說明了這件事。

（j^1）乙未余卜：于九月又史。

（j^2）于九月又史。一

（j^3）乙未余卜：今八月又史。

（h^1）乙未余卜貞：史人隹□

（h^2）乙未子卜貞：叀丁史戠。一

（h^3）乙未子卜貞：史人隹若。

（j^6）丁酉余卜：今八月又史。一

（j^7）隹今八月又史。二

（j^{10}）丁酉余卜：壬又史。

（j^{11}）于癸又史。

（m^1）戊戌卜衍貞：來隹若。一二

（m^2）己亥卜衍貞：來隹史以。一二

（m^3）已亥卜衍：來若以。一

（m^4）己亥卜衍：來隹若。

（m^5）庚子卜，衍貞：□來隹□以。一　　合 21586（丙 611）

前面三辭是在乙未日卜問這個八月或是下個九月會「有事」，（h^2）辭則問是否於丁日史（人），還是要「戠」，「戠」就是「待」，〔註36〕即問是要於丁日派人去或是還要在等一下，相同的文例可見「辛丑卜，扶：戠，弜史人沚」（合

〔註35〕陳劍：〈釋「甴」〉，《出土文獻與古文字研究》第三輯（上海：復旦大學出版社，2010 年）。

〔註36〕「戠」為「待」說，見裘錫圭：〈說甲骨卜辭中「戠」字的一種用法〉《古文字論集》，頁 113。

20346 正)、「乙丑卜，扶：戩，弜史人岳」（合 20017）。(h³) 辭則問史人的過程會不會順利。(j⁶)、(j⁷) 則於丁酉日再次問是否「今八月又史」，接著問是在「壬」日或是于「癸」日有事，而（m¹）到（m⁵）辭是指商使來之事。其中除了占問使者往來是否順利外，也問來使「懼」是否會帶來「枳」。這個「枳」可能是指商使所帶來的「枳」地之人，正如合 21626「癸卯卜，繭貞：乎藉逆奠有商」，貞問是不是派藉這個人去迎接從商來的奠民，其也可能是指「枳芻」，如同丙 185 的「戩以斁芻」。

在子組卜辭中有一類問「來」與「歸」的卜辭，問「又來」的見合 21727「乙丑，子卜貞：自今四日又來」、「乙丑，子卜貞：今日又來」、「乙丑，子卜貞：翌日又來」、「乙丑，子卜貞：庚又來」；問歸的如合 21586 的「乙未，余卜：受今秋歸」、「乙未，余卜：今秋麗歸」。這裏的「又來」指的可能就是商使來告之事，如同丙 124「缶其來見王」、丙 309「翌乙亥子汏其來」指缶和子汏來朝商王之事；子組卜辭的「又來」一詞相對於王卜辭則作「史人于某」，如合 14474「貞：史人于枭」。而所謂「卜歸」問的就是子組所派去出王事之人的歸來之事。前面卜歸之辭中的「受」和「麗」都是人名，英 1822 有「□丑卜：我𠦜田麗」，京人 3241+前 8.10.1 也有「丁亥子卜貞：我𠦜田麗」，說明麗這個人還是個有領地的貴族。

而使者有時也從事商賈交換之事，如「乙卯卜貞：史入賈」（合 21870）貞問來使是要來「賈」（交易）的嗎；「己巳卜，我貞：史豕賈」（合 21586+乙 5235），派「史豕」去賈。其中「史豕」是子組卜辭中很活躍的人物，也曾經受令去做「逆奠」之事，如「庚戌卜：叀癸令豕」（合 21629）、「癸卯卜，繭貞：乎豕逆奠又商」（合 21626）。

從上可知，子組卜辭的占卜「有事」，就是要占問是否有王事，若有王事時，就必須派人去出王事。而王事的內容則主要包括了征戰、力役、農作、祭祀之事等。派人在子組卜辭中作「史人」，而商王遣使來告則作「又來」，卜「歸」則是占問所派之人是否歸來。

（四）、有關於婦人生育及為子命名的卜辭

本組與卜諸婦生產及為子命名有關的卜辭有(04)、(11)、(13)、(21)、(37)、(40)、(54)。其中提到的帚名有「帚𤖗」(04)、「帚妥」(04、40)「帚來」(21)「帚壴」(21)、「帚𢓊」(21)、「帚狂」(37)、「帚𡿺」(54)。其中「帚𡿺」(54)

或許就是「帚壴」（21）。

　　（04）和（40）出現「帚妥」之名，而（04）卜問帚妥爲子命名之事，（40）則卜問帚妥又子之事，〔註37〕說明（40）卜問的時間當早於（04）。關於子組卜辭卜問帚妥又子之事又可見合21793（京3103）加合21795（前8.3.5）〔註37〕其辭曰「乙巳卜貞：帚妥子亡若。辛亥，子卜貞：帚妥子曰犛，若。貞：帚𠬝又子」，知帚妥又有一子名「犛」，且其上同（21）有「帚𠬝」之名（乙4504）。在合21653（乙5123）中貞人衍的右邊水旁作二曲劃，不加點，所以「帚𠬝」可能與貞人衍有關，即是衍地之女。李學勤也認爲「子組卜人衍，或認爲即婦衍；自組卜人由即小臣由，出組卜人中即小臣中。由文例來看這些也當是名或字而不能是氏」。〔註38〕

　　又子組卜辭的「𡥛」即賓組卜辭从女从力的「妼」。而（13）b「庚辰卜，𢽾貞：克女𡥛☑毓☑𡥛八□」若依同文例可補足爲「庚辰卜，𢽾貞：克女𡥛？（以下爲驗辭）（☑）毓（□：數字）其𡥛八月」。

（五）其　它

　　子組卜辭還有一些固定格式的占問，如卜問「今夕亡𡆥」和「至旬亡𡆥」，子組卜辭的夕字和月字同形，皆作月形而中間不加橫劃，與賓組月、夕有別不同。這種卜問「今夕亡𡆥」的習慣和自組小字類卜辭相同，如合21350的自組小字卜辭卜問「丁酉卜夕；戊戌卜夕；己亥卜夕；庚子卜夕；辛丑卜夕」連續五天的卜夕，其目的爲「從斗」，所以子組卜辭卜夕目的或許和自組小字類同。

〔註37〕關於子組卜辭中的「又子」及「帚某子」之辭，常正光提出前者要讀爲「尸」，如乙4504中問到了「帚來又子，帚壴又子，帚　又子」即是貞問在三婦中選一人擔任侑尸的任務；而後者要讀爲「祀」，「帚某子」即「帚某祀」〈卜辭侑祀考〉。但我們比較賓組卜辭中時見的卜「婦某𡥜子」、「婦某受生」（合13925-13933）、「帚其亡得子」（乙5515）及午組卜辭的「姓某牽生」（合22050）來看，知其所指的當都是懷孕產子之事。而有關論及殷尸之禮者，可見曹錦炎：〈說卜辭中的延尸〉、連劭名：〈殷墟卜辭所見商代祭祀中的「尸」和「祝」〉，均收錄於《徐中舒先生百年誕辰紀念文集》（成都：巴蜀書社，1998年）。及方述鑫：〈殷墟卜辭所見的「尸」〉，《考古與文物》2000年第5期。

〔註37〕可見蔡哲茂：《甲骨綴合集》（台北：樂學書局，1999年），272組。

〔註38〕李學勤：〈考古發現與古代姓氏制度〉，《考古》1987年第3期。

此外子組卜辭的問卜「至旬亡囚」爲占問從占問之日起到下一旬日止會有災咎嗎？這和賓組卜辭問「旬亡囚」當是相同的意思。

又（04）c¹「丙戌子卜貞我無乍口二」－c¹-「又口二」，這個「無乍口」可能是「亡乍囚」的意思，在251、330坑的婦女卜辭也常見「亡口」之辭，李學勤以爲是「多言肇禍」之義。〔註39〕而花東卜辭亦見「又口」，辭例爲「乙卜貞：宁（賈）壴又口，弗死」（《花東》102），從占問其是否「弗死」來看，「又口」當不只是「口禍」而已。還有一種問「又孽」的卜辭，（14）a¹「辛巳卜，我貞：今二月又孽囚」－a²「辛巳卜，我貞：于三月我又孽」－b「己丑日來于衛口侃」，這版卜辭的辭例同於合 21739（存 2.585）加《東文研》B0907，〔註40〕其辭作「丙子誩貞：我孽若茲。丙子誩貞：亡侃在來。丙子誩貞：我又侃在來」，所以15b的「口侃」可能是「又侃」或「亡侃」的意思，而a1可能可以補足爲「辛巳卜，我貞：今二月又孽若茲」。

其次，子組卜辭還有一類問「茻」的卜辭，如（36）、（52）、（57）。有問「亡茻」（36），也有問「又茻」（57）者，都和「丁兹」一類的事並問，或許也是同災咎一類的意思。

而關於子組卜辭所提及的人物，除了已歿的先公先王及上面說到的我使外，還有丁（04、29、36、51、57）、古（04）、彳（20）、雀（56）、析（63）、「？」（63）、「吶」（63）。

（20）的「彳」又見於丙 373，其貞問彳地是否受年，知「彳」爲賓組卜辭中的地名，卜辭中地名通常也是人名，所以子組卜辭裏的「彳」可能和賓組卜辭中的「彳」是同一人，又丙 373 以「郖不其受年」和「彳不其受年」對貞，這裏的「郖」或是賓組卜辭中郖正化所屬之地。

〔註39〕李學勤：〈帝乙時代的非王卜辭〉，《考古學報》，頁 45。又沈培以之和「囚殷貞：洹其作茲邑囚」（合 7854 正）比較，認爲「作茲口」的「口」可能含有災害義。《殷墟甲骨卜辭語序研究》，頁 84。後來李學勤又加以補正，以爲「亡至口」的「至」可音近讀爲「逸」，「逸口」即「失言」，見《尚書·盤庚上》「相時憸民，猶胥顧于箴言，其發有逸口，矧予制乃短長之命」；而「乍口」當讀爲「詛口」。見李學勤：〈甲骨卜辭與《尚書·盤庚》〉，《甲骨文與殷商史（新一輯）》（北京：線裝書局，2008 年）頁 2。

〔註40〕見蔡哲茂：《甲骨綴合集》，第 25 組。

　　（63）的「𣪘」又見於甲 449 和英 1821，其作「𣪘入」爲尾甲刻辭，尾甲刻辭是自組小字類卜辭的特徵，故子組卜辭的時代當與之相當。合 21221（自歷間組）的尾甲刻辭也作「𣪘入」，很可能尾甲刻辭的「𣪘」就是子組卜辭的「𣪘」。「𣪘」字趙平安釋爲「夬」，象人手指上套著一枚圓圈，是一個合體象形字，其形義爲指射箭時戴在大拇指上，用以鉤弦的扳指。〔註41〕後來陳劍比較了郭店楚簡中的「賢」字後，提出該字形是表示用手持取、引取一物的意思，讀音近賢，字爲搴、擎的表意初文，〔註42〕而這個人名也常見於自組卜辭的貞人中。又子組卜辭中「雀」（56）如果是賓組卜辭的「雀」，我們就可以判定其時代在武丁前中期。關於子組卜辭記有「雀」這個人的甲骨還可見合 21623 的「辛巳（子）卜貞：夢亞雀啓余比，若」，〔註43〕「亞雀」一名也同樣出現在午組卜辭中，而關於「亞雀」的生存年代，裘錫圭在〈論歷組卜辭的時代〉中以其爲賓組早期人物，在自組卜辭中也出現過，他的活動時期顯然要略早於沚㦰、望乘等人。

三、一二七坑子組卜辭中的稱謂

　　下面依上舉卜辭所記的人名表列於下。

先公先王		屵祖	小己	兄丁	妣己	龍母	彳司
		母司	中母己	后癸	冐甲	帚母壬	妣己
諸　婦		帚廍	帚妾	帚來	帚豈	帚从	帚犰
		帚剢	妣丁				
諸　子		釒	戠				
相關人物		旨	儜	屮	受	麤	豕
		抄	丁	古	彳	雀	析
		豸	屵	衍			
地　名		态	柯	困	衛		

　　從上表看來，少見有可與王卜辭相合稱謂。然在非屬一二七坑的子組卜辭

〔註41〕趙平安：〈夬字的形義和它在楚簡中的用法〉，《第三屆國際中國古文字學研討會論文集》（香港：中文大學，1997 年）。

〔註42〕陳劍：〈柞伯簋銘補釋〉，《傳統文化與現代化》1999 年 1 期。

〔註43〕此條卜辭中地支的子（巳）和貞人子共用一字，故將「辛子卜貞」作「辛巳（子）卜貞」，「刀」黃天樹疑爲「比」（〈子組卜辭研究〉）。卜辭多「啓……比」的辭例，故刀當是匕（比）的誤刻。

中卻可整理出和王卜辭相合的商王稱謂，黃天樹就整理出了以下稱謂。

父甲	合 21543、	盤庚	合 21538
父庚	合 21538、	小辛	合 21538
父辛	合 21542、	父乙	合 21539
母庚	合 21554		

其中「父甲」即「陽甲」，「父庚」即「盤庚」，「父辛」即「小辛」，「父乙」即「小乙」。因爲子組卜辭占卜主體和商王有著相同的先祖，所以林澐才認爲子組卜辭的占卜主體「子」，不會是武丁之子，應該和武丁同輩。彭裕商更進一步推斷「子」不僅是與商王同姓的族長，而且還可能就是武丁的親弟兄，至少也是從父弟兄。〔註44〕而劉一曼將一二七坑子組卜辭和花園莊 H3 的子卜辭比較後，更提出了「H3 卜辭主人『子』同原子組卜辭主人『子』是不同的兩個人，H3 卜辭主人『子』很可能是沃甲之後，而子組卜辭主人『子』則可能是祖辛之後，祖丁之孫，是武丁的兄弟或堂兄弟」。〔註45〕

「小己」可能就是「小王父己」。在卜辭中「小己」又被稱爲兄己、祖己。而從屯南957的「父己、中己、父庚叀☒」和屯南2296的「己未卜：中己歲暨兄己歲酚☒」對比可知「父己」即「兄己」，指的正是武丁之子孝己，即「小王父己」，亦即黃組卜辭中所稱的「祖己」。而在王卜辭中「小己」是和「中己」相較而名的，其中「中己」即爲「雍己」。〔註46〕

四、一二七坑子組卜辭的事件排序

前面說過一二七坑的子組卜辭所記載的事件根據微細斷代法推算的結果，是可以排入一年之內的，其都可合於一個正月一日始於第卅九個干支（壬寅）到四十三個干支（丙申）之間的年裏。所以下面我們就以這個範圍爲標準，推算這一年各月起始干支的可能範圍。

〔註44〕黃天樹：〈子組卜辭研究〉。

〔註45〕劉一曼、曹定雲：〈殷墟花園莊東地甲骨卜辭選釋與初步研究〉，《考古學報》1999年 3 期，頁 300。

〔註46〕蔡哲茂：〈論《尚書・無逸》「其在祖甲，不義惟王」〉，中提出〈無逸〉的「祖甲」當指「太甲」《甲骨文發現一百周年學術研討會論文集》（台北：文史哲出版社，1998年）。而郭旭東在〈「其在祖甲」考辨〉中，則以爲是武丁子祖甲。《殷都學刊》2000年第 2 期。

一月：39－08（壬寅－辛未）到43－12（丙午－乙亥）的範圍

二月：09－37（壬申－庚子）到13－41（丙子－甲辰）的範圍

三月：38－07（辛丑－庚午）到42－11（乙巳－甲戌）的範圍

四月：08－36（辛未－己亥）到12－40（乙亥－癸卯）的範圍

五月：37－06（庚子－己巳）到41－10（甲辰－癸酉）的範圍

六月：07－35（庚午－戊戌）到11－39（甲戌－壬寅）的範圍

七月：36－05（己亥－戊辰）到40－09（癸卯－壬申）的範圍

八月：06－34（己巳－丁酉）到10－38（癸酉－辛丑）的範圍

一月39－08到43－12表示一月若是第一天爲「壬寅」則最後一日爲「辛未」，若第一天「丙午」則最後一天爲「乙亥」，而不管如何，一月的可能範圍總在「壬寅」到「乙亥」之間。

前面說過（03）丙611當看作二階段的占問，第二階段有「八月－乙未」和「八月－丁酉」的干支，所以第一階段的問「夻獲戸」與「取射子」事，都應該在七月內。因此我們可以同樣來檢視一下載有「夻獲」的卜辭是否是指同一件事。載有「夻獲」的有（02）的甲子（1/60）、（13）的庚辰（17/60）、（43）的乙巳（42/60），其中只有（02）合21761和（43）乙1525才有可能和丙611的問「夻獲戸」爲同一件事。

（60）的「史入賈」（52/60）與（03）七月的「史㚔賈」（6/60）也有可能爲同一件事。(34)的钔龍母、中母己和（03）八月的钔兄丁、小己辭干支相連，故（34）辭（37-40/60）可看成是八月發生的事。又（64）有「呼受」之辭（1/60），（03）的八月也卜「受歸」之辭（32/60），依八月的干支範圍來看（64）的「受乎」當在七月底早於（03）的「受今秋歸」。

（49）和（40）都有卜「令㚔」之事，故可能爲同時，又（40）同版有卜「帚妥又子」事，故當比（04）卜「帚妥子曰龠」早，所以時間上當是：

（49）44/60-47/60→（40）51/60-52/60→（04）29/60

而（04）卜「又來」（2/60）又可和（05）「又史」連繫，這些當都是時間很接近的卜問。

（57）、（53）、（52）皆卜「又𤦲」事，（57）上有干支七月，（53）上刻有「今十二」，疑爲十二月，且（52）、（53）同爲貞人「我」占問，故將（52）列

入十二月。

（30）問「逆奠又商」，（07）問「冓奠」，可能是針對同一件事，前者為 40/60 日，後者為 8/60 日。

因此可將子卜辭中各月所占問的事類簡要記述如下：

在二月間子曾占問「今二月我又嘉」還是「于三月我又嘉」。到了四月辛卯那天問是否「四月有事」，而隔兩天後的癸巳又再次占問「今四月有事」或是「五月我又事」。五月的乙巳，又見問是否「今五月有事」。到了五月底的丁卯那天還占問是否要命婦回來，而隔一天就舉行了對「龍母」和「司癸」的祭祀。到了六月癸巳那天，又問「今六月有事」或是「于七月有事」。隔了一天的甲午又再度問是否「有事」。而且在這個月的月底還發生「賈至」之事。到了七月下旬之後，多次占問「乎夆獲㚔」及「取射子」事，還見問「史豕賈」者。接著不久占問呼「受」歸之事，而到了八月下旬又再次占問「受今秋歸」。八月裏也見問「今八月有事」或是「于九月有事」者，而不久在連續的數天內祊祭了「兄丁」、「小己」、「妣己」、「龍母」、「中母己」、「后癸」這些祖先們。

五、一二七坑子組卜辭的特色及時代

以下針對一二七坑子組卜辭的用字特色作一些歸納。

關於子組卜辭的用字特色，陳夢家在《綜述》中說到：

> 子組，其字體文例的特色如下：（一）貞字一律作平腳的，即（冎），（二）常作小字；（三）「于」字亦作「玕」，「丁」字亦作圓圈，同於㠯組；又「隹」字寫得很像鳥；（四）干支如子、丑、未、午、庚等亦有作晚期的，同於㠯組；（五）卜辭內容習見「又史」、「某歸」、「至某」等；（六）祭法前常用「祊」和「酻」，偶亦用「又」；又有「礿」，見乙 370、393、405。〔註47〕（註：其所舉乙 370、393、405 皆出於 B119 坑）

除了陳夢家所舉之外，子組卜辭較有特色的字形還有「嘉」字，賓組卜辭中作「娩妨」「妨」字，在子組卜辭中作「㜎」形，從力從子。此外如庚字作「蕭」（乙 767），子字有作「肖」形（乙 1319），少數作「𡿺」（乙 1601）、「𦥑」（乙

〔註47〕陳夢家：《殷虛卜辭綜述》，頁 159。

1598），酉字作「🝆」（乙 1622），囚字作「🝆」，旬字作从目的「🝆」，至作「🝆」或「🝆」（乙 1010）都是子組卜辭中比較奇特的寫法，較可注意的是子組卜辭的特殊用字常與自組小字類同，如子作「🝆」、「🝆」，同於黃天樹分類的自組小字 A 字類字體和彭裕商分的自組小字 1 類字體，「庚」作「🝆」同彭裕商分的自組小字三 B 類，「于」字則同於自組大字類和小字類字體，這些特徵都可說明子組卜辭和自組小字卜辭在時間上很可能是同時的。

　　在用句方面的特色，如貞人「子」和「余」都用「干支子（余）卜貞」的格式，與常見的「干支卜某貞」形式不同，可能是因爲此爲子族的族長親自卜貞而不透過貞人，所以「卜貞」連書。又以「子」或「余」卜貞的卜辭說到「子」、「余」本身時則用第一人稱代詞「朕」，這種用法在其它非王卜辭中也可以看見。有「又孽」、「不受又」等成語及常用「盧豕」的牲品。另外「重」和「隹」字的互用也是其特色，但看不出賓組卜辭那種在正反對貞辭句中正面用「重」反面用「隹」的情形。且賓組卜問婦女是否產子時用「㞸子」，而子組卜辭則作「又子」。又這一類卜辭中常見有使動用法的句子，如（61）「乙卯貞：歸在自人」（合 21741），其同文例可見合 21661（前 8.6.3）「戊寅子卜：丁歸在自人」、「戊寅子卜：丁歸在川人」，其中的「歸在自人」即「使在自之人歸」的意思，爲一種使動用法。〔註48〕而「丁」乃指稱「商王」。其非一二七坑的子組卜辭中問「歸」的辭例還見「□子子卜：朕在自臣歸」（合 21740）、「丁卯子卜：弔歸。丁卯子卜：東臣人歸。□□子卜☑受歸」（英 1900）。前一類問商王何時讓出使的人歸來，後一類則子自占問出使的人是否歸來。

　　其次，張秉權在《丙編》612 組的考釋中說到丙 612 與乙 4507 皆是下行而左的字例，爲貞人子的卜辭的特色。

　　李學勤曾舉出子組卜辭和非王無名組（婦女卜辭）及自組卜辭有同版的現象，〔註49〕前者舉乙 8818 爲例，後者則舉合 21643。乙 8818 出自 YH251 坑；合 21643 著錄於山東 0232，其上的自組字體類似自組大字類。這兩片都非出自一二七坑者，非王無名組的時代依彭裕商的判定爲武丁中期略早於午

〔註48〕可參見裘錫圭：〈殷墟甲骨文研究概況〉，《古文字論集》，頁 349。

〔註49〕李學勤：〈甲骨文的同版異組現象〉，《綴古集》（上海：上海古籍出版社，1998 年），頁 75。

組，而黃天樹則以爲是早於一二七坑的武丁中期某一段，介於自組肥筆類和一二七坑的賓組卜辭時代之間，〔註50〕而自組大字類則在武丁中期。又李學勤舉合 21784 這片胛骨上爲賓組貞人爭的卜辭，下部爲子組干支表。又前面說到子組卜辭的字體和自組小字類有同形的現象，故若從以上的這些線索來看，子組卜辭大概是存在於武丁中期間，爲自組大字過渡到自組小字類及非王無名組過渡到賓組卜辭之間。

最後討論子組卜辭中的「▭」字。

在子組卜辭中這個字出現的卜辭有以下：

丁亥，子卜貞：我▭田麤

己丑，子卜貞：余有呼出墉

己丑，子卜貞：子商呼出墉

☒子壱呼出墉

☒子□呼出墉　　綴合 330〔註51〕（京 3241+前 8.10.1）

□丑卜☒我▭田麤　　英 1822（合 40888）

己丑，子卜貞：小王▭田夫　　合 21546（卡 119、美 262）〔註52〕

（37）b 不▭　　乙 1249

（67）a 庚□卜譶貞我▭在☒　　乙 1551（合 21613）

除了（37）作「不▭」，其它作「我▭」或「小王▭」。黃天樹曾提出在這些卜辭中，對照「我」和「小王」來看，「小王」當是生稱，所以在子組卜辭中，小王尚在人世，而這比某些卜問祭祀小王的自組小字類卜辭，在時代上還要來的早。〔註53〕其後又在〈子組卜辭研究〉中進一步提出「▭」爲小王的私名，

〔註50〕彭說見《殷墟甲骨分期研究》，頁 324。黃說則見〈婦女卜辭〉，《中國古文字研究》第一輯（長春：吉林大學出版社，1999 年）。

〔註51〕見曾毅公：《甲骨綴合編》。又此綴合復被嚴一萍收錄於《甲骨綴合新編》（台北：藝文印書館，1975 年）中第 438 組。

〔註52〕合 21546 一版，周忠兵從文字上判斷是丙種子卜辭（即 127 坑子組卜辭），而「小王」一名又見合 34991（卡 62、美 78），辭爲「乙未：小王☒，七月」，其中「小王」爲合文。辭義不明，周忠兵以爲該版字體屬師歷間組。《卡內基博物館所藏甲骨的整理與研究》，吉林大學博士學位論文，頁 77、113。

〔註53〕黃天樹：《殷墟王卜辭的分類與斷代》，頁 142。

小王爲子（子組占卜主體，武丁的親兄弟）的侄兒，故子可以稱「小王ᇛ」爲「我ᇛ」的說法。且認爲在自組卜辭小字類中「小王」已成爲祭祀的對象（合5029、20022、20023），而從合 2162「庚屮卜勹：屮父辛，☒小王」同時祭祀「父辛」與「小王」這一點證明「小王」在武丁之世亡故。其更根據《竹書紀年》說到「武丁廿五年，王子孝己卒於野」推論子組卜辭的年代上限早於武丁早期，下限延伸至武丁中晚期之交。〔註54〕

　　前面我們討論過丙 611 的「小己」，可能是「孝己」，如此一來正表明「孝己」已死，故在本組卜辭中「小己」已經成了祭祀的對象。因此，若是要把「ᇛ」當作「孝己」，就必須再說明何以「小王」必是「孝己」，且「我ᇛ」、「不ᇛ」要如何解釋，以及其它商王何以不見稱名者等等。所以這個「小王ᇛ」就是「孝己」的說法，還要再考慮，進一步看也即表示說把子組卜辭的時間定在武丁廿五年之前，似乎是早了一點。

小　結

　　子組卜辭一名是陳夢家所提出來的，其之所以發現這一類卜辭就是基於這類卜辭特殊的ᄇ字寫法，然後配合固定的貞人，再從字體上所劃分出來的一個組類。早期由於對非王卜辭的占卜主體認識較少，以爲其都是和商王有血緣關係的貴族，後來由於花園莊子卜辭的出現，有學者主張其占卜主體可能還包括了和商王沒有血緣關係大臣武將後，我們對於把非王卜辭都當作是商王族的首腦們的這種觀念可能就要改變，因此我們主張仍當完全以貞人名來替甲骨類組命名，即把這類卜辭名爲「子組卜辭」者，表示該類卜辭中有一貞人名爲「子」。不再用廣義的「子卜辭」概念，而對於非以商王爲占卜主體的類組，在未確定有貞人名之前，暫名之以「非王卜辭」。

　　在一二七坑的子組卜辭中，透過對這一類卜辭干支月份的推算，認爲其占卜時間在一年之內，而主要集中在四月到八月之間。在所卜問的事類中，以問今月有事及于生月有事的卜辭最爲常見，而所祭祀的祖先見有和王卜辭相同

〔註54〕黃天樹：〈子組卜辭研究〉。又蔡哲茂在〈論《甲骨文合集補編》的綴合〉已提出過「ᇛ」爲小王之名的看法。殷商文明暨紀念三星堆遺址發現 70 周年國際學術研討會論文，2000 年 7 月。

者，因之有學者主張這一類卜辭的占卜主體可能是商王武丁的同輩。

而在用詞方面分析了本組卜辭常見的「又事」，以爲其乃指派人入商從事「屮王事」之事而言，其內容包括了力役、農作、祭祀、出兵征戰等。而卜「又來」表商使來告，卜「歸」則表所派之人歸來。至於對「小王囧」就是「小王孝己」的說法，則暫持保留的態度。

附表　一二七坑子組卜辭綴合表

合集號	重見號	綴合號	綴合者
合 8779	乙 7713	+乙補 1238	蔣
合 18845	乙 4181	+乙 4182	常
合 20784	乙 1127 等	+乙補 1254	林
合 21564	乙 1001	+合 21856	蔣
合 21572	乙 1432	+合 21626 左中+合 21654+合 21706	蔣
合 21597	乙 1767	+合 21600+乙補 901+乙 8581	常、宋
合 21600	乙 1313	+合 21597+乙補 901+乙 8581	常、宋
合 21626	乙 1208 等	+合 21654+合 21706+合 21572	蔣
合 21653	乙 5123	+合 21804+乙 5725+乙補 4838+乙 5203	張、魏、蔡
合 21654	乙 1176	+合 21626 左中+合 21706+合 21572	蔣
合 21666	乙 1106	+合 21667	蔡
合 21667	乙 1849	+合 21666	蔡
合 21706	乙 1848	+合 21626 左中+合 21654+合 21572	蔣
合 21728	乙 1474 等	+合 21823	蔣
合 21804	乙 5985 等	+合 21653+乙 5725+乙補 4838+乙 5203	張、魏、蔡
合 21809	乙 1805	+合 21822+乙補 1352	蔣
合 21810	乙 7843	+乙 620+乙 1843	蔣
合 21812	乙 856	+乙補 596	林
合 21821	乙 1310	+乙 1295+乙 757	蔡、宋
合 21822	乙 1530	+合 21809+乙補 1352	蔣
合 21823	乙 616	+合 21728	蔣
合 21856	乙 1302	+合 21564	蔣
合 21866	乙 1792	+乙 1304	蔣
	乙 620	+合 21810 等	蔣

	乙 757	+合 21821	宋
	乙 1295	+合 21821	蔡
	乙 1304	+合 21866	蔣
	乙 1821	+乙 1836 倒	蔣
	乙 1836 倒	+乙 1821	蔣
	乙 1843	+合 21810 等	蔣
	乙 4182	+合 18845 等	常
	乙 5203	+合 21804 等	張、魏、蔡
	乙 5725	+合 21804 等	張、魏、蔡
	乙 8581	+合 21597 等	常、宋
	乙補 596	+合 21812	林
	乙補 901	+合 21597 等	常、宋
	乙補 1238	+合 8779	蔣
	乙補 1254	+合 20784	林
	乙補 1352	+合 21809 等	蔣
	乙補 4838	+合 21804 等	張、魏、蔡

註：本表根據蔣玉斌：《殷墟子卜辭的整理與研究》之附錄「乙種子卜材料總表」裁併
　　增補而成。其中綴合者部分，「宋」爲宋雅萍，「林」爲林宏明，「常」爲常耀華，
　　「張」爲張秉權，「蔣」爲蔣玉斌，「蔡」爲蔡哲茂，「魏」爲魏慈德，「嚴」爲嚴
　　一萍。

圖 1

丙 611

縮影(reduce)82%

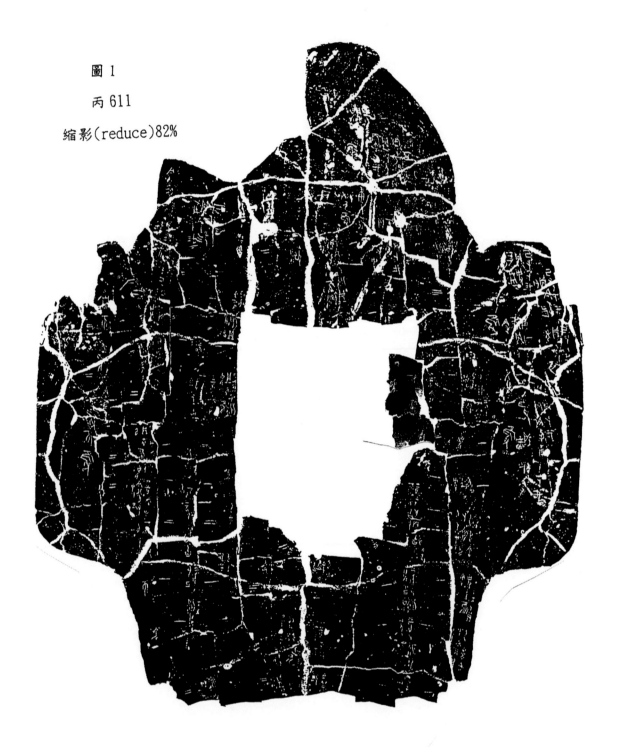

六一一　　4758+4814+4949+5236+5237

圖 2

丙 612

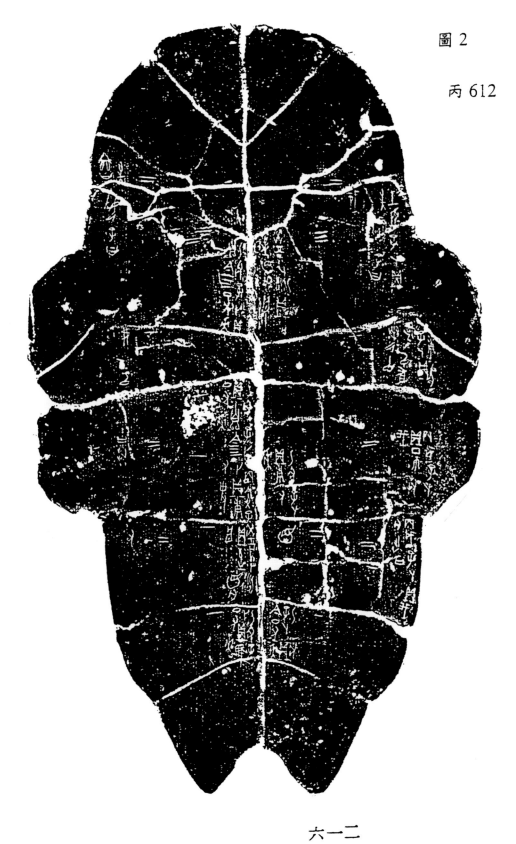

六一二

4856＋5221＋6092＋無號碎甲

圖 3
21600
乙 1313

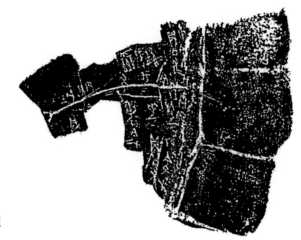

乙補 901　　乙 8581

乙 1767　　21593

圖 4

乙 5725

乙 5985

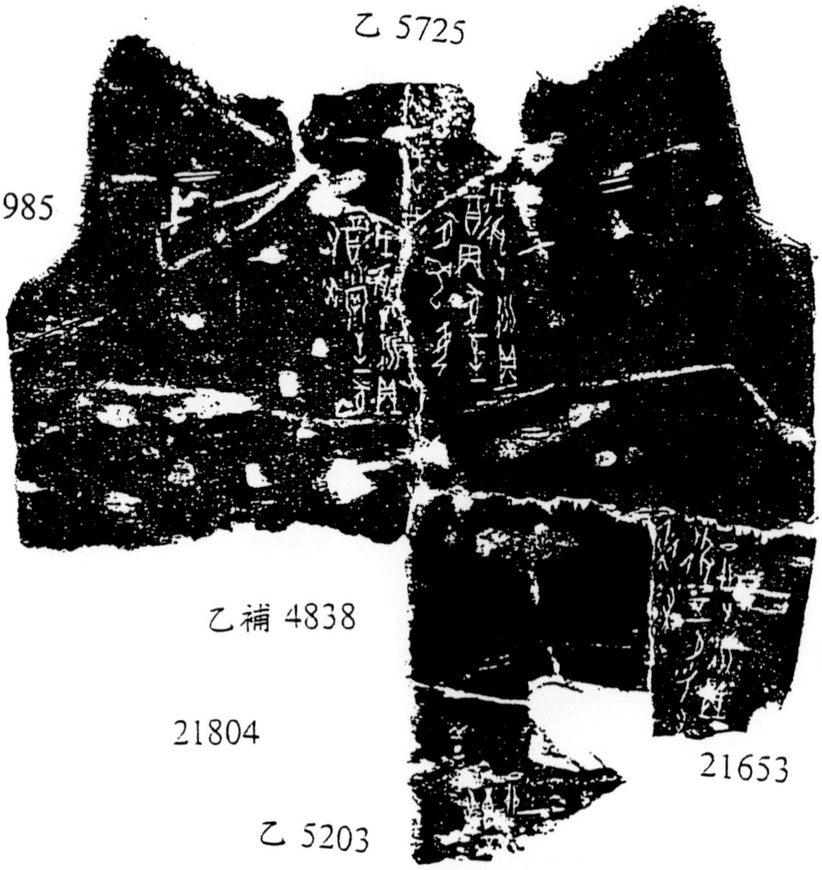

乙 4911

乙補 4838

乙 5123

21804

21653

乙 5203

第五章　一二七坑中的午組卜辭

第一節　午組卜辭的定義及著錄

一、午組卜辭的提出與貞人

　　午組卜辭爲陳夢家所提出，其區分出這一類卜辭的依據一是「貞人」，認爲本組有二個貞人，分別是午和𠂤。二是「字體」，以爲「它們的字體自成一系，不與賓、𠂤、子三組相同」且「好用尖銳的斜筆與武文書體的剛勁不同」。第三則是「稱謂」，他認爲這類卜辭「稱謂自成一系。所謂自成一系者，指若干特殊的稱謂互見於若干版。」

　　對於陳夢家這種分法，裘錫圭在〈評殷虛卜辭綜述〉上就說「他所分出的午組的兩個卜人，實際上是不能系聯的。他自己說，他『所以稱它們爲午組者，一則它們字體自成一系，不與賓、𠂤、子三組相同；二則其稱謂也自成一系』（162 頁）。可見他對應先按字體等標準來給卜辭分類這一點，並非毫無認識。午組卜辭的「午」實際上並不是卜人名（參看李文 125～126 頁），但是這並不影響午組的成立，因爲陳氏本來就不是根據卜人系聯而是根據字體和內容把午組分出來的。」〔註1〕

─────────────────────

〔註1〕　裘錫圭：〈評殷虛卜辭綜述〉，《文史叢稿》（上海：上海遠東出版社，1996 年），頁216。

可知午組卜辭分類的依據主要是靠字體，而不是貞人。關於午組卜辭這種特殊字體推測可能是受到自組大字類的影響，如合 22206、合 22093 和合 22094 上都可見午組與自組肥筆類字體有共版的現象，這說明兩者有一段時間重疊，因此字體相互受到影響。其次，因午組卜辭上是否有貞人名並無法確定，所以一直以來對這類卜辭的貞人有諸多討論，如李學勤就曾以爲只有「𠂤」才是貞人名，而在小屯南地甲骨出土後，又有人提出這組卜辭還有一個貞人「𢆶」，甚至還有以「𤳩」爲本組貞人名的說法，以下就先來討論午組貞人的問題。

關於午組卜辭的貞人，陳夢家最早指出有「午」和「𠂤」兩人，但在午組卜辭中「午」和「𠂤」是否能當作貞人來看仍然是有爭議的，以「午」爲例，陳夢家認爲貞人午之辭有乙 2478、乙 4521、乙 7512。其中乙 4521 內容爲「癸未卜：午余于且庚羊豕𠬝」，乙 7512 爲「癸酉卜：午內乙牢」，乙 2478 則不見有「午」字。這裏的「午」應該都是「卸（御）」的省寫，只要比對同文卜辭就可發現，如乙 4521 同版卜辭有「于且戊卸余羊豕𠬝」、「于子庚卸余母宰又𠬝」，都作「卸」而不作「午」；乙 7512 的同文卜辭有乙 5328「甲午卜：卸于內乙」，知「午」爲「卸（御）」省文，以「午」爲貞人名乃誤讀卜辭而來。

又陳夢家以爲是貞人的「𠂤」卜辭有乙 5328，其爲「甲午卜：𠂤卸于妣至妣辛」、「甲午卜：𠂤卸于內乙至父戊牛」，若比較乙 982+乙 983+乙 1625 的卜辭「庚申卜：燎卸子自且庚𠂤至于父戊抑」可知「甲午卜：𠂤卸于妣至妣辛」當爲「甲午卜：卸子自妣𠂤至妣辛」及「甲午卜：卸子自內乙𠂤至父戊牛」之省文，「𠂤」也絕非貞人名。﹝註2﹞而肖楠所提出的屯南 4177 的貞人「𤳩」，其爲殘甲上的一字，其字不僅偏離了屬於同一辭該有的位置，而且該字又高於句首干支「丙辰」之上，很難令人相信是同一辭。故方述鑫指出「至于𤳩則是屯南 4177 這版殘辭中的字，『丙辰貞』三字明顯地在下端，𤳩在此三字的上端，當屬另一段卜辭之殘字，不是貞人名。」﹝註3﹞而我們在乙 3869（合 22095）上

﹝註2﹞ 林澐曾在〈從武丁時代的幾種子卜辭試論商代的家族形態〉中言「過去有人認爲這種卜辭有卜人午和𠂤，定名爲『午組卜辭』、『𠂤卜辭』。其實，午是祭名『卸』的省體，參看乙 4521 及乙 3478 兩版自明。𠂤見於乙 1625 那一條，辭殘不可通讀。見於綴 305 的兩條，凡冠𠂤，均言『卸某自某』，似有合祭之義，不能確定爲卜人名。」見氏著：《林澐學術文集》（北京：中國大百科全書出版社，1998 年），頁 58。

﹝註3﹞ 方述鑫：《殷墟卜辭斷代研究》（台北：文津出版社，1992 年），頁 86。

也發現了這個字，辭爲「☒卜貞◊皿」，該字在「貞」之下，更可證明其非貞人名。同樣的在丙275中有「隹◊令從✳晶」，知其爲賓組中的人物。彭裕商在〈非王卜辭研究〉中認爲午組卜辭還有一個貞人名「朋」，關於這一點，方述鑫認爲「至于朋，是合集22093『丙午：邞⿰于父丁歲羊一』中的上半缺筆。這版卜辭字體字體較紊弱，所謂『朋卜』二字即『⿰』，當是「邞」的不完全刻寫」。〔註4〕然這個「⿰」字應當是自組卜辭的一個時稱，是指夜裏的一段時間，所謂的「⿰卜」是指在⿰的時候占卜，這種辭例多見於自組卜辭，所以午組卜辭中尚未見到貞人名。也因爲午組卜辭沒有貞人，故稱作「午組」便不恰當，因此這組卜辭有還有名爲「乙種子卜辭」（林澐）、及「丙一類」（《合集》）卜辭者。

而午組卜辭常和自組卜辭同出，似乎也可說明其存在的時代。同出的例子有1973年小屯南地發掘中T53（4A）、H104出自組卜辭，H102出午組卜辭，H107自組和午組卜辭共出，其皆屬於殷墟文化第一期地層。1991年花園莊南地發掘中發現1片字體屬於午組卜辭的卜骨，出於殷墟文化第一期地層。其次，兩者在鑽鑿方面也有共通之處，如其皆可分爲三種形式，分爲是規整的弧形鑿、尖頭直腹鑿和圓鑽內包攝長鑿。〔註5〕

目前爲止對午組卜辭作過較全面考察有肖楠〈略論午組卜辭〉、前川捷三〈關於午組卜辭的考察〉、陳建敏〈論午組卜辭的稱謂系統及其時代〉、黃天樹〈午組卜辭研究〉，以及晚近蔣玉斌的博論《殷墟子卜辭的整理與研究》中「乙種子卜辭」。〔註6〕

二、《合集》所收錄的一二七坑午組卜辭

關於《合集》中對一二七坑午組卜辭的著錄及綴合，《合集》把它放在第七冊，列爲「丙一類」，著錄號爲22043-22129，其內容括一二七坑出土的龜甲以及著錄在《前編》、《續存》、《善齋》、《鐵》、《粹》等的甲骨。蔣玉斌曾統計過

〔註4〕　方述鑫：《殷墟卜辭斷代研究》，頁86。

〔註5〕　劉一曼：〈考古學與甲骨文研究〉，《考古》1999年第10期。

〔註6〕　肖楠：〈略論午組卜辭〉，《考古》1979年6月；前川捷三（Maekawa Shozo）：〈關於午組卜辭的考察〉（范毓周譯），《古文字研究》第八輯（北京：中華書局，1983年）；陳建敏：〈論午組卜辭的稱謂系統及其時代〉，《全國商史學術討論會論文集》（《殷都學刊》增刊，1984年）；黃天樹：〈午組卜辭研究〉，《甲骨文發現一百周年學術研討會論文集》（台北：文史哲出版社，1998年）。

一二七坑中的午組卜辭片數，以爲「《乙編》中的乙種子卜辭，沒有背甲，主要是腹甲，有 161 號（其中乙 7543 爲乙 5483 的部分重出）；另有骨 3 號 2 片，即乙 8663（合 22084）、乙 8670（正）、乙 8671（反）（合 22062 正反）。《乙補》又著錄乙種子卜辭 8 片，均爲腹甲。以上兩次先後著錄的 YH127 坑乙種子卜辭共 172 號，170 片。其中有 100 號（99 片）可以綴合爲 26 版，因此綴合後總數爲 97 版」。〔註 7〕

《合集》中對《乙編》或《丙編》甲骨作綴合的有：

1. 合 22049=乙 5162+乙 5178+乙 4860+乙 5596〔可加綴乙 5156（林宏明綴）〕

2. 合 22055=乙 1764+乙 1015+乙 1434+乙 1538+乙 1603〔可加綴乙補 1534、乙 1557（林宏明、蔣玉斌綴）〕

3. 合 22063=左右（乙 7512+乙 8413）+中（乙 8407）〔左右可再加綴合 22088+合 22186+合 22113+乙 8454+乙 8443+乙 8384（林宏明綴）〕

4. 合 22066=乙 6687+乙 2061+乙 2254+乙 7379〔可加綴乙 2112（蔣玉斌綴）〕

5. 合 22070 甲=乙 5410；合 22070 乙=乙 1173〔可加綴乙補 217+乙補 890（蔣玉斌綴）〕

6. 合 22074=乙 5328+乙 5455

7. 合 22075=乙 4857+乙 4333+乙 6298

8. 合 22076=乙 1430+乙 762

9. 合 22078=丙 614+乙 4811+乙 5113

10. 合 22079 甲=乙 1444；合 22079 乙=乙 1464〔可加綴合 22101、合 22129（魏慈德、蔣玉斌綴）〕

11. 合 22083 甲=乙 7900；合 22083 乙=乙 7336

12. 合 22091 甲=乙 3803+乙 3259+乙 3065；合 22091 乙=乙 7318〔可加綴合 22212+合 22309+乙補 3399+乙補 3400+乙補 6106+合 22124+合 22410+合補 5638+合 22418+乙 8557（蔣玉斌綴）〕

13. 合 22093=乙 4505+乙 4719+乙 8587〔可加綴 4944（蔣玉斌綴）〕

〔註 7〕 蔣玉斌，《殷墟子卜辭的整理與研究》，頁 71。

14. 合 22098＝乙 3521＋乙 5483＋乙 5519＋乙 5825

15. 合 22101＝左（乙 982＋乙 983）＋（乙 2854）〔左可加綴合 22129＋合 22079 甲乙（魏慈德、蔣玉斌綴）〕

16. 合 22104＝乙 4581＋乙 8113

17. 合 22206 甲（乙 804＋乙 973＋乙 1780＋乙 1855）-合 22206 乙（乙 1479＋1623）＋合 22187（乙 1428）（當爲午組，合集誤入丙二組）

本組比較重要的綴合有：

張秉權加綴部分

　1. 合 22050（乙 4520＋乙 4522＋乙 4678）＋合 22103（乙 6390）

　2. 合 22101（乙 982＋乙 983）-乙 975＋乙 1470

作者加綴部分

　合 22101（乙 982＋乙 983）＋合 22129（乙 1625）-乙 975＋乙 1470＋乙 1062（圖 1）

林宏明加綴部分

　合 22049（乙 5162＋乙 5178＋乙 4860＋乙 5596）＋乙 5156（圖 2）

　合 22088（乙 4549）＋合 22063 部分（乙 7512＋乙 8413）＋合 22113（乙 8435＋乙 8441）＋合 22186（乙 8406）＋乙 8455＋乙 8443＋乙 8384＋乙 8454（圖 3）

其餘綴合可參見本章末附表。

而爲《合集》所遺漏，未將之列入「丙一類」中的有：

　乙 845、乙 848、乙 1185、乙 1330、乙 1460、乙 1464、乙 1558、乙 1785、乙 1769、乙 1774、乙 1847、乙 1851、乙 8406（誤入第七冊丙二類中）

第二節　一二七坑午組卜辭的排譜

一、一二七坑午組卜辭的排序

以下先依干支月份將一二七坑的午組卜辭排序。

第一旬

（1）甲子卜：㪅羊一于內乙用。〔註8〕　　乙 1783（合 22060）1.7-2.2M

（2）a¹ 甲子：屮歲于下乙羊。

　　a² 余屮歲于且戊三羊。

　　b¹ 辛未卜：叀庚辰用羊于子庚于▢用。

　　b² 辛未卜：▨四宰。　　丙 614+乙 5113（合 22078）南二+南三

（3）a¹ 辛未：于妣▢

　　a² 于妣癸　　乙 2062（合 21874）1.7-2.2M

（4）a 壬申卜：弞于蔡犸。三

　　a¹ 壬申卜：步。

　　a² 癸酉卜：步。

　　　　癸酉卜：犸內乙牢。

　　　　▢酉犸內乙牢。

　　a³ 甲戌步

　　b 丙子卜：燾牛于且庚。三

　　a⁴ 丁丑卜：步黃采。

　　b¹ 癸未卜：叀羊于下乙。

　　b² 癸未卜：叀羊于子庚。

　　b³ 癸未卜：屮歲牛于下乙。

　　b⁴ 癸未卜：燎下乙。

　　c 癸▢自▢✚于

　　d¹ 乙酉卜：屮歲于內乙。

　　d² 乙酉卜：屮歲于下乙。

　　e 丙戌卜：啓。

　　f 丙戌卜貞：㰹至自亡若。

　　a² 丙戌卜貞：亼以戌。

　　a³ 丙戌卜：弗隹以戌。

　　c¹ 己丑卜：啓日今。

　　c² 己丑啓。

〔註8〕「內乙」一名，或隸作「入乙」，在此一律隸成「內乙」。

　　　　g 庚寅卜貞

　　　　d 辛卯卜：翌步亡𡆥。

　　　　辛卯卜：𡆥𡆥。

　　　　乙 4549（合 22088）＋乙 8406（合 22186）＋乙 7512＋乙 8407＋乙 8413

　　　　（合 22063）＋乙 8455＋乙 8443＋乙 8384＋乙 8454　南二＋3-4.5M

　（6）a 壬申𠃌

　　　　b 𠃌重降𠃌　　乙 1520（合 21958）1.7-2.2M

第二旬

　（7）a^1 己卯卜：降用尹司于父乙亡𡆥尹。〔註9〕

　　　　$a^{1\cdot}$己卯卜：弜降用尹司于父乙亡𡆥尹。

　　　　a^2 囗卯卜貞：二𢀝弜降用亡𡆥尹。

　　　　a^2 𠃌貞：用三𢀝降用亡尹。　　乙 7336＋乙 7900（合 22083 甲乙）

　　　　3-4.5M

　（8）a^1 甲戌貞：妣乙𡧄又歲。

　　　　a^2 甲戌貞：妣癸𡧄又歲。

　　　　a^3 甲戌貞：妣辛𡧄又歲。

　　　　a^4 甲戌貞：又妣己歲𡧄勺。

　　　　a^5 乙亥貞：用𡉚妣乙不。

　　　　b 丁丑囗卯夢自且庚至于父戊。

　　　　c 甲酉貞：又𠃌妣壬。

　　　　d^1 貞𡧄歲

　　　　d^2 甲寅貞：𡧄又歲母戊。

　　　　d^3 𠃌母戊𠃌　　合 22206 甲（乙 804＋乙 973＋乙 1780＋乙 1855）-合

　　　　22206 乙（乙 1479＋1623）＋合 22187（1428）1.7-2.2M

　（9）a^1 癸未卜：钔余于且庚羊豕𢦏。

　　　　a^2 于且戊钔余羊豕𢦏。二

　　　　a^3 于子庚钔余母宰又𢦏。

〔註9〕關於「亡𡆥尹」一語，沈培以之和「丁亥貞：今夕亡震師」比較，提出「亡𡆥尹」
　　　當看成是主語後置詞。

a⁴ 叀宰又彶

a⁵ 弜屮歲羊

a⁶ 屮歲

b¹ 庚子卜：父戊、子庚、父丁、父戊。

b² 至父戊　　乙 4521（合 22047）南二

第三旬

（10）甲申卜：叀虤于母戊。　　乙 762+乙 1430（合 22076）1.7-2.2M

（11）a¹ 乙酉卜：□𣂁（新）于□戊。

a² 乙酉卜：𡊄𣂁于父戊白方（殷）。

a³ 乙酉卜：𡊄𣂁于妣辛白𢀜豕。

a⁴ 叀小牢于父戊。

a⁵ 丙戌卜：且戊七月。

b¹ 己丑卜：歲父二丁戊（父丁父戊）牝。

b² 己丑卜：𡊄于帚（上庚）〔註10〕卅小牢。

b³ 己丑：余至犿羊。　　乙 4603（合 22073）南二

（12）a¹ 乙酉卜：𡊄家莫于下乙五牢鼎用。

a² 乙酉卜：𤰔𓏪毋入。

a³ 乙酉卜貞：𤰔今夕入𓏪于亞

b¹ 庚戌卜：𤰔不余亡孽。

b² 庚戌卜：☑于☑𓏪

c¹ 辛亥卜：叀至𨳯。

c² 不至

c³ 辛用

d¹ 丙辰卜：凡又正。

〔註10〕 此字黃天樹讀作「上庚」（〈午組卜辭研究〉）。這個字又見於合 22075，朱鳳瀚以為「《類纂》釋帚為帝，但帝的字形中下部具有所謂束薪的結構特徵，不可更改。而帚字則包含與庚字相近似的結構，實非帝字。22075 同版乙卯日卜屮歲于父己、兄己與武，疑帚與武皆為該占卜者貴族先人之名號或溢美之稱，類似于王卜辭中稱大乙為唐或成。」〈商人諸神之權能與其類型〉，《盡心集：張政烺先生八十慶壽論文集》（北京：中華書局，1996 年）。

d^2叀新工凡　乙3065+乙3259+乙3803（合22091甲乙）+合22212+合22309+乙補3399+乙補3400+乙補6106+合22124+合22410+合補5638+合22418+乙8557南一

（13）a辛卯卜：□亡𠤎。

b^1癸巳卜：桒𡚬（直）于且戊。

b^2癸巳：余桒𡚬于且壬。

b^3癸巳卜：夫𡚬。

c^1甲午：箙𠨧𡆥八月。

c^2甲午：箙亡𡆥。

c^3甲午：㞢𡆥。

d甲午卜：燎于𡆥允若。

e乙☐余令𠂤朕釆𡚬于夫□于□

f^1乙未卜：于妣壬桒生。

f^2于妣壬桒。

f^3于妣己桒。

f^4于妣癸。

f^5于妣辛。

g^1戊戌卜：𡆥不隹𠤎啓千在乇㞢于內戊。

g^2叀乇母石𠤎　乙4520+乙4522+乙4678+乙6390（合22050+乙6390）南二+南五

（14）a^1丙戌卜：㞢于父丁叀䖵。

a^2丙戌卜：受（興）〔註11〕于宗北。

a^3𠬪（獲？）于墉𢀛（拯）言。　乙766（合22072）1.7-2.2M

（15）a^1丁亥卜：汝㞢疾于今二月弗水。

a^2丁亥卜貞：㞢疾其汝水。

a^3丁亥卜：㞢歲于二示父丙暨戊。

a^4丁亥卜：㞢歲于妣戊冄□□乙㞒。

〔註11〕此字形似「受」字，黃天樹以爲是「興」字之省，爲午組卜辭常見祭名。〈午組卜辭研究〉，頁259。

　　　　b 癸巳卜：甲午歲于內乙牛七月。　　丙 613（合 22098）南一+南四

（16）a¹ 戊子卜：于來戊用羌。

　　　a² 叀今戊用。

　　　b¹ 庚寅卜：于妣乙用。

　　　b² 庚寅卜：勺𠂤妣且庚。

　　　c¹ 戊戌卜：庶至今辛。

　　　c¹˙不至庶今辛。

　　　c³ 子竹犬

　　　c⁴ 戊戌卜：虫戊（歲）父戊牛一于宮用不。〔註12〕

　　　c⁵ 叀牛妣父戊。

　　　c⁵˙弜用牛妣父戊。

　　　c⁷ 牢父戊。

　　　d¹ 己亥卜：至營□母己。

　　　d² ☑至營今

　　　d³ 己亥卜：不至營。　　乙 5321（合 22045）南四

（17）a¹ 戊子卜：虫勺歲于父戊叏用今戊。

　　　a² 戊子卜：叀今戊用。

　　　a³ 用

　　　a⁴ 戊子卜：用六卜。

　　　a⁵ 戊子卜：𪊨至來戊酒用。

　　　a⁶ 戊子卜：至子钌父丁白豕。

　　　a⁷ 戊子卜：至子钌子庚羌牢。

　　　a⁸ 戊子卜：至☑钌子庚☑

〔註12〕關於這一條卜辭，李學勤在〈關於皀組卜辭的一些問題〉中隸爲「戊戌卜，虫歲父
戊，用牛于宮不？」並以爲其和乙1428，即上（8）辭「乙亥貞用土妣乙不」兩辭，
是午組卜辭以「不」作語尾助詞的例子。然這種把「不」當語尾助詞的說法，裘
錫圭反對。其以爲「卜辭末尾的否定詞『不』，有些是驗詞，有些是用辭，還沒有
發現任何確與後世『否』相當的用例」，所以這兩個「不」，可能都是「不用」的
省略。裘錫圭：〈關於殷墟卜辭的命辭是否問句的考察〉《古文字論集》（北京：中
華書局，1992年），頁261。

a⁹ 至☒卻父丁☒

b¹ 壬辰卜：至日。一二三四五六七八九十十一

b2 壬辰卜：至日。一二三四五六七八九十十一 〔註13〕

b²'弜至　　乙 5399（合 22046）南四

（18）a 丙戌卜：桒于四示（主）。

b ☒牢又鬯于下乙　　乙 8670（合 22062 正）1.7-2.2M

（19）a¹ 癸巳卜：牢五不用。

a² 癸巳卜：屮歲于且戊牢三。一

a³ 癸☒來☒歲☒祖☒ 一二三

a⁴ 癸屮歲祖☒牛一。一二三

a⁵ 癸巳卜：燎于□♌征。一二三

a⁶ 癸巳卜：卻于妣辛豕五。一二三

a⁷ 甲午卜：兄卻于妣至妣辛。一二三

a⁸ 甲午卜：兄卻于內乙至父戊牛一。四五六

a⁹ 甲午卜：卻于內乙。一二三

a¹⁰ 甲午卜：卻父己。一二三

a¹¹ 乙未卜：卻于妣乙。一二三

a¹² 乙未卜：卻于妣辛妣癸。一二

a¹³ 重犰

a¹⁴ 重羊

a¹⁵ 乙未卜：重犰。一

a¹⁵'乙未卜：弜　　丙 92（合 22074）南四

第四旬

（20）甲午卜貞：弜　　乙 1536（合 22118）1.7-2.2M

（21）a¹ 乙未卜：用豕于妣乙。

a² 重至用于丁

a³ 重麂☒于妣乙

〔註13〕本條對貞卜辭的序數爲一至十一，爲卜辭中僅見，見宋鎮豪：〈再論殷商王朝甲骨
占卜制度〉，《歷史博物館館刊》2000 年第 2 期。

a⁴ 乙未卜：☒龏妣乙。

a⁵ 叀羊

a⁶ 屮豕

a⁷ 乙未卜：郭卜丙羊。一

a⁸ 乙未卜：郭于妣乙羊。

a⁹ 丙申卜：歲屮于父丁。

a¹⁰ ☒豕于父丁　　乙 2061＋乙 2254＋乙 7379（合 22066）

1.7-2.2M+3-4.5M

（22）a¹ 乙未卜

a² 乙未卜☒取☐

b 丁酉卜：步追。　　乙 5523＋乙 5521（合 22119 甲乙）南四

（23）丙申卜叀　　乙（17741.7-2.2M）

（24）a¹ 庚子卜：屮歲于庚且。

a² 庚子卜：屮歲于子庚。　　乙 1444-乙 1464（合 22079 甲乙）1.7-2.2M

（25）a¹ 壬寅☐卜：令營復㠯。

a² 壬寅☐卜：屮于妣戊。

a³ 壬寅☐卜：弜石郭于妣癸畀豕。

a⁴ 弜畀豕

a⁵ 來癸于妣癸用戼七歲。

a⁶ 于妣癸石戼畀豕。

a⁷ 壬寅☐今日雨。

b¹ 壬辰卜：余屮（直）采于父丁畀豕日戼不以戈。

c¹ 乙亥卜：燎于土，雨。

c² 己啓。

d¹ 壬戌卜：癸亥牛二于父戊。

d² 石郭于庚。　　乙 4925（合 22048）南二　　同文例可見乙 6390

（26）a 辛丑卜：乙巳歲于天庚。

b¹ 壬寅卜：郭彙于妣。

b² 壬寅卜：郭彙于父戊。

b³ 壬寅卜：彙亡困。

b⁴ 壬寅卜：釾石于戊。

c¹ 乙巳：于天癸▨

c² 釾石于安豕屮𢆶。

c³ 其⬚⬚　　　乙 6690（22094）3-4.5M

c⁴ 隹且□

（27）a¹ 己亥卜：屮歲于天庚賈用昜豕。

a² 庚子卜貞：母辛𢀖釾亡困。

a³ 癸卯卜：屮⬚。三

b¹ 戊辰卜：釾母辛妣乙豕。

b² 燎于⬚牢

b³ ▨卜▨帝𢀖又困　　　乙 5384（合 22077）南四

（28）a¹ 癸卯卜：彙

a² 夫釾彙十一月

a³ 石

b 丙午⬚卜：屮歲于父丁羊。　　乙 4505+乙 4719+乙 8587（合 22093）

南二

（29）a¹ 癸卯卜：貞不步。

a² 甲辰卜貞：戊□錫商，之夕雨。

a³ 乙巳卜貞：困。

b 癸丑卜：不酚獲奠。十月。　　乙 4581+乙 8113（合 22104）南

二+3-4.5M

第五旬

（30）a¹ 乙巳卜貞：于翌丙告人于亞雀。

a² 乙巳卜：夕告肉于亞雀。

b¹ 乙巳卜貞：石疾不征。

b¹˙其征

c¹ 丙午卜：⬚重⬚于⬚（受）〔註14〕丁。

〔註14〕「⬚丁」當釋爲「受丁」，而陳夢家《殷虛卜辭綜述》中誤釋爲「母丁」。見裘錫

c^2 丙午重𣄼。

d^1 丁未卜：降令囚重豕。

d^2 丁未卜：又歲于□□牛

e^1 戊申卜：衭彙于父戊。

e^2 戊申卜：衭彙妣己。

e^3 戊申卜貞：彙延于𤔲。

f^1 乙卯卜：又歲于内乙宰用。

f^2 内乙用　　乙 3478（合 22092）南一

（31）a^1 丁未卜貞：其田東。

a^2 丁未卜：田于西。

b^1 丁未卜：其征𢦤（戎）翌庚戌。

b^2 丁未：不征𢦤（戎）翌庚戌。

c^1 丁未卜：其牢。

c^2 丁未卜：其衭。

c^3 丁未☒衭

d^1 丁未卜貞：令戉光㞢獲羌馘五十。

d^2 庚戌卜貞：比羌田西于囚。

d^3 庚戌卜貞：余令陕比羌田亡囚。

d^4 庚戌卜：往田東。

d^5 庚戌卜：往田于東。

d^6 往南

e 丙子卜貞

f^1 步丁

f^2 戊寅卜步☑　　乙 4692（合 22043）南二

（32）a 丁未卜：凡史且于且壬□𡱒往。

b^1 己酉卜

b^2 己酉卜：重牛于石甲。

b^3 己酉卜：㞢歲于且。

圭：〈評殷虛卜辭綜述〉，《文史叢稿》，頁 224。

b⁴庚戌卜：羌于帝。

b⁵庚戌卜：屮歲下乙。

b⁶辛亥卜：翌用于下乙。

b⁷辛亥卜：燎羊。

b⁸辛亥卜：帝一牛。

c¹辛亥卜興☒

c²辛亥卜：興父戊。

c³辛亥卜：興且庚。

c⁴辛亥卜：興子庚。

c⁵辛亥卜：興司戊。

d¹丙辰卜☐

d²丙辰卜貞　　乙5327（合22044）1.4-1.7M

（33）戊申卜：祉生五姚于乙于父己。　　乙1704（22100）1.7-2.2M

（34）庚戌☒　　乙3847（南一）

（35）a¹庚戌卜：朕耳鳴屮卲于且庚羊百屮五十八屮母用汱今日。

a²庚戌卜：叀𤔲卲往。

a³庚戌卜：屮☐卲于姚辛暨父丁及隹之屮𤔲。

a⁴庚戌卜：余自卲。

b¹丁巳卜：若翌日告子。

b²丁巳卜：至今☒

c¹戊午卜貞：帚石力（妨）。十月。

c²戊午卜：內𤔲力（妨）。

c³戊午卜：姜力（妨）。

c⁴戊午卜：笶（妨）。

c⁵戊午卜：帚石力（妨）。

c⁶戊午卜：卲石。

c⁷戊午卜：石𧈢疾𤵮不匄。

c⁸辛酉卜：𤔲祉屮生。

d¹辛酉卜：其卲𤔲。

　　　　d² 辛酉卜：钔于屮亘雺。　　　　乙 5405（合 22099）南四

（36）a¹ 辛亥卜：屮歲于帚（上庚）羊。

　　　　a² 乙卯卜：屮歲父己。

　　　　a³ 屮歲于受工牢。

　　　　a⁴ 屮歲于兄己。

　　　　a⁵ 屮歲于武。

　　　　b¹ 甲戌卜：余用丁。

　　　　b² 乙亥卜：我于𡪡在入馬于龍。　　　　乙 4857+乙 4333+乙 6298（合

　　　　22075）南二＋南五

（37）a¹ 壬子卜貞：又其歸父亡大吉。

　　　　a² □犾□爵于□

　　　　b¹ 甲寅卜：又食告。一二

　　　　b² 貞：冉乇告不。

　　　　c¹ 甲子卜：又妣乙勺。一二

　　　　c² 貞：子妾不乍莫。　　　　丙 610（乙 4508+乙 4545，合 22067）南二

（38）甲寅钔□

　　　　罍析　　　　乙 1568（合 21848）1.7-2.2M

（39）a¹ 丙辰卜：歲于且己牛。

　　　　a² 內己

　　　　a³ □夫于囧

　　　　a⁴ □歲卜□

　　　　a⁵ □屮于犾牛　　　　乙 1015+乙 1434+乙 1538+乙 1603+乙 1764+乙補

　　　　1534（合 22055+乙補 1534）1.7-2.2M

（40）丙辰卜于□　　　　乙 7760（合 22121）3-4.5M

（41）a¹ 丙辰卜：貞余用卜。二三 〔註15〕

　　　　a² 重牛

〔註15〕此條卜辭的兆序「三」緊連在「卜」字之下，故郭振彔提出這是殷人卜用「三卜」
　　　　的紀載。然該版明顯有一和二兩個兆數，所以當看作兆數才是。然這一類卜辭確
　　　　有用某次卜的記載，如乙 5399（合 22046）即言「戊子卜，用六卜」。

a³ 叀埋（羊） 乙 3558（合 22123）南一

（43）a¹ 戊午卜：至妻衵叀父戊良又𠬝。

a² 戊午卜：衵司戊𠬝。〔註16〕

a³ 戊午卜貞：妻父𠬝今夕。〔註17〕

a⁴ □午卜：衵𠬝叀內戊□

a⁵ 至𤔔羊

a⁶ 叀𢍝豕

a⁷ 戊午卜

a⁸ 貞不死□

a⁹ □衵于□甲

a¹⁰ 于子庚衵𠬝 合 22049（乙 4860+乙 5162+乙 5178+乙 5596）+

乙 5156 南二+南三+南四

（44）戊午□汋□ 乙 848（1.7-2.2M）

（45）a¹ 戊午：叀豕妣乙。

a² 戊午：衵虎于妣乙叀𢍝豕。

a³ 叀豕

b¹ 壬戌：子夢見邑奉父戊。〔註18〕

b² □戌卜：蔡侯□余工乎見尹以蔡侯抑。〔註19〕

c¹ 甲子卜：三牝內乙。

〔註16〕此處的「司戊」其「司」字爲反寫不從口的司字，《殷虛卜辭綜述》誤作「外戊」今
從裘錫圭〈評殷虛卜辭綜述〉正之。「司戊」當讀爲「姒戊」，「姒」爲女子尊稱。見
裘錫圭：〈說「姛」〉，《古文字與古代史》第二輯（台北：中研院史語所，2009 年）。

〔註17〕「𠬝」字又見於花東卜辭中，其又可作「𢾅」（花東 2）、「𢿨」（花東 44），黃天樹以
爲「𢿨」字右上所從爲聲符，乃「𢆉」的省體，而當通讀爲「瘥」。見氏著：〈殷墟甲
骨文「有聲字」的構造〉，《中研院史語所集刊》第七十六本二分（2005 年），頁 339。

〔註18〕陳夢家曾誤釋「見邑」兩字爲「母丁」，而提出午組卜辭有母丁的稱謂，見裘錫圭：
〈評殷虛卜辭綜述〉，《文史叢稿》，頁 224。

〔註19〕這裏的「蔡侯」有些學者釋作「舞侯」，如肖楠〈略論午組卜辭〉文中所載。然其
字唐蘭提出與像人形腳脛有毛的蔡字爲同一字，故當讀爲蔡侯，見裘錫圭：〈釋
求〉，《古文字論集》，頁 61。又句末的「𠬝」也當作疑問語氣詞「抑」解，見裘錫
圭：〈關於殷墟卜辭的命辭是否問句的考察〉，《古文字論集》，頁 255。

c² 甲子卜：二牝內乙。

c³ 甲子卜：三牢于內乙。

c⁴ 甲子卜：用翌內乙日允。

c⁵ 內乙用

c⁶ 甲子卜：屮歲妣己羊。

c⁷ 甲子卜：夕有歲父戊。　　乙 5394（合 22065）南四

（46）a 庚申卜：燎卟子自且庚𠂤至于父戊抑。

b 辛未卜：卯于且妣䢔。

c 丁酉卜：重䢔羊。　　乙 982+乙 983+乙 1625（合 22101+合 22129）

1.7-2.2M

無干支者

（47）庚卟𢻱　　乙 1476（合 22106）1.7-2.2M

（48）a 貞牛

b ☑𤔲史　　乙 2580（1.7-2.2M）

（49）a ☑卜：卟于☑

b 于子庚卟𠬝　　乙 5156（合 22081）南三

（50）☑卜貞𢀇皿

我彙得　　乙 3869（合 22095）南一

（51）亞隹𤔲　　乙 858（合 22089）1.7-2.2M

（52）a1 壬午卜：妣丁羊。

a2 壬午卜：重羊于妣丁。　　乙 1173+乙 5410（合 22070 甲乙）

1.7-2.2M+南四

　　從上述卜辭的出土坑位可知午組卜辭的分布不似子組卜辭那樣的集中於 1.7-2.2M 處，而是分散於各層，從坑口 1.4 處到距坑口 4.5M 處都有零星的分布，但仍較多的集中於 1.7-2.2M 處，推測如果午組和子組甲骨都是在占卜完後大量被傾倒入一二七坑中這個假設成立的話，則午組卜辭當早於子組卜辭被倒入坑中，所以才有比較多的甲骨滑落到更下面的坑層中。

　　在上列卜辭中可以得到干支和月份的有七條，分別是（11）的七月和「丙戊」、（13）八月和「甲午」、（15）的二月和「丁亥」以及七月和「癸巳」、（28）

的十一月和「癸卯」、(29) 的十月和「癸丑」、(35) 的十三和「戊午」，若依夏
含夷微細斷法，可將單月第一日所在參量以及正月一日所在參量推算出如下。

編　　　號	記　　日	單月第一日 所在參量	正月一日 所在參量	比較結果
1.（11）乙 4603	丙戌（7/23）	7:54-23	1:57-26	
2.（13）合 22050	甲午（8/31）	9:32-01	1:36-05	01-5；56-60
3.（15）丙 613	丁亥（2/24）	3:25-54	1:26-55	26-33
4.（15）丙 613	癸巳（7/30）	7:01-30	1:04-33	26-33
5.（28）合 22093	癸卯（11/40）	11:11-40	1:16-45	26-33
6.（29）合 22104	癸丑（10/50）	11:51-20	1:56-25	01-5；56-60
7.（35）乙 5405	戊午（10/55）	11:56-25	1:01-30	

　　上述的正月一日所在參數量中有二組完全不能排入一年之內，即第 3.(15)
丙 613 七月的「癸巳」和第 6（29）合 22104 十月的「癸丑」表示這是完全不
同的兩個年份，若我們分兩組來討論前一組以第 3（丙 613）為主，並將第 6
這個干支月份排除掉，後一組以第 6（合 22104）為主，並將第 3 這個干支排除
掉來看的話，可發現在前一組中（即第 1、2、3、4、5、7 的干支月份）中第 1
（乙 4603）的干支月份和第 2（合 22050）的干支月份同時存在時完全無法和
第 3（丙 613）的干支月份有交集，所以第 1 和第 2 其中有一個干支月份和第 3
是屬於不同的兩年，而若把第 2 排除掉時第 4、第 5、第 7 皆可與第 1 合。假如
把第 1 排除掉，則發現第 4、第 7 無法和第 2 排入以第 3 為基準的一年內。

　　接下來看後一組，以第 6（合 22104）為主的這一組中，第 2 和第 5 完全無
法和第 6 排入一年之內，所以肯定第 6 和第 2 或第 5 個干支月份中的某一個不
是一年內的干支，而排除掉第 2 或第 5 中的某一個後，再來和第 6 作交集，則
第 1、第 4、第 7 都可排入以第 6 為基準的一年之內。

　　以上所提供的線索是第 3 和第 1、2 的干支月份無法同時存在於一年之
內，而第 6 和第 2、第 5 的干支月份也無法同時存在於一年之內。在丙 613 中
的兩個月份我們先肯定它們是存在於一年之內的干支，如此可將這七個干支區
分為二大組群，一是第 3 和第 4 及第 5 這一年；一則是第 6 及第 2 這一年，至
於第 1 和第 7 的干支月份則是不管排在第一組年或第二組年皆可排入，所以我
們以第 3、第 4、第 5 三個干支月份算出這一年的正月一日可能是在第 26 個干

支（己丑）到第 33 個干支（丙申）之間，若加上第 1 個干支月份的限制，則正月一日是第 26 個干支（己丑）；在第 2 及第 6 這一年中，正月一日可能的干支爲第 1（甲子）到第 5（戊辰）之間或在第 56（己未）到第 60（癸亥）之間，若加上第 7 的限制，則變成在第 1 到第 5 個干支之間。

可作爲標準區別出不同年份的卜辭如下：

一、3-4-5 組月

（15）a^1 丁亥卜：汝出疾于今二月弗水。

a^2 丁亥卜貞：出疾其汝水。

a^3 丁亥卜：出歲于二示父丙暨戊。

a^4 丁亥卜：出歲于妣戊丙□乙殳。

b 癸巳卜：甲午歲于內乙牛七月。

（28）a^1 癸卯卜：彙。

a^2 夫钔彙十一月

a^3 石

b 丙午∅卜：出歲于父丁羊。

二、6-2 組月

（13）a 辛卯卜：□亡匕。

b^1 癸巳卜：秦直于且戊。

b^2 癸巳：余秦直于且壬。

b^3 癸巳卜：夫直∅

c^1 甲午：巫龠囚。八月。

c^2 甲午：巫亡囚。

c^3 甲午：出囚。

d 甲午卜：燎于出允若。

e 乙∅余令戈朕采直于夫□于□

f^1 乙未卜：于妣壬秦生。

f^2 于妣壬秦

f^3 于妣己秦

f^4 于妣癸

f5 于妣辛

g1 戊戌卜：𡧊不隹𠤎啓千在乇㞢于內戊。

g2 叀乇母石𠤎

（29）a1 癸卯卜貞：不步。

a2 甲辰卜貞：戉□䝕商之夕雨。

a3 乙巳卜貞：囚。

b 癸丑卜：不酌獲奠。十月。

二、午組卜辭的重要事類

在討論午組卜辭的重要事類之前，我們先看關於「𠘧」的問題。前面說過陳夢家把它當作是午組卜辭的貞人之一，後來李學勤一度認爲本組卜辭的貞人只有「𠘧」，而將此類卜辭更名爲「𠘧組卜辭」。〔註 20〕其無法判定「𠘧」是不是貞人的主要原因是出現有「𠘧」的卜辭相當少，總計只有兩條，分別是「甲午卜𠘧𢍏于妣至妣辛」、「甲午卜𠘧𢍏于內乙至父戊牛一」（合 22074），後來由於合 22101 和合 22129 的綴合，使得這個字的卜辭又多了一條，綴合後完整的卜辭爲「庚申卜：帝𢍏子自且庚𠘧至于父戊抑」。〔註 21〕其中這個「𠘧」字在兩個几的上面各多了一短橫，從辭例來看「𠘧」和「𠘧」是同一字是沒有問題的，而這其中比較重要的是這一個「𠘧」並非放在卜字的後面，而是放在命辭的中間，如此一來我們就可以肯定「𠘧」不是貞人名，因爲以貞人身份出現的貞人名不會放在命辭的中間。而從這兩塊龜甲的綴合，也出現了「𢍏子自某𠘧至于某」的辭例，因這個辭例的出現我們可以將合 22074 上的「甲午卜：𠘧𢍏于妣至妣辛」、「甲午卜：𠘧𢍏于內乙至父戊牛一」，分別補上省略的字而成爲「甲午卜：𢍏（子）（自）妣𠘧至（于）妣辛」、「甲午卜：𢍏（子）（自）內乙𠘧至（于）父戊牛一」。而且可以推測當子（占卜主體）字省略時，「𠘧」字可以直接放在𢍏字的前面，而合祭性質仍舊沒有變。午組卜辭時可見子自占問的例子，如「癸未卜：午（𢍏）余于且庚羊豕㞋」、「□于且戊𢍏余羊豕㞋」（合 22047），所以

〔註 20〕李學勤：〈帝乙時代的非王卜辭〉，《考古學報》1958 年 2 期，頁 63。

〔註 21〕合集 22101 本來將乙 982、乙 983 和 2854 綴合在一起，然而乙 2854 並不能綴上，其後我在乙 982 上加綴了乙 1625。而張秉權曾遙綴乙 1470 加乙 975，後來我在張綴的乙 1470 上又加綴了乙 1062。

當出現沒有主詞的衉祭卜辭時，很可能都是替子（午組占卜主體）來占問的。而從這一條新的辭例也可以幫助我們讀通午組卜辭的一些殘辭，如合 22046（乙5399）「戊子卜：至子衉父丁白豕」、「戊子卜：至子衉子庚羌牢」、「戊子卜：至□衉子庚□」、合 22049「戊午卜：至妻衉重父戊良又□」，應該可分別理解作「戊子卜：衉子（自□□）至父丁白豕」、「戊子卜：衉子自（□□至于）子庚羌牢」、「戊子卜：衉（子）（自□）至子庚□」、「戊午卜：衉（子）重父戊至妻良又□」。〔註22〕

與此字用法相近的字可見於屯南出土歷組卜辭的「□」，試比較辭例如下：

庚申卜：帝衉子自且庚　至于父戊抑	（1）甲辰貞：射□以羌其用自上甲□至于父丁重乙巳用伐四十　屯南 636
甲午卜：□衉妣至妣辛	（2）己卯卜，于五示衉王。其□衉　屯南 250
	（3）癸巳貞：其又勺自上甲□至于父丁甲午用　屯南 2124
甲午卜：□衉于內乙至父戊牛一	（4）丁巳卜：□又勺自咸　屯南 313
	（5）甲戌貞：□酓餗自□□至于多毓用牛□羊九，豕十又一□　屯南 1089

從「自上甲□自于父丁」、「□衉」、「□至于多毓」這些辭句來看，知當□出現時都是用於合祭，而此祭不但可行於先祖也可行於先妣，且除了時祭目的外也有衉祭的功能。

若從字形上來看可能是先有「□」形，而此形也可省點作「□」，在歷組卜辭中這個字都只作單一個「□」形，時而加上小點作「□」，甚有作「R」形者，而我們發現在明續 910 中有一個「□」字，這個字讓我們可以將午組和歷組這個異形同義的字可以連貫起來，其演變之跡如下：

□、□（合 22074）→　□（明續 910）→　□（合 27078）、□（屯南 2124）

兩個「□」可以省成一個「□」，正如同「宜」字本作俎上從兩肉片形，也可作俎上從一肉形。關於這個「□」字于省吾最早指出其象几案形，並以爲

〔註22〕對於上引「戊子卜至子衉父丁白豕」及「戊午卜至妻衉重父戊良又□」辭，陳年福誤以爲「至子」、「至妻」是「招致來兒子、妻子」。〈卜辭「衉」字句型試析〉，《古漢語研究》1996 年第 2 期。又第二辭中的「良」字，或是人名。賓組卜辭有「良子弘（強）」、「子弘」者，當是封於良地的子弘，而弘爲其私名。

「其或一足高一足低者，斜視之則前足高後足低。其有橫者，象橫距之形，今俗稱爲橫撐」。並以爲在卜辭中這個字假爲「衁」，《說文》「衁，以血有所刉塗祭也。從血幾聲。」故几祭爲几物牲或人牲，乃獻血以祭。〔註23〕

　　若配合楚簡中的几字來看，包山楚簡中从日从几之字，依李家浩的考釋有「𣅓」、「𣅳」、「𣅲」、「𣅴」四形，〔註24〕其中第一形將象徵几足之附的二短橫作「八」字形，第四形將象徵几足之附的二短橫連作一長橫，這種強調几足之附的寫法在字形上較多的沿續了午組卜辭「几」字的寫法，而几上有一短劃的寫法正同於「兀」字，這一短劃若比較歷組的「𣅉」字來看，或許是指血滴之形。

　　近年來陳劍提出此字當讀爲「皆」，字從「几」得聲，「几」、「皆」上古音都是見母脂部字，其用法與「率」「皆」相近，其意義表「總括」之義。而其還認爲該字所從的小點，可能既非「水」也不是所謂「血滴形」，而是繁化的裝飾性小點或小橫。〔註25〕而沈培則認爲古書中未見有這種用法的「皆」字，該字用法當具有時間上的延續性，懷疑其表示的是「遞及」之「遞」一類的詞。〔註26〕

　　以下再來看午組卜辭的重要事類。

　　午組卜辭的內容以與祭祀有關的卜辭居多，以下先就祭祀部分的卜辭來討論。而在討論祭祀卜辭之前，茲將一二七坑午卜辭中所出現的祭祀對象，依祖、父、妣、母、子、兄的順序表列如下：

甲	乙	丙	丁	戊	己	庚	辛	壬	癸
	祖乙			祖戊		祖庚		祖壬	
	內乙			內戊					
		外丙				上庚			
	下乙			天戊		天庚			

〔註23〕于省吾：《甲骨文字詁林》（北京：中華書局，1979年），頁23。

〔註24〕李家浩：〈包山二六六號簡所記木器研究〉，《國學研究》第二卷（北京：北京大學出版社，1994年）。

〔註25〕陳劍：〈甲骨文舊釋「智」和「衁」的兩個字及金文「𩰫」字新釋〉，《甲骨金文考釋論集》（北京：線裝書局，2007年），頁192。

〔註26〕沈培：〈釋甲骨文、金文與傳世文獻中跟「眉壽」的「眉」相關的字詞〉，《出土文獻與傳世典籍的詮釋－紀念譚樸森先生逝世兩週年國際學術研討會論文集》（上海：上海古籍出版社，2010年），頁35。

石甲	黃乙								
	父乙	父丙	父丁	父戊	父己				
	妣乙		妣丁	妣戊	妣己		妣辛	妣壬	妣癸
				母戊	母己		母辛		
			受丁	司戊	兄己				
						子庚			

而非以干支命名的神祈有⿱、帚、受工、武。

若依黃天樹在〈午組卜辭研究〉中所列的午組稱謂表則可以再補入「祖丁」（英 1916）、「祖辛」（前 1.27.1＋前 3.23.4＋存 2.756）、「南庚」（屯南 2118）、「盤庚」（屯南 2671）、「母庚」（屯南 2673）、「祖癸」（屯南 2771）、「侖乙」（屯南 2696）、「兄癸」（合 22196）、「上乙」（合 22160）。

上面午組卜辭先王名中較有爭議的是「內乙」和「下乙」。關於這兩人最早陳夢家在《殷虛卜辭綜述》中提出這裏的「下乙」就是賓組卜辭中的「下乙」（且乙），而「內乙」則是午組卜辭所特有。後來李學勤在〈評陳夢家《殷虛卜辭綜述》〉中就主張「下乙」不是賓組卜辭的「祖乙」。這種看法基於陳夢家當時還以爲午組卜辭的時代是緊接在賓組卜辭之後，而且把它當成是王卜辭。而李學勤當時則認爲午組卜辭是帝乙時代的非王卜辭，後來前川捷三就曾針對午組卜辭的「內乙」來討論，提出了其非「小乙」的說法。

又因爲在賓組卜辭中，「下乙」也可作「入乙」（內乙），〔註27〕因此就有人提出午組的「內乙」即「下乙」，〔註28〕但我們從合 22088＋合 22113＋合 22186 等（圖 3）上面的對貞卜辭「乙酉卜：屮歲于內乙」、「乙酉卜：屮歲于下乙」及同版卜辭中有先於「癸酉」日卜「午（卯）內乙牢」，後於下一旬「癸未」日，卜「屮歲牛于下乙」來看，還是將之看成兩人比較妥當。至於「下乙」或「內乙」是不是賓組卜辭中的「且乙」，則到目爲止未有任何證據說他們是同一人。而關於其中的「石甲」，裘錫圭提出「石甲」或許可能是「陽甲」的說法。〔註29〕

〔註27〕金祥恆：〈甲骨卜辭中殷先王上乙下乙考〉，未刊稿。見蔡哲茂：《論卜辭中所見商代宗法》第三章「神主的祭祀制度」中的第四節內所引，1991 年。。

〔註28〕見陳復澄：〈殷墟卜辭中的內乙〉，《考古文物》1984 年第 2 期。及島邦男：《殷墟卜辭研究》（中譯本）李壽林、溫天河譯（台灣：鼎文書局，1975 年），頁 82。

〔註29〕裘錫圭：〈殷墟卜辭所見石甲兔甲即陽甲說〉，《古文字論集》，頁 231。

從午組人名命名來看的話，所謂的內、外、天應該都是針對祖而發，因為有了「祖乙」，故同樣以乙日為名的先祖只好用「內乙」、「下乙」之名，而有「外丙」，因此可能還存在著「內丙」（或「祖丙」）一名。

以下針對午組卜辭的祭祀組群作一歸類。

一、祭祀對象以祖輩以為主者

（一）祭祀內乙－下乙、祖戊者

（1）祭內乙用羊，（2）祭下乙歲羊，干支相同，可能為同一事而發。（2）又歲祭祖戊用三羊，說明祖戊當比下乙尊崇。（2）的 b 部分卜問于庚日用羊于子庚，表示是一次卜祭日的祭祀。該辭為 b^1「辛未卜：重庚辰用羊于子庚于◻用」，辭末的「于◻用」若比較（16）c^4「戊戌卜：虫歲父戊牛一于宮用」來看，「于◻用」或許當是於某地用的意思。「◻」字依形或可隸為「合」。午組卜辭中常見宗廟之名，如除了以上的「宮」外，$14a^2$ 有「宗北」。但也有可能是於某地合祭之意，省略地名而直書合用。第（4）亦卜問用羊于子庚，或虫歲或燎于下乙，及次日乙酉虫歲於內乙、下乙之事，可看成是時間接近的同類占卜。

（二）祭祀祖戊－祖庚－子庚

（9）中午組占卜主體余，自卜御疾於祖庚、祖戊以及子庚，而牲品則以較貴重的的羊豕戺為主。

（三）祭祀祖戊－祖壬－父某者

（13）a 在辛卯日卜問「亡岜」後，接著於癸巳日「奉直（值）于祖戊」（b^1）－「余奉直于祖壬」（b^2），又 b^3 的「癸巳卜夫直◻」，和 e 的「乙◻余令戉朕采直于夫□于□」同文，b^3 可依 b^1、b^2 辭補為的「癸巳卜夫戉于祖某」，而 e 辭的于字後當也是祖某。從 b^2 可看出 b^1、b^2「奉直」的主詞為「余」，而 b^3 為「夫」，e 可能是余令戉去作這件事，其中 e 的「朕采直」與 b2 的「余奉直」辭例相當，兩詞或許意思相近。又 $25b^1$ 為「壬辰卜：余直采于父丁畀豕日戺不以戈」，也證明「直采」當是主詞余後的動詞，而「直采」後通常是接「于父（祖）」，表示這個動作的對象是父或祖輩。

（四）祭祀內乙－父戊（姒辛、姒癸）

（19）a^8「甲午卜：爻卲于內乙至父戊牛」、a^7「甲午卜：爻卲于姒至姒辛」、a^9「甲午卜：卲于內乙」、a^{10}「甲午卜：卲于父己」、a^{11}「乙未卜：卲于姒己」、

a¹²「乙未卜：钐于妣辛妣癸」。其中 a⁷「妣至妣辛」或即是 a¹² 的「妣辛妣癸」，而內乙和父戊可與妣辛及妣癸對應。

（五）祭祀外丙－妣乙

（21）a 中卜問於乙未日以豕或羊用於外丙或妣乙，妣乙或是外丙之配。

（六）祭天庚與天癸

（26）辭 a「辛丑卜：乙巳歲于天庚」-c¹「乙巳于天癸☒」，本來貞問是否於乙巳那天歲天庚，而到了乙巳那天反而祭祀了天癸。（27）亦占問於己亥日「屮歲于天庚」

（七）祭父己－兄己－受工－武

（36）於乙卯日占問屮歲於父己或是兄己或受工或武。

二、祭祀對象以父輩為主者

（一）祭祀「父戊、父丁」或「父戊、妣辛」。

（9）的 b 中占問祭祀父丁或父戊。（11）a1、a2 占問乙酉日以白豕御于父戊或妣辛，故妣辛可能是父戊之配，而 b1 則占問於己丑日歲父丁與父戊牝，其中父丁與父戊名為「二父」。a¹ 若依占問時以同輩對貞為主的原則，則可補成「乙酉卜钐𡧛于父戊」。

（二）祭祀「父丙、父戊」。

（15）a³ 中有「屮歲于二示父丙暨戊」語，表示在午組卜辭中父丙和父戊被稱作「二示」，接著又在同一天「屮歲于妣戊𢆶妣乙又」，可能妣戊和妣乙是父丙、父戊之配。

（三）祭祀「父丁、子庚」。

（17）a⁶ 到 a⁹ 占問御父丁與子庚。

（四）祭祀「父戊、妣己」。

（30）e¹-e² 卜問御橐于父戊或是妣己好？。「钐橐」之事可見（26）（28）及（30），（26）問於壬寅日御于妣或父戊，（28）占問於癸卯日御，（30）則發生在戊申日，從壬寅到癸卯到戊申計六日，所以這當是一件事持續的占問，表示六日來橐的病一直都沒好，而（26）b「壬寅卜钐橐于妣」中的「妣」若與（30）比較則指的當是「妣己」。（45）c⁶、c⁷ 占問甲子日屮歲于妣己或父戊，也說明

了父戊和妣己的關係，可能妣己即父戊的配。

（五）祭祀「父丁－妣辛」。

（36）a³ 有占問「钔于妣辛暨父丁」辭，說明妣辛可能是父丁之配。

三、祭祀對象以先妣為主者

（25）a 卜問為弔及石向妣戊或妣癸御疾，以妣戊和妣癸來對貞，表示兩者地位相當。

四、祭祀對象一代以一人為主者

（32）中有興祭，所祭的對象正好分別是祖庚、父戊、司戊、子庚，這個司戊可能是妣戊或母戊，「司」要讀「姒」為年長女性的尊稱。可能午組占卜主體的父輩是父戊，祖輩是祖庚，而司戊為父戊的配偶之一。

（35）辭午組族長親自占問耳鳴之病是否是祖庚所害，因而用了羊一百五十八隻，並對所有的母妣行用祭，[註30] 這也表明祖庚的地位尊崇。

對於以上的歸類，可以發現有以下的特點：

一、對於祖輩的祭祀以祖戊和祖庚為盛

以上祭祀卜辭有內乙、下乙與祖戊對貞者（2），也有祖戊和祖庚（9），祖戊和祖壬（13）並貞者，說明祖戊時常被當作祭祀的對象，表示祖戊和午組占卜主體的關係密切，其很有可能就是午組占卜主體的直系祖輩。

而在（32）的興祭卜辭中祭祀了祖輩的祖庚、父輩的父戊和子輩的子庚，說明祖庚在午組卜辭中重要性同父戊、子庚一樣。而在（46）的合祭卜辭中有「自且庚ǎ至于父戊抑」者，說明祖庚的地位崇高，為一群集合廟主之首，其可能是午組先祖之首，如果這種假設成立的話，在 c¹「辛亥卜興☐」中的☐可能是祖戊，而（32）的興祭卜辭就是占問祭祖庚、祖戊、父戊、子庚四代的事。

其次午組卜辭似乎常以廟號為內、下或內、外的神主名來對貞，如（5）的內乙和下乙；（43）的外戊和內戊。這種情形也是個可注意的現象。

二、父戊可能是午組占卜主體之父

在午組卜辭中祭祀的父輩祖主名中有父丁與父戊對貞者（9），也有父戊與

[註30]「出母」指所有的母妣，見魏慈德：〈讀甲骨文筆記三則〉，第十一屆中國文字學全國學術研討會，台南師範學院（2000 年）。

父丙對貞者（15），而且在此辭中父戊和父丙被稱作「二示」，說明兩者的關係密切，而可注意的是時與父戊並貞的先妣有妣辛和妣己，前者如（11）在乙酉日問是要對父戊還是妣辛用白豕；（30）則是在戊申日御彙，卜問是要祭父戊還是妣己，所以妣辛、妣己兩者都有可能是父戊之配，而（35）有並祭「妣辛暨父丁」者，說明父丁之妣可能也叫妣辛。

在（45）中有壬戌日子夢獻邑幸于父戊的記載，可說明子夢和午組的占卜主體是都是父戊之子。〔註31〕「幸」就是「𫑛（執）」的本字，《說文》收有這二字，且將之放在同一部（十篇下・幸部），言「幸，所以驚人也，從大從𢆶，一曰大聲也」，「𫑛，捕辠人也，從𢆶幸，幸亦聲」。殷墟第十五次的發掘中，在 H358 坑中發現三個載有手枷的陶俑，女俑手枷載在胸前，男俑手枷在背後，其正像執字之形，「執」在此是當俘虜。〔註32〕

三、子庚是午組子輩中地位最尊崇者

子庚是午組卜辭中常見被祭祀的子輩，其可能是午組占卜主體的兄輩，其有見與父輩並貞者，也有見與祖輩並貞者，更常出現在合祭卜辭中，可見其受重視的情況。而在一二七坑午卜辭出現的子輩名還有（45）的「子夢」和（16）的「子竹」、（37）的「子妾」，子竹和子妾可能都是死去的子輩，前者在卜辭中出現以犬來祭祀的記載，後者則占問其是否會作㜪（嘆）。

彭裕商在〈非王卜辭研究〉中曾提出「多子族中以子組家族與王室的關係最為密切，其首領可能是武丁的親弟兄，至少也是從父弟兄。其次是午組家族，其首領可能是武丁的父輩。至於非王無名組和子組附屬組，它們所代表的家族可能與王室關係稍遠而與子組家庭的關係較近。」〔註33〕如果這種假設成立的話，這個子庚或可當作「盤庚」來看，但「盤庚」父為「祖丁」，「祖丁」父為「祖辛」，其似乎又與午組卜辭所反應出的內容不合。

四、其它神主之名

〔註31〕陳建敏在〈論午組卜辭的稱謂系統及其時代〉中也提出父戊是午組主人的生父。但其卻誤以為這個父戊是武丁之兄戊。因從各方面來看午組卜辭的時代要早於賓組，所以午組的父輩，怎麼說也不會是武丁同輩之人。

〔註32〕見胡厚宣：《殷墟發掘》圖版六十四（上海：學習生活出版社，1955年）。

〔註33〕彭裕商：〈非王卜辭研究〉，《古文字研究》十三輯。

　　非以天干地支來命名的神主有（4）的「蔡」、（13）的「㞢」、（32）的「石」。蔡與（45）的蔡侯或許有關，而（32）的「石甲」又可見合22116（前8.8.4），其辭爲「五月甲寅卜㞢石甲牢用」。

　　在午組卜辭中有關祭祀的特點有：

一、於廟號之日卜祭

　　如（2）b卜問在庚日用羊于子庚，（17）a¹卜問於戊子日卜㞢勺歲于父戊，還有（24）a¹「庚子卜：㞢歲于庚且」－a²「庚子卜：㞢歲于子庚」，在庚子日卜問「㞢歲」於祖庚或子庚好不好，從這條卜辭來看知午組卜辭時尚未形成祖甲以後依世系順序來祭祀的周祭制度。而且在此辭中「祖庚」作「庚祖」，爲自組卜辭常見的句法。而（43）也是占問於是否於戊午日御于父戊、司戊或內戊。

二、順祀與逆祀

　　（7）的祭祀卜辭中有「降用」一詞，其對象是「司于父乙」，這裏所謂的「降用」可能是順祀的意思，即依照世系或即位順序來致祭，在以上的午組卜辭中順祀的例子有（19）a⁹「甲午：㞢于內乙」－a¹⁰「甲午卜：㞢父乙」a¹¹「乙未卜：㞢于妣乙」－a¹²「乙未卜：㞢于妣辛妣癸」；（32）b²「己酉卜：叀牛于石甲」－b⁴「庚戌卜：歲于下乙」。其次在（7）中有以「二㞢」、「三㞢」爲牲品者，疑這個「㞢」就是丙540中的「㞢」字。「㞢」在卜辭中是用來說明㞢的單位，[註34]而在卜辭中屢見「用羌」、「用㞢」，因此這個「二㞢弜降用」、「三㞢降用」指的大概是「㞢二㞢弜降用」、「㞢三㞢降用」。

　　上面提到陳劍將「㞢」讀作「皆」，午組卜辭常見「㞢㞢」之辭，如（19）a⁷的「甲午卜：㞢㞢于妣至妣辛。」，a⁸的「甲午卜：㞢㞢于內乙至父戊牛一」。還有（46）a的「庚申卜：燎㞢子自且庚㞢至于父戊抑」。前者爲「皆御于某（先祖）」，指對先祖全部加以祭祀，後者爲「御某人（對象）自某（先祖）皆至于某（先祖）」，其中的「自某皆至于某」也是祭祀對象，只是一個把「㞢」放在動詞「御」前，一個把「㞢」放在被祭祀的廟主名之間而已。

　　根據這個原則，我們似乎可以把「甲午卜：㞢㞢于妣至妣辛」理解爲「甲

［註34］沈培以爲㞢應當是用來說明㞢的，卜辭屢言「㞢㞢」，有時説「㞢幾㞢」，但從未見幾㞢幾㞢説法，説明㞢和㞢不應當是兩種祭牲，㞢應當是説明㞢的。《殷墟甲骨卜辭語序研究》，頁112。

午卜：钔子自妣⊓至于妣辛」，把「甲午卜：⊓钔于內乙至父戊牛一」看作「甲午卜：钔子自內乙⊓至于父戊牛一」。而「钔子自某⊓至于某」的辭例，也可以使我們知道 a[6]「戊子卜：至子钔父丁白豕」、a[7]「戊子卜：至子钔子庚羌牢」、a[8]「戊子卜：至☒钔子庚☒」及 a[9]「至☒钔父丁☒」中的「至子钔子庚（父丁）」都該看作「钔子（⊓）至且庚（父丁）」。

而一二七坑午卜辭中出現的集合廟主之名有（15）的「二示」和（18）的「四示」，前者指父戊、父丙，後者不詳。

三、筮占

（13）c1、c2 有「巫（筮）囲」與「巫（筮）亡囲」，這裏的「巫囲」當是指「筮占」。在商朝時肯定是存在著筮占的，除了《史記・龜策列傳》說到的「聞古五帝三王，發動舉事，必先決蓍龜」外，湖北江陵王家台秦墓出土了，被鄭玄認為是殷易的《歸藏》，說明殷代存在著筮法。〔註35〕而黃組卜辭中習見的「龠巫九备」可能也和筮占有關。〔註36〕

合 22075 中有「五卜」合文，〔註37〕而（17）乙 5399 辭中出現「用六卜」之語，宋鎮豪在〈論古代甲骨占卜的三卜制〉中提出「言六卜者一條，屬一期，……言五卜、六卜者僅見於早期，且為數不多，遠遠抵不上三卜的數量，由此推測，自殷代武丁以來，每每一事多卜，通常是同時利用幾塊龜甲或幾塊牛胛骨占卜同一件事情，其所用甲骨數，早期有用至五塊或六塊以上者，但在一般場合中已逐漸降為每次卜用三龜三骨，而至三四期以後，隨著骨卜的盛行，卜用三骨

〔註35〕 李家浩：〈王家台秦簡易占為歸藏考〉，《傳統文化與現代化》1997 年 1 期。

〔註36〕 魏慈德：〈說甲文骨字及與骨有關的幾個字〉，第九屆中國文字學全國學術研討會，台灣師範大學（1998 年）。「龠」字在王卜辭中因「今」「囲」兩部件經常寫得太開而時被誤認為是「今囲」二字。今從花園莊東地甲骨記事刻辭中有「龠」而得知「今」「囲」當合為一字。魏慈德：《殷墟花園莊東地甲骨卜辭研究》（台北：台灣古籍出版有限公司，2006 年），頁 95。而李學勤曾以為「龠巫九备」一語只見於胛骨，且「备」從各得聲，推測其乃讀為《說文》訓禽獸骨骼的「骼」字，又進一步推測其為戰爭卜辭的習語。《青銅器與古代史》（台北：聯經出版事業股份有限公司，2005 年），頁 152。

〔註37〕 饒宗頤：《殷代貞卜人物通考》（香港：香港大學出版社，1959 年），頁 69。

成爲常制」。〔註38〕這個六卜正可看成是早期的卜法的孑遺。

花園莊東地甲骨出土後，由於有豐富的同文卜辭，所以可作商人卜用龜習慣的參考，據我們的研究，花東卜辭的同文例約有五十三組，這五十三組屬於同一事件分刻於不同骨版上的約廿二組，這廿二組中有些是將一事分刻於二塊龜版上（卜用二龜），有些是刻於三塊龜版上（卜用三龜），而以前者的數量稍多。〔註39〕而我們也可以推測在花東卜辭中，對占卜主體子而言，較重要的事當是「卜用三龜」，同樣是非王卜辭的午組卜辭或許也有相同的現象。

四、尚白豕

在午組卜辭中屢次提到白豕，如（11）a^2「乙酉卜：钌𢆶于父戊白豕」－a^3「乙酉卜：钌𢆶于妣辛白畀豕」；（17）a^6「戊子卜：至子钌父丁白豕」，關於殷人尚白說，裘錫圭曾舉出殷人有尚白馬的觀念，從午組時卜問用白豕來看，祭祀時可能也有以白豕爲上的現象。

（12）有「鼎用」一語，其辭爲「乙酉卜：钌家艱（艱）于下乙五牢，鼎用」，「鼎用」一辭，張玉金在《甲骨文虛詞詞典》中以爲是表「動作行爲正在進行」的意思，〔註40〕然從卜辭的文義來看也有可能是一種祭法。

五、關於夫和𢆶

在午組人物中有一寫法與天癸、天庚的天字同形的人物，在此作「夫」，因爲大、天、夫三者形近，且大、天、夫爲一字的分化，古籍中經常可以通用，所以在此作逕作人名「夫」。夫在午組卜辭中的地位很高，其不但可替彙御疾，也可以替余「𡩬𫎘」，卜辭如（13）「（b^1）癸巳卜：𡩬直于且戊－（b^2）癸巳：余𡩬直于且壬－（b^3）癸巳卜：夫直－（e）乙☒：余令𢆶朕采直于夫☒于☒」，以及（29）「（a^1）癸卯卜：彙－（a^2）夫钌彙十一月」說明其可能和午組占卜主體有親密的血緣關係，故可以替余行事。〔註41〕屯南2241爲午組卜辭，其辭爲「重钌

〔註38〕宋鎭豪：〈論古代甲占卜的三卜制〉，《中國殷商文化國際討論會論文》（1987年）。

〔註39〕魏慈德：《殷墟花園莊東地甲骨卜辭研究》，頁151。

〔註40〕張玉金：《甲骨文虛詞詞典》（北京：中華書局，1994年），頁77。又其在〈論殷代的禦祭〉中，以爲「『禦』的受事賓語有時是『家艱』，『艱』有險惡之義，應該被除」。《文史》2003年3輯，頁9。

〔註41〕喻遂生在〈甲骨文動詞和介詞的爲動用法〉中將此辭隸作「天御量，十一月」（合

弜牛于夫」可以參證。而在賓組卜辭有「王求牛于夫」（合 940）的記載，知這個夫當是個有屬地的貴族。

午組卜辭中還有一個名「𣲾」的人物，「𣲾」這個字還可省手形作「㪍」（合 22086），這個「㪍」字《類纂》（1406 頁）錯釋爲內乙，並將之列在先王名部分。合 22086 上的卜辭爲「壬申卜貞：隹亞涉子。一月。壬申卜貞：亞雀㞢㪍，亡囚。一月。弜㞢㪍，亡囚」。而一二七坑的午組卜辭提到「𣲾」的有「戊申卜貞：彙征于𣲾」（乙 3478）、「丙戌卜貞：𣲾至自亡若」（乙 4549）、「乙酉卜：𣲾𠈓毋入」、「庚戌卜：𣲾不余亡孽」。從這些句子來看，疑似人名或地名。關於「㪍」「𣲾」字，蔡哲茂曾指出「㪍」下半所從的字是「水」的異體，其上半可視爲在水上架設橋梁的象形字，而加上兩個手部偏旁的字，則可能是表示架設之意，故此字當釋爲「橋梁」之「梁」字。〔註42〕

接下我們來看午組卜辭的「秉（禱）生」卜辭。〔註43〕

在（13）f¹-f⁵ 中有一組于乙未日「秉生」的卜辭，占問向妣壬、妣己、妣癸、妣辛四妣秉生，可知這四妣的地位相當。而在（33）中則占問「秉生五妣」，這裏的五妣可能是前面的妣壬、妣己、妣癸、妣辛再加上妣戊。

而在（35）辭中占問於戊午這一天帚石、內𤬣、姜、笂四帚是否能「㚰」，並且在三天後的辛酉替𢆶 秉㞢生。「㚰」，李學勤讀爲「男」，〔註44〕 問「㚰」即問是否能生男孩。（35）與（16）或許是同一件事的占問。

午組卜辭中還有一類卜「步」的卜辭，如（5）「(a¹) 壬申卜步」—「(a²) 癸酉卜步」—「(a³) 甲戌卜步」—「(a⁴) 丁丑卜步黃□」，前三次占問爲每隔一天

22093）。並以爲「天」當指「天庚」，即「大庚」；「量」人名。可以比較。四川大學漢語史研究所編：《漢語史研究集刊》第二輯（成都：巴蜀書社，2000 年），頁 36。

〔註42〕蔡哲茂：〈殷卜辭的「梁」字試釋〉，《2010 中華甲骨文學會創會 20 週年慶國際名家書藝展暨學術論文研討會論文集》，台中文化中心，2010 年 10 月。

〔註43〕關於秉生的意思，冀小軍提出「秉生的生不少人認爲是生育的意思，我們認爲其義近于子。古漢語名動相因，所生之子也可以稱爲生。」〈說甲骨金文中表祈求的秉字〉，《湖北大學學報》1991 年 1 期。

〔註44〕李學勤說最早見引於趙平安：〈從楚簡「娩」的釋讀談到甲骨文的「娩㚰」－附釋古文字的「冥」〉，《簡帛研究二○○一》（桂林：廣西師範大學出版社，2001 年），頁 56。後來又見於李學勤所的寫的〈《殷墟甲骨輯佚》序〉，《文物中的古文明》（北京：商務印書館，2008 年），頁 140。

的卜「步」，及丁丑日的隔三天的卜「步」，而丁丑日的占卜大概已決定了要「步」，故其後接的「黃□」可能是地名或時間名。又（22）b「丁酉卜步追☒」，不知所追為何物，而在（29）中亦有「（a¹）癸卯卜貞：不步」－「（a²）甲辰卜貞：戊□𡭗商之夕雨」－「（a³）乙巳卜貞：囚」－「（b）癸丑卜：不酚獲奠十月」，癸卯步占問的原因可能是為了甲辰日的「𡭗商」，所以步的目的或許有可能是為了至商履行對商王所允諾的𡭗草的任務，而（22）的追或許是為了追回逃離的𡭗民，這裏的「𡭗」也可能是羌𡭗，（31）d¹ 就有「丁未卜貞：令戊光㞢獲羌𡭗五十」的辭例。其次（30）的「獲奠」也可看成追回叛逃的奠人。在（4）、（5）、（30）中都可看出步與啓的關連性，也即天氣的好壞會影響要不要步。

其次，午組卜辭裏也出現了與田獵有關的卜辭，如（31）d 就占問是要田于東或于西或于南，而這次的田獵和征戎之事同時發生，並後來「㞢獲羌𡭗五十」，也說明了午組是一個擁有武力的宗族。

接下來我們來看一二七坑午卜辭中所出現的人物。

午組卜辭出現有「亞雀」，在（30）有貞問是否於翌丙告人于「亞雀」者，「亞某」之名常見於卜辭中，在賓組和歷組卜辭中有「亞𣽺」，在廩辛、康丁卜辭中有「亞般」。這裏的「亞雀」當就是賓組卜辭中的「雀」，關於「雀」的生存年代，裘錫圭以為「歷自間組卜辭中所見的人名，最重要的就是上面所提到的雀，但雀在歷組卜辭中則很少見。……雀這個人名沒有在賓組晚期和出組卜辭裏出現過，而他在前辭作干支卜的賓組早期卜辭中則是屢見的，在自組卜辭中也出現過，他的活動時期顯然要略早於沚戛、望乘等人」。〔註45〕在第十次殷墟發掘的 1001 大墓中曾出土了件一鹿角器，上面刻有「亞雀」銘文，李學勤曾據「亞雀」又見於午組卜辭和子組卜辭中，而推見該墓的年代，且提出婦好墓的時代與 1001 大墓時代接近，大概是在武丁晚年至祖庚、祖甲時期。〔註46〕而對於亞的身份，其在談到〈臣諫簋〉銘文中的『亞旅』時說，「亞旅，官名，《書‧牧誓》『司徒、司馬、司空、亞旅』。孔傳：『亞、次，旅眾也，眾大夫，其位次卿。』亞旅又見於《書‧立政》、《書‧載芟》和《左傳》文十五年、成二年，杜預以為上大夫，與《書》傳的說法不同。清代的學者沈欽韓、劉文淇等已指

〔註45〕裘錫圭：〈論歷組卜辭的時代〉，《古文字論集》。

〔註46〕李學勤：〈論婦好墓的年代及其有關問題〉，《考古》1977 年 11 期。

出杜說是不對的。本銘諫爲邢侯之臣，邢侯命他率亞旅出居于軧，諫的身份應當是卿，亞旅則爲在他之下的眾大夫，與書傳說合。」〔註 47〕

其次，午組卜辭所提到的人物還有（4）的斫、（11）的新、（12）的家、（13）的𠕋和𠬝及𡆥、（25）的營及石、（35）的𢆶、（45）虎及蔡侯。其中除了𠬝、營、𢆶外，在午組卜辭中都可見替其御疾的記載，說明這些人可能都是王室的成員，而其中石和𣞤與斫兩人時常並稱，其可作爲判定卜辭時代的一個標準。而（35）的卜㓜卜辭中有一婦名「內𡚸」這個「帚𡚸」又見於丙 347 版，其作「貞帚𡚸冥㓜，帚𡚸冥不其㓜」如果這兩個人確定是同一人的話，那麼可以肯定的是午組卜辭和賓組卜辭的時代不會相差太久。

三、午組卜辭的事件排序

在前一節中我們曾歸納出一二七坑午卜辭的存在時間應該是在二個不同的年份之間，而其可以作爲時代判定的時間定點分別是（15）、（28）這一組和（13）、（29）這一組，以下就將一二七坑午卜辭中能與這兩組連繫的事件聚合，進而排出時序。

（15）、（28）這一組分爲是發生在二月、七月及十一月，（13）、（29）則發生在八月及十月，若把一二七坑午卜辭當作一整批的甲骨組群來看，將八月及十月這一組放在二月到七月至十一月這一組之前應該是比較恰當的，所以下面就先認定這批甲骨是使用於武丁某年的八月到次年的十一月。

（13）辭事件占問於八月的辛卯日（28/60）歷經癸巳（30/60）、甲午（31/60）、乙未（32/60）到戊戌日（35/60），其中癸巳日占問𡍲直于且戊或且壬之事，和第（25）b^1的壬辰日（29/60）問直釆于父丁事件當是同時間的占問。而乙未日的𡍲生卜辭和（33）於戊申日（45/60）的𡍲生五妣卜辭，可看成環繞著同一事件的占問，都應該放一起，（35）的戊午日（55/60）卜問帚石、內𡚸、姜、㚸四帚是否㓜，並且在三天後的辛酉問𡛷𡍲㞢生，若與（13）和（33）的𡍲生卜辭配合來看，可能是從乙未日就開始占問是否能𡍲生而到了戊午日後四婦娩，其中的𡛷未娩，所以於辛酉日又再度占問𡍲生，這五帚的數目和五妣也是相合的，說明這當是針對同一件事的占問。

（29）爲從十月的癸卯日（40/60）到甲辰（41/60）到乙巳（41/60）到癸

〔註 47〕李學勤：〈元氏銅器與西周的邢國〉，《考古》1979 年第 1 輯。

丑日（50/60）的占問，占問事類包括了癸卯日的步，甲辰日的芻商和癸丑日的獲隻。（22）辭的乙未日（32/60）卜取，丁酉日（34/60）卜步追，可能與（29）辭有關，（5）辭的壬申（09/60）－癸酉（10/60）－甲戌（11/60）－丁丑（14/60）卜步，或許也可以看成是針對一持續長時期發生事件的占問。又（5）祭祀下乙、子庚、下乙這一組群先王，正和（1）、（2）的祀對象相同，且干支相近，所以可以看成是同時期發生的事件。

在隔年的二月到十月這一組中，（15）辭發生在二月的丁亥（24/60）及七月的癸巳（30/60），（28）則是在十一月的癸卯（40/60）。（28）卜御㚔之事，同版還有夫和石出現，卜㐭㚔之事亦見於（26）和（30），前者在壬寅（39/60），後者在戊申（45/60），可看成時間接近的占卜，而且（26）中亦出現㐭石之事，更可證其與（28）同時，而（30）說到「㚔祉于[illegible]」，在（12）中正好有卜[illegible]之事，故也可以將（12）與其聯繫起來。

其次（16）和（25）同時出現有營，（32）和（42）都出現有凡，可能是同時之卜。又（16）的在戊子日卜問于來戊或今戊用羌和（17）的在戊子日貞問是否于今戊勺歲父戊㞋，可能也是同一件事，都可以將之排序在一起。

四、午組卜辭的特色

關於午組卜辭的特色，最早陳夢家在《綜述》就舉出以下幾點，其言：

> 這一組字體好用尖銳的斜筆，和武文書體的剛勁有所不同。干支和「于」字寫法接近賓組；賓、𠂤兩組「不」字沒有上面一橫，子組、午組有此一橫，午組之例，如乙 1428、5321、5328、5405。乙 1434、4719 各片「辰」字寫法很特別；乙 4521、5328「子」字中筆是斜的，和乙 96、197 等𠂤組字體近似。午組的貞字很少出現，有兩種：一種同於𠂤組（式四，即[illegible]），一種是它獨有的（式五，即[illegible]）。午組的「牢」字寫作「[illegible]」，……午組的六字寫作「[illegible]」，和賓組之或作「∧」」者不同。〔註 48〕

黃天樹在〈午組卜辭研究〉中同樣提出了午組卜辭字形的特點有「貞多作鼓腹斜耳的[illegible]，少數作稍寬方耳的[illegible]或[illegible]（屯 2672），于作[illegible]，少量作干（合 22044），

〔註 48〕陳夢家：《殷虛卜辭綜述》，頁 162。

其作尖底的⊌、⊌，不作上邊有橫劃的⊗，重作⊌、⊌，用作用，以作⊅（合 22063），牢作⊕，羊作⊕，歲多作橫劃不出頭的⊦（合 22310），燎作兩側不加火點的⊭（合 22074），與典賓類作⊭，出二類作⊭，歷組作⊗等不同，⊌作⊌，祭名侑和有無之有多作⊌，少量作又（合 22044、21772），司省去口形作⊅（合 22044）、⊦（合 22049），六作⊗，乙作⊅，丁作□，戊作⊦、⊦，庚作⊌、⊌、⊌，甲子之子作⊌，辰作⊅（合 22055）、⊅（合 22077），午作⊌或⊌，未作⊭、⊭，申作⊅等。」

除了上述所說字形方面的特點外，午組卜辭還有一些特有的用句，如有「�ヒ」字，（13）辭中有「ㄴ」（g2）、「亡ㄴ」（a）及「不隹ㄴ」（g1），很類似賓組卜辭的「又囚」、「亡囚」、「不隹囚」，但在其同版上有「出囚」、「亡囚」語，所以「ㄴ」字不會等同於「囚」，然從上下文來看這個字的用法可能和祭祀有關。又「橐」這個人物又可寫作從口從東的「橐」，表示從日可通從口，「⊗」也可省收形。其次，「娩妡」的「妡」字在午卜辭中作「力」，與賓組及子組有別，有「余亡孽」之辭（12b¹），其中「亡孽」又見於子組卜辭。而午卜辭在時間詞的表示方面也有它的特點，如有把月份在句首的例子，如「五月甲寅卜卲石甲牢用」（合 22116），而對於日期常用「今日」與「來日」對貞，如（16）、（17）有「來戊」和「今戊」，又在（28）辭中出現有一名「⊌」的時稱，李宗焜以為「這一時稱出現於自組卜辭，是指夜裏的一段時間」。〔註49〕黃天樹曾舉合 22093 和合 22094 兩版上有自組大字類與午組卜辭並見之例，及提出月名加干支卜的前辭形式是自組小字類卜辭常見的形式，〔註50〕這些都可以作為們判定午組卜辭存在時間的依據。

這一類卜辭的特殊卜法為少記兆序和沒有刻兆的習慣。〔註51〕少記兆序的如乙 4603，整版反面有鑽鑿，但正面僅「己丑卜：歲父二丁戊（父丁父戊）兆」

〔註49〕李宗焜：〈卜辭所見一日內時稱考〉，《中國文字》新十八期（台北：藝文印書館，1994 年）。

〔註50〕黃天樹：〈午組卜辭研究〉，頁 257。

〔註51〕胡厚宣在〈殷墟一二七坑甲骨文的發現和特點〉中說到「127 坑的龜甲絕大多數卜兆都經過刻劃。這種情況，以過去著錄的甲骨中間或也有，不過從來沒有被人所注意。這坑裏的龜甲和獸骨，有四種情況，卜兆沒有被刻劃，一為獸骨卜辭的卜兆，二為改造背甲的卜兆，三為刮削重刻的卜兆，四為學者所稱『午組卜辭』的卜兆。」《中國歷史博物館館刊》13、14 期，1989 年 9 月。

一辭旁刻有兆序。

小　結

午組卜辭是一類字體特殊卜辭，其尖銳的斜筆和大字很容易與其它組類區分出來，而這種特殊的寫法從字體的流變上來看很接近自組大字類，所以學者就提出其間可能有承襲的關係。

而在一二七坑的這一類午組卜辭，內容完全以祭祀爲主，其中便詳細記錄了占卜主體的先祖父輩以及子輩。依比對卜辭內容的結果，認爲在祖輩中以祖戊和祖庚的地位最高，父輩中以父戊的地位最高，子輩中的子庚可能比午組的占卜主體還早死去，而在子輩的祭祀中獨享有厚祭。

這一類卜辭值得注意的有用筮法占卜，有卜用六卜的記載和少刻兆序的習慣，這都和傳統的王卜辭不同，所以今後對這一類卜辭的研究可能要多從這個方向著手。而在本章中提出了「ᕊ」不是貞人名的說法，認爲其乃歷組卜辭中的「灺」，而更由於「ᕊ卟」辭例的復原，讀通了許多辭例。其次，對「下乙」和「內乙」是否同一人提出討論，並認爲其是不同身份的二個人。又復原了午組卜辭的世系，認爲其四代分爲是祖庚、祖戊、父戊、子庚。

附表　一二七坑午組卜辭綴合表

合 集 號	重 見 號	綴　合　號	綴合者
合 15108	乙 5810	＋合 22045	蔣
合 15277	乙 3928	＋合 21874+乙 7865	蔣
合 21073	乙 5296	＋乙 5573	蔣
合 21874	乙 2062	乙 7865+合 15277	蔣
合 22045	乙 5321	＋合 15108	蔣
合 22049	乙 4860 等	＋合 22081	林
合 22055	乙 1434 等	＋乙補 1534+乙 1557	林、蔣
合 22063	乙 7512 等	＋合 22088+合 22186+合 22113+乙 8454+乙 8443+乙 8384	林
合 22066	乙 6687 等	＋乙 2112	蔣
合 22070	乙 5410 等	＋乙補 217+乙補 890	蔣
合 22079	乙 1444 等	＋合 22101+22129	魏、蔣
合 22081	乙 5156	＋合 22049	林

合 22088	乙 4549	+合 22063+合 22186+合 22113+乙 8454+乙 8443+乙 8384	林
合 22091	乙 3259 等	+合 22212+合 22309+乙補 3399+乙補 3400+乙補 6106+合 22124+合 22410+合補 5638+合 22418+乙 8557	蔣
合 22093	乙 4505 等	+乙 4944	蔣
合 22094	乙 6690	+合 22441	蔣
合 22101	乙 983 等	合 22129+合 22079	魏、蔣
合 22113	乙 8455 等	合 22088+合 22063+合 22186+乙 8454+乙 8443+乙 8384+乙 8441	林
合 22124	乙 7359	+合 22019 甲乙+合 22212+合 22309+乙補 3399+乙補 3400+乙補 6106+合 22410+合補 5638+合 22418+乙 8557	蔣
合 22126	乙 3930	+合 22128	蔣
合 22127	乙 1527	+合 22495	蔣
合 22128	乙 7039	+合 22126	蔣
合 22129	乙 1625	+合 22101+合 22079 甲乙	魏、蔣
合 22149	乙 1814	乙 1816	嚴
合 22186	乙 8406	合 22088+合 22063 左、右+合 22113+乙 8454+乙 8443+乙 8384	林
合 22212	乙 7086	+合 22091 甲乙+合 22309+乙補 3399+乙補 3400+乙補 6106+合 22124+合 22410+合補 5638+合 22418+乙 8557	蔣
合 22309	乙 1185	合 22091 甲乙+合 22212+乙補 3399+乙補 3400+乙補 6106+合 22124+合 22410+合補 5638+合 22418+乙 8557	蔣
合 22410	乙 3843	+合 22091 甲乙+合 22212+合 22309+乙補 3399+乙補 3400+乙補 6106+合 22124+合補 5638+合 22418+乙 8557	蔣
合 22418	乙 7280	+合 22091 甲乙+合 22212+合 22309+乙補 3399+乙補 3400+乙補 6106+合 22124+合 22410+合補 5638+乙 8557	蔣
合 22441	乙 1956 等	+合 22094	蔣
合 22495	乙 1962	+合 22127	蔣
合補 5638	乙 2625	+合 22091 甲乙+合 22212+合 22309+乙補 3399+乙補 3400+乙補 6106+合 22124+合 22410+合 22418+乙 8557	蔣
	乙 1557	+合 22055 等	林、蔣
	乙 1816	+合 22149	嚴
	乙 2112	+合 22066	蔣

	乙 4944	+合 22093	蔣
	乙 5773	+合 21073	蔣
	乙 7865	+合 21874 等	蔣
	乙 8384	+合 22088 等	林
	乙 8443	+合 22088 等	林
	乙 8454	+合 22088 等	林
	乙 8455	+合 22088 等	林
	乙 8557	+合 22091 等	蔣
	乙補 217	+合 22070 等	蔣
	乙補 890	+合 22070 等	蔣
	乙補 1534	+合 22055 等	林、蔣
	乙補 3339	+合 22091 等	蔣
	乙補 3400	+合 22091 等	蔣
	乙補 6106	+合 22091 等	蔣

註：本表根據蔣玉斌：《殷墟子卜辭的整理與研究》之附錄「乙種子卜材料總表」裁併
　　而成。其中綴合者部分，「林」爲林宏明，「蔣」爲蔣玉斌，「魏」爲魏慈德，「嚴」
　　爲嚴一萍。

圖 1

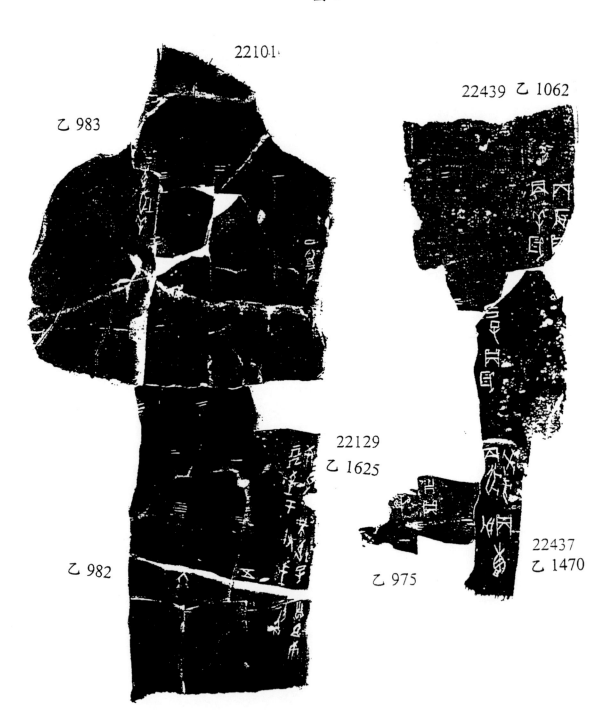

22101

乙 983

22439 乙 1062

22129
乙 1625

乙 982

乙 975

22437
乙 1470

圖 2

22049

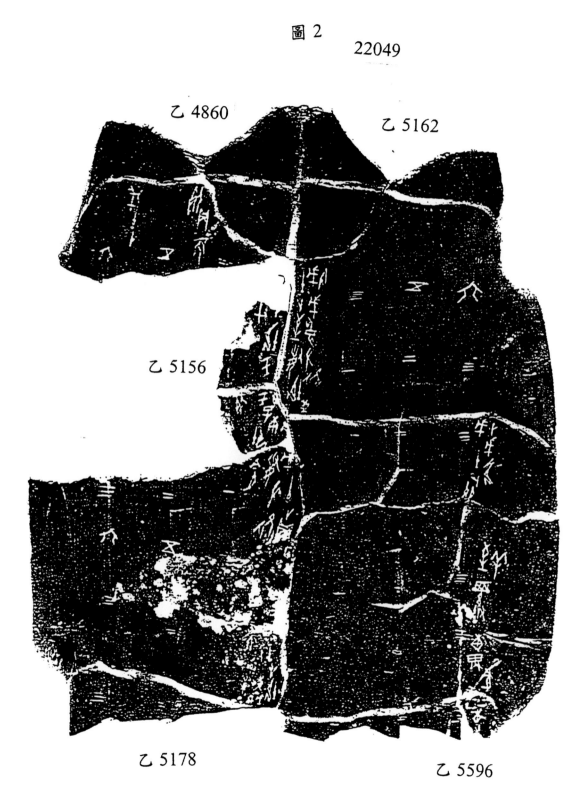

乙 4860

乙 5162

乙 5156

乙 5178

乙 5596

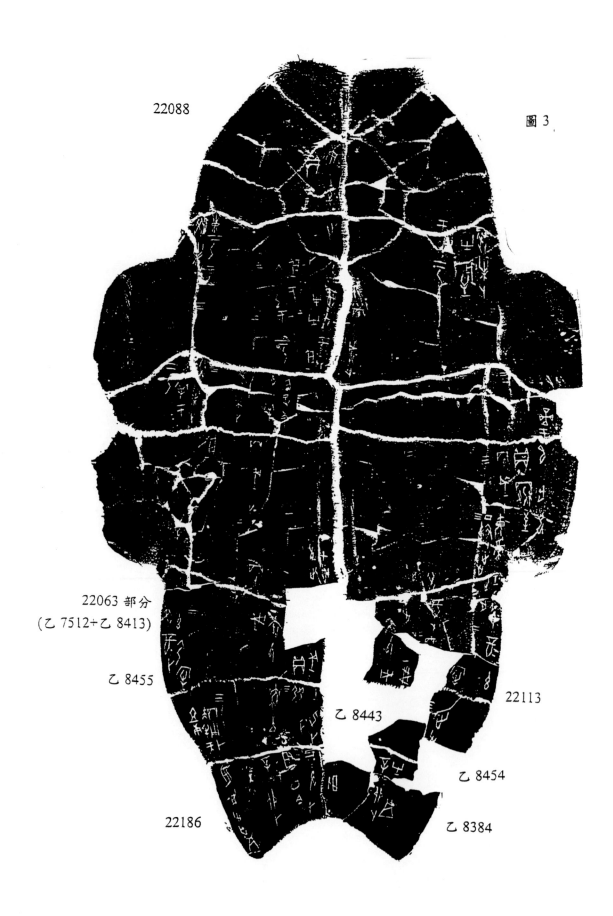

22088

圖 3

22063 部分
(乙 7512+乙 8413)

乙 8455

乙 8443

22113

乙 8454

22186

乙 8384

第六章　一二七坑中的子組附屬卜辭

第一節　子組附屬卜辭的提出及分類

　　關於一二七坑卜辭中附屬於子組卜辭的類組，最早陳夢家在《綜述》中分出兩類，一類是字體柔弱，貞字作☒體的組群；另一類是字體小，類似子組，而貞字作☒體的組群。而且以爲「這兩群的丁字都寫作圓圈，和自組子組相同，都有子丁、妣丁的稱謂爲子組所特有的，所以我們可附屬此兩群於子組之後。」〔註1〕其後李學勤在〈帝乙時代的非王卜辭〉中也同樣依陳夢家說將此類卜辭分爲多用圓筆，貞字作圓腹的☒類；和字體紊弱，專用背甲的☒類。但又從☒類中分出一類☒類卜辭，並以爲「貞字作三足的☒，與上述卜辭的☒最爲近似，故附敘於此」。除了這兩類（或是三類）外，他又進一步把「刀亞卜辭」類聯繫進來，並以爲「刀亞卜辭」主要出於 E16 坑，卜者爲子，以☒爲旬和卜「又事」的特徵與子卜辭同，故可直接聯繫。

　　關於子卜辭和☒體、☒體卜辭的關聯，學者們認爲它們是出自同一個問疑者，其理由是這三種卜辭稱謂系統一致。如子卜辭中以「我」與「亞雀」並稱，而專用背甲的☒體類卜辭也以「我人」與「雀」對舉（乙 1314）。而且記載著

〔註1〕　陳夢家：《殷虛卜辭綜述》「斷代」章（上），頁 165。

有關「㞢」的卜辭，也並存於這三類卜辭中（後下 42.5、乙 1607、乙 1107、乙 832、乙 1581）。〔註2〕

其後，林澐在〈從子卜辭試論商代家族形態〉中將非王卜辭分爲三種，其中丙種子卜辭即一二七坑的子組卜辭，他也同樣依陳說分出㞢體（名爲「丙種 a 屬」）和㞢體（名爲「丙種 b 屬」），並將之附入子組卜辭中。〔註3〕他的理由是「這兩類卜辭字體雖然和上述貞字作㞢的很不相同，但主要祭祀對象也是妣庚、妣丁、妣己和子丁。其它辭例也和丙種有不少相同之處，又同出於 YH127 這一灰坑。而且粹 1207（合 21872）這版，正面貞字作㞢式，反面貞字作㞢式。總之，以上三者之間關係密切。故將後兩類分別命名爲『丙種 a 屬』和『丙種 b 屬』，附入丙種之中。」

但他並不同意把刀亞卜辭放入子組的附屬類卜辭之中，原因是其與子組卜辭的關係不及㞢、㞢兩體類般密切。而彭裕商的《殷墟甲骨分期研究》中關於非王卜辭方面，在「子組附屬類」中就只以貞字作㞢體的卜辭爲代表，並言「本組與子組有聯繫，如子丁、妣丁的稱謂兩者均有，丁字寫作圓圈也類同於子組。此外還與子組同出 YH127 坑，其年代當與子組接近。」〔註4〕知其也不主張將刀亞卜辭歸入子組附屬類卜辭中。

後來黃天樹發表〈非王卜辭中「圓體類」卜辭研究〉，將一直以來稱爲子組附屬卜辭的㞢㞢體卜辭另名爲「圓體類卜辭」。〔註5〕而將另一類㞢體卜辭名爲「劣體類卜辭」，以下我們就分爲這二大類卜辭來討論。

在下面的討論中先將㞢體與㞢體卜辭列出，討論其是否能合併爲一類，接著論及㞢體卜辭、刀亞卜辭和一二七坑子卜辭的關係，對於㞢㞢體卜辭仍以字體來命名，未用黃天樹的「圓（劣）體類卜辭」名。

〔註2〕 李學勤：〈論帝乙時代的非王卜辭〉，《考古學報》1958 年 2 期。

〔註3〕 林澐：〈從子卜辭試論商代的家族形態〉，《古文字研究》第一輯（北京：中華書局，1979 年），頁 317。

〔註4〕 李學勤、彭裕商：《殷墟甲骨分期研究》（上海：上海古籍出版社，1996 年），頁 325。

〔註5〕 黃天樹：〈非王卜辭中圓體類卜辭的研究〉，《出土文獻研究》第五集（北京：科學出版社，1999 年），頁 41。

第二節　一二七坑的 ⚇ 體類卜辭

一、⚇ 體類卜辭的特色

關於這一類卜辭的特點，黃天樹曾舉出以下幾點：〔註6〕

（一）圓體類龜骨兼用，其中卜甲多為背甲，總數約為 100 片，主要出自 YH127 坑。

（二）圓體類書體風格是字體小，筆劃纖弱，除筆劃交接近有明顯折角外，多用圓筆。字形特點是「貞」字作圓腹的「⚇」，「丁」字作滾圓的「○」等。

（三）用字習慣有如下特點：

1. 以字一律作 ⚇ 而不作 ⚇。

2. 祭祀之「侑」作「又」；有無之「有」也作「又」，一律不用「⿱」。

3. 否定詞有「不」、「非」、「⿰」。

4. 前辭有「干支」、「干支卜貞」、「干支貞」、「干支卜」四種形式。

5. 行款有的斜行、有的折行、有的旋行、有的作 S 行、有的直行中間夾一兩字橫行、有的前辭橫行而命辭又直行、有的較長的卜辭把後半截卜辭轉到其它地方再刻。

關於和 ⚇ 體類可以相通的「⚇」體類卜辭，李學勤曾舉掇 2.187 和掇 2.188 為例來說明，然在一二七坑卜辭中並無發現有貞字作「⚇」者，故推測 ⚇ 是 ⚇ 的異體，兩者可能是同一字，所以在此以 ⚇ 體類卜辭代表這一類卜辭的統稱。

二、《合集》中 ⚇ 體類卜辭的著錄

黃天樹在〈非王卜辭中圓體類卜辭的研究〉中所引的《乙編》圓體類卜辭計有 36 片，〔註7〕而蔣玉斌以為一二七坑圓體類卜辭《乙編》收錄有 72 片。〔註8〕

〔註6〕黃天樹：〈非王卜辭中圓體類卜辭的研究〉，《出土文獻研究》第五輯，頁 41。

〔註7〕其分別是乙 442、乙 756、乙 786、乙 853、乙 946、乙 947、乙 1002、乙 1160、乙 1174、乙 1177、乙 1181、乙 1296、乙 1297、乙 1299、乙 1318、乙 1324、乙 1325、乙 1436、乙 1446、乙 1449、乙 1508、乙 1519、乙 1532、乙 1562、乙 1563、乙 1607、乙 1608、乙 1652、乙 1742、乙 1765、乙 1788、乙 1850、乙 4810、乙 5268、乙 9016，其中乙 442 及乙 9016 非出自一二七坑，又乙 1177+乙 1325（合 21965）當入劣體類為宜。

〔註8〕蔣玉斌：《殷墟子卜辭的整理與研究》，頁 109。

這一類卜辭及❏類《合集》都一併收錄於第七冊的乙二類中，表示《合集》的編纂者認爲這二類是可以合併的。一二七坑中屬於這一類甲骨的約有以下：

乙 614、乙 756、乙 763、乙 786、乙 794、乙 833、乙 850、乙 853、
乙 946、乙 947、乙 1002、乙 1160、乙 1174、乙 1179、乙 1181、
乙 1297、乙 1322、乙 1324、乙 1326、乙 1431、乙 1436、乙 1446、
乙 1448、乙 1449、乙 1450、乙 1458、乙 1488、乙 1508、乙 1519、
乙 1531、乙 1532、乙 1539、乙 1547、乙 1563、乙 1567、乙 1576、
乙 1591、乙 1660、乙 1607、乙 1608、乙 1640、乙 1649、乙 1652、
乙 1658、乙 1699、乙 1742、乙 1747、乙 1759、乙 1765、乙 1768、
乙 1779、乙 1781、乙 1782、乙 1788、乙 1797、乙 1802、乙 1804、
乙 1807、乙 1813、乙 1815、乙 1826、乙 1832、乙 1835、乙 1836、
乙 1842、乙 1850、乙 1852、乙 4810、乙 5268（圖 1）、乙 7703。

這其中乙 1448（合 21869）、乙 1532（合 21838）、乙 1608+乙 1850（合 21839）合集皆列於乙一類（子組卜辭）中，當改入本組；又乙 756（合 20876）、乙 1765（合 20873）、乙 1826+乙 1563（合 20947）合集列於甲類（即自組卜辭）中，亦當改置於本組。李學勤曾提出乙 1181 爲❏體卜辭，乙 1788 爲❏體卜辭，前者問「戊午重貝來暨❏」，後者問「戊午重❏暨貝」，而主張兩類卜辭可以相聯繫，今查乙 1788 字體，亦當屬於❏體卜辭，故併列於此。〔註9〕

一二七坑中❏體類卜辭已被綴合的有以下：

1. 乙 613+乙 609+乙 1160〔蔣玉斌綴〕

2. 乙 787（合 21973）+乙 1311（合 21977）+乙 1322（合 21875）+乙 1517+
   〔乙 1606+乙 1581〕（合 21938）+乙 1658+乙 1791〔蔣玉斌綴〕

3. 乙 794（合 21946）+乙 1008（合 21265）+乙 1640（合 22007）〔蔣玉斌綴〕

4. 乙 946（合 21909）+乙 1607（合 21886）

5. 乙 1002+乙 1297（合 21914）（圖 2）

6. 乙 1174+乙 1446（合 21878）

7. 乙 1321+乙 1547（合 21980）（圖 3）

〔註9〕 李學勤：〈帝乙時代的非王卜辭〉，《考古學報》1958 年 2 期。

8. 乙 1519+乙 1296+乙 1299

9. 乙 1539+乙 1747+乙 1813（合 21881）

10. 乙 1563（合 20947）+乙 1826〔黃天樹綴〕

11. 乙 1608+乙 1850（合 21839）+乙 1508（合 21981）〔蔣玉斌綴〕

12. 乙 1652（合 21953）+乙 7803〔宋雅萍綴〕

13. 乙 4810（合補 6925）可加合 22491（北圖 5237）+北圖 5232+北圖 5251 〔註 10〕

接下來將本類卜辭依干支順序排列如下：

三、𠂤體類卜辭的排序

第一旬

（1）甲子貞：□亡告。

　　　□丑卜貞：亡告。　　　乙 791（合 21959）1.7-2.2M

（2）甲子：叀𡧛𢆉（橹）。〔註 11〕

　　　丁酉：其用□田

　　　丙□：晨□戎牢　　　乙 1179+乙 1305（合 21932）+乙 1518（合 21921 部分）〔註 12〕1.7-2.2M

（3）戊辰：岐𠃊　　乙 1832　　1.7-2.2M

（4）戊辰卜：𥏡（岐）〔註 13〕牢析。二　　　乙 1742（合 21920）1.7-2.2M

（5）己巳：钌。

　　　□辰：钌岐　　　乙 1839（合 21961）1.7-2.2M

（6）辛未：合。　　　乙 1425（合 21963）1.7-2.2M

（7）癸酉貞：來以人。一

〔註 10〕曾毅公：〈論甲骨綴合〉，《華學》第四輯，頁 33。而在《甲骨文合集補編》第七冊綴合表中則將北圖 5237 誤作北圖 5257。又此版綴合據李學勤先生面告，爲其所綴。

〔註 11〕「𢆉」字似乎與裘錫圭在〈說㧷函〉中隸作「橹」的那個從盾之側面形從虎聲的「橹」字是同一字，故在此從之。《華學》第一輯（廣州：中山大學出版社，1997 年）。

〔註 12〕乙 1179 加乙 1305（合 21921）爲蔣玉斌綴，綴合版又可加乙 1518，爲宋雅萍綴。見〈史語所第十三次發掘新綴背甲十一則〉，《東華漢學》第八期。蔣綴見〈子卜辭新綴三十二例〉，《古文字研究》第廿六輯（北京：中華書局，2006 年），頁 130。

〔註 13〕此爲黃天樹：〈非王卜辭中圓體類卜辭的研究〉一文中的隸定。

癸酉▨

癸酉▨

不□田口

癸▨　　乙 786（合 21913）1.7-2.2M

（8）癸酉貞：弘以人。一

癸酉貞：乃以人。二

癸酉貞：受

丁丑：伐象（？）。　　乙 1002+乙 1297（合 21914）1.7-2.2M

第二旬

（9）隻

▨雪

甲戌：丁雨　　乙 1316（合 21931）+乙 717+乙補 576+乙補 1350 1.7-2.2M

（10）丁丑貞：告（？）𠂤。　　乙 763（合 21966）1.7-2.2M 林澐以爲是丙種 a 屬

（11）癸未：又伐羌。

▨庚　　乙 1702（合 21971）1.7-2.2M

第三旬

（12）甲申：今亡用□

□戌卜貞：亦▨一

不▨　　乙 1436（合 21996）+乙 1693（合 21941）1.7-2.2M

（13）丙戌：隹▨

壬子卜貞：▨　　乙 833（合 21983）1.7-2.2M

（14）丙戌卜貞：酻屮豖冊小宰子丁。

丙戌卜貞：酻丁亥屮豖冊小宰子丁。〔註 14〕

丁戌（亥）貞：晵（習）

丁亥

〔註 14〕這兩辭的釋文依黃天樹〈非王卜辭中圓體類卜辭的研究〉。今《甲骨文合集補編》釋文作「丙戌卜，貞丁亥酒屮豕冊宰，丁巳。屮豕冊宰，丁巳。丙戌卜，貞酒丁亥」。

丁亥：令邑生艮。

丁亥：㖌（㕣）犬日。〔註15〕（黃天樹作「丁亥貞㕣犬户」）

丁亥：㕣犬日。

戊子：又伐庚妣。

戊子：又伐祖乙。

戊子：今庚又伐。

己丑：又妣庚。

庚寅貞：𠁣（孚）晞。

庚寅：𠃬（尋）钔。

辛卯：酚今甲三犬。

辛卯：勹犬妾。

辛卯：勹犬妾。

癸巳貞：吉。

癸巳

乙未

丁酉

丁酉

丁酉

丁戊（亥）貞：晞。

戊戌卜貞：疊（習）卜丁酉。〔註16〕

戊戌：王弔（弟）取戈若。

〔註15〕關於本辭「丁亥」後「犬」之前的那個字，從卜辭看來作「㖌」形，這個字李宗焜以爲是「缺刻下半的『貞』字與『㕣』字左半的誤合」，並列入「《文編》的誤合」類，《殷墟甲骨文字表》，北京大學博士學位論文，頁340。又今《甲骨文合集補編》第五册 6925 釋文已正。

〔註16〕「疊」及「晞」字依裘錫圭釋作「習」，讀如「襲」。而「丁戊貞：晞」當改爲「丁亥貞：晞」，〈殷墟甲骨文彗字補說〉，《華學》第二期。又「庚寅貞𠁣晞」，中的「𠁣」字早期都釋作「钔」，今從裘錫圭〈釋厄〉一文，將「𠁣」看成是放在占辭後驗辭前的果辭，讀若「果」。紀念甲骨文一百年國際學術研討會，安陽，1999 年。此字裘錫圭後來又改釋爲「孚」，見〈豳公盨銘文考釋〉，《中國歷史文物》2002 年 6 期。

戊戌

戊戌　　　（乙4810+合22491+北圖5232+北圖5251）南二

（15）己丑：王不行自雀。

　　答　　乙947（合21901）1.7-2.2M

第四旬

（16）乙未貞：喜以執亡戝

　　☒戝　　　乙1652（合21953）+乙7803　1.7-2.2M

（17）壬寅

　　壬寅

　　丙午：勻

　　丙午：豕一

　　丙☒

　　己酉：丁妣咎。

　　己酉：己妣咎。

　　☒咎　　　1324（合21876）1.7-2.2M

（18）壬寅

　　丙午：又古。一

　　丙午：勻。　　乙1765（合20873）1.7-2.2M 合集列於自組與合21876

　　同文

（19）癸卯：🐚　乙1771（合21904）1.7-2.2M

（20）癸卯：雨酒燎。

　　癸卯：洋盅雨。

　　癸卯：盅用犬。

　　丁未：其又子丁牛。

　　戊申：其三用鄣。

　　生月豕用

　　戊申：其石甲。

　　戊申：隹☒（黃天樹作「戊申隹己妣㧻士」）

　　戊申：隹庚妣☒　　乙5268（合21885）南三

第五旬

（21）丙午卜：東

　　　口重今月（重字倒書）　　　乙 1797（合 21978）1.7-2.2M

（22）丙午：屮（用）重生月。

　　　丙午：屮（用）重生月。　　　乙 1448（合 21869）1.7-2.2M 合集列

　　於子組

（23）丙午貞：屯。　　　（乙 1576）1.7-2.2M

（24）戊申：又咎。

　　　戊申：又咎。

　　　戊申貞：□咎。

　　　己酉：子丁咎。

　　　丙寅：弜以。　　　乙 1608+乙 1850（合 21839）+乙 1508（合 21981）

　　1.7-2.2M 合集列於子組

（25）戊申貞：亡咎。　　　乙 1449（合 21952）1.7-2.2M

（26）姜

　　　己酉父□

　　　日其□　　　乙 1695　　1.7-2.2M

（27）己酉歧。

　　　辛亥：子咎。

　　　辛亥：□勹

　　　辛亥：亡咎。

　　　雨　　　乙 1826+乙 1563（合 20947）　　　1.7-2.2M 合集列於自組

（28）己酉：丁妣咎。

　　　辛亥：丁子隹咎。

　　　辛亥：丁妣隹咎。

　　　辛亥：己妣隹咎。

　　　辛亥：庚妣隹咎。〔註17〕　　　乙 1446+乙 1174（合 21878）1.7-2.2M

（29）己酉：歧

_____

〔註17〕此處的「隹」作「售」，參宋雅萍：《殷墟 YH127 坑背甲刻辭研究》，頁173。

己□叀□

辛亥貞□犬（貞字作𠙹形）

辛亥□甲□古☒

□（佞）☒

貞用佞（妃）若　　乙 1321+乙 1547（合 21980）1.7-2.2M（𠙹𠙹共版）

（30）辛亥卜：叀𠃉。

辛亥：叀龍。

壬子：歧丁。

壬子：亡征。　　乙 1539+乙 1747+乙 1813（合 21881）1.7-2.2M

（31）庚戌：叀佞（妃）用析

辛亥：叀鳳。二

辛亥：亡咎。

癸丑貞：桒河。　　乙 613+乙 609+乙 1160（合 21951）1.7-2.2M

（32）壬子貞：王出商。　　乙 1779（合 21908）1.7-2.2M

（33）癸☒隻

甲寅：令曰又丁☒　　乙 1000（合 22004）1.7-2.2M

（34）癸丑卜：歧牛晉牢析。一　　乙 756（合 20876）1.7-2.2M（合集列於𠯑組）與合 21920 同文

第六旬

（35）甲寅：佞（妃）析𠪮□

戊午：叀𡇯暨貝。

庚申卜☒又羊二。

貞佞（妃）用二　　乙 794（合 21946）+乙 1640（合 22007）+乙 1008 1.7-2.2M

（36）甲寅：又死。

戊午□叀貝來暨𡇯。　　乙 1181（合 21969）1.7-2.2M

（37）丙辰：𤲮河若。

貞佞（妃）析用　　乙 1450（合 21985）1.7-2.2M

（38）丁巳：子重☒⼀

　　　戊午：帝亡☒

　　　☒咎☒其

　　　戊午：𣪊隹

　　　𣪊

　　　戊午：不祀示咎辛。

　　　賈巫

　　　女不⊞　　　乙1519+乙1296+乙1299（合21987）1.7-2.2M

（39）壬戌貞：商☒。

　　　壬戌貞：商☒。（黃天樹作「壬申貞賞執」）

　　　癸亥貞：孕（子）☒。⼀　　　乙1607+乙946（合21909+合21886）

　　　1.7-2.2M

（40）癸亥卜貞：賈。　　　（乙1768）1.7-2.2M

（41）癸亥貞：賈☒

　　　甲申貞☒　　　乙853（合21989）1.7-2.2M

無干支者

（42）貞

　　　宅皿⼆　　　（乙1431）1.7-2.2M

（43）貞卲重☒　　　（乙1852）1.7-2.2M

（44）用王⼲☒牛

　　　蚰古我史

　　　☒又父⽿不☒　　　乙1781（合21905）1.7-2.2M

（45）☒子丁咎

　　　☒妣庚☒咎　　　乙1532（合21838）1.7-2.2M 合集列於子組

（46）☐寅

　　　貞☒告☒雨　　　乙1835）1.7-2.2M

（47）☐戌：又龡于妣己。　　　乙1562　1.7-2.2M

（48）戊⊞卜貞

　　　己☐☒卜　　　乙1523（合21999）1.7-2.2M

（49）夢𡥄

　　卯𡥄亥☒　　　乙 1435（合 22038）1.7-2.2M

（50）于□　　乙 1303（合 22020）1.7-2.2M

（51）今重兄于□　　乙 1300（合 22034）1.7-2.2M

（52）□寅卜：歧又令若　　乙 1524（合 21991）1.7-2.2M

（53）□酉貞隻☒

　　雨　　乙 130　1 1.7-2.2M

四、𡥄體類卜辭的內容

從本類甲骨的出土層位來看可發現其幾乎全部出土於坑層 1.7-2.2 公尺處，可見在這一類甲骨在地下的位置相當集中，當是一次傾入所致。而由於本類卜辭完全沒有記載月份，所以無法利用月份配合干支來定其是否爲發生在同一年間的事件，以下分人物、事類、辭語、用字幾個方面來討論。

（一）人　物

在𡥄類卜辭中和占卜主體有血源關係的祖輩有「祖乙」（14）、「石甲」（20）；妣輩有「庚妣」（14）、「丁妣」（17）、「己妣」（17）；子輩有「子丁」（20）。

「祖乙」、「石甲」、「妣丁」也出現於一二七坑的午組卜辭中，其中的「石甲」或當是「陽甲」。「庚妣」、「子丁」不見於一二七坑的子組及午組卜辭，「妣己」、「妣丁」則子組、午組皆有。

陳夢家把「𡥄」和「𡥄」類卜辭視爲子組卜辭的附屬，其理由在於「子丁」、「妣丁」的稱謂爲子組所特有。「子丁」的稱謂不見於一二七坑的子卜辭中，關於子組卜辭的「子丁」，陳夢家則舉庫 1988（英 1891）爲例，英 1891 爲一塊大牛胛骨，其上有「癸丑子卜」辭，屬子卜辭無疑。而「庚妣」則見於非出自一二七坑的子卜辭合 21550（京 2944）和合 21551（虛 1009）。〔註18〕

本類卜辭所祭祀的神祇有「河」（31）和「帝」（38），河與帝的祭祀皆不見於子組和午組卜辭。本組關於河的祭祀有「告河」、「桒河」，而對於帝則卜問其是否會有𡥄。（20）的「癸卯洋盅血」中從水從羊的字，李學勤以爲是「血祭神

〔註18〕《虛》爲明義士《殷虛卜辭》的簡稱。1917 年 3 月上海別發洋行石印本。

山牵以求降雨」。〔註19〕

　　本組相關人物有「弘」（8）、「乃」（8）、「受」（8）、「犬妾」（14）、「王弟」（14）、「𠬝」（30）、「龍」（30）、「鳳」（31）、「𠙵」（33）、「𠬝」（39）、「蚰」（44）、「喜」（56）。

　　其中較可注意的是「受」、「𠬝」、「蚰」、「喜」。受亦出現於子卜辭中，曾有卜問「受歸」之事，如丙611和合21656。「𠬝」則是子組、𠬝體及𠬝體卜辭中同時出現的人物。「蚰」和「喜」黃天樹以爲前者見於自賓間類（合7009）；後者則見於賓組的甲橋刻辭中（合900反）。〔註20〕

　　而在本類卜辭中曾多次提及「商王」如（15）問其是否「不行自雀」，雀可能是𠬝類卜辭的地名。自歷卜辭中有「戊寅卜：王即雀」（合20174），或是指同一件事。〔註21〕（32）問「壬子貞：王出商」，（44）問「用王𢀛𤇈牛」，兩者意義不明，說明本類卜辭和商王室往來活動頻繁。（39）黃天樹隸爲「壬申貞賞執」，亦可看作商王對𠬝組占卜主體所行的賞賜。（14）提到了「王弟」，辭爲「王弟取戈若」，卜問對於「王弟取戈」這件事神明是否會高興。對於「取」的意思，黃天樹提出是「讀作㝅而通作㰩，爲燔柴之祭」，可備一說。〔註22〕

（二）事　類

　　1. 㢝祭。本組多見㢝祭之辭，㢝字作「𢼸」，字偏旁從「攴」，其爲倒作的「𠃑」字，可依于省說隸爲「施」。所見卜辭，如（3）、（4）、（14）、（27）、（29）、（30）、（34）、（53）。其中（4）和（34）爲同文例，辭爲「戊辰卜：㢝牢析」、「癸丑卜：㢝牛晉牢析」，前一辭或可以根據後辭補上「牛晉」二字。析可能與祭祀或犧牲有關，（31）的「☑女□析」或許問的正是㢝祭之事。（14）作「丁亥：㢝犬日」，黃天樹隸作「丁亥貞：㢝犬戶」，㢝後加犬，爲㢝之以犬。而（29）的「辛亥貞：□犬」其可能也是「㢝犬」之事，而「戶」則是㢝祭的場所。卜辭中同樣以戶爲祭祀地點者有合27555「己巳卜：其啓庭西戶祝于妣辛」。

　　正寫的㢝字見（5），其辭爲「□辰卬㢝」，與卬祭並列。這種寫法常見於𠬝

〔註19〕李學勤：〈帝乙時代的非王卜辭〉，頁60。

〔註20〕黃天樹：〈非王卜辭中圓體類卜辭研究〉，頁47。

〔註21〕黃天樹：〈非王卜辭中圓體類卜辭研究〉，頁43。

〔註22〕黃天樹：〈非王卜辭中圓體類卜辭研究〉，頁43。

體卜辭中。在殷卜辭中常見有一類「征歧」的卜辭，可見合 190 正、829 正、23377、27328、31118，〔註23〕但在這一體卜辭中似乎不見有這樣的辭例，而以歧犬、歧牛、歧牢爲常。

2. 御祭。有關卜辭可見（5）、（14）、（20）、（43）。「卲」即「禦」，《說文》「禦，祀也」，從卜辭來看當是祓除不祥之義。〔註24〕

3. 以人。卜「以人」之辭可見（7）、（8），前者有「來以人」，後者有「弘以人」、「乃以人」當是帶來人力的意思。

4. 伐祭與又祭。𡆥類卜辭習見又祭與伐祭並行，如（11）「又伐羌」；（14）「又伐庚妣」、「又伐祖乙」。單用伐祭的有（8）「伐象」；單用又祭的有（20）「又子丁牛」、（33）「甲寅：令𠙵又丁☑」。後一辭的「丁」或即是「子丁」，又祭子丁表示其已死去。又有（44）「□又父𡚸不☑」（47）「□戌又𡚰于妣己」都是與又祭有關的卜辭。

5. 用祭。本類卜辭亦多見用祭，如（20）「癸卯：盅用犬」、（22）「丙午：用叀生月」、（29）「貞：用㚔若」。後一辭的「㚔」當是作爲人牲，陳劍讀「配」，以爲是一男一女的一對人牲。〔註25〕「若」之前省略了神名，所省之神可能是（38）辭提到的「帝」。用這種祭儀，陳夢家以爲是「殺之以祭」的意思。〔註26〕

6. 爾祭。在（20）中有「癸卯：爾酒燎」，其中的「爾」字從示從收，這

〔註23〕徐寶貴在〈甲骨文考釋三則〉中指出「（歧字）的演變序列如下：𣥂—𣥐—𣥐—𣥐—𣥐—𣥐—𣥐。從表中可以看出較晚的歧字改變了早期歧字形體的方向，而是倒寫早期的形體。偏旁虫晚期多變成了↓、𠃊形，再將曲筆變成直折形，就變成了中形。這是爲了刻寫的方便而刻成此形的。……我產生考釋此字的動機，是我從《殷墟甲骨刻辭類纂》中查閱有關歧字的資料，發現此書所收有關歧字的資料只有一、二、三、四期的，卻沒有第五期的，感到非常奇怪，我不相信在第五期中消失了這個詞和書寫這個詞的文字。經過反復地從辭例上進行比較，從字形上分析，才知道在第五期中既有用作祭名的歧這個詞，也有用來書寫它的字，𣥐、𣥐、𣥐就是第五期卜辭的歧字，它是第五期卜辭特有的寫法。」《于省吾教授百年誕辰紀念文集》（長春：吉林大學出版社，1996 年），頁 43。然我們從圓體類卜辭中就有這種寫法來看，知道第五期的歧字寫法可能是來源自非王卜辭中的異體字。

〔註24〕《小屯南地甲骨》上冊第一分冊，（北京：中華書局，1980 年），頁 28。

〔註25〕陳劍：〈釋忠信之道的「配」字〉，《國際簡帛研究通訊》第二卷第六期，2002 年。

〔註26〕陳夢家：《殷虛卜辭綜述》，頁 327。

個字當是《類纂》隸作祝（祭）的那個字（字號 0916），相近的辭例有合 27209「☒祖乙㞷☒祭遘王受又」、合 27416「于父己父庚既祭遘彫」。

其次還有燎祭、洋祭、𥄂祭、𠂤祭、｛（尋）祭、酚祭，都是本組可見的祭儀。

7. 匄。關於匄字在卜辭中有「乞求」和「給予」兩種意思，〔註27〕（14）的「辛卯匄犬妾」是當「乞求」講；（27）的「辛亥□匄」從同版卜辭內容來看，可能是祈求「匄雨」，這時的「匄」就是當「給予」講。

8. 㞷我史。「㞷王史」一辭習見於賓組卜辭中，（44）的「蚰㞷我史」，「蚰」在賓組卜辭中時作被祭祀的對象，時作人名或地名。而從「蚰㞷我史」一語知𠂤類的占卜主體也有一獨立的行政機構。黃天樹提出「『蚰㞷王史』當是圓體類主人卜問是否令蚰辦理我們家族的事務。蚰可能是該家族內的小宗之長，說明該家族內又由若干小宗組成」。〔註28〕「蚰」這個人，蔡哲茂也認為其為圓體類主人的屬臣，並指出其地理位置近「𣃘」，因卜辭中有「𣃘韌蚰」的記載（「庚午卜：𣃘弗韌蚰」合 7010+合 14701-合 7009，即《綴集》106 組）。〔註29〕

（三）用　語

1. 亡告。本類卜辭常見「告」與「亡告」語，如（1）辭的問「亡告」，還有（10）的「告𤇾」；（46）的「告☒雨」。從上面的卜辭來看「告」可能是一種祭祀之名。

2. 生月。本組卜辭喜用「生月」而與「今月」一詞相對，如（21）有今月，（22）有生月。

3. 又咎與亡咎。「又咎」可見（24），「亡咎」可見（25）、（27）、（31），其中還常問是否「隹咎」，如（28）就連續占問了「丁子隹咎；丁妣隹咎；己妣隹咎；庚妣隹咎」。而（37）的「隹示咎」，這個「示」或是指「㞷示」表示所有的示。

〔註27〕裘錫圭：〈釋求〉，《古文字論集》（北京：中華書局，1992 年），頁 66。

〔註28〕黃天樹：〈非王卜辭中圓體類卜辭的研究〉，頁 42。

〔註29〕蔡哲茂提出蚰為商王室經常祭祀的對象之一，可讀為「融」即文獻上的「祝融」。見氏著：〈說殷卜辭中的「蚰」字〉，《古文字與古代史》第一輯（台北：中研院史語所，2007 年）。

4.「又死」。本類辭又見卜「又死」者，如（36），這種占問亦見於⿰體類卜辭。

5. 賈。本類卜辭提到「賈」的有（38）的「賈巫」及（40）、（41）占問有關「賈」之事。

（36）的「重貝來暨⿰」中的「貝」和「⿰」可能是人名，也可能是物名，若是物名，或許與賈有關。

6. 爵。（54）有「爵妣」，其義不明，這一類的卜辭又多見於⿰類卜辭中。

其次（30）的「辛亥卜重⿰，辛亥重龍」和（32）的「辛亥重鳳」當是針對同一件事而卜。

（四）用　字

1. ⿰（𢻻）：乙4810（13）上有一字作「⿰」，該字李宗焜以爲是「𢻻」字的左半和「貞」字誤寫而成的錯字。𢻻（⿰）爲從攴從虫形，在本組中通常將「它」偏旁倒寫，且「它」旁有小點，若將「它」正寫，「攴」移至左上則作「⿰」形，而虫旁小點即可省。

2. 隹可作唯（從隹從口）。（28）占問「丁子唯咎；丁妣隹咎；己妣唯咎；庚妣唯咎」，其中「丁妣隹咎」的「隹」不從口，餘皆在隹字下加口形。

3. ⿰。該字黃天樹以爲是否定詞，從（37）「丙辰⿰隹示咎」（38）「戊午⿰隹☒」，知其字都和作鳥形的「隹」連用，而成一表否定推測的語氣詞。

4. ⿰又可作⿰。（14）辭有「戊戌卜：⿰卜丁酉」、「庚寅貞：孚⿰」、「丁戊（亥）貞：⿰」的卜辭，而從這些辭來看可知「⿰」、「⿰」通用。這個字裘錫圭以爲當釋爲「習」，帚從彗聲，而習也從彗聲，故「⿰」字可以是「習」字的異體。而這裏的「⿰卜」裘錫圭指出即是《禮記・曲禮上》「卜筮不相襲」的『襲』。認爲在本類卜辭有古人「襲卜」之例。又卜辭中可見有「習龜卜」、「習一卜」、「習二卜」等語，皆是此制。乙4810上的卜辭於戊戌日貞「習卜丁酉」。丁酉是戊戌的前一天，故「習卜丁酉」是襲丁酉日之卜而卜，也就是將丁酉日所卜之事原樣重卜一次的意思。〔註30〕

對於裘錫圭「龜骨相襲」的說法，也有人提出不同的看法，宋鎮豪便以爲「古代的習卜或改卜，自有其變異原因，前卜得吉抑或不吉，均可再行重卜，

〔註30〕裘錫圭：〈殷墟甲骨文彗字說〉，《華學》第二輯，頁36。

然所卜事情則以後因前的因襲關係爲特徵。言『習一卜』是續前一卜的重卜，至『習四卜』是第五輪占卜，『習茲卜』是專就先前一事數貞中的某一卜再行占卜，其占卜時間都是前後叉開的。習卜一般是在原先卜用的甲骨上施行，三番五次的因襲占卜，其實並沒有增用新甲骨，當然也偶有另外起用新甲骨的，如先前用龜卜，後又改用骨卜，牛胛骨上所見『習龜卜』、『習龜一卜』者，大抵屬於此類情況。習卜之制，其要素在於不同時間因襲前事而繼續占卜該事或該事的後繼，無非爲了使甲骨占卜兆象獲得更理想的結果，更適應事情的可變性，也是殷商王朝出于應變複雜事態而力圖在占卜場合發揮主觀動能因素的努力所致。」〔註31〕

　　對於「習卜」是需用龜骨交互占問，或是僅在同一龜或骨上連續占卜的問題，今日若我們大量的從卜辭上去找龜和骨上貞問同一件事的例子來看，似乎並沒有能確定證明有龜骨相襲的例子，因之襲卜可能還是指在原先的甲或骨上再行占問的意思。〔註32〕

第三節　一二七坑的囚體類卜辭

一、囚體類卜辭的特色

　　陳夢家最早提出這一類卜辭的特徵是「字體柔弱，貞字作式三（囚）」，而黃天樹則另名之爲「劣體類卜辭」。所謂「劣體」的意思，即指其「字體柔弱」的特點而言。其除了「字體柔弱」外，黃天樹舉出這類卜辭的特色還有「貞字作袋足的囚，子作㝉，……不記貞人名，前辭形式有以下四種：（一）干支。（二）干支貞。（三）干支卜。（四）干支卜貞。其中，『干支』形式最多見。『干支卜貞』最少見。劣體類沒有占辭、驗辭、兆辭等。有序辭，……在殷墟卜辭裏倒寫或側寫某個字的現象偶爾出現，而在劣體類中頗爲常見。例如雨字倒書（合21972、合21942、合21935）或側書（合21942）。牛字倒書（合21964）。午字倒書（合21939）。卜辭行款比較紊亂，例如：有的旋讀（合21942）；有的折讀

〔註31〕宋鎮豪：〈再論殷商王朝甲骨占卜制度〉，《歷史博物館館刊》2000年第2期。

〔註32〕宋鎮豪：〈殷代習卜和有關占卜制度的研究〉，《中國史研究》1987年第4期。又可參見李善貞：《甲骨文同文例研究》，頁56，政治大學中國文學系碩士論文（2001年）。

（合 21941）；有的逆讀（合 21938）」。〔註33〕

二、《合集》中𠂤體類卜辭的著錄

關於一二七坑𠂤體類的卜辭，《合集》集中收錄在第七冊的乙二類中，其中所收還有上述的𠂤體卜辭及十五次發掘的婦女卜辭（非王無名組卜辭）。而《合集》對於這類卜辭誤綴者甚多，舉例來說有（一）合 21891，其誤將乙 634 與乙 1545 綴合。（二）合 21900，其為一遙綴，甲為乙 1314，乙為乙 8500，然乙 8500 為出自 B119 坑者，〔註34〕兩者不能綴合。

黃天樹在〈關於非王劣體類卜辭〉共舉了一二七坑的劣體類卜辭計 55 片，〔註35〕其中的乙 1573（合 22369）和乙 7814（合 22397）合集列於「丙二類」中。

若嘗試將《乙編》中的這類卜辭列出，大概有以下：

乙 634、乙 635、乙 755、乙 758、乙 787、乙 791、乙 793、乙 805、
乙 832、乙 834、乙 836、乙 859、乙 940、乙 942、乙 945、乙 997、
乙 998、乙 1000、乙 1003、乙 1007、乙 1009、乙 1012、乙 1013、
乙 1018、乙 1019、乙 1022、乙 1067、乙 1107、乙 1108、乙 1109、
乙 1120、乙 1122、乙 1123、乙 1124、乙 1158、乙 1162、乙 1163、
乙 1165、乙 1180、乙 1250、乙 1296、乙 1299、乙 1300、乙 1301、
乙 1303、乙 1305、乙 1306、乙 1311、乙 1315、乙 1316、乙 1318、
乙 1322、乙 1323、乙 1425、乙 1435、乙 1438、乙 1442、乙 1443、
乙 1451、乙 1454、乙 1459、乙 1468、乙 1469、乙 1480、乙 1486、
乙 1518、乙 1522、乙 1524、乙 1529、乙 1533、乙 1534、乙 1542、

〔註33〕黃天樹：〈非王劣體類卜辭〉，《徐中舒先生百年誕辰紀念文集》（成都：巴蜀書社，1998 年），頁 66。

〔註34〕見石璋如：《遺址的發現與發掘》。

〔註35〕黃天樹所舉的有：乙 634、乙 755、乙 832、乙 834、乙 836、乙 997、乙 1107、乙 1108、乙 1109、乙 1120、乙 1121、乙 1122、乙 1123、乙 1124、乙 1162、乙 1250、乙 1296、乙 1299、乙 1314、乙 1318、乙 1321、乙 1322、乙 1442、乙 1451、乙 1454、乙 1469、乙 1480、乙 1518、乙 1519、乙 1521、乙 1529、乙 1542、乙 1544、乙 1545、乙 1546、乙 1547、乙 1549、乙 1554、乙 1564、乙 1573、乙 1581、乙 1594、乙 1602、乙 1606、乙 1622、乙 1693、乙 1748、乙 1753、乙 1779、乙 1784、乙 1798、乙 1845、乙 7712、乙 7814、乙 8500。其中乙 1547 當是圓體類。

乙 1544、乙 1545、乙 1546、乙 1548、乙 1549、乙 1553、乙 1554、
乙 1564、乙 1566、乙 1573、乙 1581、乙 1590、乙 1594、乙 1602、
乙 1606、乙 1622、乙 1637、乙 1644、乙 1692、乙 1693、乙 1695、
乙 1696、乙 1702、乙 1746、乙 1751、乙 1753、乙 1762、乙 1770、
乙 1784、乙 1791、乙 1798、乙 1803、乙 1806、乙 1812、乙 1817、
乙 1819、乙 1820、乙 1833、乙 1839、乙 1845、乙 7712、乙 7718、
乙 7814、乙 7932、乙 8251、乙 8500。

相關的綴合及著錄有：

乙 634（合集誤綴乙 1545）

乙 1019（合集誤綴乙 1009）可加乙補 1362〔宋雅萍綴〕

乙 1108（合 21948）+乙 1124+乙 1521+乙 1318（合 21877）

乙 1469（合 22157）+乙 7712〔裘錫圭綴〕

乙 1545（合集誤綴乙 634）

乙 1454（合 21921 部分）+乙補 511+乙補 595

乙 1641+乙補 413〔宋雅萍綴〕

乙 1322（合 21875）+乙 1606（合 21938 上）+乙 787（合 21973）+
乙 1658+乙 1791 倒+乙 1517〔蔣玉斌綴〕

乙 1438（合 22026）+乙 1548（合 22019）+乙 7932+乙補 1257〔宋
雅萍綴〕

合 3655=乙 1526+乙 1559+乙補 1555 倒〔林宏明綴〕

合 21873=乙 1121+乙 1451

合 21891=乙 1003+乙 634（誤綴）

合 21892=乙 93+乙 1545

合 21889（乙 832）+乙 1120〔裘錫圭綴〕

合 21900 甲（乙 1314）－乙（乙 8500）

合 21908=乙 1779（前列於𠂤體中）

合 21923=乙 1323+乙 1553+乙 1590+乙 1692+乙 8251

合 21928=乙 1109+乙 1549 可加綴乙補 1034〔林宏明綴〕

合 21929=乙 1529+乙 1784

合 21930=乙 1753+乙 1442（誤綴）（圖 4）〔註36〕

合 21938=乙 1581+乙 1606

合 21948=（乙 1108+乙 1124）+乙 1521〔裘錫圭綴〕+乙 1318〔宋雅萍綴〕

合 21964=乙 1123+乙 1564 可再加乙 1488+乙 1564（合 21964）〔林宏明、蔣玉斌綴〕（圖 5）

合 21965=乙 1177+乙 1325（黃天樹以爲圓體類）

合 21972=乙 1122+乙 1480 可加乙 1798（合 21934）（圖 6）

合 21979=乙 1622+乙 1602

合 21987=乙 1299+乙 1296+乙 1519

合 21921=乙 1518+乙 1454+乙 1546（合集誤綴乙 1454）

合 21994=乙 1748+乙 1554

合 22042=乙 834+乙 1250

合 22032=（乙 1594）+合 22157（乙 1469）合集列亞組+合 22158（乙 7712）合集於亞組

合 22369=乙 1573　合集列於亞組中

合 22024=乙 1566+乙 1806

合 22397=乙 7814　合集列於亞卜辭

合 22459=乙 7718 可再加乙 832（合 21889）+乙 1120　合集列於亞卜辭

本組詳細綴合可參章末附表。

三、𡥅體類卜辭的排序

第一旬

〔註36〕此組合集誤綴，上下倒置。

（1）癸雨既

　　　雨

　　　丑不雨

　　　涉父

　　　之☐亡☐

　　　甲子：㝬爵。

　　　甲子：止爵。

　　　癸卯雨。乙1158+乙1581（合21938下）1.7-2.2M

（2）丙寅

　　　戊辰歧。

　　　戊辰☐

　　　戊辰

　　　己巳：钋妣犬。

　　　己巳：钋妣豕。

　　　用☐歧

　　　癸卯王貞

　　　己酉卜：子

　　　癸卯　　乙1311（合21977）+1322（合21875）+乙1606（合21938

　　　上）+乙787（合21973）+乙1658+乙791倒+乙1517　　1.7-2.2M

（3）☐戌：汋甲子☐

　　　丙寅

　　　寅止爵

　　　丙止☐

　　　戊戌：钋子涉。　　　乙634（1.4-1.7M）

（4）丙寅

　　　丙寅

　　　戊辰　　乙1003（合21891）1.7-2.2M

（5）丁卯歧

　　　丙牢

辛　　合 21921（乙 1518+乙 1546）1.7-2.2M

（6）丁卯：豕廿于⦿小牢。

　　丁卯曰其

　　戊戌　　乙 1573（合 22369）1.7-2.2M

（7）丁卯：敁𤕭。

　　丁卯：敁姕。

　　敁州

　　隹敁盧

　　丁卯敁　　合 22157（乙 1469+乙 7712）+合 22158+合 22032 [註37]

　　1.7-2.2M+3-4.5M

（8）癸酉貞：茲克。

　　癸卯卜：隻伐。

　　辛卯卜：☒子死。乙 1323+乙 1553+乙 1590+乙 1692+乙 8251（合 21923）

　　1.7-2.2M+3-4.5M

（9）癸酉

　　旬亡告

　　☒□（从手）允令涉𤕭

　　雀亡其钔舌

　　令

　　戊戌

　　己亥姜𦖼　　乙 793+乙 1545（合 21892）1.7-2.2M

（10）癸酉：其敁（𠃌）牛。

　　甲戌：敁（𠃌）牛。

　　己丑　　合 21964（乙 1564+乙 1123）+乙 1488　1.7-2.2M

第二旬

〔註37〕此版綴合可見黃天樹：《殷墟王卜辭的分類與斷代》（台北：文津出版社，1991
年），頁 375。又其中的乙 1469（合 22157）加乙 1594（合 22032）爲裘錫圭所綴，
見《古文字論集》，頁 266。然關於卜辭中的「𤕭」字，其在〈非王卜辭中圓體類
卜辭的研究〉依形作「敁」，而在〈非王劣體類卜辭〉中隸作「施」，今暫統一作
「敁」。

（11）戊寅

又工

卜余　　合 21772（乙 1480+乙 1122）1.7-2.2M

（12）癸未貞：不雨。

□戌卜貞亦□　　合 21941（乙 1693）+乙 1436（合 21996）1.7-2.2M

（13）癸未：夕𤴡（岐）犬姒□

癸未□卯□受死。

丙戌卜：丙𠦪（岐）雨。

己姒

寅若

令𤔪

子其品雨　　合 21934（乙 1798）+合 21972（乙 1122+乙 1480）

1.7-2.2M

第三旬

（14）戊子貞：我人亡若。

戊子貞：雀亡若。　　合 21900甲（乙 1314）1.7-2.2M

第四旬

（15）甲午卜：今生月不雨。

癸雨（雨倒書）　　合 21935（乙 1542）1.7-2.2M

（16）丁酉：囷不吉。

囗既弗　　乙 1022（合 21974）1.7-2.2M

（17）丁酉卜：隻鹿。

貞辛□　　乙 1443（合 21924）1.7-2.2M

（18）貞隹𤔲

丁酉

戊戌隹𤔲

戊戌　　乙 1751（合 21887）1.7-2.2M

（19）貞亡告己

戊戌□　　乙 1833　劣 1.7-2.2M

（20）庚雨

丁雨

丁酉⋈□臣　　乙 940（合 21937）1.7-2.2M

（21）貞：言來

戊戌卜：又妣爵

戊戌：束☒

雨

庚☒令☒　　乙 1438（合 22026）+乙補 1257+乙 7932+乙 1548

1.7-2.2M

（22）己亥☒

己亥中丁□□☒

石

子己

辛

癸卯貞旬

束六牛

☒　　合 21873（乙 1121+乙 1451）1.7-2.2M

（23）亥又令

郱辛言生

辛丑卜言

逐口其告大隻

妣羌告來妣反生。

庚戌　　合 21928（乙 1549+乙 1109）1.7-2.2M

（24）辛丑

未

□戌☒于☒ 于☒　　乙 1637（合 22018）＋合 22369　 1.7-2.2M

（25）壬寅貞：郱牢

壬寅郱叀牢

叀倿（妃）

亥貞析齒　　　乙 1454++乙補 511+乙補 595

（26）癸卯：日啓。二

癸卯：不啓日。二　　　合 21976（乙 997）1.7-2.2M

第五旬

（27）丙午雨

丙午：今夕雨。

丁雨

重卻

羌甲河　　　合 21939（乙 1162）1.7-2.2M

（28）戊申貞：子賈。

戊申二

己酉□妣咎　　　合 21979（乙 1622+乙 1602）1.7-2.2M

（29）乙酉貞

𡥈𡥈　　　乙 1107（合 21888）1.7-2.2M

（30）□酉卜貞：又臣正大用□

祀□

□酉貞：𡥈弗翌。　　　合 22042（乙 1250+乙 834）1.7-2.2M

（31）庚戌卜：隻。

庚戌卜：亡其隻。　　　合 21930（乙 1753+乙 1442）1.7-2.2M

（32）辛亥

妣辛　　　乙 758（合 22041）1.4-1.7M

（33）癸丑品□雨

貞□幸　　　乙 1486（合 21936）1.7-2.2M

第六旬

（34）己未：其□妾

□妾　　　乙 836（合 21883）1.7-2.2M

（35）辛酉子卜

丙子涉己　　　乙 1165（合 21997）1.7-2.2M

無干支者

（36）貞母（毋）粦河

　　　　癸☒　　乙 1544　1.7-2.2M

（37）□寅卜⻤

　　　　死　　乙 832（合 21889）+乙 1120+乙 7718（合 22459）　1.7-2.2M

（38）☒其钔妣癸

　　　　钔☒　　乙 1318（合 21877）1.7-2.2M

（39）品雨二

　　　　雨

　　　　母（毋）　　合 21933（乙 755）1.7-2.2M

（40）□卯獸于☒

　　　　其□姜　　合 21994(乙 1554+乙 1748)+乙 1018（合 21990）1.7-2.2M

（41）粦衣甲

　　　　辛亘　　合 22397（乙 7814）3-4.5M（合集入丙二類）

（42）不呼禾　　合 22025（乙 1845）1.7-2.2M

（43）庚☒貞：子妥不死

　　　　庚：友不死

　　　　其钔妣庚☒　　合 21948（乙 1108）+乙 1124+乙 1521+乙 1318

　　　　1.7-2.2M

（44）□豕廿⚫于牢

　　　　于⚫

　　　　☒

　　　　⚳　　乙 1315（合 21922）1.7-2.2M

（45）□酉乎□妣戹　　乙 1459（合 22021）1.7-2.2M

（46）隻

　　　　既卜雨

　　　　之隻

　　　　☒田　　乙 1468（合 21940）+乙 1472　1.7-2.2M

（47）酉☒

　　　　帚好☒　　乙 998（合 21884）1.7-2.2M

（48）隻

　　　隻白鹿　　　乙1534（合21925）1.7-2.2M

（49）既雨

　　　己

　　　辛丑　　　乙1770（合1770）+乙1762　1.7-2.2M

（50）獲

　　　獲

　　　自丁獲　　　乙1019+乙補13621.7-2.2M

　　本類卜辭幾乎都刻於背甲上，以上面50版爲例，僅（4）、（5）、（6）、（10）、（11）、（12）、（18）、（25）、（34）、（37）、（41）、（42）、（50）刻於腹甲上。而出土的層位也幾乎全是在坑層的1.7-2.2公尺處，與𠂤體卜辭相同。

四、𠂤體類卜辭的內容

　　由於本類卜辭也完全沒有記載月份，故亦無法利用月份配合干支來定其是否爲發生在同一年間的事件，以下同樣分人物、事類、用語、用字幾個方面來討論。

（一）人　物

　　本類卜辭所提及的人物有（1）𠬝、（3）子涉、（5）𦎫、（9）𠂤和雀、（13）受和𡥀、（22）中丁和子己、（23）妣羌和妣戉、（27）羌甲和河、（32）妣辛、（38）妣癸、（42）禾、（43）子妟和友。

　　其中子輩有「子涉」、「子己」和「子妟」，妣輩有「妣辛」、「妣癸」、「妣羌」、「妣戉」。其中「妣辛」、「妣癸」之名可見午組卜辭。「子妟」除見本類卜辭外，在𠂤體類中亦見，如合21890上也有。其次，屬於賓組卜辭的乙6273上有「子妟𡆥凡」的卜辭。

　　（2）辭有「王貞」之語，可能是商王至本組占卜主體的封邑來進行占卜。

　　（5）辭有「𦎫」，𦎫亦出現於自組卜辭，可作爲本類卜辭和自組卜辭時代相近的判斷。「子涉」一名黃天樹以爲其又見於非一二七坑𠂤體卜辭的合21893，其辭爲「癸巳卟子涉」，與（5）爲同文例。而雀亦出現於子組中，𠂤體卜辭也有地名雀，而「亞雀」更是習見於子組和午組卜辭中。在此卜問「雀亡其卟告」（9）以及「戊子貞雀亡若」（14），可見雀在本組卜辭中的重要性。而受也見於子卜辭和𠂤體卜辭中，本類卜辭占問「癸未□卟□受死」（13），爲替

受𤕝疾使之免於死之事。

其次，還有（9）的「𢎥」，（13）的「𣥐」，（42）的「禾」和（43）的「友」。又合 21902（𢎥 641）有「韋」，其又見於子組卜辭合 21640（甲零 128），這個很可能是賓組卜辭的貞人韋，而（47）上的「子□」一辭，黃天樹隸爲「婦好」，在此存疑。〔註38〕

（二）事　類

1. 岐祭。本類卜辭同𢀲體類一樣多見岐祭之辭，如（5）、（7）、（2）、（13）辭，在𢀲體卜辭中有問「岐犬」、「岐牛」者，（13）「癸未夕岐犬妣□」亦見「岐犬」之例。而（7）則見以人爲岐，辭爲「丁卯岐𣥐，丁卯岐姿，岐𢀲，隹岐盧」「𣥐」、「姿」、「𢀲」，可能都是女性，而「盧」或是「盧豕」之省。又（9）有「己亥姜𣥐」，其中的姜可能也是女性，「𣥐」意義不明。

（13）中岐字正倒兩體並見，前者作「岐犬妣□」，後者作「丙岐雨」，關於岐的卜辭有（10）「癸酉其岐牛」，「甲戌岐牛」。本類的祭儀還有（8）的伐祭。而可能和祭儀有關的字有（22）的「朿」其辭爲「朿六牛」說明這也是以牛爲犧牲的一種祭法。而（3）「□戌汋甲子☒」中的「汋」，其義不詳。

2. 「于𤔲」。第（6）乙 1573、（24）乙 1637 和（44）乙 1315 爲三組同文例，辭中都出現了「于𤔲」的辭例，其中乙 1315 和乙 1573 都有「豕廿」和「小牢」的字樣說明這可能是同一件事而占卜，其義不詳。

3. 「卜隻」。本類出現許多「卜隻」之辭，如（8）、（17）、（23）、（31）、（46）、（48）。若從有「隻」的辭例來看，如（17）「丁酉卜隻鹿」、（23）「逐口其告大隻」、（31）「庚戌卜隻」「庚戌卜亡其隻」、（48）「隻白鹿」。在本類卜辭中「隻」可能指「隻鹿」這件事而言。又「隻白鹿」似乎有尚白的意思，與午組的尚白豕，賓組的尚白馬同。而（23）的「逐口」可能是犬官之名，黃天樹曾舉賓組卜辭的犬官「逐壴」爲證，可見合 40153「丁酉卜王：逐壴告豕，隻？不隻」。

4. 又工。本組有「又工」，工可能指工事或從事工事的人，午組卜辭有「□戌卜：蔡侯□余工乎見（獻）尹以蔡侯抑」（乙 5394），其中就說到了獻工一事，這裏的「又工」或許是屬於同一類的事。

〔註38〕黃天樹：〈非王劣體類卜辭〉，頁 68。

5. 臣。本類卜辭有出現臣字，如（20）和（30），後例爲「□酉卜貞：又臣正大用𢆉」，是用臣正來侑，當是一種人祭，〔註39〕而（33）有「𡘁」、（41）有「𡘁亘」，（34）有「妾」，都是屬身份低賤之人。其中的𡘁可以和𢀝體的「壬申貞：賞執」（乙946）參看。

6. 𡘁亘。（41）「𣛮衣甲」「𡘁亘」之辭，裘錫圭在提出賓組卜辭時代同於歷自間組卜辭時曾舉出「雀𡘁亘」一事同見於兩類卜辭，而黃天樹則進一步認爲「這次戰爭大約發生在武丁中期，𢀝體類家族的武裝可受商王征召，也參與𡘁亘的戰役」。〔註40〕

（三）用　語

1. 止爵。本類卜辭有卜問「止爵」之辭，辭例爲「干支止爵」。意義不詳，可見（1）、（3）。

2. 死與不死。本類卜辭有卜問某人死與不死者，如（8）「辛卯卜𢆉子死」、（13）「癸未□𠦜□受死」、（43）「子妾不死」、「友不死」，𢀝體類卜辭則常見卜「又死」事。

3. 雨、不雨、既雨和品雨。本類卜辭時卜問雨或不雨，如（12）、（15）、（20）、（27），也有問「既雨」者，如（46）、（49）。「既雨」可能是雨停的意思，（26）有卜問「日啓」、「不啓日」者，這或許與「既雨」之意相同。其次，「品」常和占雨之辭連用，如（31）、（37），這個「品」可能是一種祈求下雨的祭祀。以「品」爲祭祀動詞又見「乙卯卜：來丁卯酚品，不雨」（合34526）、「甲申卜：叀辛卯酚品。甲申卜：叀辛丑酚品」（合34524）。

4. 告、亡告。第（9）有「旬亡告」，（19）有「貞卜告己」，「亡告」爲本類卜辭常見的用語，與𢀝體類卜辭同。而（46）的「𢆉令𢆉旬不」可能指的也是「旬亡告」這件事。

其次（23）有「𠦜辛言生」、「辛丑卜言」，其中的「言」可能也是「告」的意思。

（四）用　字

〔註39〕黃天樹以爲「臣正」是「多臣之長」，見〈非王𢀝體類卜辭〉，頁67。

〔註40〕裘錫圭說法見〈論歷組卜辭的時代〉，《古文字論集》，頁301；黃天樹說法見〈非王𢀝體類卜辭〉，頁69。

1. 𦥑。（18）有「貞隹𦥑」、「戊戌隹𦥑」語，（29）亦有「𡥀𦥑」語，這個字其義不詳，可能是動詞，不知是否與「娩」爲一字。

2. （33）乙 1486 的「幸」作「𠬞」，而（41）乙 7814 的「幸」作「𡪻」，說明在本辭卜辭中幸字有「𠬞」、「𡪻」兩形，而作「𠬞」當也可隸作執，「幸」即「執」之所從。

第四節　一二七坑中的亞組卜辭

一、亞組卜辭概念的提出

亞組卜辭的概念是李學勤在〈帝乙時代的非王卜辭〉中所提出來的，並認爲這是一二七坑中五種非王卜辭之一。對於這一組卜辭，李學勤首先是將它和 E16 坑出土的一類多用腹甲少用背甲，且以「𥄳」爲「旬」，及習見卜「又史」的卜辭看成是同一類，而因 E16 坑這一類卜辭出現有貞人刀和亞之名，故李學勤把一二七坑這一類卜辭逕名爲「刀亞卜辭」。然一二七坑甲骨中不見有貞人刀之名，故實際上所謂的「刀亞卜辭」若針對一二七坑甲骨來說，充其量只能叫「亞卜辭」而已。刀亞卜辭中出現貞人亞之名的卜辭有合 22302（六中 3）、合 22306（掇 1.22）、合 22308（佚 825）、合 22311（甲 2963）、合 22312（甲 2964）、合 22313（京 2979）。而十三次發掘 YH006 坑的乙 319（合 21506）〔註41〕和 YH127 坑的乙 4677（圖 7）是李學勤提出一二七坑卜辭中有亞卜辭的依據，其以爲前者有貞人亞之名，〔註42〕而後者有「貞亞」之辭。然一二七坑卜辭除了乙 4677 外，不見有能確定以亞爲貞人的卜辭，所以是否能在一二七坑中劃出一類亞卜辭，其實李學勤的證據也不過只是乙 4677 這一片而已。然對於乙 4677 爲亞組卜辭的看法李學勤的看法似乎很不一致，所以後來在〈考古發現與古代姓氏制度〉中就出現了以下這樣的話「《殷虛文字乙編》4677 腹甲可附于自組，版上有七個姓名：姼戊嬗、姼戊婭、姼癸𡡉、姼戊婏、姼辛嬋、姼辛婦、姼乙娃。其中『姼辛婦』又稱『婦姼辛』，見同書 319，可以看出是整個的稱謂，不

〔註41〕關於李學勤以爲是亞卜辭的乙 319（合 21506），黃天樹則以爲是「𠂤組小字 A 類」，因其上有「不㗊」的兆辭。見《殷墟王卜辭的分類與斷代》，頁 24。

〔註42〕該辭《殷墟甲骨刻辭摹釋總集》作「癸丑卜弗午𪊨，丙辰卜☑」，不見有「亞」字。姚孝遂主編：《殷墟甲骨刻辭摹釋總集》（北京：中華書局，1988 年），頁 470。

能把『妣辛』同『娡』分開。」〔註43〕這個「附于自組」當是修正了前說。

　　YH006 的乙 319 其上並無亞字，其辭爲「癸丑卜：弗卲娡，丙辰卜：往郊不♀（㖒）」，李學勤認定其爲亞卜辭不知何據。而辭中的「娡」即乙 4677 的「妣辛娡」的「娡」，所以這兩片是同一類卜辭。對於乙 319 這片卜甲的歸類，黃天樹曾依其上的兆辭「不㖒」而認爲其屬自組小字 A 類，所以若要針對一二七坑卜辭劃出一類亞卜辭來，對其字體和辭例的界說，其實是非常模糊而難定的。

二、亞組卜辭的辨正

　　本節將討論是否可在一二七坑中劃出一組亞卜辭來。

　　李學勤之所以提出刀亞卜辭一名，原因在於發現 E16 坑有一類以刀和亞爲貞人的卜辭，因其和子組卜辭有相同的同字習慣（以「㓝」爲「旬」）和占問內容（問「又史」），而乙 4677 前辭作「己酉卜亞」和刀亞卜辭中有一類前辭作「干支卜亞」的前辭正好相同（合 22302、合 22311、合 22312），所以李學勤認爲這是屬於同一類組的卜辭，因而在一二七坑中劃出一類亞卜辭，並以爲其與子組卜辭有直接的連繫。

　　首先是刀亞卜辭的字體和乙 4677 的字體並不相同，乙 4677 的字體似乎可分成二類，上半近中甲部分的字體方折且字體略小；下半的諸妣卜辭則字體較大且圓轉。而刀亞卜辭的字較粗且方折，所以我們只能說乙 4677 部分字形近似刀亞卜辭。其次，乙 4677 上的諸妣卜辭和刀亞卜辭在字體上比較不同是庚字的寫法，前者作「㤿」形，與刀亞卜辭作「🀫」（合 22306）不同。此外，上方近刀亞類字體的「其」字作尖底形，與自組小字類字體特徵同。

　　然而一二七坑中除了乙 4677 外，就找不到有可能是以亞爲貞人的例子，故僅以一片可能是貞人亞的卜辭來立論，把一二七坑甲骨群劃出一類亞卜辭來，就證據上來說顯然不足。且在《合集》中乙 4677 被放在第七冊的丙二類中，對於同樣出於一二七坑而被編入丙二類中者，計有 33 版，這表示《合集》編者認爲這些都是與乙 4677 同屬一個類組者，而這種歸類無疑是根據字體而來，然而若我們仔細去分析這一類卜辭的字體，就會發現其實其間的字體又並非是那麼的統一。

　　此外，若我們從第四次發掘 E16 坑的甲骨中去找出可以劃入刀亞卜辭的甲

〔註43〕李學勤：〈考古發現與古代姓氏制度〉，《考古》1987 年第 3 期。

骨，會發現其中出現亞字的卜辭只有甲 2963（合 22311）、甲 2964（合 22312）、甲 3011+甲 3043+4.0.0105（合 20347）、甲 3050（合 21912）、甲 3092+甲 3098（合 20349），而這當中有二版合集放在甲類（自組卜辭）中，二版放在丙二類（亞卜辭、非王無名組即「婦女卜辭」）中，一版放在乙二類（𠂤𠂤體卜辭）中，所以光是從字體就已分不清楚所謂的亞卜辭能否放在同一類，更何況是將它劃出一個類組來。

其次，《合集》丙二類中有亞的卜辭分別是合 20347「亞子父乙」、合 20349「乙丑在多亞」、合 21912「不子□在亞辛」、合 22311「邘亞」、合 22312「邘亞又兄己白豕」。這些辭例和收錄於《合集》第七冊丙二類的一二七坑卜辭完全沒有相同的事類，所以在此不將亞卜辭視為一二七坑卜辭中的一個組類。

若我們回頭來看看李學勤以為大量出刀亞卜辭的 E16 坑，可以發現 E16 坑卜辭的內容主要為自組小字類、自賓間類〔註44〕和自歷間類卜辭（包括「黍登」卜辭），而自歷間類卜辭在《殷墟王卜辭的分類與斷代》和《殷墟甲骨分期研究》中已被劃入自組小字類中，所以我們也可以說 E16 卜辭主要是以自組小字類為主。彭裕商也說「刀卜辭出村北 E16 坑，該坑所出卜辭多是武丁中期的。本類卜辭的書體近自組，合集將其與自組卜辭一同收入第七冊甲類也明這一點，推測其時代也大致在武丁中期。」所以我們傾向認為所謂的亞卜辭其實是自組小類卜辭的一小部分。

如果刀亞卜辭是自組卜辭小字類，就表示其為王卜辭的一種，自組小字類卜辭的時代根據黃天樹的推論「其一部分沿著自組小字類－師賓間類－典賓類－賓出類的途徑而逐漸演變下去；一部分自組小字類繼續存在，並一直延伸到武丁晚期，與自賓間類、典賓類、賓出類同時並存。」〔註45〕其中的賓出類又名賓組三類，黃天樹也認為其時間最晚可延伸至祖庚之世，〔註46〕所以自組小字類卜辭應是武丁時代之物，最晚至祖庚前期的卜辭。而李學勤曾因乙 4677上的諸先妣名不見於商王世系，而主張它們是非王卜辭，所以以下對於一二七

〔註44〕彭裕商：《殷墟甲骨分期研究》，頁 118。其以為「E16 坑出有這種卜辭（自賓間組）如甲 2971、2980、2996、2999 等，約有廿多片」。

〔註45〕黃天樹：〈論自組小字類卜辭的時代〉，《陝西師大學報》1990 年第 3 期。

〔註46〕黃天樹：《殷墟王卜辭的分類與斷代》，頁 77、78。

坑這一類卜辭的分類，將以字體和稱謂爲準，把不能符合王卜辭的稱謂，劃歸爲另一組群。

三、《合集》中關於亞組卜辭的著錄

爲保留《合集》亞組卜辭的原貌，以下仍依《合集》第七冊丙二類所錄，將其中一二七坑出土者列於下：

<u>乙 804</u>、<u>乙 973</u>、<u>乙 1062</u>、乙 1185、<u>乙 1428</u>、乙 1445、<u>乙 1469</u>、<u>乙 1470</u>、<u>乙 1479</u>、<u>乙 1573</u>、<u>乙 1623</u>、乙 1749、<u>乙 1780</u>、乙 1814、乙 1816、<u>乙 1855</u>、乙 1956、乙 1962、乙 2130、<u>乙 3483</u>、乙 3843、乙 4528、乙 4544、乙 4677、乙 4741、乙 4746、乙 4822、<u>乙 5042</u>、乙 5462、乙 6674、乙 6784、乙 7086、乙 7280、乙 7402、<u>乙 7712</u>、乙 7714、<u>乙 7718</u>、<u>乙 7814</u>、乙 7844、<u>乙 7896</u>、乙 8188、<u>乙 8406</u>、乙 8427、乙 8594。（劃線者爲誤入本組者）

其中乙 1469、乙 1573、乙 7712、乙 7814、乙 7718 爲劣體類，乙 1062、乙 1470、乙 8406 爲午組卜辭，前兩者已綴入合 22101 中，後者綴入合 22088 中。又乙 1962、乙 3483、乙 4544、乙 5042、乙 6784、乙 7718、乙 7844、乙 7896，董作賓、張秉權、嚴一萍都以爲是第一期卜辭，而當中的乙 3483 及乙 4544 陳夢家更以爲是午組卜辭。〔註47〕這當中的乙 3483「丁酉卜：㞢歲于父丁」當是午組卜辭，乙 5042（合 22416）上有一字從二虫從皿之字作「𧖅」，這個字又見乙 5088（合 14277），乙 5088 可以和乙 643、乙 5006、乙補 4534、乙補 4759 綴合（張秉權綴），綴合爲賓組卜辭，所乙 5042 當改入賓組。乙 7896 上有一「𠂤」字，其可能爲賓組卜辭，乙 7718 則爲𠂤體類卜辭。

合集列入本類的 22206 甲（乙 804+乙 973+乙 1780+乙 1855）－合 22206 乙（乙 1623+乙 1479）+合 22187（乙 1428）其上的稱謂如「且庚」、「父戊」、「兄己」、「內乙」、「妣乙」、「妣癸」等全同於午卜辭，所以也當改入午組卜辭（圖 8）。

其中已綴合的有：

1. 丙 609＝合 22196（乙 4741+乙 4822+乙 8188+乙 8427+乙 8594）

〔註47〕見石璋如《中國考古報告集之二一丁編・甲骨坑層（二下）》（台北：中研院史語所，1992 年）。

2. 合 22149（乙 1814+乙 1816）

3. 合 22441（乙 1956+乙 2130）

四、亞組卜辭的排序

第一旬

（1）癸酉卜：𩰀岐盧豕□臣□□　　乙 6674（合 22438）

第二旬

（2）乙亥卜：來戊申□石钔爵。

　　　隹𠦪

　　　吝

　　　□卜歲臣來二剢　　乙 1956+乙 2130（合 22441）1.7-2.2M

（3）乙亥：巫□母

　　　𠬝于高妣己　　乙 5462（合 22143）

（4）丙子卜貞：□多□子自子□　　乙 1749（合 22298）1.7-2.2M

第三旬

（5）□亞□牢

　　　□卜貞□入□亞□

　　　乙酉卜貞天亡圉

　　　癸　　乙 1185（合 22309）1.7-2.2M

（6）乙酉卜貞：𨟭不圉。　　乙 3843（合 22410）

（7）己丑□𢀛□帝　　乙 1962（合 22495）

第四旬

（8）乙未卜：至大钔。　　乙 7402（合 22423）

（9）□卜□亞□

　　　丙申卜：𡆥歲于□羊一□彘三用。　　乙 1445（合 22310）1.7-2.2M

　　（10.1）

　　　辛丑卜：酚壬寅。

　　　辛丑卜：酚桒壬寅。

　　　己酉卜：亞嬪其隹臣□月。

　　　己酉卜：亞伽其隹臣。

（10.2）

妣戊婭一

妣癸孋

妣辛嬶

妣乙嬉

妣戊嬞

妣戊婋

妣辛姊

母庚□豕

母庚□豕

母庚三牢　　乙 4677（合 22301）南三（以上諸妣名依所李學勤隸定）

第五旬

第六旬

（11）甲寅☐　　乙 7714（合 22512）

（12）壬戌卜貞：亡㞢子㞢。

甲子卜：豉二豕二豭用于內乙。

甲子卜：亡㞢豉二豭二豕。

叀今癸于兄己豉犬　　乙 4544（合 22276）

（13）壬戌卜貞：子又子☐抑　　乙 1816+乙 1814（合 22149）

無干支者

（14）□酉卜卯司己八　　乙 7086（合 22212）

（15）酉卜卯于㚔　　乙 7280（合 22418）

（16）凡三

七豕㞢月四

冊冊　　乙 4528（合 22356）南二

（17）卯于子庚犬☐商

且戊犬茲商　　乙 4746（合 22339）

（18）☐汏☐隹☐三

隹兄己一二三四五六

隹兄癸

隹父丁一二

子

𤉲

貞𤉲　　乙 4741+乙 4822+乙 8188+乙 8747+乙 8594（合 22196）

附、合集誤入此類者

（19）甲戌貞：妣乙𤉲又歲。

甲戌貞：妣癸𤉲又歲。

甲戌貞：妣辛𤉲又歲。

甲戌貞：又妣己歲𤉲勺。

乙亥貞：用𡎼妣乙不。

丁丑□卯夢自且庚至于父戊。

甲酉貞：又□妣壬。

貞𤉲歲。

甲寅貞：𤉲又歲母戊。

□母戊□　　合 22206 甲（乙 804+乙 973+乙 1780+乙 1855）-合 22206
乙（乙 1479+1623）+合 22187（1428）1.7-2.2M

這一類卜辭，若就字體來看的話，可以粗略的分爲兩組，一是合 22196
（18）、合 22301（10.2）、合 22339（17）一類；一是合 22413、合 22212（14）、
合 22276（12）、合 22298（4）、合 22301（10.1）、合 22309（5）、合 22310（9）、
合 22356（16）、合 22423（8）、合 22418（15）、合 22149（13）、合 22438（1）、
合 22441（2）、合 22495（7）一類。其中第二類的合 22309、合 22410、合 22418、
合 22423 四版字體近似，酉字都作「𠙺」，可能爲同一次所卜。又第二類的卜辭
如上所言具有自組卜辭特色，所以下面分二類來討論。

（一）乙 4677「諸妣」類（合 22196、合 22301、合 22339）

這一類卜辭出現的人名有（10.2）的七妣一母名，妣戊、妣癸、妣辛、妣
乙、妣戊、母庚之名，其中妣戊、妣辛各有二位。（17）的子庚及且戊，（18）
的二兄，兄己、兄癸及一父，父丁。其中妣戊、妣癸、妣辛、妣乙以及子庚、
且庚和兄己、父丁之名皆可見午組卜辭。所以從稱謂來看，這一類卜辭可歸入

午組卜辭，如同合 22206 甲乙一樣。乙 4677 上「母」字的寫法和女旁的「女」相同，陳夢家曾據此提出這裏的「娗」、「妮」都應讀作「亞母」、「危母」。李學勤則認爲「無論釋爲女旁的娗、妮、**蠅**或釋爲亞母、危母、黽母都應是先妣的私名或字。」〔註 48〕其又根據這種先妣有記私名的例子推論卜辭中常見的人物婦好的「好」當是名而不是姓。〔註 49〕

（二）自組小類卜辭

合集「丙二」中這一類的卜辭，以下將合併在一二七坑中的自組裏討論，在此只先將有「稱謂」的內容列出。

高妣乙（4）、內乙（13）、兄己（13）、司（姒）己（15）、且乙（11）

第五節　一二七坑中的自組卜辭內容

一、自組卜辭的歸類

關於一二七坑中的自組卜辭，方述鑫曾說「乙十二基址的傍窖 YH127 深度爲 1.4 米至 2.2 米處出卜辭乙 487 至 8500（甲），8663 至 8673（骨），大量賓組、午組、子組，貞字作 ☒ 而刀法最劣的卜辭，以及少量貞字作 ☒ 的卜辭和亞卜辭外，又出自組 B1 類卜辭，如乙 8497（合 20476）、乙 8498+乙 132+乙 394（合 20414）、乙 8499（合 20924）、乙 1441（合 21024）、乙 8496（合 21311）、乙 1469（合 22157）、乙 1814（合 22149）、乙 973+乙 1855（合 22206 甲）、乙 1479（合 22206 乙）。」而其中的合 20414（乙 8498+乙 132+乙 394）方述鑫以爲「我們已經指出 YH127 出的乙 8498 可以和乙五基址的 YH006 所出乙 394 和 B119 所出乙 132 綴合」彭裕商也說「出于 YH127 坑的乙 8499 右側爲小字一類字體，左側字體近大字類」。〔註 50〕然我們若查石璋如《遺址的發現與發掘・丁編》一書可以知道乙 8498 出於 B119 坑的 B119 位置，乙 394 出自 YH006 坑的 B119 位置，乙 132 出自 B119 坑的 B119 位置。所以乙 8498 非出自 YH127 坑者。而乙 8496、乙 8497 和乙 8499 同樣是出自 B119 坑的 0.76M 地層，所以都不能包

〔註 48〕鄭振香：〈婦好墓出土司丂母銘文銅器的探討〉，《考古》1983 年第 8 期。

〔註 49〕李學勤：〈論婦好墓的年代及有關問題〉，《考古》1977 年 11 期。

〔註 50〕彭裕商：《殷墟甲骨分期研究》，頁 92 及〈𠂤組卜辭分類研究及其它〉，《古文字研究》十八輯，頁 101。

含在一二七坑的自組卜辭中。﹝註51﹞故一二七坑的自組卜辭依方述鑫所言有乙1441、乙1469、乙1814、乙973+乙1855、乙1479。其中乙1469又可和乙7712綴合（合22157+合22158+合22032），當屬𠂤類體，所以計有四版，當中的乙1814可和乙1816綴合，爲上第（13）組，乙973+乙1855（合22206甲乙）則是合集誤入亞卜辭者，當入午組。

關於各家對一二七坑自組卜辭的看法，黃天樹曾提出乙4194（合1633）爲𠂤體類卜辭和自賓A類卜辭共版的龜甲，﹝註52﹞彭裕商也說乙4030字體近自賓間組而且以叀和執爲疑問句尾，爲賓組卜辭中時代偏早的卜辭。﹝註53﹞肖楠更提出乙1428（合22206）爲自組小類和午組卜辭共版，乙6690（合22094）爲自組大字類和午組字體共版的說法。乙1428即合22206甲的一部分，前面我們已說過合22206甲（乙804+乙973+乙1780+乙1855）－合22206乙（乙1623+乙1479）+合22187（乙1428）其上的稱謂全同於午組卜辭，故當屬午組卜辭，而其上的貞字作「𮪍」形，正是自組小字的特徵，所以這一版的存在可以證明午組卜辭的字體曾受到自組小字類卜辭的影響。而其說到有自組大類字體的乙6690（合22094），已列入午組卜辭排譜中的第26組，其類似自組大字字體的卜辭爲「壬寅卜：𡎸石于父戊」，自組卜辭爲王卜辭，不見有「父戊」的稱謂，所以也只能說是受到自組大字類字體的影響。

二、自組卜辭的排序

對於一二七坑的自組卜辭主要包括散見於《合集》第七冊甲類的卜辭和誤入丙二類中的卜辭，由於誤入丙二類的部分已在亞卜辭的排譜中羅列，所以在此不在重覆列出，而序號則採連貫而下的方式，可以參見。

第一旬

（20）甲子貞：今　　　乙624（1.4-1.7M）

（21）丁卯雨

　　　丁卯雨　　乙1561（合20933）1.7-2.2M

（22）癸酉卜貞：旬　　乙3886（合補6702）南一

﹝註51﹞方述鑫：《殷虛卜辭斷代研究》（台北：文津出版社，1992年），頁18、145。

﹝註52﹞黃天樹：《殷墟王卜辭的分類與斷代》，頁99。

﹝註53﹞彭裕商：《殷墟甲骨分期研究》，頁86。

第二旬

（23）丙子卜貞：䭓凡

　　　　母　　　乙 934（合 20853）（1.7-2.2M）

（24）己卯隻

　　　　隻

　　　　不隻　　　乙 1127（合 20784）1.7-2.2M

第三旬

第四旬

（25）乙未卜王☑隹且乙。

　　　　乙未卜王☑不隹且乙。　　　乙 4194（合 1633）

（26）癸卯婦史

　　　　癸卯

　　　　癸丑貞☑　　　乙 1574（合 21975）1.7-2.2M

第五旬

（27）辛亥☑

　　　　妾亡　　　乙 618（1.4-1.7M）

（28）辛亥岐

　　　　辛亥豕　　　乙 5656（合 20869）南四

第六旬

（29）戊午☑史雨涉。　　　乙 799（合 20955）1.7-2.2M

無干支者

（30）庚亞喜

　　　　不喜

　　　　不示

　　　　又歲告史虎

　　　　亡

　　　　☑孕六月　　　乙 1671+乙 7401+乙 8504（合 21207）1.7-2.2M

（31）☑蚰臣

　　　　疾　　　乙 1847（合 13267）1.7-2.2M

（32）且

母

追　　乙 2824（合 19312）南一

小　結

子組附屬卜辭這一類是從字體上所分出來的，其因和子組有相同的稱謂和人物，故被認爲與子組卜辭有關。關於這一組卜辭實際上又包含了兩個小類，而這兩個小類除了字形上的差異外，一類龜甲兼用一類專用龜背甲也是重要的區分根據。這兩類在當時應該並存，故有相同的用語和祭儀，如常出現岐祭，常出現作圓形的丁字等，這當可視爲不同書手的操作所致。

而對是否可從一二七坑中再區分出一類亞組卜辭來則持保留的態度，並認爲這一類當歸入自組卜辭。而文中並對這零星的自組卜辭作整理。

附表　一二七坑子組附屬類卜辭綴合表

1. 圓體類卜辭			
合　集　號	重　見　號	綴　合　號	綴合者
合 20947	乙 1563	+乙 1826	黃
合 21265	乙 1008	+合 22007+合 21945	蔣
合 21839	乙 1608 等	+合 21981	蔣
合 21864	乙 1799	+合 21947	蔣
合 21946	乙 794	+合 21265+合 22007	蔣
合 21947	乙 1531	+合 21864	蔣
合 21951	乙 1160	+乙 609+乙 613	蔣
合 21953	乙 1652	+乙 7803	宋
合 21979	乙 1622 等	+乙 622	蔣
合 21981	乙 1508	+合 21839	蔣
合 22007	乙 1640	+合 21265+合 21946	蔣
合補 6925	乙 4810	+合 22491+北圖 5232+北圖 5251	曾
	乙 7803	+合 21953	宋
2. 劣體類卜辭			
合 3655	乙 1526 等	+乙補 1555 倒	林
合 21875	乙 1322	+合 21938 上+乙 1658+合 21973+乙 1791 倒+合 21977+乙 1517	蔣

合 21889	乙 832	+合 22459+乙 1120	裘、蔣
合 21921 下	乙 1454 倒	+乙補 511+乙補 595	蔣、宋
合 21923	乙 1323 等	+乙補 1047	蔣
合 21926 下	乙 1019	+乙補 1362	宋
合 21928	乙 1109 等	+乙補 1034	林
合 21930 上	乙 1442	+合 21930 下	蔡
合 21930 下	乙 1753	+合 21930 上	蔡
合 21931	乙 1316	+乙 717+乙補 576+乙補 1350	蔣、宋
合 21932	乙 1305	+乙 1179	蔣
合 21934	乙 1798	+合 21972	蔣
合 21938 上	乙 1606	+合 21875 上+乙 1658+合 21973+乙 1791 倒+合 21977+乙 1517	蔣
合 21938 下	乙 1581	+合 21942	蔣
合 21940	乙 1468	+乙 1472	林
合 21941	乙 1693	+合 21996	黃
合 21942	乙 1158	+合 21938 下	蔣
合 21948	乙 1108	+乙 1521+乙 1124+乙 1318	裘、宋
合 21964 上	乙 1123	+合 21964 下+乙 1488	林、蔣
合 21964 下	乙 1564	+合 21964 上+乙 1488	林、蔣
合 21972	乙 1480 等	+合 21934	蔣
合 21973	乙 787	+合 21938 上+合 21875 上+乙 1658+乙 1791 倒+合 21977+乙 1517	蔣
合 21977	乙 1311	+合 21938 上+合 21875+乙 1658+合 21973+乙 1791 倒+乙 1517	蔣
合 21990	乙 1018	+合 21994	蔣
合 21994	乙 1554 等	+合 21990	蔣
合 21996	乙 1436	+合 21941	黃
合 22000	乙 1770	+乙 1762	蔣
合 22016	乙 859	+乙補 1230	宋
合 22018	乙 1637	+合 22369	林
合 22019	乙 1548	+合 22026+乙 7932+乙補 1257	蔣、宋
合 22021	乙 1459	+乙補 1357	蔣
合 22026	乙 1438	+乙補 1257+乙 7932+乙 1548	蔣、宋
合 22032	乙 1594	+合 22157	裘
合 22157	乙 1469	+合 22032	裘
合 22369	乙 1578	+合 22018	林
合 22459	乙 7718	+合補 6941	裘、蔣

合補 6941	乙 1120 等	+合 22459	裘、蔣
	乙 717	+合 21931	蔣
	乙 859	+乙補 1230	宋
	乙 1019	+合 21926	宋
	乙 1124	+合 21948 等	裘
	乙 1163	+乙補 1416	宋
	乙 1179	+合 21932	蔣
	乙 1318	+合 21948 等	裘、宋
	乙 1472	+合 21940	林
	乙 1517	+合 21875 等	蔣
	乙 1521	+合 21948 等	裘
	乙 1533	+乙補 738	宋
	乙 1641	+乙補 413	宋
	乙 1658	+合 21875 等	裘
	乙 1762	+合 22000	蔣
	乙 1791 倒	+合 21875 等	蔣
	乙 1819	+乙補 1556	宋
	乙 1842	+乙補 1272	蔣
	乙 7932	+合 22026 等	蔣、宋
	乙補 302	+乙補 1344	蔣
	乙補 413	+乙 1641	宋
	乙補 511	+合 21921 下	蔣
	乙補 595	+合 21921 下	宋
	乙補 576	+合 21931 等	蔣、宋
	乙補 738	+乙 1533	宋
	乙補 1034	+合 21928	林
	乙補 1047	+合 21923	蔣
	乙補 1230	+合 22016	宋
	乙補 1257	+合 22026	蔣
	乙補 1272	+乙 1842	蔣
	乙補 1344	+乙補 302	蔣
	乙補 1350	+合 21931 等	蔣、宋
	乙補 1357	+合 22021	蔣
	乙補 1362	+乙 1019（合 21926 下）	宋
	乙補 1363	+乙補 1566	宋
	乙補 1416	+乙 1163	宋
	乙補 1499	+乙補 1530	林

乙補 1530	+乙補 1499	林
乙補 1548	+乙補 1572 倒	宋
乙補 1555 倒	+合 3655	林
乙補 1556	+乙 1819	宋
乙補 1566	+乙補 1363	宋
乙補 1572 倒	+乙補 1548	宋

註：本表根據蔣玉斌：《殷墟子卜辭的整理與研究》之附錄「乙種子卜材料總表」裁併
　　而成。其中綴合者部分，「宋」為宋雅萍，「林」為林宏明，「黃」為黃天樹，「蔣」
　　為蔣玉斌，「裘」為裘錫圭，「蔡」為蔡哲茂。

ㅈ（圓）體類卜辭

圖 1　乙 5268

5268　13 0 11844

圖 2　合 21914

21914

圖 3　合 21980

21980

𤉲（劣）體類卜辭

乙 1442

21930 下半

圖 4　合 21930

此版合集誤綴

乙 1753

21930 上半

圖 6　合 21972

圖 5　合 21964

21972

圖 8　合 22206

22206 甲　　　22206 乙　　　　22187

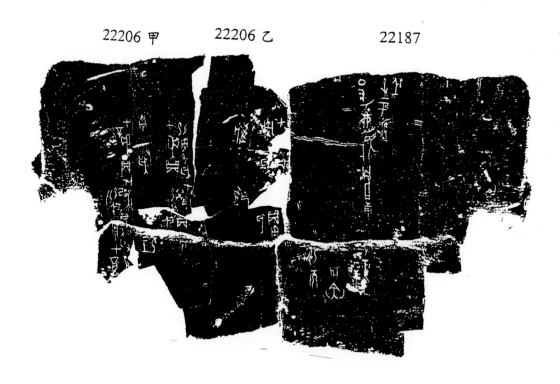

圖7 乙4677

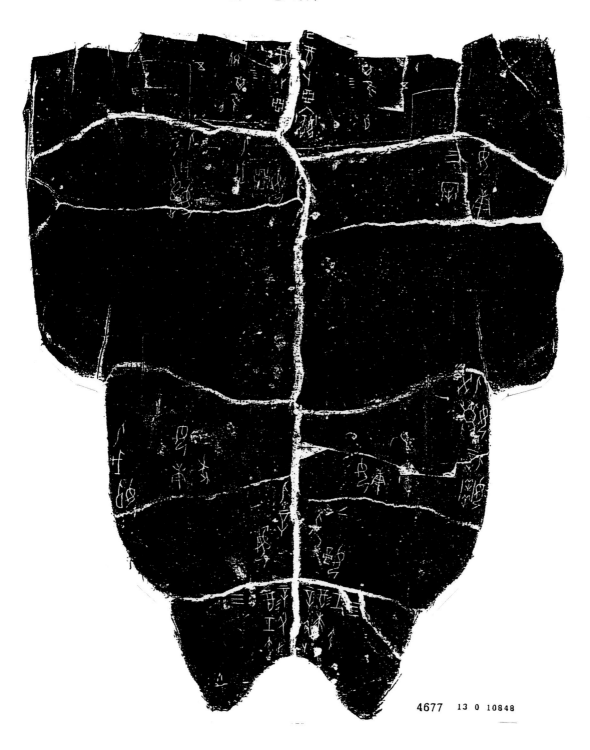

4677 13 0 10848